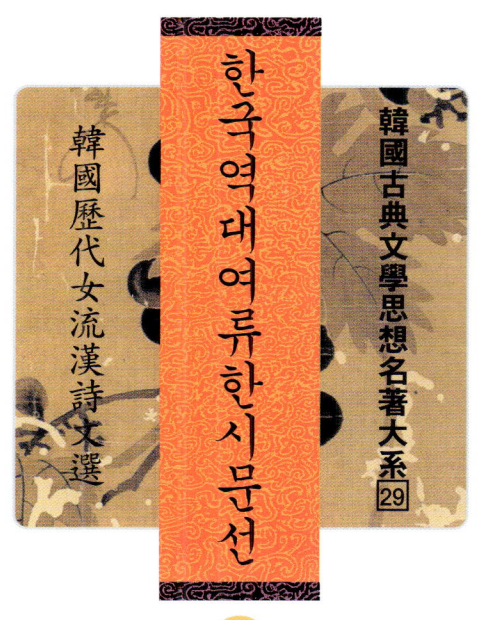

韓國歷代女流漢詩文選

한국역대여류한시문선

韓國古典文學思想名著大系 29

上

金智勇 譯著

明文堂

▲신사임당 초상(이당 김은호 그림)

▲신사임당의 포도그림(간송미술관)

▼허난설헌 시집
　일인(日人)판본

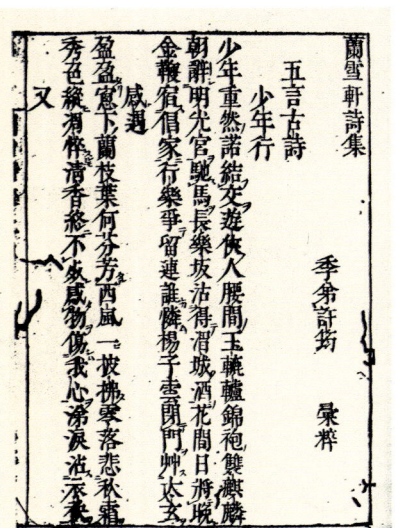

▼헌난설헌의 글씨와 그림〈나는 새를 쳐다 보다〉

▲ 황진이 시 :〈박연폭포〉
(겸재 정선 그림)

▲ 이옥봉 시 :〈귀래정〉
(전북 순창군 순창읍 소재)

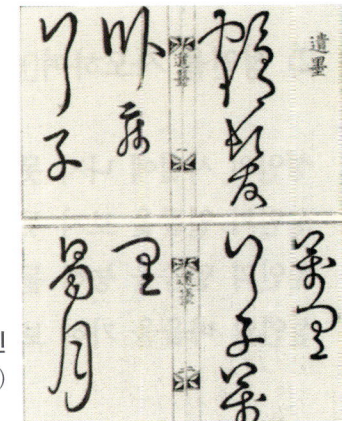

▶ 안동 장씨부인
의 학발시(일부)
와 친필

▲ 이매창의 초상(김영주 화백 그림)

▲ 매창시비(전북 부안읍 소재)

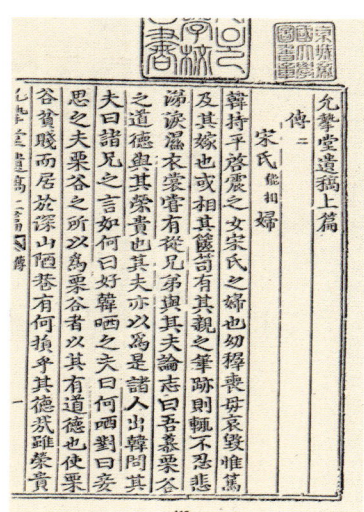

▲ 임윤지당의 《윤지당유고》 판본

▲ 서영수합의 시 : 〈방명산〉,
청풍계도(겸재 정선 그림)

▲ 이옥봉 시 : 〈탄금〉, (혜원 신윤복 그림)

▲ 강정일당의 시 : 〈견서동피달〉,
서당풍경(단원 김홍도 그림)

▲ 이씨여인의 시 : 〈태고정〉,
(전북 진안군 용담면 소재)

책머리에

1. 이 '여류한시문선'은 「역대여류한시문선」(1975간)의 증보(增補)판이며 애초 '한국명저대전집'의 일환으로 대양서적에서 발행할 때 그 기획은 명문당이 먼저였는데 대양서적이 이를 발행하고 몇년 뒤에 폐사되었고 그후 세월이 지나서 명저전집 판권을 되찾은 명문당 김동구 사장은 결손을 무릅쓰고라도 한국의 문화유산을 출판하여 후세에 남겨놓겠다는 큰 뜻이기에 이에 동조하여 구고를 다시 고치고 닦아서 두 책으로 엮어서 펴내는 것이다.

2. 그동안 필자는 「역대여류한시문선」이후 「한국의 여류한시」(여강출판사 1991)와 「운초의 시와 문학세계」 김미란 교수 공저(삼정회 1996)와 그리고 「한국여류한시의 세계」 김미란 교수 공저(여강 2002) 등을 출간한 바 있는데 또 이 「한국역대여류한시문선」 발간계획에 응낙한 것은 지금까지는 여류한시를 위주로 번역 발간하였고, '여류산문'은 30년 이후에는 없었으므로 여류의 문장에도 관심을 돌리고 싶었으니 실제로 여성의 한문 문장중에서 명문(名文)과 명론(名論)은 있었으니 허난설헌의 '광한전 백옥루 상량문'은 중국학계나 일본인들이 더 명문이라 감탄 평판하였으며, 임윤지당의 논(論)과 설(說)의 문장은 공자나 유학자들의 공리적(功利的)인 윤리관이나 처세관의 가식(假飾)을 적나라하게 벗겨놓은 명문장으로 남성들이 미처 착상못한 의식세계였다.

3. 30년전 여류한시문 번역판을 놓고 증보작업을 하다보면 그야말로 격세(隔世)의 놀라움을 느끼는 것이 많다.
첫째로 우리 국민들의 언어문화가 비약적으로 변해졌다는 사실이니 컴퓨

터나 TV방송 등에 의해서 어떤 면의 언어는 바뀌고 어떤 말들은 망가져 본 디말의 흔적도 찾아볼 수 없게 되었다는 언어사실이다.

과학화에 따른 생활양상의 변화로 언어가 바뀌는 것은 발전이라 하겠으니 그 언어도 수용하여야 하겠으나 망가져 가는 말은 얼른 바로 잡지 않으면 안된다. 그래서 이 번역에서는 민족적 전통성을 해치는 말은 일체 용납하지 않았다.

또 하나 놀라운 사실은 역대여류한시문 작가가 더 많이 찾아져서 이 책에는 115여명의 작자에 1천여여수의 작품을 수록하였고 그중 시문집을 가진 여류 작가만도 25인이나 된다는 사실이었다.

4. 이 번역본에 있어서는 번역문을 왼쪽에 먼저 보이고 바로 붙여서 오른쪽에 한시문 원문을 보였다. 이처럼 한시문 원문을 접근시켜놓은 것은 읽는 즉시 원문을 보는 이점과 무엇보다 한문공부에 도움이 되게 한 것이나 그런데도 한문학 전공의 혹자는 한시문 원문을 먼저 보이지 않는다고 탓한다. 필자는 우리나라 작가의 창작품인 한시문 번역에서 원문을 먼저 적어놓고 번역시문을 보이는 것은 잘못된 생각이라고 심념하고 있다. 그것은 한문자는 어디까지나 표현의 수단으로서 차자(借字)이기 때문이다. 생각해보자!

하늘에 달이 밝고, 창밖에 배꽃이 필 때 소쩍새는 새도록 우는 밤 외로운 심상을 화가는 그림으로, 음악인은 악곡으로 표현하고 시인은 의사전달의 부호로써 형상화 하는데 이때 선행되는 상황은 심상(心象)이요, 문자는 표현의 수단일 뿐이다. 그래서 우리나라의 한문문학은 차자문학(借字文學)이라고도 말하고 한편 번역은 반창작(半創作)이라고 말하는 것이다.

5. 이 책의 번역문은 3,3조(調) 또는 3,4조 또는 4,4조 혹은 3,5조가 기본 율조가 되도록 하면서 한 절이 4구씩으로 구성되어서 언뜻 시조 형식 비슷하게도 느껴질 것이다. 김소월의 민요시나 시조의 기본형이 3,4조나 4,4

조가 된 것은 우리 민족의 전통적 가락과 분리치 못한다. 우리 언어의 기본 음조는 3,4 혹은 4,4 음조이며 이는 일본이나(5,7) 중국(4,8)과 다르다.

한시는 운률(韻律)이 생명이다. 그래서 율(律)과 운(韻)이 없으면 시가 아니다. 만일 5언시나 7언시를 요지음의 산문시처럼 번역한다면 음악도 없고, 율동도 물론 없다.

시조의 율조와 번역한 한시의 율조는 불가분리의 관계가 있다. 그래서 각 구를 3,4, 4,4, 3,4, 4,4조 한절의 기본형이 되도록 번역하지 않을 수 없었다.

6. 이 「한국역대여류한시문선」에서 작가의 분류와 그 순서는 제1편에 지명도가 높거나 시문집을 가지고 있는 여류시, 문가를 연대순(가급적)으로 짜넣고(23명분), 제2편에 그밖의 작가들을 신분별로 (1) 여왕과 왕비와 옹주의 시 (2) 부인들의 창화(唱和) (3) 소실(小室)들의 한영(閑詠) (4) 이름난 기녀들의 고음(苦吟) (5) 유별난 여성의 시조(詩藻)로 짜서 번역하고 또한 가급적으로 연대순으로 배열하였다. 개중에는 시문집을 발견하였으나 작품의 문학성이나 작가적 검징이 아직 미흡하여 제2편에다 짜 넣은 작가도 있다.

7. 작품의 선정과 배열은 작가의 시사적(詩史的)인 중요성을 고려하면서 문학적 형상성이 높아 인구에 화자되는 작품을 많이 선정하면서 되도록 시문집의 순서대로 짰다. 각 작가의 시문집의 작품순은 대개가 창작한 연대순이었다.

8. 각 작가에 대한 약전은 서설의 7. '중요작가와 그 작품집' 항목(P.41)에서 자세히 소개하였고, 제2편에서는 다시 지은이를 각주로 간략히 표시하였다.

2004년 갑신 삼복에   김지용 기

한국역대여류한시문선 목차(上)

12. 강정일당(姜靜一堂)의 시(詩)

한국역대한시문선(韓國歷代女流漢詩文選) 서설(序說)

1. 애한(哀恨)의 한국고대 여인사(女人史)

「한국 여성 문학사」를 조판하다 말고 이 「역대 여류한시 문선」을 먼저 번역하는 것은 그 순서상 문제도 있었지만 그보다도 수천년 동안 여성 문학이 농 속에 감추어져 있었고 또 한문으로 기록 된 것이 많아서 일반 대중이 작품을 읽을 수가 없어서 그 주옥 같이 귀중한 문학 작품들이 사장(死藏)된 채 후세에 유전이 끊겼으므로 먼저 작품을 읽히자는 뜻에서이다.

이제 수천년 동안 장롱속에 감추어졌던 그 베일을 벗기고 우리 고대여성들이 살아온 참 모습을 그들이 느끼며 생각한 내면 세계대로 규방 깊은 곳을 파헤쳐 천년 이끼와 두터운 먼지를 털어 버리고 알알이 닦고, 낱낱을 등불에 비춰 보면서 40여년간 모으고 골랐던 150여 명의 1,600여 작품들을 정리하여 그 일부를 번역하여 내놓는 것이다.

역사의 주체로서 인간의 그 절반은 여성일진대, 이 더할 수도 없고 덜할 수도 없는 절대치인 두 실존체로서 문화창조자 중에서 그 반분을 차지하는 요소는 여성이었다. 여성이 어떤 모습으로 성장하고 배우며 그리고 남성과 결합되어 생활을 영위했는가 또는 무엇을 느끼며 어떻게 생각해 왔는가 하는 것을 안다는 것은 중요한 문제요, 그것을 아는 데 있어서도 여성에 대해서는 기록을 남기지 않았으니 유일한 길은 그들 자신이 지어서 감추어 놓은 문학작품을 더듬어 보는 수밖에 없는 것이다.

성(姓)은 있되 이름이 없던 여성, 그 부(父)는 알되 모(母)를 모르던 여성가록, 더구나 아무리 업적을 남기고 인간으로서, 아내로서, 또는 그 거룩한 어머니로서 예지와 사상이 현출했어도 그 보람을 전치 못한 여성사에 있어서는 여성생활의 흔적은 장막 속에 숨겨져 있었으니 그 길밖에 생각할 수 없었던 것이다.

하기야 법제(法制)나 혼속(婚俗)이나 그 밖의 측면에서 찾아보는 수도 있지만 그것은 어디까지나 객관적인, 더구나 남성 본위에서 기록한 남성들의 일방적 자료에 불과하므로 여성 자신이 무엇을 생각하고 있었는가를 알기는 참으로 어려운 일이 아닐 수 없었다.

과연 한국 고대의 여인사(女人史)는 인고(忍苦)의 비련(悲戀)과 궁핍(窮乏)과 고독(孤獨)으로 엮어진 애한(哀恨)의 역사였다. 그 밑바닥으로 흐르는 것은 항상 인종(忍從)을 위한 침묵(沈默)과 기다림 속에서 당하는 번뇌(煩惱)와, 빈한(貧寒)에서 오는 생활고였다.

강한 자 앞에서는 가장 비약(卑弱)하고 약한 자에게는 가장 잔인했던 지배층의 대부분 남성들, 더구나 무능력하면서도 이기적인 고대남성들, 그들에게 부대예속(附帶隸屬) 당하는 것을 숙명으로 알았던 고대여인들은 그럼으로써 하늘보다 자기 자신을 저주할 줄밖에 몰랐다.

삼종의 도를 따르자니 몸 편할 날이 없어 　　三從無一可安身
푸른 하늘 원망하리 죽은 낭군 탓이로다. 　　不怨蒼天怨死人
서러워 백화정 위에 올라 바라보니 　　　　　怊悵百花亭上立
꾀꼬리 울어대고 버들 푸르러 봄은 저문다. 　鶯啼柳綠欲殘春
　　　　　　　　　　　- 백화당 부인(百花堂夫)의 「춘원」(春怨) -

삼종(三從)에 얽메이다 못해 이렇게 죽은 사람에게까지 속박되어 몸부림친 것이 한국의 고대여인들이었다.

딛고 서서 불사이군(不事二君)의 명분을 떨친 것은 남성들의 명리

(名利)에서 나온 이기적 타산이지만, 짓눌러 불사이부(不事二夫)의 정결을 지킨 것은 정녕 한국 고대여성들의 몰아적(沒我的)인 헌신이었던 것이다. 그러기에 「죽은 임에게까지 헌신하느라고 초장(怊悵)한 속에서 청춘이 다 저물어」라고 하지 않았는가.

유사 이래 유구세월 수천년 동안 사회변천과 함께 여인의 생활에도 다소의 변화는 없지 않았으나 태초부터 조선조 말엽까지 애환의 주인공으로 천명을 받은 것이 이 땅의 여인들이었다.

한국 고대의 여성들은 출생하면서부터 벌써 눌리고 복종했고 차별을 받아야 하는 슬픈 운명을 지니며 길러졌다. 조선조 초기의 율법으로는 「자식을 낳아서 자식이 밥을 먹게 되면 오른손으로 먹도록 가르치고 말을 배워 주되 남자는 유(唯)로 하고 여자는 유(俞)로 하며…」 한 것이 여성에게 강요한 교육이었다. 즉 여아는 나면서부터 복종하는 대답인 '녜!' [俞]로부터 언어를 배우기 시작하고 이에 대하여 남아는 명령하는 말씨인 '오냐!' [唯]의 언어를 배우며 자라서 드디어는 남녀의 차이는

「일찍 혼인하고 어려서 매파를 들이는 것은 사람으로 하여금 그릇된 일을 말도록 가르침이요, 첩과 계집을 많이 두도록 한 것은 사람으로 하여금 어지럽지 않도록 가르치는 것이며 또 귀천의 등급이 있으니 일부일처는 평민들의 본분이다」(「內訓」)하는 것으로, 귀족층에 있어서는 일부다처(一夫多妻)가 교인(敎人)이며 치란(治亂)의 이법(理法)이라고 견강부회(牽强附會)했던 것이다.

생전에 이러한 억지 율법을 만들어 여성을 얽매어 놓았으니

「남자는 재취할 수 있으나 여자는 두 번 다시 혼인할 수 없다」라는 것이다. 즉 남자는 상처(喪妻) 후 얼마든지 재취할 수 있으나 여자는 과부로 수절하다가 일생을 마쳐야 한다는 것이다.

그러느라니 미망(未亡)한 여인은 일생을 두고 외롭고 괴로운 생활

을 하지 않으면 안되었다. 박연암(朴燕岩)은 그 괴로운 모습을 「새벽등불 야위어가고, 외로운 밤은 새우기 어려워, 또한 처마에 빗소리 처량하든가, 창가에 흰달이 비치며 가랑잎이 마당에 구르며 외기러기 울어 예는 밤, 멀리서 닭소리 들릴락말락하고, 어린 계집종은 코를 골며 자고 있을 때, 임 생각에 잠 못 이루는 그 괴로운 심정을 누구에게 호소하리오」(「烈女咸陽朴氏傳」)고 청춘과부의 생활을 묘사했지만 이 얼마나 괴로운 인생이었던가. 더구나 일부다처의 제도는 여성으로 하여금 더욱 고독하게 만들었다.

한없이 몰이해했던 지아비들은 수없이 유리방랑(流離放浪)함으로써 여인들을 애절케 했고 무력했던 낭군이 다스리는 나라는 외부의 강적에게 간단없이 침략당함으로써 여인들의 행복은 깨어지고 삶은 무너졌었다.

임진왜란과 병자호란으로 왜국과 청나라에 불모로 잡혀갔다가 구사일생으로 돌아온 부녀자들을 그들의 불찰이나 잘못이 아니고 불가항력이었고 따지고 보면 남성들의 무력했던 탓이었던 엄청난 비극이었던 일인데도 불구하고 조선조 양반들은 '독환피로부인'(贖還被擄婦人)이라 하여 내치고 말았으니 그들이 누구를 믿고 어디에 가서 살아야 했던가.

뿐만아니라 평화로운 시절에도 조선조 한량들은 과거를 본답시고 결혼생활 3년 5년이면 으레히 집을 비우고 떠돌이 생활이니 여인들은 외로웠다.

평생에 이별한은 신병을 만들고	平生離恨成身病
술로도 약으로도 그 병 못 고쳐	酒不能療藥不治
이불 속에 눈물져서 얼음밑의 물같이	衾裏淚如氷下水
밤낮없이 흘린들 어느 누가 알리오.	日夜長流人不知

— 이옥봉(李玉峰) 시 「규정」(閨情) —

라고 읊었는데 이렇게 평생을 두고 이별만 당하고 보면 여인들에게
는 술로도 약으로도 고칠 수 없는 신병을 얻게 되고 그 누구도 알아주
지 않는 눈물만이 밤낮으로 이불을 적시는 것이니 그들에게 무슨 행복
이 있으며 그 무슨 낙이 있었을 것이랴. 국가의 부역이나 전란으로 남
성들이 출역(出役)하는 것은 지아비들의 불찰만이 아니라손치더라도
아내를 허술히 여기고 저 혼자 유리방랑하는 것은 여인들에겐 너무도
가혹한 형벌이요, 남편의 몰이해요, 사랑의 결핍이 아닐 수 없었다.

　　가시리 가시리잇고 버리고 가시리 잇고
　　날러는 어찌 살라 하고 버리고 가시리잇고.
　　잡사와 두어리마나는 선하면 아니 올세라
　　설운님 보내옵나니 가시난 듯 도셔 옵소서.　　　　(고려시대의 가요)

　이처럼 떠나는 임을 잡아두려는 마음 간절하지만 언짧게 생각하고
아니올까 겁나고 두려워서 눈물을 머금고 보내는 여인의 인고(忍苦)가
있는 반면에 너무나 무책임하게 훌훌히 떨치고 떠나는 남성의 몰이해
가 있는 것이다.
　태만하고 변통성 없던 남성들은 각박한 땅에다 수천년을 두고 원시
적 농경에서 벗어나지 못했고, 불합리한 전제(田制)와 농업 외곬의 후
진적 생산방식에서 탈피하지 못함으로써 경제적으로 여인들은 빈궁에
서 허덕이게 되었다. 뿐만 아니라 신라말기 이후 조선조 갈까지 천여
년을 두고 계속되어 온 사대부와 관료 위주의 봉건적 사회제도는 귀족
즉 관료에게 생업에서 이탈시켜 사서오경(四書五經)이나 외우는 것을
미덕으로 여기며 그 업으로 삼게 하였고 그들은 으레 「수무집전 불문
곡가(手母執錢 不問穀價)」하는 것이 미덕이었으므로 국가경제는 더욱
도탄에 빠지고 말았었다. 가뜩이나 「국소민빈(國小民貧)」한 나라 안에

서 심각한 생활고에 허덕이고 지내야 했다.

어찌 용모인들 남에게 빠지리오	豈是乏容色
바느질 길쌈 솜씨 재주있건만	工鍼復工織
어려서부터 가난한 집에 자라	少小長寒門
중매할미 모두가 몰라 주누나.	良媒不相識
밤 깊도록 쉬지 않고 베를 짜는데	夜久織未休
삐꺽삐꺽 북소리만 차갑게 울리네	戛戛鳴寒機
베틀엔 한 필 베가 짜여졌으나	機中一匹練
필경에는 누구 옷을 짓게되려나.	終作阿誰衣
쇠가위 손에 잡고 쉬지 못하니	手把金剪刀
열 손가락 추워서 곧아 오지만	夜寒十指直
다른 사람 시집갈 옷 짜고 있을 뿐	爲人作嫁衣
해마다 외로운 몸 혼자서 베만 짜네.	年年還獨宿

– 허난설헌(許蘭雪軒) 시 「빈녀음」(貧女吟) –

　이 양반의 아내가 쓴 싯귀에는 겨울밤이 새도록 열 손가락을 얼리며 베를 짜지만 그것은 남이 시집가는 데 쓸 옷감이요, 해마다 베짜는 여인에겐 가난과 독수공방만이 기다리고 있었다는 것이다.
　그러나 우리 나라 고대여성은 이처럼 모순과 천대 속에서도 여성으로서의 아취와 미덕은 뛰어나게 지니고 있었다.
　경순(敬順)의 아취(雅趣)·인종(忍從)의 미덕(美德)·정정(貞靜)의 법도(法度)·유한(幽閑)한 고풍(高風)은 어느 민족의 여성들이라도 따를 수 없을 만큼 그 향기를 풍기고 있었다.

조선조 초기의 상류사회 여성의 모범된 모습을 「내훈(內訓)」에서 살펴보면

첫째로는 「유한정정(幽閑貞靜)」의 덕을 지녀야 하고 그 덕에는 사행(四行)이 있어 그것을 지켜야 하는 것이다.

그 사행이란 부덕(婦德)·부언(婦言)·부용(婦容)·부공(婦功)이란 것인데 부덕이란 재명(才明)한 것보다 고요하고 절개있는 것이 이상적이요, 부언이란 말 잘함보다 나쁜 말과 남이 싫어하는 말을 안하면 으뜸이요, 부용은 이쁨보다 깨끗하면 좋고, 부공은 재주보다 길쌈에 전심하고 접빈객(接賓客)을 잘하는, 말하자면 미(美)나 재(才)보다는 무던한 것이 이상적이라고 했다.

둘째로 효친하는 며느리로서 「아들이 좋아해도 부모가 싫다 하면 그 며느리는 나가야 하며, 아들은 싫다고 하나 부모가 좋다고 하면 그 며느리는 평생 같이 살아야 한다」는 원칙이 있어서 부부가 더 중한 것이 아니고 사친(事親) 여하가 부부의 이합(離合)을 결정짓는 규범이었다.

그리하여 다음의 다섯 가지 효친의 원칙을 지켜야 했다. 즉 ①「살아계시어 모실 때는 가장 존경하고」②「늙으시면 가장 즐겁게 해드리고」③「앓으시면 가장 근심해야 하며」④「돌아가시면 가장 슬퍼해야 하며」⑤「제사 지낼 때는 가장 엄숙하게」하는 것이 철칙인 것이다.

셋째로 경순인종(敬順忍從)의 아내이어야 하는 것이니 부천부지(夫天婦地)의 원칙 밑에서 불사이부(不事二夫)해야 하며, 부부의 금실은 「존경하고 조심하고 무겁고 바르게 한 뒤 비로서 친한다」라는 원칙 밑에서의 금실이요, 부부의 사랑이란 기분대로 친할 수 없는 모습이 이상형이라고 했다.

넷째로 어머니로서는 어질고 엄하고 의롭고 자애로움을 겸비한 어머니가 되어야 한다는 것이었다.

이와 같은 엄격하고 까다로운 규범 속에서도 그들은 오히려 자긍심을 가지고 가정을 주관해 오며 시문을 공부했다.

2. 어깨너머로 익힌 한시문(漢詩文)

고대로부터 여자에게는 학문을 배워 주지 않는 것이 통례요, 특히 진서(眞書)라는 한문은 가르치지 않았다. 다만 여자는 남편을 섬기는 법도와 의리를 지키면 그만이라고 생각했으며 그러기 위해서는 여자는 학문을 알아서는 안된다는 것이었다. 따라서 「다만 남자는 글을 가르치되 그러나 여자는 가르치지 않는다[但敎男而不敎女]」라는 윤리 규범이 시행되고 있었다.

그러나 국문을 배우고 소설을 읽은 것도 조선조 시대의 일이요, 고려시대 이전의 여성은 국문조차 배울 수가 없었고 한문공부는 남성들이 과거를 보기 위해 전념한 것이니, 도시 여성들의 문학이란 시가를 읊거나 구비(口碑)소설을 구송(口誦) 전수(傳授)하는 길밖에 없었다.

따라서 고려시대의 학자녀(學者女)의 「연모시(戀慕詩)」, 팽원기(彭原妓)인 동인홍(動人紅)의 「자서시(自敍詩)」, 용성기(龍成妓)인 우돌(于咄)의 「기국첨(寄國瞻)」등 몇 편의 한문시가를 제외하고는 고려여인들은 모두 국어로 된 시가를 암송하고 또 지어 불렀었다. 현존하는 고려시대의 국어로 기사(記寫)된 시가는 그 대부분이 여성의 작품임을 부인할 수 없다.

그러나 고대여인, 특히 조선조 여성들은 그런 속에서도 기를 쓰고 공부를 했고, 재능있는 여성들은 어릴 때부터 훈학(訓學)하는 부형의 등 뒤에 숨어서 남형제나 숙질에게 글을 가르치고 있는 부형의 어깨너머로 보고 듣고 하여 배웠고, 그러는 과정에서 한문을 익히게 되었다.

그러한 한문공부가 승어남(勝於男)하여 훌륭한 실력으로 창작을 하기에 이른 것이다. 이리하여 고대 여류들이 한시문으로 창작한작품이 그 얼마이리오마는 창작은 했으되 내어놓지 못하고, 내어놓아도 출간하여 유전함이 드물었으니, 겨우 남아서 전하는 것, 그것도 필자가 겨우 수집한 것만 추려보니 150여 작가에 시가 1,450여수, 산문이 170여 편의 시문이 되었다.

이미 이능화(李能和) 석학이 「조선여속고(朝鮮女俗考)」와 「조선해어화사(朝鮮解語花史)」에서 이 방면을 소개하여 여성 한시 소개의 효시를 이루었고, 다시 안서(岸曙) 김억(金億) 시인이 4,5권의 여류 한시 번역집을 내어서 더욱 여성 한시를 주지시켰으며, 신구현(申龜鉉) 교수가 또한 「역대조선여류시가선」을 출간했는데 모두 다 시에 국한되었고 그것도 소책자로서 일부분만을 소개한 데 불과했다.

1950년에 민병도(閔丙燾)씨는 「조선역대여류문집」이라고 하여 13명의 여류문집 및 유고(遺稿) 그리고 「계축일기」와 「한중록」을 수록하되 국판(菊版) 540여 면이나 되는 분량의 시문을 어지간히 집대성 하였지만 모두 원문만을 수록해서 일반에게는 그림 속의 떡 격이 되어서 작품을 대하여 읽을 수가 없었다.

그리고는 지금 한국의 '역대여류한시문선'(歷代女流漢詩文選)을 번역 발간한다.

3. 슬기와 사랑과 멋의 한시문(漢詩文)

① 한국 고전시가에 나타나는 여류 한시(漢詩)와 시조(時調)를 통찰하여 보면 역대 여성들의 일관된 주제는 사랑과 슬기와 멋의 특성을 찾아 볼 수가 있다.

그 사념의 바탕은 사랑과 규범이었고, 슬기의 근본은 윤리 중의 부덕(婦德)에 깊이 근거하였고, 멋은 풍류와 한가지로 남성 못지 않게 자연을 읊는가하면 남성보다 멋지고 섬세하게 심상을 노래로 엮어내고 있는 점이 었다. 그리하여 그 표현(表現)의 양상(樣相)이 독특하여 내면세계를 시로 형상화(形象化)함에 있어서 주로 대우구조(對偶構造)로 노래하되 때로 대조법(對照法)의 기교(技巧)를 쓰며 때로는 조화(調和)기교를 써 가며 휘파람 불 듯 노래하고 있다.

한마디로 우리 한국 고대 여인의 시는 사랑의 노래이며, 그 속에는 예지로움이 번득이고, 작품이 '멋지다' 라는 소감을 던져준다.

여성의 시에서 어느 국가 어느 민족에게 사랑의 노래가 없겠는가마는 우리의 경우는 특성있는 애정을 여류시에서 보게 된다. 즉 그 사랑의 특성은 서구 여류시인의 여심(女心)과 비교해 볼 때, 첫째는 감추어진 겸손의 사랑이었고, 둘째는 드디어 베푸는 사랑 즉 자신보다 상대방을 위하는 사랑이며 그 사랑은 주어서 자신이 행복한 애정세계로 승화되었고, 셋째는 기다림의 사랑이요, 인고(忍苦)의 참음이었다가 넷째로 그러나 일편단심의 사랑으로 이어지면서 서글픈 종막을 내려야 하는 그러한 사랑의 특이함을 보게된다.

서구 여인들처럼 화사하거나 산뜻하지 않아서 장미빛 같은 빛깔이나 백합꽃 같은 향기는 없어도, 소나무 송진같이 접착성이 강해서 좀처럼 지워지지않고 얼른 바래지지 않는 빛과 향취가 있다.

여기에다 고대 한국 여성의 사랑은 난초꽃의 암향부동(暗香浮動)처럼 좀처럼 내색 않는 사랑이 있는가 하면, 한 번 사랑하면 대나무 같은 정절(貞節)과 국화와 같은 오상(傲霜)이 있고, 매화의 억센 등걸과 같은 강인(强靭)함이 있었다. 그래서 우리 민족은 사군자(四君子)를 좋아하고, 오우가(五友歌)에 특별한 관심을 기울이는 성향이 있는가 보다. 매창(梅窓)의 시조를 보자.

梨花雨 흩날릴 제 울며잡고 이별한 임
추풍낙엽에 저도 나를 생각는가
천리에 외로운 꿈만 오락가락 하누나!

　　　　　　　　　- 매창(梅窓) 이계생(李桂生) -

　읊을수록 만고불역의 신음(神吟)같은 가락이 어디에서 솟아났던가
하고 감탄을 금치 못한다. 흔히들 이조년의 "이화에 월백하고 은한이
삼경인제/일지춘심을 자규야 알랴마는/다정도 병인양하여 잠못이뤄
하노라"를 천하 명품으로 찬탄하지만 대우(對偶)기교나 원근법(遠近
法)에 있어서 더 심화된 가락은 위의 이화우에서 보게된다.

곤륜산 고운 구슬 그 뉘가 쪼개내어	誰斲崑山玉
직녀의 얼게 빗을 솜씨 좋게 만들었나	裁成織女梳
견우가 한 번 간 뒤 다시 오지 못하니	牽牛一去後
푸른 하늘 허공 중에 수심겨워 던졌구나	愁擲碧空虛

　　　　　　　　　- 황진이(黃眞伊) 시 「영반월」(詠半月) -

　황진이의 이 날렵한「반달(詠半月)」은 동요 반달보다 경쾌하면서도
그 속에 만고의 별한(別恨)을 담고, 가기도 잘도 가며 억만겁에 변함
없다

　② 예전 한국 여성이 사랑할 때는 부끄러움이요, 무언이었다. 조선
조 상류여성의 교양서들에는 여사행(女四行)이라하여 부덕(婦德), 부
용(婦容), 부언(婦言), 부공(婦功)을 들었는데 부덕의 으뜸이 고요하고
그윽함[幽]과 여유있고 태현함[閑]과 조용하고 침묵함[靜]과 절개 군
음[貞]이라고 강조했고, 부언에서 강조한 것은 의사 표시에 있어서 긍
정과 부정은 "네" 또는 "아니오"가 아니라 미소지으면 긍정이요, 부정

은 침묵하거나 "글쎄요"로 대답하고, 긍정도 부정도 아닐때에는 침묵하거나 '알아서 하시라'고 표현했다. 이러한 부덕이 몸에 배서인지 사랑하는 것조차 스스로 부끄러워 했다.

맑은 가을 너른 호수 물은 푸르러 구슬인데	秋淨長湖碧玉流
연꽃 깊은 곳에 모란배 매어 놓고	荷花深處繫蘭舟
사랑하는 임과 만나 연꽃 따서 던졌는데	逢郞隔水投蓮子
행여 누가 보았을까 한나절 부끄럽네	遙被人知半日羞

- 허난설헌(許蘭雪軒)의 「채련곡」(采蓮曲) -

이런 정경은 우리가 흔히 보는 젊은 남녀의 만남이지만 그 부끄러워하고 은밀하려는 곳에 신성함을 느낀다.

좋아도 쳐다보지 못하는데 더욱 끌리는데가 있는 한국 고대 여성의 참 모습이다.

이들은 결혼하고 살더라도 항상 남의 눈을 의식하며 그윽한 곳에서 만난다.

지난해도 냇가에서 헤어졌는데	去年溪上送
올해도 또다시 냇물 위에 만나네	今年溪上逢
만나면 이별 차마 못 참을 일인데도	相逢不忍別
헤어지라, 해는 져서 서산에 드네	落日下西峰

- 김삼의당(金三宜堂)의 「봉미인」(逢美人) -

그 어렵고 복잡한 심상과 상황을 너무도 산뜻하게 형상화했는데 그렇게 느끼게 하는 데는 압운(押韻) [중간에 넣는 요운(腰韻)과 끝자에 넣는 각운(脚韻)]의 미와 열거 반복의 수법이 크게 작용하고 있다.

우리가 배필되어 생민의 시작되고	配匹之際生民始
세상군자 태어남이 이에서 시작되리	君子所以造端此
공경과 순종이 부인 길이니	必敬必順惟婦道
종신토록 임을 섬겨 복을 누리리	終身不可違夫子

     – 김삼의당의 「결혼식날 밤에 주고 받은 시」[禮成之夜 和答詩] –

 이는 조선시대 양반집 규수의 여심(女心)이다. 그러나 규범의 틀에 매어있는 심상이 역연하다. 이런 때 독일의 리카르다 훗흐(Ricarda Huch 1864~1947)는 다음과 같이 읊었다.

 사랑의 노래

  그 아름다움을 어디서 당신은 얻었을까
  단아한 눈썰매 부드러운 용모
  당신 이외의 이 세상은 왼통 불완전 투성입니다.
  당신 이외의 이 세상은 모두 젊음을 잃었습니다.
  당신의 생명력이 발랄하기에 이 세상 모든 것은 죽어야 했습니다.
  당신의 힘이 발랄하기에 이 세상에 안식을 잃었습니다.
  당신이 너무도 완벽하기에 세상은 파편이 되었습니다.
  당신이 천국이 되었기로 저 세상엔 천당이 없는 겁니다.

  오오! 꽃피는 들판이여!
  언젠간 당신도 말라버릴 수 밖에
  오오! 반짝이는 별인 당신
  그래도 언젠간 사라져야 하는가
  입맞춤의 행복 그 밖에 또 구엇이 있을까
  서로 쳐다보는 외에 무슨 꿈이 있을까

깊은 정을 찬미하는 눈동자, 다정한 사랑의 빛이여!
당신들도 언젠가는 꺼져서, 이 언덕 위에
금빛 찬란한 푸른하늘을 다시 못 볼 날이 오리라고는
당신 없이 이 하늘과 땅만이 남는 날이 있으리라고는 생각 못하리

당신은 왔도다 나의 가슴에 나의 뱀, 나의 우상이여
캄캄한 밤에 어둠은 당신 주위에 타 올랐다.
넘쳐 나는 사랑을 바쳐
나는 당신이 내 뿜는 불길을 삼켜 버렸다.
그리곤 당신은 떠나고 어둠속에서 나는 오래도록 기다렸다
그랬더니 당신에게서 빼앗은 그 빛에(삼켰던 그 빛에)
성신과 악마의 두 줄기되어 나를 알아보고
광명한 세계로 당신과 나의 옥좌에 나를 인도했네.

한국 고대의 여심(女心)은 온통 '그대'에게 가 있어서 자신을 돌보
지 않고 베푸는 사랑이 우직하게 보일만큼 숭고했다. 그러나 서구의
여성은 남녀의 애정이란 내가 중심되어 나의 기쁨이요 오로지 나의 행
복을 위해서만 이루어지는 것으로 생각하고 있다.

한국 여성의 정서는 고대로부터

님아! 가람 건느지 마소서	公無渡河
님이 기어이 가람 건느는구나	公竟渡河
님이 빠져 죽으니	墮河而死
님은 장차 어찌 할꼬	公將奈何

　　　　　　　　　　　－ 여옥(麗玉)의 「공후인」(箜篌引) －

　와 같이 나의 걱정보다 님의 걱정이 더 앞서고 사랑도 님을 위한 심성으로 이루게 되니 모든 삶이 그러했다.

　설사 오기로써 뿌리치거나, 침묵으로써 소극적인 양상을 보인다 해도 그 사랑은 주는 쪽이요, 일편단심의 베푸는 애정현상이 고대 여성의 심상이었다.

> 어쪄 내 일이여 그릴 줄을 모르던가
> 있으라 하면 가리오 만은 제 구태여
> 보내고 그리는 정은 나도 돌라 하노라
>
> 　　　　　　　　　　　　　　 - 황진이(黃眞伊)의 시조 -

> 꿈에 뵈는 님이 신이 없다 하건마는
> 탐탐이 그리울제 꿈 아니면 어이 보리
> 저 님아 꿈이라 말고 자주 자주 뵈시라
>
> 　　　　　　　　　　　　　　 - 매화(梅花)의 시조 -

　이와 같은 정감은 보내되 보내는 정이 절대 아닌 끈끈함과 일편단심이 배어 있다. 그래서 우리의 미덕은 변하지 않는 일편단심이다. 그러므로 우리는 애국가를 즐겨 부른다.

　한국 고대의 여인사(女人史)는 '헤어짐과 기다림'의 별한(別恨)과 인고(忍苦)의 역사요, 그리고 일편단심의 시가사였다.

4. 여성한시(女性漢詩)의 여러 유형(類型)

　다같은 기다림과 일편단심도 그 처지에 따라 관조의 대상이나 감흥을 일으키는 계절은 다르다는 사실을 엿볼 수 있다. 예를 들면 ;

달뜬 누각 가을 깊고 옥병풍 허전한데　　　月樓秋盡玉屛空
서리 친 갈밭 저녁 기러기 깃드누나　　　霜打蘆州下暮鴻
거문고 뜯어대도 임은 안 오고　　　瑤瑟一彈人不見
연꽃만 들 못에 힘없이 떨어지네　　　藕花零落野塘中

－ 허난설헌(許蘭雪軒)의「규원」(閨怨)의 1절 －

　여류 시인 난설헌 허씨는 명문가인 허엽(許曄)의 따님이요, 김성립(金誠立)의 부인이다.

온다 하던 떠난 임이 어찌 이리 더디던가　　　有約郎何晩
뜰에서 매화꽃은 지려 하는데　　　庭梅欲謝時
가지 위에 까치 우니 오실 징조인가　　　忽聞枝上鵲
거울 들어 화장해도 헛일이로세　　　虛畵鏡中眉

－ 이옥봉(李玉峰)의「규정」(閨情) －

　이옥봉은 이봉(李逢)의 서녀(庶女)요, 조원(趙瑗)의 부실(副室)이다.

동풍 불어 삼월이라네　　　東風三月時
곳곳에서 꽃지는데　　　處處落花飛
거문고 뜯어가며 상사곡을 불러도　　　綠綺相思曲
강남가신 우리님은 오지를 않네　　　江南人未歸

－ 매창(梅窓)의「춘사」(春思) －

　매창 이계생은 부안(扶安) 이양종(李陽從)의 서녀요, 부안 기생이다.
　위에 들어 보인 세 편의 시는 양반층의 부인과 양반의 부실(副室)과 상류사회에서 어울렸던 시기(詩妓)등 세 계층의 '임 기다림'하는 여심(女心)을 읊은 작품들이다.

여기서 주목되는 것은 그 계층에 따라 외로움을 느끼는 '때'와 감흥을 일으키는 '사물'이 다르다는 것이다.

그것은 곧 관조의 대상이 처지나 생각 여하에 따라 달라짐을 의미하는 것으로서 꼭 정해진 바는 아니지만 일반적 속성은 외로움을 느끼며, 기다리는 감흥을 일으킴에 있어서 위에 예시한 작품들을 보면 양반 사회의 인처(人妻)인 허난설헌의 경우는 '가을 저녁'에 '깃드는 기러기'를 소재로 하고, 그 분위기를 조성하는 관조물은 마른 갈대밭과 시들은 연꽃 등을 조화시켜 여인이 임기다리는 외로운 심정을 형상화하고 있다.

그러나 양반층의 부실인 이옥봉의 경우는 '매화꽃 질 때 즉 여름'에 '가지에서 우는 까치'를 소재로 하고, 거울 보며 화장하는 것으로써 임기다리는 분위기를 잡았다.

기생 신분인 매창 이계생의 시에서는 그 계절은 '봄에 꽃 질때'에 '상사곡 뜯는 거문고'를 소재르 하고, 살랑살랑 부는 동풍과 강남 먼 곳의 임으로 분위기를 조성하여 기다림의 여심(女心)을 읊었다.

하필 「춘사(春思)」라는 작품을 예로 들었으니 계절이 봄이 아니냐 하겠지만 매창의 다른 작품 「규원(閨怨)」과 「규중원(閨中怨)」도 기다림의 계절은 모두 봄으로 잡고 있다. 그리고 「춘원(春怨)」, 「춘수(春愁)」등 봄의 소재가 많았다.

또한 조선조의 여류 시인을 계층별로 분류해 보면 신사임당(申師任堂), 허난설헌(許蘭雪軒), 김삼의당(金三宜堂), 서영수합(徐令壽閤)등 규범있고 지체 높아 이른바 양반집 부인으로 시문에 능한 계층이 가장 많았고, 다음으로 이옥봉(李玉峰), 박죽서(朴竹西), 김운초(金雲楚)등, 양반층 따님으로 남의 부실(副室)이 된 여류시인이 수준 높고 특색있는 시문을 쓰고 있었다. 그리고 황진이(黃眞伊)나 이매창(李梅窓)처럼 기(妓)에 속하는 시인도 한시 뿐만 아니라, 시조에도 특출한 작품을 남긴 것을 볼 수 있었는데 한시문에 대한 해박한 지식은 아무래도 양반층 부인이 우수했으니 그들에게는 대개가 독자적인 시문집이 있었다.

그러나 문학적으로 재치있고 멋이 있는 시는 부실층과 기녀층에서 더 우수한 작품을 남기고 있다.

규범있는 인처(人妻)들은 출가전에 문자를 어깨너머로 익힌 뒤 한글 또는 한문으로 쓰여진 「내훈(內訓)」,「여사서(女四書)」,「교녀서(教女書)」,「규범(閨範)」등의 여훈서(女訓書)를 배워 몸에 베게하여 규범적인 인간형이 되었고, 그러한 윤리적인 규범과 여심(女心)으로 시를 썼으므로 딱딱한 느낌은 있으나 그 속에 또한 예지와 삶의 교본이 있었다.

그러면서도 여성작가, 규범적 부인들의 시에 있어서는 치밀, 섬세한 관찰과 수준높은 대조기법(contrast)을 써서 독자들의 감흥을 일으켜 준다.

5. 여성 시인들의 표현(表現)의 기교(技巧)

숲 속이 고요하니 구름 더욱 젖었고	林靜雲猶濕
물이 맑으니 바람마저 고요하다	水澄風不喧
비둘기들은 지붕에 와서 울어대고	群鳩鳴草屋
삽살개 한 마리 싸리문에서 콩콩 짓네	一犬吠扉門

－ 서영수합(徐令壽閣)의 「춘일전가」(春日田家)의 일부 －

구름은 푸른 산과 어울렀고	雲氣翠微合
연기 자욱 동산 숲을 싸고 도네	烟光園樹籠
남은 매화는 빙설을 겪어 냈고	殘梅歷氷雪
와로운 달은 오동나무 가지 끝에 걸렸네	孤月上梧桐

－ 서영수합의 「호운」(呼韻)의 일부 －

　영수합 서씨는 조선조 서형수(徐逈修)의 따님이요, 홍인모(洪仁謨)의 부인이다. 위 두 작품은 모두 전가(田家)의 봄 풍경을 읊은 시이다. 대체로 한시에 능한 작가들은 고요함을 표상하기 위해서는 동중정(動中靜)법을 쓰는데 가령 "새가 우니 산은 더욱 그윽하다"(鳥鳴山更幽)라고 읊는가 하면 또한 정중동(靜中動)법을 써서 부산한 분위기를 그려내는 수도 있으니 "바람이 멈추니 꽃은 오히려 우수수 떨어진다"(風定花猶落)하여 읊는데 그것이 너무 자연스럽고 고도로 승화되어 일부러 꾸민 자국이 하나도 없다.

　위의 춘일전가(春日田家)는 동중정(動中靜) 즉 수풀이며 맑은 물이 모두 고요한데 비둘기 울고 개가 짓는 동(動)이 있으나 그 움직임의 상태는 '전가의 한적함'을 더욱 돋구어 내고 있다.

　「호운(呼韻)」은 원근법(遠近法)과 정중정(靜中靜)법을 써서 전가의 고요, 적적한 분위기 뿐만 아니라 시인 자신의 무료하고 외로운 심상을 표상하고 있다. "산 빛은 없는 듯 있고녀"(山色有無中) 같은 시귀를 명귀라고 하지만 서영수합은 자신의 심경을 한 폭의 동양화에 담았다.

　영수합 서씨는 특히 서경시에 능한 여류 시인이다.

쓰르라미 슬피 울고 바람은 섯부는데	蟪蛄切切風騷騷
연꽃 향기 바래고 차가운 달 높이 떳다	芙蓉香褪水輪高
아름다운 여인은 금가위 손에 잡고	佳人手把金錯刀
밤새워 등불 돋워 길 떠날 임 옷 짓네	挑燈永夜縫征抱

　　　　－허난설헌(許蘭雪軒)의 「야야곡」(夜夜曲) －

푸른바다 물결이 구슬바다 넘노니	碧海浸瓊海
푸른 난새는 오색 난새에 의지하네	靑鸞倚彩鸞

스물 일곱 꽃다운 한떨기 연꽃 　　　　　芙蓉三九朶
붉은빛 바래서 달밤에 서리 맞네 　　　　　紅墮月霜寒
　　　　　　- 허난설헌의 「몽유광상시」(夢遊廣桑山詩) -

허난설헌은 유명한 여류시인이자 명문의 규수이다. 위의 두 편은
애잔한 여인상을 청각과 후각으로 그 애처러움을 표상하는가 하면 빛
깔을 대조시키며 젊음과 늙어짐을 형상화했다.
　부부생활에 불행했고 27세에 요절한 불우시인 허난설헌은 자기 번
뇌를 신선 세계에 의탁하여 주로 서사적으로 노래했다. 그의 장편시
「궁사(宮詞)」와 「유선사(遊仙詞)」88수는 유명하며 조선조의 여류 서
사 시인으로 유명하며 국문시가 「규원가」는 지아비를 원망하는 노래
로 인구에 회자된다.

흰 구름은 하늘 가득 이어졌고 　　　　　連天白雲多
먼 들판에선 나그네 지나가네 　　　　　遠野行人歸
푸른 강에 배 돛이 삐딱하고 　　　　　蒼江舟楫斜
바람 결에 백로는 이리저리 날아가네 　　風吹白鷺飛
　　　　　　- 산효각신부용(山曉閣申芙蓉)의 「추일」(秋日) -

계집종은 아침 저자 다녀 오는데 　　　　小婢朝爲市
일꾼은 나무 베어 지고 오누나 　　　　　一力負薪歸
서남 밭에 삼 심어 수풀 같고 　　　　　西南種?樹
나 또한 누에 쳐서 실을 뽑네 　　　　　吾亦養蠶絲
　　　　　　- 신부용의 「전가낙」(田家樂) -

산효각(山曉閣) 부용당 신씨(申氏)는 조선조의 신호(申澔)의 따님이
요 석북(石北) 신광수(申光洙)의 누이동생이며 윤운(尹惲)의 부인이며

윤규영(尹圭永)과 윤규응(尹圭應)의 어머니이다.

집안 좋고 3남 1녀의 고명딸이니 귀엽게 자라고 윤문에 시집가서 윤규영 등 훌륭한 아들들을 낳아 기른 다복한 여류시인이다. 조선조에서 가장 지체 높고 다복한 시인을 들라면 부용당 신씨와 삼의당 김씨와 유한당 홍씨를 말할 것이다.

여기 예시한 두 편의 시는 모구 전가(田家)의 풍경을 그린 서정시이다. 「추일(秋日)」에서는 가을날의 농촌 경관을 구름과 행인, 멀리에 보이는 돛단 배와 나는 백로를 원근법(遠近法)을 써 입체적으로 그려냈고, 전가락(田家樂)에서는 모두가 부산하게 움직이는 가운데서도 한가로워 보이는 한 폭의 정물화(靜物畵)처럼 느끼게 동중정(動中靜)의 기법으로 노래하고 있다.

매창(梅窓) 이계생(李桂生)의 시에서는 '참고 이기는' 슬기를 많이 본다.

> 취한 손이 내 치마 잡다가 　　　　　　醉客執羅衫
> 당기는 손길에 비단 치마 쯫어졌네 　　羅衫隨手裂
> 그까짓 비단치마 아깝지 않으나 　　　不惜一羅衫
> 은정이 끊어질까 그게 두렵네 　　　　但恐恩情絶
> 　　　　　　　　　　　　－ 이매창(李梅窓)의 「중취객」(贈醉客) －

이 때의 슬기는 양보의 미덕으로 남자 취객을 타일러 반성토록 하는 여심이다.

> 슬퍼도 참아야지 사세가 이런 것을 　　堪嗟時事已如此
> 반생토록 화장하며 공들였는데 　　　半世功夫學畵油

내일 훌쩍 떠나고난 그런 뒤에는	明日浩然歸去後
어느 땅에 말을 매고 사귀며 놀지	不知何地又羈遊

― 이매창의 「증별」(贈別) ―

떠나는 임을 붙잡고 늘어지는 것은 용렬한 작태요, 넌지시 '여행길에서 몸가짐 마음 조심'을 회유하는 매창의 슬기가 엿보인다. 매창에게는 이러한 은근한 정이 실제로 있었고, 또 그러한 성품을 담은 시가 많이 있다.

조선조 여인 중엔 양반의 서녀로 태어나 남 만치 공부도 하고 부덕도 쌓았지만 적서(嫡庶)차별의 질곡에 얽매어 양반의 부실 또는 첩이 되는 수 밖에 없었고, 그러한 여인들이 동병상련하며 유류상종하면서 시회(詩會)도 갖게 되고 좋은 시품을 창작하였다.

시들어가는 꽃은 박명도 하지	殘花眞薄命
지난밤 바람 결에 우수수 떨어졌네	零落夜來風
아이들아 애석한 줄 너도 알거든	家童如解惜
뜰에 가득 붉은 꽃을 쓸지를 말라	不掃滿庭紅

― 지재당 강씨(只在堂 姜氏)의 「모춘」(暮春) ―

청루 생활 이십년이 꿈만 같고나	如夢靑樓二十秋
줄을 뜯고 피리 불며 유수처럼 지냈네	催絃急管水爭流
시인은 말 말아라 아름답고 예쁜 칼로	詩人莫道嬋姸劍
온갖 창자 다 끊어도 수심만은 못 끊으리	割盡剛腸未割愁

― 강지재당의 「술회」(述懷) ―

지재당 강씨는 본래 김해의 기생이던 강담운(姜澹雲)의 호인데 차산(此山) 배전(裵婰)의 소실이 되면서 지재당(只在堂)이라 했으니 이는 가도(賈島)의 「심은불우(尋隱不遇)」라는 시의 끝귀에 "지재차산중(只在此山中)"이란 말에서 이끌어 붙인 호이다.

위의 「모춘(暮春)」에서는 옛 시인들이 흔히 쓰던 시상인데 "만점낙화인들 쓸어 무얼 할 것이냐"하는 낙화도 꽃이라는 희언(戲言)이나 지재당의 처지를 알고 보면 기막힌 은유법이다. 그녀가 과거 기생이었다가 지금은 남의 첩생활을 하는 처지라서 그렇다. 그 심정을 「술회(述懷)」에서 진솔하게 토로하고 있으니 20년 동안 시달림을 받으며 세월이 유수같이 흘렀다는 것이다.

우리 고대의 멋이란 풍류(風流)와 같은 개념으로 생각해도 좋을 것이다. '멋'의 사전적 풀이는 여러 가지가 있겠으나 '멋지다'할 때는 흥에 겨워 느껴질 때에 주로 쓰인다.

6. 고대 여성 시인들의 멋과 풍류(風流)

우리 고대 시인 묵객의 멋을 논할 것인가? 말하려면 먼저 규범 속에 묶인 유교적 분위기에서 찾지 말고 무위자연(無爲自然)을 주장하는 도교적 모습에서 찾을 것이요, '가악을 즐기고 오유산수'하던 화랑도에서 찾는 것이 빠를 것이며 여류시인의 여심(女心)과 여상(女像)에서 찾는 것이 빠를 것이다.

> 청산리 벽계수야 수이 감을 자랑마라
> 일도 창해하면 다시 오기 어려워라
> 명월이 만공산한덴 쉬어 간들.어떠리
>
> – 황진이의 시조 –

벽계(碧溪)가 누구던 명월(明月)이 누구를 상징하던 벽계로 흐르는 물, 공산(空山)에 기득 찬 밝은 달이면 그만이다. 불러서 멋지고 들어서 감흥이 넘치는 이 멋을 어느 시인 묵객이 따르겠는가?

산승이 월색을 탐내어	山僧貪月色
물과 함께 달도 움켜 담았네	并汲一瓶中
절에 와서 물통을 기울여 보니	到寺方應覺
물만 쏟아지고 달은 없더라	瓶頸月亦空

- 이규보(李奎報)의 「영정중월」(詠井中月) -

이 시는 읽고 나서 배꼽 잡고 깔깔 웃다가 밤새껏 정사(靜思)하는 여운은 있어도 황진이의 시조처럼 그 멋에 감흥되면서 '흥분 속의 깊은 상념'은 없다.

흔히들 고려 때 정지상(鄭知常)의 이별 시를 명편으로 든다. 즉

비 개인 강둑에는 풀빛이 즐펀한데	雨歇長堤草色多
임 보내는 남포에는 슬픈 노래 가득 차	送君南浦動悲歌
대동강 물은 어느 때에 마르겠는가	大同江水何時盡
이별의 눈물이 해마다 푸른 물에 더해지니	別淚年年添綠波

여기서는 애절함은 있어도 멋은 안 보이고, 억지로 꿰어 맞춘 인위적 흔적은 있어도 자연스럽게 흘러나오는 멋들어짐은 위의 황진이의 시에 따를 바 못된다. 차라리 고려 때의 「서경별곡(西京別曲)」에서

대동강 넓은 줄 몰라서
배 태워 보냈는가 저 사공아!

네 각시 넘나들 줄 몰라서 배 태워 보냈는가
몹쓸놈의 사공아!

라고 외쳐대는 여인이 더 진솔하고 멋져 보인다. 이별의 시를 말할라치면 여류 시인에게서는 전매특허마냥 독보적이요, 분량이 많고 내용이 심화되고 있다. 그러면서 멋을 곁들여 읊어댔다.

동풍 불며 밤새도록 비는 내리고	東風一夜雨
버들잎과 매화가 다투어 피네	柳與梅爭春
이 좋은 봄철인데 차마 못할 건	對此最難堪
이별주 주고 받고 임을 보내네	樽前惜別人

– 매창(梅窓)의 「자한」(自恨)중 1절 –

주안상 차려 놓고 임과 마주 앉아 이별의 눈물을 쏟는 일은 고금이 다를바 없다. 그런데 대개가 계절적으로 꽃이 지고 난 오뉴월이거나, 조락의 가을에 흔히 있는 일이지만 매창은 봄비 촉촉이 내리고, 버들새잎이 피어 나고, 매화가 웃기 시작한 봄을 택하여 이별의 난감을 더욱더 돋구워내고 있다. 안타까움의 멋이라고나 할까?

시에서 멋하면 김운초(金雲楚)도 한몫 한다. 부용 김운초는 조선 정조 때 평안도 성천(成川)출신으로 시기였다가 뒤에 김이양(金履陽)상공의 첩이 되어 김상공에게서 시도 더 배워 익히고 함께 시로 화답하며 일생을 살았다.

대장부 같은 여류 시인이며 여성적 애상이 전혀 없고 자연을 멋지게 읊어 승어남(勝於男)의 평판이 자자했던 김운초는 어려서부터 시재(詩才)였다. 그가 소녀때 큰 백일장에서 시로 장원하고 성도(成都 성천(成川))의 설교서(薛校書 薛濤=唐나라 여류시인)이라는 칭호를 받고 있었는데 이를 빈정대며 오기에 차 있던 성천의 청소년 배들이 말 타고 가는 김운초를 붙잡고 에워싸며 시운(詩韻)[呼韻]하자고 졸랐다. 사태가 위급하다고 판단한 김운초는 말탄 채로 "내가 부를테니 받아 적으라!"하고는

백운봉 아래서 서남쪽을 바라보라 　　　白雲峰下望西南
유수 창송에 백로는 한가롭네 　　　　流水蒼松鷺數三
싸움터로 가는 말은 울부짖어 바쁜 길에 征馬蕭蕭催上路
지는 햇빛 한줄기가 먼 산을 삼켰다. 　斜陽一抹遠山含
　　　　　　　－ 김운초(金雲楚)의 「마상호운시」(馬上呼韻詩) －

이는 김운초의 소녀때 작품인데 여기서 백운봉은 성천 땅이요, 서남쪽은 벼슬길 열려 있는 평양이요, 백로는 뭇 소년들인데, 해는 저문데 일보러 가는 사람 붙잡고 이 무슨 행패냐? 하는 구호시이다.
　시의 문학적 품격이야 여하튼간에 그 위급의 찰라를 벗어나는 순발력과 소년배에게는 "너희들 벼슬길이나 바라볼 일이지 한가로이 아녀자 바쁜 길이나 막으면 어쩌겠는가?" 하는 훈계의 멋진 구호시였다.
　운초는 또 다음과 같은 멋들어진 시를 지었다.

정자 이름 사절이란 도리어 미흡하다 　亭名四絶却然疑
뛰어난 것 마땅히 다섯가지 제격이니 　四絶非宜五絶宜
산빛에 바람 맑고 물과 달이 좋은데다 　山風水月相隨處
미인 더해 다섯가지 절세의 기관일세 　更有佳人絶世奇
　　　　　－ 부용 김운초(芙蓉 金雲楚)의 「사절정」(四絶亭) －

이 사절정은 성천의 열두 명소(名所)중의 하나인데 고구려 때부터

유명하지만 운초의 패기 어린 여장부 마음으로는 송도삼절(松都三絶)
에 황진이가 들어 있거늘 성도(成都)에 사절(四絶)이 아니라 자기까
지 오절(五絶)이 마땅하지 않느냐는 것이다. 그러므로 그녀의 자만은
다음과 같이 시에서 멋들여지그 있다.

연꽃 피어 붉은 빛이 연못에 가득	芙蓉花發滿池紅
사람들은 연꽃이 나보다 예쁘댔는데	人道芙蓉勝妾容
아침나절 연못가로 내가 걸으면	朝日妾從堤上過
어찌하여 연꽃말고 나만 보는가	如何人不看芙蓉

– 부용 김운초의 「희제」(戲題) –

  김운초의 호가 부용인데 시제를 「희제」라 했지만 어던 시집에는
「부용(芙蓉)」이라고도 했었는데 아무튼 운초는 자기의 미모에 대하여
자신만만했었다.
  이와 같이 고대 여성 특히 조선조 여인들은 얽매인 규범속에서도
오히려 법도의 주체가 되어 때로 남성을 호통하기까지 하면서 그러나
그 내면세계는 항상 부드럽고도 끈질긴 저력이 있었고 유하면서도 참
는 힘이 있어서 그것이 사랑으로 표현되고 슬기로 작용하면서 고도의
멋을 풍기고 있었다.

7. 중요작가와 그 작품집

  이제 필자가 수집한 역대 한국 여류의 한시문을 종합해 보면 문집
을 가진 여류작가가 26.7명(그 중 2명의 문집은 부전)이요, 그 밖에
문집 없는 군소 작가의 시문까지 합치면 시의 총수는 5,000여 수이고

산문이 모두 170여 편이었다. 그 작가 가운데 뚜렸한 여류만 골라서
소개하여 둔다.

◇진덕여왕(眞德女王)과 태평시(太平詩)

진덕여왕의 생년은 미상이나 재위는 647~654년간이며 신라 28대
왕으로 신라 세 여왕 중 한사람, 이름은 승만(勝曼)이며 국반 갈문왕
(國飯葛文王)의 따님으로 재위 7년간 밖으로 당(唐)나라와의 유화정
책, 안으로는 조원전(朝元殿)에서의 화백회의 등에 힘썼다.
왕은 그 3년에 태평시(태평송이라고도 함)를 지어 비단에 짜서 법
민(法敏 즉 30대 문무왕)에게 시켜서 당나라 고종에게 보냈는데 당나
라와의 연합책의 하나였다.

◇인목대비(仁穆大妃)와 서궁자조(西宮自嘲) 시

인목대비(1584~1632)는 연안(延安) 김제남(金悌男)의 따님이요.
선조(宣祖)의 계비로 영창대군(永昌大君)을 낳고, 광해군(光海君) 때
변란에 휩싸여 죽음을 몇번 넘으며 서궁(西京)에서 유폐생활을 하다가
인조반정(仁祖反正)으로 복호(復號)된 파란만장한 왕비요, 나중에 대
왕대비로 생을 마친 왕비이다.
특히 글씨가 비범하여 금강산 유점사에는 친필로 된 「보문경」(普門
經) 일부가 전한다고 한다.

◇신사임당(申師任堂)과 그의 시

신사임당(申師任堂 1504~1551)은 진사(進士) 신명화(申命和 1476~1522)의 둘째따님이요, 이율곡(李栗谷)의 어머니이다. 천성이 온아(溫雅)하고 지조가 정결하여 부모가 귀여워하여 마지않았다. 어려서부터 강릉 땅에서 경전(經典)과 시문(詩文)에 능통하고 특히 글씨와 묵화에는 천재적 재능을 가져서 일곱 살 때에 벌써 안견(安堅)의 산수도를 본떠 그렸으되 안견의 그것과 조금도 다름이 없었다고 한다. 특히 포도를 잘그려서 세상에 많이 유전되고 있으나 그것을 따를 만한 여류화가는 하나도 없다고 한다. 또한 그의 곤충과 꽃의 그림은 천하의 일품이다.

신사임당은 예술가일 뿐만 아니라 부덕에 있어서도 조선조 여성의 귀감이 되며 현모양처의 상징적인 존재로 되어 있다.

그는 그림에 비해 시문은 그다지 쓰지 않은 모양으로 지금에 전하는 것은 「사친(思親)」, 「유대관령망친정(踰大關嶺望親庭)」, 「낙구(落句)」등 시 3편 뿐이다.

[참고문헌] 栗谷撰, 先妣行狀, 大東詩選, 東洋歷代女史詩選, 海東詩選, 李殷相의
「師任堂의 生涯와 藝術」.

◇성정부인(成貞夫人)과 그의 시

정부인 성씨는 성희(成熺)의 따님이요, 최당(崔塘)의 부인이다. 성씨 부친은 세종(1419~1450) 때에 급제하여 세조(1456) 때에 성삼문 등과 함께 단종 복위 음모사건에 연류되어 엄한 국문이 10여 차에 이르도록 끝끝내 신의를 지키다가 김해(金海)에 귀양갔던 충절이요 또

남편 진사 최당은 당대의 풍류객이었다. 성씨는 시문을 잘하고 한 권의 시집 「성씨시고(成氏詩藁)」가 있었으나 전하지를 않고 다만 시 증인(贈人) 서회차숙손형제(書懷次叔孫兄弟)의 두 수가 「열조시집(列朝詩集)」과 「명시종(明詩綜)」에 수록되어 있을 뿐이다.

    [참고문헌] 仁齋集, 國朝人物考, 大東詩選, 明詩綜, 列朝詩集.

◇ 허난설헌(許蘭雪軒)과 「난설헌집(蘭雪軒集)」

허난설헌(許蘭雪軒 1563~1589)은 허엽(許曄)의 따님이요 김성립(金誠立)의 부인으로 조선 선조 때 여류 시인이다. 본관이 양천(陽川)이고 이름은 초희(楚姬)이며 자는 경번당(景樊堂)이다.

난설헌이 태어난 가문은 누대의 문장가요, 유명한 학자와 인물을 배출한 고려 말의 강직한 현상(賢相) 허공(許珙)의 혈통을 이은 명가이다.

아버지 허엽(許曄)은 자가 태휘(太輝)요, 호는 초당(草堂)으로 화담(花潭) 서경덕(徐敬德)의 문하에서 수학했다. 급제하여 벼슬이 대사간(大司諫) · 우승지(右承旨)등 까지 올랐으며 청렴결백한 것으로 유명하였다.

허엽은 처음에 서평군(西平君) 한숙창(韓叔昌)의 따님이며 현숙한 부덕을 지닌 청주 한씨(韓氏)와 결혼했는데. 청주 한씨는 성(筬)과 박순원부인(朴舜元夫人) · 우성전부인(禹性傳夫人)을 낳고 일찍 세상을 떠났다. 그래서 예조 참판 김광보(金光輔)의 따님인 강릉 김씨에게 재취하여 봉(篈), 초희(楚姬) 즉 난설헌, 균(筠)을 낳았다.

이렇게 화담의 수제자이며 퇴계의 문인인 아버지와 미암(眉岩) 유희춘(柳希春)에게서 배운 성(筬) · 봉(篈)의 오빠를 둔 도학자의 집에서 태어난 난설헌은 천부적인 시문의 재능을 지니고 있었다.

난설헌은 전형적인 유가(儒家) 사대부의 혁혁한 청백리(淸白吏)의 집에서 지극히 가난하게 자라면서 그 비범한 재능으로 천재라는 말을 들었다.

명나라 사람으로 하여금 경탄케 한 저 유명한 「광한전백옥루상양문(廣寒殿白玉樓上梁文)」을 8세에 지었다 하니 놀라운 일이다.

그는 초인적인 재능에다 남이 못 따를 공부를 쌓아 제자백가에 통달하여서 설렵치 않는 책이 없었다고 한다.

이같은 명문에서 그같은 재능을 갖고 문운(文運)의 시대에 태어난 그가 당대 시원(詩苑)의 계관(桂冠)이던 삼당시인(三唐詩人) 중에서도 단연 수위를 차지하던 손곡(蓀谷)의 문하에서 수학한 것은 그의 학문과 시문을 공부하는 데 금상첨화가 되었다.

이렇게 자마다 산호(珊瑚)요, 귀마다 주옥을 이루어 천의무봉(天衣無縫)한 천고의 명작을 이룬 난설헌은 고이 자라서 당시 유명한 도학자이던 안동(安東) 김성립(金誠立)에게 시집갔다.

김성립은 자는 여견(汝見), 호는 서당(西堂)이며 1589년(선조 22)에 문과에 급제하여 벼슬이 홍문저작(弘文著作)에 이르렀다.

빼어난 미모와 재능을 가지고 명문 집안에 시집간 난설헌은 처음에는 기대와 희망에 부풀어 있었으나 곧 평범한 남편과 뛰어난 아내 사이에는 금실이 좋을 리 없었다. 그러나 남편 김성립은 문과에 급제하여 벼슬을 하며 가정에는 소홀했고 화류계 여인들을 탐하였다. 그래서 난설헌은 항상 이별 속에서 괴로워하며 독수공방의 비애를 느껴야 했다.

거기다 고부(姑婦)간에 불호-하여 시어머니의 학대와 질시(疾視) 속에서 애지중지하던 남매를 잃그 뱃속에 밴 아이마저 잃게 되었으니 여자로서 이 이상 불행한 일이 다시 없었다.

이 가정적으로 불행한 운명 속에서 극도의 실의와 침통함을 이기지 못하고 난설헌은 실성하다시피 통곡하였다.

27년이란 짧은 인생을 마칠 때 평생의 시고(詩稿)가 헤아릴 수 없이 많았으나 임종할 때 모두 태워 버리고 지금 전하는 그의 시문집은 친정에 남아 있던 시고를 모아 아우 균(筠)이 편집 간행한 것이다.

균은 이것을 1606년(선조 38)에 명나라 사신으로 온 주지번(朱之蕃)에게 보였던바, 주지번은 크게 칭찬하고 본국으로 가지고 가서 간행하여 책이 많이 팔려서 낙양(洛陽)의 종이값을 오르게 하였고 또 이것은 일본에까지 건너가게 되었다.

현재 남아 있는 200여 편의 시 가운데 태반이 신선시(神仙詩)임을 보아 그 시의 전편에 흐르고 있는 흐름은 도가인 노장(老莊)의 신선사상이라는 것을 알 수 있다.

그는 천재인지라 다정다감하고 또 가인인지라 불행박명했다. 그는 세속적 현실에 만족치 못했고 불운한 27년의 짧은 인생에 그 많은 번뇌와 우수를 겪어야 했고, 따라서 그는 가혹한 현실을 초월한 아름다운 미의 세계·이상의 왕국·미지의 선경(仙境)을 무지개처럼 아름답게 그리고 꾀꼬리처럼 곱게 노래하고는 눈물 속에서 살다 눈물 속에 갔다.

그가 평생에 천추의 삼한(三恨)을 품고 갔으니 첫째는 중국 같은 대국이 아닌 조선에 태어났음을 한하고, 둘째로 남자 아닌 여자로 태어났음을 한하고, 셋째로 인물과 시재(詩才)를 겸비한 두목지(杜牧之) 같은 남편을 갖지 못하고 슬하에 자녀가 없어 모성애를 몰랐다는 것을 한하며 갔다 한다.

그의 시문은 우리나라보다도 중국에서 더 유명하며 문집「난설헌집(蘭雪軒集)」과「난설재집(蘭雪齋集)」에는 한시 211편과 두 편의 산문이 실려져 전하며 국문가사 두 편이 있어 내방가사의 백미를 이루고 있다.

「난설헌집(蘭雪軒集)」은 주지번(朱之蕃)의 소인(小引)과 양유년(梁有年) 제사(題辭) 허균(許筠)의 발문이 붙여서 만역(萬歷) 연간 이후 목판본으로 중국에서 여러 번 간행했고, 「허부인난설헌집부경란집(許夫人蘭雪軒集附景蘭集)」은 허난설헌의 시와 허경란의 시를 붙여 1913년 서울에서 발간했다.

[참고문헌] 蘭雪軒集, 蘭雪軒(李秉岐), 許夫人蘭雪軒集附景蘭集, 芝峰類說 外

◇ 김임벽당(金林碧堂)과 「임벽당집(林碧堂集)」

임벽당(林碧堂) 김씨는 조선 중종 때 여류 시인으로 본관은 의성(義城), 김별좌(金別座) 수천(壽千)의 따님이요, 남편은 중종 기묘년(1519)에 현량(賢良)에 천거되었으나 나가지 않고 기묘사화(己卯士禍)가 일어나자 고향인 한산(韓山)에 돌아가 임벽당(林碧堂)을 짓고 시를 읊으면서 여생을 보낸 유여주(俞汝舟 1480~ ?)이다. 일찍부터 시문에 뛰어났고 시문을 잘하여 시집 한 권이 있었으나 전하지 않는다. 유여주의 계실이 되어서는 함께 시를 창수하며 살았다.

「열조시집」(列朝詩集)과 「국조시산」(國朝詩刪)에서 7수의 시를 볼 수 있으나 「증별(贈別)」과 「빈녀음(貧女吟)」을 빼어 놓고는 모두 『蘭雪軒集』에서 볼 수 있는 작품들이다. 그의 시집으로 「임벽당집」(林碧堂集)이 있었다 하나 전하지를 않는다.

[참고문헌] 杞溪俞氏族譜, 大東詩選, 東洋歷代女史詩選, 海東詩選 列朝詩集, 國朝詩刪 外.

◇송정부인(宋貞夫人) 덕봉(德峰)과 덕봉집(德峰集)

송정부인(宋貞夫人) 덕봉(德峰 1521~1578)은 선조 때 송준(宋駿)의 둘째 따님이요, 미암(眉岩) 유희춘(柳希春 1513~1577)의 부인으로 시문에 특출했다. 그가 문장에 능통했다는 사실은 신미년(1571)에 쓴 「착석문(斲石文)」과 서문, 미암과 서로 주고받은 편지를 보더라도 알 수 있다.

특히 시에 능통한 것은 「미암일기(眉岩日記)」 병자년(1567) 11월 11일자의 기사와 신미년(1571) 3월 31일자의 송진(宋震)이 정부인(貞夫人) 송씨(宋氏)의 시 38수를 뽑아 책을 매어 미암한테 가져왔다는 기사가 있으니 짐작할 수 있다.

그의 「마천령(摩天嶺)」시는 유희춘이 「기묘사화(己卯士禍)」로 함경도 경성(鏡城)으로 유배 갈때 남편의 뒤를 따르면서 지은 절개 굳은 감회를 읊었고 「제신사(題新舍)」시는 남편과의 화락을 기원하고 있다는 작품으로 인구에 화자된다.

[참고문헌] 德峰集 眉岩日記, 大東詩選, 東洋女史詩選.

◇황진이(黃眞伊)와 그의 시

황진이(黃眞伊)는 조선조 중종 때의 시인이요 명기(名妓)로서 중종(1506~1544) 초엽에 태어나 명종(1545~1567) 시대를 무대로 활약한 여류 시인이다.

본명을 진(眞), 별명은 진랑(眞娘), 기명은 월명(月明)이다. 그는 개성의 서민의 딸로 태어나 아름다운 용모와 총명으로 교방(敎坊)의 동기(童妓)로서 대성하여 시서음율(詩書音律)이 당대에 솟아났으며 문인

(文人)과 석유(碩儒)와 사귀며 그들을 매혹시켰다. 또한 학문을 좋아하고 예술을 위하여 멀고 가까움을 가리지 않고 스승을 찾아 배움에 힘썼다.

　자부심이 강하여 자칭 서화담(徐花潭)・박연폭포(朴淵瀑布)와 더불어 자기가 송도삼절(松都三絕)이라 하여 유명하다. 10년 수도한 지족선사(知足禪師)를 파계(破戒)시키고 벽계수(碧溪守)를 시조 한 수로 도취시켰다는 일화는 너무나 우명하다. 그러나 서경덕(徐敬德)은 유혹하지 못하고 평생 사제 관계로 지냈다. 그의 시는 당시(唐詩)에서 보는 바와 같이 서정적이면서도 열정적인 점이 있는 반면에 냉정한 이지와 청일(淸逸)하고 풍부한 인간미가 담겨져 있다고 후세의 평론가들은 평가했다. 그리고 우리 고유의 '멋'이 돋보이고 있다.

　그의 유작(遺作)으로 오늘날 즐겨 부르는 시조 여섯 수와 영반월(詠半月)등 7・8수가 전한다.

　황진이의 시조 6수에서는 그의 한시의 세계도 엿볼 수 있는 것으로 그 작품이 무한한 변화와 풍부한 정감과 사실적인 수법을 쓰고 있음을 볼 수 있다.

　국문학사상에 있어서 황진이의 위치는 전통적인 민족의 리듬으로 한국여성이 지니고 있는 근원적인 정감과 교방 여성들의 정한(情恨)을 시조와 한시로 묘사・표현한 점에 있는 것이라 하겠다. 그의 작품은 기교적이면서도 자유분망하게 애정을 노래하고 있다는 것이 특징이다.

　[참고문헌] 中京誌, 松都紀異, 於于野談, 大東詩選, 東洋歷代女史詩選 外.

◇ 매창 이계생(梅窓 李桂生)과 「매창집(梅窓集)」

매창 이계생(梅窓 李桂生 1573~1610)은 조선의 명기요, 여류 시인 계생(癸生)이라고도 하며 본명은 향금(香今)이고 자는 천향(天香), 자호(自號)는 매창(梅窓)이라고 했다.

현리 이양종(縣吏 李陽從)의 서녀로 만력 계유년(1573)에 나서 불과 38세인 만력 경술년(1610)에 요절한 시인이다. 그러나 죽은 연대는 미심한 점이 많다.

비록 일생은 짧았으나 항시 시문을 좋아하여 가사(歌詞)·한시(漢詩)·가금(歌琴)등 다방면에 능하였으며 노래하고 읊은 한시 작품이 백여 편으로 그 당시 명사들이 애송(愛誦)하였다 한다. 그 뒤 백여 편의 작품은 산일(散佚)되어 알 길이 없었으나 무신년(1668) 10월에 지방관리들이 전송하는 것을 모아놓은 것이 겨우 58수였다.

계생 시문의 특징은 인종과 애수가 흐르는 정감이 가늘고 약한 선으로 자기의 숙명을 그대로 읊었다. 물론 이것은 어떤 규수(閨秀)시인에게서든지 볼 수 있으나 이 시인의 작품에서는 그러한 감이 더욱 많이 느껴진다. 한자로 이만한 표현을 마음대로 하였다 함에 이르러서는 그 재능이며 문학적 품격에 경의를 표하지 않을 수 없다.

시집인 「매창집(梅窓集)」 1책은 목판본으로 숭정 후 무신 즉 1668년에 부안(扶安) 개암사(開岩寺)에서 개판한 것인데 14자 7행의 16장의 책으로 한시만 58수가 수록되고 있다.

필사본 1책 16장이 따로 전한다.(金東旭本).

◇이옥봉(李玉峰)과 「옥봉집(玉峰集)」

조선 선조 때 여류 시인인 옥봉의 이름은 숙원(淑媛)이며 옥천(沃
川) 군수인 자운(子雲) 이봉(李逢 1526 ~ ?)의 서녀이며 남명(南冥)
조식(曺植)의 문인인 운강(雲江) 조원(趙瑗 1544~ ?)의 소실이다.

그의 시는 일찍 「명시종(明詩綜)」과 「열조시집(烈朝詩集)」(이상 중
국시집) 「명원시귀(名媛詩歸)」등에 전해 왔으며 그는 한국문학사상 여
성시인으로 제일인자라고 하는 허난설헌에 육박할 대가라 하였다.

그의 생애는 분명치 않으나 여러 가지를 상고하여 보면 명종 갑자
년(1564)에 남편 조원(趙瑗)과 만났고 조진사(趙進士)가 임진왜란 때
죽었다 했으니, 1550~1600년 사이로 잡으면 비슷하리라 믿는다.

그의 문집 「옥봉집(玉峰集)」은 「가림세고(嘉林世稿)」의 말미에 붙
어 있는데 33편의 시가 수록되어 있다.

「가림세고」는 1704년에 조정만(趙正萬)이 자기, 고조, 증조, 조부
의 시문을 모아 엮은 책이다. 또 필사본 「옥봉집(玉峰集)」한 책이 세
간에 전하는데 16편의 시와 「이옥봉행적」(李玉峰行蹟) 조정만(趙正萬)
찬이 함께 적혀 있다.

[참고문헌] 玉峰集 嘉林世稿, 大東詩選, 東洋女史詩選.

◇조빙호당(趙氷壺堂)과 그의 시

빙호당은 선조(1568~1608) 때의 교하(交河) 조지형(趙之亨)의 따
님이며 종실(宗室)이던 숙천령(肅川令)의 부인이다. 숙천령의 이름은
기(琦 1515~?)이고 부인 빙호당은 시문에 능했으며 충성이 지극한
종실의 부인이었다.

그의 절구는 몇 수 안되나 모두 주옥 같은 것이 있다.
가령 비를 읊은 것에

| 처마에다 구슬을 매달아 드리웠고 | 玉索連櫃直 |
| 땅 위에 은방울 울리며 동그라미 그리도다 | 銀鈴落地圓 |

라든가 또는 선조께서 임진왜란 때 몽진 가시는 것을 보고 읊은 시에

| 세상은 새 일월인데 | 天地新日月 |
| 교자 밑에 옛 신민이 따르누나 | 輦下舊臣民 |

라는 일품의 시를 썼었다.
작품으로는 「영빙호(詠氷壺)」가 전한다.

[참고문헌] 大東詩選, 芝峰類設, 小華詩評, 逸事遺事.

◇광산 김씨 부인(光山 金氏夫人)과 「국창집」(菊窓集) 부록 유고(遺稿)

　김부인의 생년은 미상이나 부친은 설월당(雪月堂) 김부륜(金富倫 1531~1598)으로 이퇴계의 문하요 현감을 지냈고 또 김부인의 남동생 김령(金玲 1577~1641)은 호가 계암(溪岩)으로 승문원 주서(注書)에 올랐다가 광해군의 폭정을 비판하다가 은퇴하여 독서한 청백리이다.
　남편은 국창(菊窓) 이찬(李燦 1575~1654)이다. 「국창집」(菊窓集)에 의하면 작자의 남편 이찬은 서애(西涯)의 생질이요, 문인이요, 의술에도 능했고 음직으로 현감을 지냈으며 문집으로 「국창집」(菊窓集)이 있었고 그 말미에 '부국창선조비영인광주김씨일고'(附菊窓先祖妣令人光州金氏逸稿)라 하여 목판으로 40여수가 부록되고 있다. 황난선

(黃蘭善)이 발문을 쓰고 있다.

◇정양정(鄭楊貞)과 「임당유고」(林塘遺稿)

정양정(鄭楊貞 1541~1620) : 본관은 동래(東萊). 임당(林塘) 정유길(鄭惟吉 1515~1588)의 차녀(次女)이며 문양(文陽) 유자신(柳自新 1541~1612)의 부인이다. 광해군의 장모로 봉원부부인(蓬原府夫人)에 봉해졌다. 정종(定宗)의 서자 14남 정석도정(貞石都正)의 여계(女系) 쪽 후손이다. 정유길은 넓은 도량으로 포섭력이 강하였으며 대의는 과감하게 처결하여 당시 임당선생으로 불리며 주위의 신망을 얻었다. 시문에 뛰어났고 서예에 능하여 임당체라는 평도 받았다. 『임당유고』(林塘遺稿)는 정유길의 문집인데 정양정의 시 4수가 이 속에 수록되어 전한다.

유자신은 임진왜란 때는 임금을 호종하였고 광해군을 따라 강원도와 성천에 피난하였다. 광해군이 즉위한 후 문양부원군에 봉해졌지만 권문세가로 행세하지 않고 평소와 다름없이 항상 근신하며 겸공함을 잃지 않았다. 그러나 아들들인 희분·희발·희량 형제는 1623년의 인조반정 후 유배 또는 처형당하였다. 유자신과 정양정의 사후에 일어난 것이 다행이라면 다행이라 할 것이다.

◇장정부인(張貞夫人)과 「장씨유고(張氏遺稿)」

장정부인(張貞夫人 1598~1680)은 경당(敬堂) 장흥효(張興孝 1564~1633)의 따님이요, 이시명(李時明 1590~1674)의 부인이며 존

재(存齋) 이휘일(李徽逸)과 갈암(葛岩) 이현일(李玄逸)의 모부인이다.

명문에서 나서 다복하게 자랐고 친정·시가·자손이 모두 학덕과 벼슬이 높은 집안에서 빛나게 산 정부인이다.

시문을 잘해서 더욱 화려했었고 후손이 그의 시문을 1844년에 「정부인안동장씨실기(貞夫人安東張氏實記)」에다 시 7편과 문 1편을 전했다.

이 「장씨유고」는 7대손 이수병(李壽炳)이 기획 간행했고 장씨 유묵도 함께 전하고 있다. 시 중에는 「학발시(鶴髮詩)」「희우시(稀又詩)」등이 인구에 회자된다.

[참고문헌] 貞夫人安東張氏實記, 存齋集, 永慕錄(李玄逸), 大東詩選, 東洋女史詩選.

◇김호연재(金浩然齋)와 「호연재시집」(浩然齋詩集)

김호연재(金浩然齋 1681~1722) : 본관은 안동(安東). 호연재 김씨는 숙종 7년(1681)에 태어나 19세에 은진 송씨 집안의 송요화(宋堯和 1682~1764, 호는 小大軒)와 결혼하였다. 호연재의 남편인 송요화는 충남의 명문인 동춘당(同春堂) 송준길(宋浚吉)의 증손(曾孫)으로 지중추(知中樞)를 역임하였다. 호연재는 28세에 아들 익흠(益欽, 호는 宿吾齋)을, 36세에 딸(사위는 參判을 지낸 靑松 金致恭)을 낳았으며 42세의 나이에 세상을 떠났다. 호연재의 친정 역시 안동 김씨 집안으로 김상용(金尙容)과 김상헌(金尙憲) 등의 충신을 배출한 명문가이다. 호연재의 부친인 김성달(金盛達 1642~1696)은 김상용의 고손(高孫)으로 고성(高城) 군수(郡守)를 역임하였으며 시재가 뛰어나 유고(遺稿)도 있었다고 하는데 현재 전하지는 않는다. 김성달의 소실(小室) 이씨

(李氏)도 시재(詩才)가 있어 호연재 형제들과 격의 없이 시를 화답하였다고 하는데 이씨의 시는 4편이 『대동시선』(大東詩選)에 수록되어 있다. 문집으로 『호연재시집』(浩然齋詩集)이 있어 130수의 시가 수록되어 있으며 후손에 의해 번역된 것으로 추정되는 『증조고시고』(贈祖姑詩稿)에는 238수의 시가 한글로 번역되어 있다.

◇설죽(雪竹) 일명 얼현(蘖玄)과 「백운자시고」(白雲子詩稿) 부록 필사본

본명은 월련(月蓮)이라 하고 또 설창이라는 호도 있다고 하나 생년은 미상이고 안동 석천(石泉) 권래(權來 1562~1617)의 시청비(侍廳婢)였다고 하는 조선조 여성 시인으로는 이색적인 여성이다.

설죽의 시는 140여편 166수나 되는데 권상원(權尙遠 1571~ ?)의 문집인 「백운자 시고」(白雲子 詩稿)의 말미에 필사하여 전한다. 설죽과 권상원의 관계도 미상하고 시비(侍婢)의 신분으로 많은 시를 지었다 함도 기이한 사실이다.

더구나 15세 때 가출하여 선비들과 어울리며 어깨 너머로 시를 배워 양반들과 함께 시를 창수했다 하니 기이한 여성이 아닐 수 없다.

설죽의 시중에는 그의 계제(季弟) 운선(雲仙 호는 七松)의 정인인 듯한 성석전(成石田 ; 成輅1550~1616)와의 창화시가 가장 많다.

◇임윤지당(任允摯堂)과 「윤지당유고」(允摯堂遺稿)

임윤지당(任允摯堂 1721~1793)은 함흥판관(咸興判官) 임적(任適

1685~1728)의 따님이요, 도학자인 녹문(鹿門) 임성주(任聖周 1711~1788)와 운호(雲湖) 임정주(任靖周 1727~1796)의 자매로 나서, 자라면서 남형제의 공부방에서 어깨 너머로 공부하여 당당한 문장가가 되었다. 신광유(申光裕)에게 출가했으나 일찍부터 미망인이 되었었다. 일생을 수절하면서 특히 성리학과 경전석의(經典釋義)에 뛰어났고, 성현에 관한 전기 등을 많이 논했다. 여류 문학사상 가장 으뜸가는 산문가요, 이론가요, 성리학자였다.

그의 문집 2권에는 그의 25편의 논문과 수필이 전해지고 있다. 「윤지당유고(允摯堂遺稿)」 활자본 86장(매장 10행, 매행 20자)은 즉 그의 아우 임정주(任靖周)가 유고를 모아 펴낸 책으로 상하 두 책인데 11편의 론(論)과 6편의 설(說) 7조의 대학경의(大學經義), 27조의 중용경의(中庸經義)등 모두 37편의 산문만 수록되어 있다. 조선조에서 드물게 보는 여류학자요, 산문가이다.

◇ 남의유당(南意幽堂)과 「관북유람일기」(關北遊覽日記)

남의유당(南意幽堂 1727~1823) : 본관은 의령(宜寧). 의유당은 영조 3년(1727)에 남직관(南直寬)과 함양(咸陽) 여씨(呂氏) 사이에서 2남 3녀 중 막내딸로 태어났다. 바로 위의 언니가 청풍(淸風) 김시묵(金時默)과 결혼하여 그의 딸이 정조비(正祖妃)인 효의왕후(孝懿王后)가 되었다. 의유당은 17세 때 신대손(申大孫 1728~1788)과 결혼하여 2남 2녀를 두었다. 1769년에 남편이 함흥 판관에 임명되어 함흥에 부임하게 되자 그곳에 따라가서 보고 들은 여러 풍물을 세밀하고 구체적으로 기록하였는데 그것이 『관북유람일기』(關北遊覽日記)이며 그 중에서도 함흥 동쪽에 있는 동명(東溟)에서 일출(日出) 광경을 보고 쓴 『동명일기』는 매우 유명하다. 의유당은 또한 여러 인물에 대하여 과감하게 평한 『춘일소흥』(春日逍興)이란 수필집도 남겼다. 대개가 국문가사이고 한시는 한 수밖에 전하지 않는다.

◇신산효각(申山曉閣)과 「산효각부용시선(山曉閣芙蓉詩選)」

산효각(山曉閣), 일명 부용당(芙蓉堂) 신씨(申氏 1732~1791)는 조선 영·정조 때의 현모양처요 여류 시인이다.

부용당(일명 산효각) 신씨는 첨지중추부사(僉知中樞府事)인 신호(申澔)의 3남 1녀 중 외딸로 태어나고, 그 오빠들인 석북(石北) 신광수(申光洙)와 기록(騎鹿) 신광연(申光淵), 진택(震澤) 신광하(申光河)에게서 글을 배워 시문에 능했다.

19세 때(1750)에 윤운(尹惲)에게 시집가서 윤규영(尹圭永)과 윤규응(尹圭應)을 낳고 다복하게 일생을 지낸 여류 시인이다. 60년을 살면서 주로 목가적인 전원시를 썼다. 작품의 깊이나 기교는 그다지 우수하지 못하나 조선조 여류 시인에게서 드물게 보는 전원의 즐거움, 가정의 행복 등을 주로 노래했다.

시문집으로 「부용당집(芙蓉堂集)」이 여러 권 있었다고 그의 조카인 신석상(申奭相)이 제문에서 쓰고 있으나 그것은 전하지 않고, 그 오빠들 문집인 「숭문연방집」(崇文聯芳集)에 부용당의 시문집인 「산효각부용시선(山曉閣芙蓉詩選)」이 필사되어 전하는데 그 내용은 시(주로 5언) 18편 23수와 서간문 2, 제문 2, 잡저 4편과 부록으로 조카 신석상(申奭相)의 제문인 「제고모윤부인문(祭姑母尹夫人文)」이 실려 있는데 제문은 계해 즉 1803년에 쓴 듯하고 이 시문집은 그 이후에 필사한 것으로 짐작된다.

시선 첫머리에는 "산효각신씨 저(山曉閣申氏 著), 경정 참고(經亭參考), 강상검수 고교(江上黔首 考校)"라고 하였다. 여기서 경정(經亭)은 미상이고 강상검수(江上黔首)는 신석상(申奭相)이다(제문에 의함).

[참고문헌] 石北集, 山曉閣芙蓉詩選, 申奭相 제문.

◇서영수합(徐令壽閣)과 「영수합고」(令壽閣稿)

영수합(令壽閣) 서씨(徐氏 1753~1823)는 조선의 여류 시인이며 감사(監司) 서형수(徐逈修 1725~1778)의 따님이며 승지 홍인모(洪仁謨 1755~1812)의 부인이다.

출가 하여서는 세 아들과 두 딸을 두었는데 세 아들은 연천(淵泉) 홍석주(洪奭周)·항해(沆瀣) 홍길주(洪吉周)·영명(永明) 홍현주(洪顯周)로서 당대의 관료요 문장가로 이름을 날린 형제들이다. 또 두 딸 중 홍유한당(洪幽閑堂)도 형제에게 지지 않는 시인이다. 이만큼 서영수합은 현모양처로서 이름이 높았으며 「영수합고(令壽閣稿)」에 실려 전해 오는 116편의 시는 모두 걸작들이다.

영수합고(令壽閣稿) 활자본 48장(매장 10행, 매행 20자)은 그의 남편인 홍인모의 문집인 「족수당집(足睡堂集)」 제6권에 부록되어 전하며 홍석주의 묘표(墓表)와 정경부인행장(貞敬夫人行狀)이 함께 전한다.

[참고문헌] 足睡堂集, 令壽閣稿, 豊山洪氏族譜, 大東詩選, 東洋女史詩選 外.

◇김삼의당(金三宜堂)과 「삼의당고(三宜堂稿)」

조선조에서 특색있고 다복했던 여류 시인인 삼의당 김부인(三宜堂金夫人)은 영조 때 1769년 10월 13일에 전라북도 남원 고을 누봉방(樓鳳坊) 김씨댁에서 김해 김인혁(金仁赫)의 따님으로 출생하여 같은 동네에 사는 같은 해·같은 달·같은 날에 난 담락당(湛樂堂) 하욱(河湜 1769~?)에게 시집을 갔으니 기이한 인연이고 또 내외분이 다 시문에 능하여 막상막하라 하니 더욱 귀한 일이라 했다.

그의 시문집인 「삼의당고(三宜堂稿)」 자서(自序)에서 부인은 이 시집에 관한 이야기를 다음과 같이 쓰고 있다.

"정조(正祖)께서 즉위하신 뒤로는 덕화(德化)가 널리 미쳐서 예의문물(禮儀文物)에 볼 만한 것이 많아, 항간의 여자나 선비들도 즐겨하지 않는 자가 없을 때, 내 비록 호남(湖南)의 한 어리석은 여자로 심규(深閨)에 자라서 널리 경사(經史) 같은 것은 구경하지 못하였을망정 일찍이 언해소학(諺解小學)을 배워 문자라고 몇 마디 읽을 수가 있으므로 제가(諸家)의 문장들을 간신히 짐작케 되었노라. 그렇다고 어찌 감히 문묵(文墨)으로써 세상 인사(人士)에게 대할 길이 있으랴. 다만 규방 속에서 읽고 듣고 보고한 것을 흥이 나는 대로 시형(詩形)에다 표하는 것은 내 스스로 후일의 규감(規鑑)을 삼고자 함에 지나지 않는 바이니 오해하지 말지어다."

라고 하였는데 이 자서를 보면 비록 겸손일망정 부인은 시고(詩稿)를 비장(秘藏)코자 하였을 뿐이지 출세까지는 생각도 아니한 것을 알 수 있다.

「삼의당고」를 보면 내외분이 같은 운(韻)으로 지은 시가 적지 않아 읽는 사람으로 하여금 그 남편에 그 아내라는 감을 깊게 할 뿐만 아니라 더구나 내외분이 동갑이었으니 어찌 우연한 일이라고만 할 것인가.
삼의당의 결혼 첫날밤에 남편되는 하씨(河氏)가

우리 서로 만남이 광한전 신선이니	相逢俱是廣寒仙
오늘밤 분명코 옛 인연을 이으리라	今夜分明續舊緣
배필됨은 본래가 하늘이 정한 바니	配合元來天所定
세간의 매파들은 공연히 분망했네	世間媒妁摠紛然

라고 하니 삼의당 김씨는 곧 이어 차운하기를

열여덟 살 선랑과 열여덟 살 선녀는	十八仙郞十八仙
한방에 화촉 밝혀 좋은 인연 맺었노라	洞房花燭好因緣
같은 연월 출생하여 한 동네에 살았으니	生同年月居同閈
이 밤의 상봉이 그 어찌 우연이리	此夜相逢豈偶然

라고 즉석에서 화답했다는 것이니 여간한 솜씨가 아니었다.

　1930년(경오)에 발간한 「삼의당집」 2권 1책의 작품 분량은 실로 어
떠한 여류 시인들보다도 많을 뿐만 아니라 그 내용의 질로 보아서도
별로 손색이 없다.
　그의 문집인 「삼의당고(三宜堂稿)」 석판본 66장(매장 10행, 매행
22자)에는 시 99수와 문 19편이 수록되어 전한다.
　「삼의당고(三宜堂稿)」의 서문은 함양(咸陽) 오상철(吳相喆)이 쓰고
발문은 오천(烏川) 정회택(鄭廻澤)이 썼으며 정일섭(丁日燮)이 주관이
되었다고 하였다. 그의 시 가운데서도 결혼 초야의 신방 창수시는 특
히 유명하다.

　[참고문헌] 三宜堂稿, 晉陽河氏大同譜, 湛樂堂河煜三宜堂金氏夫婦詩碑, 大東詩
　　　　　　選, 東洋女史詩選 外.

◇강정일당(姜靜一堂)과「정일당유고(靜一堂遺稿)」

조선조 여류 시인인 정일당(靜一堂) 강씨(姜氏 1772~1832)는 진산(晋山) 강희맹(姜希孟)의 후손이요, 강재수(姜在洙)의 다님이다. 탄재(坦齋) 윤광연(尹光演 1778~1838)의 부인이 되어 출가 후 늦게 한문을 공부하여 문명이 높았다.

연하인 부군과 함께 공부하며 바느질로 생계를 이으며 부군을 명문에까지 수학시켰고, 시문 중에는 부군을 격려한 문자들이 많다. 성현의 학문에도 조예가 깊어서 논문도 썼다. 강씨가 죽은 흐 부군 탄재(坦齋)가 그의 시 38수 척독(尺牘) 82편 잡저(雜著)·묘지명등 150편의 시문을 모아「정일당유고(靜一堂遺稿)」한 책을 1836년에 간행한일이 있다.

규장각(奎章閣)에는 사본 1책이 있다.

「정일당유고(靜一堂遺稿)」활자본 76장(매장 10행, 매행 21자)에는 조카 강원회(姜元會)가 지은 행장과 홍직필(洪直弼)이 지은 묘지명 그리고 남편 윤광연(尹光演)이 지은 제문이 부록되어 있다. 또 발문은 화산(花山) 권우인(權愚仁)등 여러 사람이 썼다.

강정일당은 학문과 시재에 비해 불우한 일생을 살았으니 남편은 6살 연하였고 몹시 가난했으며 특히 5남 4녀를 낳았으나 모두 잃었다. 그러나 의연하게 살았다.

[참고문헌] 靜一堂遺稿 坡平尹氏 族譜, 大東詩選, 東洋女史詩選 外.

◇홍유한당(洪幽閑堂)과「유한당고」(幽閑堂稿)

홍유한당(洪幽閑堂 1791~1827년 이후): 본관은 풍산(豊山). 이름은 원주(原周)이다. 홍인모(洪仁摸)와 영수합 서씨의 외동딸이며 홍석주의 누이동생이고 심의석(沈宜奭 : 본관은 청송, 1793~1827)의 부인이다. 문집으로 『유한당고』(幽閑堂稿)가 있다. 심의석의 자는 경소(景김)이고 생애에 대해서는 확인하기 어렵다. 유한당의 남편인 심의석은 1827년에 세상을 떠났는데 둘째 부인의 기록이 없는 것으로 보아 유한당이 더 오래 살았던 것으로 보인다. 『유한당고』 편찬이 1854년이니 유한당은 1827년~1854년 사이에 생존한 것으로 추정할 수 있다.

「유한당고」의 이대우(李大愚) 서문에는 「공인 홍씨시집」(恭人洪氏詩集)으로 되어 있고 한시 175수가 수록된 목판본인데 1854년 갑인에 사위 이대우가 서문 쓴다고 하였다.

◇숙선옹주(淑善翁主)와 「의언실권」(宜言室卷)

숙선옹주(淑善翁主 1793~1836): 정조(正祖)의 따님이며 가순궁(嘉順宮) 수빈(綏嬪) 박씨(朴氏)의 소생. 순조(純祖)의 유일한 동복 동생으로 순조의 애정이 각별하였다. 홍현주(洪顯周 1793~1834)의 부인으로 문집인 『의언실권』(宜言室卷)은 홍현주의 시문집인데 이 속에 숙선옹주의 시 10여편이 함께 들어 있다.

◇김부용당운초(金芙蓉堂雲楚)와 「운초당시고(雲楚堂詩稿)」

조선 여류 시인 부용당(芙蓉堂) 김씨(金氏 1790경~1857이전)는 자가 운초(雲楚)요 호는 부용(芙蓉)이며. 성천(成川)의 시기였다가 연천

(淵泉) 김이양(金履陽 1755~1845) 대감의 소실이 되었다.

「부용집제발시(芙蓉集題跋詩)」를 보면 그는 무산(巫山) 12봉의 정기를 품고 성천에서 태어나 누대가무지(樓臺歌舞地)에서 생장하는 동안에 그의 예술, 특히 시문에 빛을 발휘하여 성도(成都)의 설교서(薛校書)란 칭호를 받게 되었다 한다.

그러나 운초는 이와 같은 모든 허명을 내던지고 원래는 기생이었으나 별로 뜻이 없어 금수강산을 유람한 후 문을 굳게 닫고 여생을 보내려 하였다.

다행이 운초를 이해하는 연천(淵泉) 김이양(金履陽)을 만나 소실이 되어서 시를 읊고 노래하며 여생을 함께 보냈다.

「삼호정시단(三湖亭詩壇)」의 동인으로 시기(詩妓)로는 계생(桂生)을 누를 만한 부용류(芙蓉流)의 시경(詩境)을 가졌을 뿐만 아니라, 이전에 볼 수 없었던 독특성이 있어 남자로 하여금 감히 얼굴을 못 들게 하였다 한다.

조선 여류 시인에게서 흔히 볼 수 있는 연약한 애상이 적고 어디까지든지 여장부다운 시정을 읊었다. 그의 시집인 「운초시(雲楚詩) 또는 부용집(芙蓉集)」에는 약 250수의 시가 수록되어 있다. 또 그의 층시(層詩)는 시각적(視覺的) 효과를 형상화 하는 특수한 시형(詩形)으로 유명하다.

1996년에 발간한 「雲楚의 詩와 文學世界」(金智勇, 金美蘭 공저)에는 모두 247편의 시가 번역 수록되어 있다.

[참고문헌] 雲楚堂詩稿, 淵泉集(金履陽), 금잔디(金岸曙), 꽃다발(金岸曙), 三湖亭詩壇과 同人(金智勇), 安東金氏世稿, 朝鮮歷代女流文集(閔丙燾) 外.

◇박죽서(朴竹西)와 「죽서시집(竹西詩集)」

조선조 여류 시인인 박죽서(朴竹西 1819~1845 이전)는 호를 반아당(半啞堂)이라고도 하며 사인(士人) 반남(潘南) 박종언(朴宗彦) 소실의 딸이며 서울의 부사(府使) 송호(松湖) 서기보(徐箕輔 1785~1870)의 부실(副室)이다.

김운초(金雲楚), 금원(錦園)등과 함께 삼호정시단(三湖亭詩壇)의 동인이며 특히 「죽서시집(竹西詩集)」발문을 쓴 금원(錦園)과는 같은 원주(原州) 사람으로 일생을 손을 마주잡고 시문과 벗을 삼아온 시인이다.

어려서부터 총명하여 하나를 들으면 열을 알았다 한다. 그 아버지 박종언(朴宗彦)의 사랑 밑에서 소학(小學)·경사(經史)·고작시문(古作詩文)들을 탐독(耽讀)하였다하며, 성장하여서는 특히 소동파(蘇東坡)·한퇴지(韓退之)를 배웠으며, 그의 시는 송하풍미(松下風味)가 있었다.

그의 시집의 서문은 남편 서기보(徐箕輔)와 종친이 되는 두산(斗山) 서돈보(徐惇輔)가 썼다.

일생을 병마와 싸운 나머지 시문이 매우 감상적이나 오히려 이 점은 한국 여류 시인의 특징으로 그곳에 숨김없는 진실성이 있다 하겠다.

그의 연대에 관해서는 이렇다 할 사료(史料)는 없지만 두산(斗山)의 서문과 금원의 「호동서락기(湖東西洛記)」를 종합해 보면 대강 추측할 수가 있다.

금원보다 젊으니 순조 17년 이후에 태어났고 용만(龍灣)에서 돌아와 용산(龍山) 삼호정(三湖亭)에서 금원과 수창(酬唱)을 하던 해가 헌종(憲宗) 정미년(1847)이었으며 죽은 뒤 그의 시를 편집하려던 해가

신해년(1851)이니, 죽서는 1817년에서 1851년 사이의 여인이었던 것
은 확실하다.

그의 시집「죽서시집(竹西詩集)」1권 1책은 1851년(철종 2) 가을에
두산(斗山) 서돈보(徐惇輔)가 박죽서의 시 166편을 모아 발간했다. 목
판본 40장(매장 10행, 매행 16자)으로 된 이 시집은 서돈보가 서문을
쓰고 금원이 발문을 썼다. 시집 첫 머리에 '죽서시초(竹西詩抄)'라 한
것으로 보아 죽서의 시작품은 더 많았을 것으로 짐작된다.

　[참고문헌] 竹西詩集, 湖東西洛記, 大東詩選, 東洋女史詩選 外.

◇김금원(金錦園)과「호동서락기(湖東西洛記)」

김금원(金錦園 1817 ~ ?)은 원주(原州) 태생의 기녀로 이명이 금앵
(錦鶯)이며「삼호정시단(三湖亭詩壇)」의 동인이요, 삼호정(三湖亭) 규
당학사(奎堂學士) 김덕희(金德熙)의 소실이다.

금원의「호동서락기(湖東西洛記)」에 의하면 그녀는 어릴 때부터 병
을 잘 앓아 부모가 가엽게 여기어 문자를 가르쳤다고 한다.

몇 살 안되어 경사(經史)에 능통하고 고금(古今) 문장과 시문(詩文)
에 심취하여 때로 흥에 겨워 음화영월(吟花詠月)하기를 마지않았다고
한다. 14세에 남복차림으로 금강산이며 여러 명승지를 구경하였으며
항상 남자로 태어나지 못하고 여자로 태어난 것을 한으로 생각하였다
고 전한다.

「죽서시집」(竹西詩集) 발문에서도 후생에 죽서와 같이 남자로 태어
나서 서로 시로써 주고 받았으면 좋겠다고 하였다.

또「호동서락기(湖東西洛記)」에서도

"여자도 한낱 인간이어늘 심궁고문(深宮固門)은 그 어찌 일신의 유

체(幽滯)가 아니며 번건결대(幡巾結帶)는 그 어찌 사시(四時)의 구속
이 아니리오. 마음대로 출입할 수 없는 것은 그 어찌 죄 없는 금고(禁
錮)가 아니겠으며 화조월석(花朝月夕)이 인간의 가절(佳節)이나 만유
(漫遊)할 수 없으리라."하여 사나이가 못 된것을 큰 불행으로 여겼다.

그는 금강산뿐만 아니라 충청도와 황해도·평안도와 서울 일대의
명승 고적을 두루 유람하고는 '호동서락(湖東西洛)'의 기행 견문 시문
집인「호중과 영동과 관서와 낙양의 기록」시집인 호동서락기(湖東西
洛記)를 펴냈다.

그가 14세 때 금강산을 유람하며 시를 짓던 것이 인연이 되어 그 해
에 삼호정(三湖亭) 김덕희(金德熙)와 결혼하고 삼호정에서 살면서 풍
월을 지어 읊으며 살았는데 그 시의 재주가 뛰어나 27세(1843)에 벌
써 사마자장(司馬子長)이라고 칭찬했다는 것이다. 1845년에 남편 김
덕희 와 다시 금강산을 유람하고 1847년부터는 이곳 삼호정에서 김연
천(金淵泉)의 소실 김운초(金雲楚), 이화사(李花史)의 소실 경산(瓊
山), 서송호(徐松湖)의 소실 박죽서(朴竹西), 홍주천(洪酒泉)의 소실이
며 김금원(金錦園)의 동생인 경춘(瓊春)등 같은 처지에 있는 사람끼리
모여 그들의 말대로 사시풍월(四時風月)과 일강화조(一江花鳥)를 읊으
면서 하나의 시문 동인회를 이루었다. 그러면서 1850년에는 호동서락
기(湖東西洛記)를 탈고하고 1851년에는「죽서시집(竹西詩集)」의 발문
을 쓰고는 죽은 연대는 미상이다. 그의 시집 중에는「호락홍조(湖洛鴻
爪)」11수가 수록되어 유명하다.

[참고문헌] 湖東西洛記, 竹西詩集, 雲楚堂詩稿, 朝鮮女俗考(李能和), 三湖亭詩壇
의 特性과 作品(亞細亞女性研究, 金智勇).

◇남정일헌(南貞一軒)과 「정일헌시집(貞一軒詩集)」

남정일헌(南貞一軒 1840~1922)은 근대의 여류 한시인이다.

본관은 의령(宜寧)으로 남세원(南世元)의 따님이요, 남구만(南九萬)의 7대손이다. 령재(寧齋) 이건창(李建昌)과도 척종(戚從)인 그는 16세 때 창녕(昌寧) 성혼(成渾)의 후손인 성대호(成大鎬 1839~1859)에게 출가했다가 부군이 21세로 요절하는 바람에 20세에 홀로 되어 일생을 효부로서 글을 쓰며 살았다.

정일헌은 남편이 후사도 없이 죽자 함께 자결하려 했으나 시어머니의 간곡한 만류로 조카 성태영(成台永)을 양자로 들이고 효와 치가에 정성을 다하며 한편 서사(書史)와 시작(詩作)을 전념하면서 85세를 살았다.

정일헌이 남긴 시 57편과 제문(祭文) 1편을 모아 그의 양자 성태영(成台永)이 묘지(墓誌) 등을 부록에 넣어 1923년에 시문집 「정일헌시집」(貞一軒詩集)을 간행했다. 묘는 부군과 합장하여 아산군 농은리(牙山郡 農隱里)에 있다.

> [참고문헌] 昌寧成氏族譜, 貞一軒詩集(특히 成台永의 墓誌, 李建芳의 墓表, 李建昇의 跋文), 明美堂稿 (李建昌).

◇강지재당(姜只在堂)과 「지재당집(只在堂集)」

지재당(只在堂)은 김해(金海)의 기생이던 강담운(姜澹雲)의 호요, 고종 때 풍류시인 차산(此山) 배전(裵婰 1843~1899)의 소실이다. 중국 가도(賈島)의 시에 '只在此山中'이란 데서 두 사람의 호가 이루어져서 시적이요 낭만적인 호를 쓰며 시를 지으며 살았다.

지재당은 시명이 높고 글씨가 뛰어나 차산(此山)의 교주로 「지재당고(只在堂稿)」 2권을 간행했으나 현재 상권에 시문 45편만이 전한다.

지재당의 생애는 미상이나 다만 그의 시 '억석(億昔)'에 의하면,

"8세에 어머니를 따라 김해로 옮겼고, 몰락하여 첩의 몸이 되었는데 15세 때는 낭군을 만났으나 여의고 17세 때 어머니를 잃고 그 뒤 일심인(一心人) 배차산(裵此山)의 품으로 돌아왔다"고 하였다.

「지재당시고」권1의 간행 머리에 '금능여사(金陵女史) 강담운(姜澹雲) 저' '일심인 배차산(一心人 裵此山)교'로 표기된 것으로 보아 두 사람의 생애가 짐작된다.

[참고문헌] 只在堂稿 卷之一, 韓國女性文學史研究(金智勇, 首都女師大論文集 3)

◇김청한당(金清閑堂)과 「청한당산고」(清閑堂散稿)

김청한당(金清閑堂 1853~1890) : 본관은 경주(慶州). 청한당 김씨는 1853년 의금부도사(義禁府都事)인 김순희(金淳喜)의 따님으로 명례방(明禮坊)에서 태어났다. 4살 때 친구 따라 밖에 나갔다가 그것은 여자의 선행(善行)이 아니라고 하는 부모의 꾸지람을 듣고 이후에는 일체 문 밖에 나가지 않았다. 병인양요(丙寅洋擾) 사건 때 부모가 딸을 경기도 광주(廣州)로 피신시키려 하였으나 여자는 밖에 나가지 않는다 하며 가지 않았다. 15세가 되었을 때 이현춘(李顯春)과 결혼하였다. 그러나 결혼생활도 잠시, 17세 되던 해에 남편은 갑자기 세상을 떠났다. 남편을 따라 죽고 싶었지만 시부모가 아직 살아 계시므로 실행치 못하고 시부모를 정성껏 모셨다. 시아버지가 며느리의 언행을 칭찬하여 유한당(幽閑堂)이란 당호(堂號)를 주었는데 며느리가 극구 사양하자 다시 청한당(清閑堂)이란 당호를 내려 주었다. 조카 경만(庚

萬)을 양자로 삼아 엄격하게 ㄱ르쳤으며 임오군란(壬午軍亂) 등의 변
고를 거치면서 주위 사람들에게 이런 때일수록 규의(閨儀) 정돈(整頓)
을 더욱 배가(倍加)하여야 한다고 훈계하였다. 1890년 시부의 삼년상
을 마치고 난 9월 12일 오후 세수를 깨끗이 한 후 아들을 비롯한 가족
들에게 집안 살림과 제사 모시는 법 그리고 조상의 문집을 간행해 줄
것 등을 당부하고 음독 자살하였다. 부도(婦道)를 강조하였지만 집안
일을 하는 틈틈이 글을 쓰면서 허전한 마음을 달랬고 이렇게 해서 남
은 시 30여 편과 문(文) 2편을 동생 상오(商五)가 『청한당산고』(淸閑
堂散稿)로 펴내었다.

◇학정헌 고부(鶴丁軒 姑婦)가 주고받은 시고(詩稿)

이 창화시는 이능화(李能和)가 저술한 「조선여속고(朝鮮女俗考)」
(1926년간) 제23장 「조선부녀지식계급」중 '사족부녀지능해시가자(士
族婦女之能解詩歌者)에서 인용한 것으로 저자는 이 대목에서
이전에 안지정(安之亭)선생이 이 고부기담(姑婦奇談)을 엮어 간행
할 때 이 「학정헌고부창화고」(鶴丁軒姑婦唱和稿)를 소개하면서 그 내
력에 대하여 이르기를.
"학정헌(鶴丁軒) 오씨(吳氏)의 부가(夫家)는 신(申)이요, 그녀의 시
어머니[姑]는 정씨(鄭氏)이다. 부가(夫家)는 처음에 원주(原州)에서 살
다가 뒤에 중국에 가 살았는데, 시어머니와 며느리가 다 천재였다. 요
동(遼東)으로부터 강남(江南)에 전거(轉居)하였으나, 지금은 어디로
향하였는지 모른다. 요동에 있을 때 학정헌이라 호하였다 하니, 고국
을 그리워하는 뜻을 얹어 지은 것이다. 고부가 화창(和唱)하되, 시어
머니가 먼저 글귀를 지으면, 반드시 '며느리가 뒤를 따라 화답하고, 거

꾸로 며느리가 먼저 글귀를 지으면 반드시시어머니가 뒤를 놓았으니, 짝이 맞아 글에 허술한 데가 없었다. 내가 임술년(1862?)에 정씨의 조카 추재(秋齋) 정즙(鄭濈)으로 인하여 원고를 얻어 상하권으로 엮었으니, 그 상권은 이미 열매를 맺었도다."

라고 했고,

"그 글이 부드럽고 교치(巧緻)하여 우리 나라나 중국 할 것 없이 희한함으로, 한두편을 적록(摘錄)하는 바이다. 그 글에 매우 윤기가 있다. 한 점의 고기로 그 쇠고기 전부의 맛을 알 것이요, 일부로써 그 전모를 가히 짐작할 만한 것이다."

라고 했으며 이 시를 실어 소개했다.

그 시의 전부는 아니지만 「조선여속고」에 소개된 것만 여기 시문선에 싣는다.

[참고문헌] 朝鮮女俗考 李能和

◇오소파 효원(吳小坡 孝媛)과 「小坡女士詩集」

소파 오효원(小坡 吳孝媛)은 영남의 의성(義城)에서 1888년 오시선(吳時善)의 따님으로 나서 14세에 상경하여 신교육과 한문을 함께 배우며 당시의 사교계와 시문계에 놀라운 존재가 되었다.

그의 부친이 쓴 「소파여사시집(小坡女士詩集)」서문에 의하면 어릴 때 이름은 덕원(德媛)이며 나면서 총명했고 9세에 사숙(私塾)에 보냈더니 천자문을 배워 며칠 안 되어 벌써 시를 지었다고 했다. 하나를 들으면 열을 안다고 했고 당시 의성에서 열리는 백일장(한시문)에 장원하여 영남의 유림들을 놀라게 했으며, 제2의 허난설헌이 났다고 야단법석이었다고 했다. 오효원은 아버지가 공금을 축내 서울에 구금되어 있는 것을 요로에 진정하여 구원하려고 어린 몸으로 단신 상경했었다. 이때 나이 14세였는데 그때 서울에 와서 문림(文林)에 출입하면서 그 명성이 높아졌었다.

20여 세에 동경 공관원 신해영(申海永)과 약혼했는데 바로 사별하고 29세에 상해(上海)에 건너가서 양계초(梁啓超)등 중국 문단과 한묵(翰黑)의 교류를 하다가 그곳에서 고성(固城) 윤명은(尹命殷)과 만나 결혼하여 귀국했다.

· 그는 일찍부터 신교육을 받아 한시문에도 능했지만 신문화에도 선각이어서 일찍부터 야소교에서 세례를 받고 한때 동경 유학도 하였으며, 서울에서는 신명(新明)·숭신(崇信)·공옥(攻玉)등 여학교에서 4년간 교편을 잡은 일도 있었다고 하였다.「소파여사시집(小坡女士詩集)」한 책은 개화기의 여류 시인이며, 여류 사교가인 소파(小坡) 오효원(吳孝媛)의 시집으로, 활자본 3편 1책, 국판 176면 1929년 9월에 서울 대동인쇄주식회사의 인쇄로 간행되었으며, 저자 겸 발행자는 오효원으로 되어 있다. 편집은 그의 부친인 몽금옹(夢今翁) 오시선(吳時善)이 했다. 체재는 표1 다음에 저자 사진을 전면으로 싣고 다음 장에는 '秋雨秋風愁然人'이란 저자 유묵을 사진판으로 실었다. 그리고 편자 서문, 저자 자서 및 제(題)와 목록으로 이어지며, 책 뒤에는 발문과 편집후기가 있다.

본문은 상·중·하 3편으로 분할 편집하였는데, 그 작품 내용은 5언 절구 79수, 7언 절구 196수, 고시(5·7언) 8수, 5언 율시 13수, 7언 율시 118수, 그리고 소체(騷體)라 하여 사(辭) 1편과 가사(歌詞) 6편이 수록되었고, 소파여사의 부친인 수양산인(首陽山人) 몽금옹(夢今翁)이 1923년(계해년) 3월에 쓴 서문과 동성(桐城) 오지영(吳芝瑛)이 1918년(중화민국 7년) 10월에 쓴 "題小坡女士吳君詩集"과 "1929년(기사년) 7월에 저자인 해주(海州) 오효원(吳孝媛) 소파(小坡)가 적는다.”는 자서가 실려 있다.

[참고문헌] 小坡女士詩集, 小坡 吳孝媛의 社會活動과 詩作(金智勇), 亞細亞女性 研究 17.

◇최송설당(崔松雪堂)과 「송설당집」(松雪堂集)

최송설당(崔松雪堂 1855~1939)은 화순(和順) 최창환(崔昌煥 1827~1886)의 무남 삼녀의 맏따님으로 경북 금산(金山) 즉 지금의 김천시(金泉市)에서 태어나 어릴 때부터 부친에게서 한학을 공부하여 시재에 뛰어나 한시와 국문가사를 많이 창작한 여류 시인이자 조선 국말 한양의 상류부인 사회에서 사교하던 개화된 여성이며 국말에 궁중에 들어가 영친왕의 보모로도 이름나고 말년에는 학교를 설립한 육영사업가로도 인구에 화자되는 여성이다.

최송설당은 39세(1894)에 상경하여 불교에 귀의하면서 사교계에 이름났고 43세 때 엄비(嚴妃)와 가까워지면서 영친왕인 이은(李垠)이 탄생하자 보모가 되어 궁중생활이 시작되었고 그 힘을 얻어 홍경래란(洪景來亂) 때 몰적(沒籍)을 당하고 옥사했던 조상을 신원(伸寃)하였고 한일합방 이후는(1912) 서울에다 집을 마련하여 송설당(松雪堂)이라 당호를 지어 한옥에 거처 하였으며 68세인 1922년에 시, 문을 모아 「최송설당문집」 2권을 발간하니 그 1권은 한시집으로 작품 170여 편이 수록되고 그 2권은 언문사조(諺文詞藻)라 하여 가사 약 50편이 수록되어 있다.

또한 최송설당은 1931년에 사재를 모두 내어 놓고서 사립 김천고등보통학교를 설립하여 육영사업에도 공로가 컸으니 지금의 김천 중, 고등학교의 전신이다.

8. 여류작가 일람

한국 역대 여류 한시·문 작가들을 그 신분과 내력이 대충이라도 잡히는 인물을 모아서 일람표에 담아 본다. 그러나 빠지는 작가가 많다.

작가	연 대	기 사	시문집 또는 대표작품	참 고 문 헌
여옥(麗玉)	고조선 BC 2	조선진 졸 자고 (朝鮮津卒 子高)의 처	공후인(箜篌引)	古今注(崔豹, 漢 惠帝 東洋歷代女史詩選
진덕여왕 (眞德女王)	신라 28대왕 (647~654)	이름은 승만(勝曼) 선덕여 왕(善德女王) 조카	태평송 (太平詩頌)	三國史記, 東洋歷代女史詩選 以下 東洋女史詩選
설요(薛瑤)	신라 문무왕 신문왕대(?~693)	설승충(薛承沖)의 따님 곽원진(郭元振)의 첩	반속요(反俗謠)	大東詩選 海東詩選
행역자처 (行役者妻)	고려	(미상)	거사련(居士戀)	高麗史樂志(李齊賢解詩)
제위보여자 (濟危寶女)	고려	어느 행역자의 처 제위보 의 여인	제위보(濟危寶)	高麗史樂志(李齊賢解詩)
학자녀 (學者女)	고려	김태현(金台鉉)을 그리던 여인	연모시(戀慕詩)	高麗史樂志(李齊賢解詩) 淸脾錄
권귀비 (權貴妃)	고려	양가의 딸(良家女)	궁사(宮詞)	東洋女史詩選
덕개(德介)	고려	고려기녀	송행(送行)	東洋女史詩選
소수인 (小水人)	고려 말	나룻가 여인	제암벽(題菴壁)	東洋女史詩選
동인홍 (動人紅)	고려	팽원의 기녀(彭原妓)	자서(自敍)	補閑集 大東詩選 海東詩選
우돌(于咄)	고려 고종	용성의 기녀(龍城妓)	기국첨(寄國瞻)	補閑集 大東詩選 海東詩選
십궁희 (十宮姬)	안평대군 때	안평대군(安平大君)의 10 궁녀	연시(烟詩) (連作))	東洋女史詩選(以下女史詩選)
이각부인 (李恪夫人)	조선 세종 때	이각은 세종때 야인 침범 을 막은 사람	송부출새(送夫 出塞)	大東詩選 海東詩選
동래 정씨 부인(東萊 鄭氏 夫人)	정인인은 1504~?(성종때)	정자순(鄭自順)의 따님 정찬우(鄭纘寓)의 부인 정인인(鄭麟仁)의 어머니	제태공조어도 (題太公釣魚圖)	東人詩話 大東詩選 稗官雜記 海東詩選

작가	연 대	기 사	시 문 집 또는 대표작품	참 고 문 헌
성씨부인 (成氏夫人)	성종 때	성희(成熺)(1450文科)의 따님 최당(崔塘)부인	증인(贈人) 成氏詩藁(不傳)	列朝詩選 大東詩選 女史詩選 明詩綜 海東詩選
김임벽당 부인(金林 碧堂夫人)	유여주(兪汝舟) 는 1480 ~?	김수천(金壽千)의 따님 유여주(兪汝舟)부인	빈녀음(貧女吟) 林碧堂集(不傳)	列朝詩選 大東詩選 國朝名媛詩歸
광주김창암 (光州 金蒼岩)	?~ 1508	김석진(金石珍)의 따님 용모가 추해 노처녀로 기 세	자경(自警)	東洋歷代女史詩選
유씨(柳氏) 부인	1550-1637	유몽인(柳夢仁)의 누님 홍천민(洪天民)의 부인 홍서봉(洪瑞鳳)의 어머니	낙구 한수 있음	海東詩選
광산김씨부 인(光山金 氏夫人)	부(夫) 이찬 1575~1654	김부륜(金富倫)따님 이찬(李燦 1575~1654) 부인	「국창집」 중 (菊窓集 中)	附菊窓先祖妣令人 光州金氏逸稿
연안이여순 (延安李女 順) 부인	김자겸은 ?~1608	이귀(李貴)의 따님 김자겸(金自謙)의 부인	자탄(自歎)	東洋女史詩選 大東詩選外
인목대비 (仁穆大妃)	1584~1632	김제남(金悌男)의 따님 선조(宣祖)의 계비	재서궁자조 (在西宮自嘲)	東洋女史詩選
조운(朝雲)	진주기녀 (晋州妓)	남곤(南袞 1471~1527)의 정인	가증남지정곤 (歌贈南止亭袞)	大東詩選 海東詩選 朝鮮解語花史
정봉원부 인(鄭蓬原 府夫人) 이름 양정 (楊貞)	1541~ 1620	정유길(鄭惟吉)의 따님 유자신(柳自新)의 부인 광해군비유씨(光海君妃 柳氏) 모부인	출왕서빙고 강 사(出往西氷庫 江舍)외 「임당유고」 (林塘遺稿)	公私見聞錄 大東詩選 海東詩選
이씨(李氏)	신순일(申純一)은 1550~1626	이정현(李廷顯)의 따님 신순일(申純一)의 계실	실제(失題) 李氏詩藁(不傳)	海東詩選 大東詩選
장정부인 (張貞夫人)	1598~1680	장흥효(張興孝)의 따님 이시명(李時明)의 부인	희우시(稀又詩) 「정부인 안동 장씨 실기」(貞 夫人 安東 張氏 實記)	大東詩選 海東詩選 貞夫人 安東張氏 實記
승이교 (勝二喬)	선조 때	진주기녀(晋州妓)	추회(秋懷) 외	松溪漫錄 海東詩選 大東詩選
양사언(楊 士彦) 소실	선조 때	양사언(楊士彦) (1517~1584)	규원(閨怨)	海東詩話 女史詩選 芝峰類說 大東詩選

작가	연 대	기 사	시문집 또는 대표작품	참 고 문 헌
심씨(沈氏) 부인이름 앵도(櫻桃)	1600~1656	심광세(沈光世)의 따님 황신(黃愼)의 의손 이즙(李楫)의 부인	봉송가대인적 고성(奉送家大 人謫固城) 외	海東詩選 大東詩選
이씨(李氏)	김성달은 1642~1696	무가(武家)의 딸 김성달(金盛達)의 첩	영수(咏愁) 외	大東詩選 女史詩選 海東詩選
얼현(孼玄) 일명 설죽 (雪竹)	효종 때	안동권가여종(安東權家 婢) 권래(捲來)의 시청비	추사(秋思) 외 「백운자시고」 (白雲子詩稿)	海東詩選 箕雅 白雲子詩稿
취련(翠蓮)	서명빈은 (1638~1763)	장성기녀(長城妓) 서명빈(徐命彬)의 애인	상월(賞月) 외	詩家叢話 大東詩選 錦溪筆談
안원(安媛)	숙종 때	홍순연(洪舜衍)의 첩	춘사(春思) 외	兩東唱酬錄 海東詩選
황진이 (黃眞伊)	서경덕(徐敬德) (1489~1546)	송도기녀(松都妓) 서경덕 정인	만월대회고(滿 月台懷古) 외	女史詩選 小華詩評 芝峰類說 中京誌 竹窓閑話 水村漫錄 於于野談 靑牌 錄 續靑丘風雅 西浦漫筆 大東詩選 海東詩選
매황 이계 생(梅窓 李 桂生)	1573~1610	부안기녀(扶女妓)	「매창집」 (梅窓集)	海東詩話 惺所覆瓿藁 芝峰類說 村隱集 小華詩評 古今笑叢 大東詩選 外
빙호당조씨 (氷壺堂 趙氏)부인	숙천령은 (15125 ~ ?)	숙천령(肅川令)의 부인	영빙호(詠氷壺) 외	芝峰類說 大東詩選 小華詩評 海東詩選 外
송덕봉 (宋德峰) 부인	1521~1578	송준(宋駿) 따님 유희춘(柳希春) 부인	마천령(摩天嶺) 「송씨시고」(宋 氏詩藁) 부전	眉岩集 大東詩選 海東詩選 女史詩選
신사임당 (申師任堂)	1504~1551	신명화(申命和)의 따님 이율곡(李栗谷)의 어머니	사친(思親) 외	栗谷集 大東詩選 朝野輯要 海東詩選 槿域書畫徵 女史詩選
이옥봉 (李玉峰)	조원은 (1544~1595)	이봉(李逢)의 서녀 조원(趙瑗)의 첩	「옥봉집」 (玉峰集) (嘉林世稿 附錄)	列朝詩集 大東詩選 明詩綜 海東詩選 名媛詩歸 女史詩選 芝峰類說 譫小錄 西浦漫筆 嘉林世藁 靜志居詩話
허난설헌 (許蘭雪軒)	1563~1589	허엽(許曄)의 따님 김성립(金誠立)의 부인	유선사(遊仙詞) 「난설재집」 (蘭雪齋集(版) 「허부인 난설헌 집」(許夫人 蘭 雪軒集(版)	惺所覆瓿藁 芝峰類說 鶴山 樵談 西涯漫筆 晴窓軟談 西 浦漫筆 列朝詩集 續靑丘風雅 明詩綜 荷谷集 西涯別集 大東詩選 海 東詩選 熱河日記 女史詩選 國 朝詩刪 靜元居詩話

작가	연 대	기 사	시문집 또는 대표작품	참 고 문 헌
취련(翠連)	윤양래는 (1673~1751)	정평기녀(定平妓) 윤양래(尹陽來)의 정인	체우북영(滯雨 北營) 외	海東詩選 大東詩選
한양조씨 (漢陽趙氏) 부인	1609~1669	조한(趙翰)의 따님 오달천(吳達天)의 부인	기민탄(飢民歎)	大東詩選 海東詩選 東洋女史詩選
청풍김씨 (淸風金氏) 부인	1611~1661	김육(金堉)의 따님 서원리(徐元履)의 부인	우성(雨聲)	潛谷遺稿外 詩選
수향각원씨 (繡香閣元 氏)	옥산 (1542~1609)	옥산이우(玉山李瑀)의 정인인듯	정옥산 (呈玉山)	大東詩選 海東詩選 女史詩選
심정순(沈 貞純) 부인	1618~1702	심희세(沈熙世)의 따님 신최(申最)의 부인	제망녀문 (祭亡女文)	春沼子集
신씨(愼氏) 부인	1626~1688	신현(愼晛)의 따님 경취(慶取)의 부인	춘일시(春日詩) 외	海東詩選
유씨(柳氏) 부인	남구만은 1629~1711	남종만(南鍾萬)의 부인 남구만(南九萬)의 종수(從 嫂)	조약천상공 (嘲藥泉相公)	大東詩選 海東詩選 女史詩選
이씨(李氏) 궁녀	광해군 때	뒤에 심기원(沈器遠)과 김 자점(金自點)의 소실이 됨	자상시(自傷詩) 외	大東詩選
안동김씨 (安東金氏) 부인	1661~1722	김수증(金壽增)의 따님 신진화(申鎭華)의 부인	월화이화 (月下梨花)	汾厓集 外 大東詩選
곽청창(郭 晴窓)부인	김철근은 1678~1728	곽시징(郭始徵)의 따님 김철근(金鐵根)의 부인	응구시(應口詩) 외	幷世才言錄 外 大東詩選
안동김운 (安東金雲) 부인	1679~1700	김창협(金昌協)의 따님 오진주(吳晋周)의 부인	과선원사(過仙 源祠)의 낙구	農岩集 農岩雜識 外 大東詩選
소홍(小紅)	영조 때	평양기녀	영회(詠懷) 외	海東詩選 大東詩選
매학(梅鶴)	영조 때	화산기녀(花山妓)	증금대(贈錦帶)	海東詩選 大東詩選
계월 (桂月)	이광덕 1690~1748	평양기녀 이광덕(李匡德)의 첩	봉별순상이공 (奉別巡相 李公)	海東詩選 大東詩選
백화당(百 花堂) 부인	영조 때	내력 미상	춘원(春怨)	海東詩選 大東詩選

작가	연 대	기 사	시 문 집 또는 대표작품	참 고 문 헌
소옥화 (小玉花)	영조 때	거제기녀(巨濟妓)	송군(送君)	女史詩選 海東詩選 大東詩選
김호연재 (金浩然齋)	1681~1722	송요화(宋堯和)부인	「호연재시집」 (浩然齋詩集)	
남의유당 (南意幽堂)	1727~1823	남직관(南直寬)따님 김시묵(金時默) 부인	「관북유람일기」 (關北遊覽日記)	
어우동 (於于同)	영조 때	호서기녀(湖西妓)	부여회고 (扶餘懷古)	大東詩選
윤지당 임 씨(允摯堂 任氏)	영조 때 1721~1793	임척(任適)의 따님 신광유(申光裕) 부인	「윤지당유고」 (允摯堂遺稿)	號譜, 韓國圖書解題 允摯堂遺稿
산효각 신 씨(山曉閣 (芙蓉)申氏)	1732~1791	신박호(申泊告)의 따님 윤운(尹惲)의 부인	부용시선 (芙蓉詩選)	山曉閣芙蓉詩選의 申奭相祭文 石花集, 東洋女史詩選
삼의당 김 씨(三宜堂 金氏)	1769~1823	김인혁(金仁赫)의 따님 하욱(河湜)의 부인	「삼의당고」 (三宜堂稿)	三宜堂稿 晉陽河氏 大同譜 大同詩選 東洋女史詩選
영수합 서 씨(令壽閣 徐氏)	1753~1823	서형수(徐逈修)의 따님 홍인모(洪仁謨) 부인	「영수합고」 (令壽閣稿)	足睡堂集 大東詩選 豊山世稿 女史詩選 淵泉集 海東詩選
유한당 홍 원주(幽閑 堂 洪原周)	1791~1827	홍인모(洪仁謨)와 영수합 (令壽閣)의 따님 심의석(沈宜奭)의 부인	「유한당시고」 (幽閑堂詩稿)	足睡堂集 大東詩選 豊山世稿 女史詩選 淵泉集 海東詩選 幽閑堂行實錄
부용(芙蓉) 김운초 (金雲楚)	1790년경 ~ 1857년 이전	김이양(金履陽)의 첩 성천(成川) 태생 기명(妓名)은 부용(芙蓉)	「은초당시고 (사)」(雲楚堂詩 稿(寫))	警修堂全藁 大東詩選 女史詩選 湖東西洛記 海東詩選
박죽서 (朴竹西)	1819~1845 이전	박종언(朴宗彦)의 서녀 서기보(徐箕輔)의 부실	「죽서시집(판)」 (竹西詩集(版))	湖東西洛記 大東詩選 女史詩選 海東詩選
김금원 (金錦園)	1817~?	김덕희(金德熙)의 소실 원주(原州) 태생	「호동서락기(사)」 (湖東西洛記(寫))	竹西集 大東詩選 女史詩選 海東詩選
정일당 강 씨(靜一堂 姜氏)	1772~1832	강재수(姜在洙)의 따님 윤광연(尹光演)의 부인	「정일당유고」 (靜一堂遺稿)	靜一堂遺稿 大東詩選 女史詩選 警修堂集 海東詩選
죽향(竹香)	순조때	평양기녀(平壤妓)	황혼(黃昏) 외	大東詩選 女史詩選 海東詩選
최씨(崔氏) 부인	최성대는 1691~1761	최성대(崔成大)와 남매 정지손(丁志遜)의 부인	득령아소식 (得寧衙消息)	杜機詩選 海東詩選 大東詩選 東洋女史詩選

작가	연 대	기 사	시 문 집 또는 대표작품	참 고 문 헌
황정정당 (黃情靜堂)	1779년경 ~ 1849년 이전	황준량(黃俊良)후손 채하(蔡何)의 부인	「정정당유고」 (情靜堂遺稿)	大東詩選 東洋女史詩選
연일정씨 (延日鄭氏) 부인	1693~1722	정만해(鄭萬楷)의 따님 이희지(李喜之)의 부인	절명사(絶命詞)	순종(殉從)한 뒤 정각문(旌閣 門)이 있음
숙선옹주 (淑善翁主)	1793~1836	정조(正祖)의 따님 홍현주(洪顯周)의 부인	「의언실권」 (宜言室卷)	宜言室卷 海東詩選外
죽향(竹香)	연대미상	평양기녀 호가 낭간(琅玕) 세우향(細雨香)	황혼(黃昏) 외	大東詩選 海東詩選 朝鮮解語花史
정일헌 남 씨(貞一軒 南氏)	1840~1922	남세원(南世元)의 따님 성대호(成大鎬)의 부인	「정일헌시집」 (貞一軒詩集)	明美堂稿 昌寧成氏族譜 外
김 청 한 당 (金淸閑堂)	1853~1890	김순희(金淳喜) 따님 이현춘(李顯春) 부임	「청한당산고」 (淸閑堂散稿)	淸閑堂散稿
소파오효원 (小坡 吳孝 媛)	1888~?	오시선(吳時善)의 따님 윤명은(尹命殷)의 부인	「소파여사시집」 (小坡女士詩集)	亞細亞女性硏究 17 金智勇 論文
최송설당 (崔松雪堂)	1855~1939	최창환(崔昌煥) 따님 영친왕 보모(保姆)	「최송설당문집」 (崔松雪堂文集)	崔松雪堂文集

이 밖에 우리 나라 역대 여성의 한시문 작가로서 거론된 사람은 허다하니,

「증보해동시선(增補海東詩選)」(李圭瑢 편)에서는 명원(名媛) 45명, 창기(娼妓) 40명의 시를 추려 실었으며,

「동양역대여사시선(東洋歷代女史詩選)」(중국 郭璨 편)에서는 조선 여인(朝鮮女人) 44인의 시를 뽑아서 소개했다.

이상의 일람표에서 보면 우리 나라 여성들이 한시문을 짓기는 삼국 시대부터였으며, 작품 수는 많지 않아도 여성의 생활과 사상·감정을 표현한 것으로는 당대의 한문 문장가만은 못한 채로 거두어 살필 만한 것이 있었다.

　상고시대의 작품이라고 할 수 있는 여옥(麗玉)의 「공후인(箜篌引)」
은 그것이 중국 최표(崔豹)라는 사람이 전해 듣고 한역(漢譯)해서 「고
금주(古今注)」라는 책에 전하므로 여옥 자신이 지은 한시문이라고는
단정 할 수는 없으나 여옥과 무관하지는 아니하고, 또 고려 때 행역자
(行役者)의 처가 지었다는 「거사련(居士戀)」과 제위보(濟危寶)의 여자
가 지었다는 「제위보(濟危寶)」도 그것이 본시 우리말로 노래한 것인데
익재(益齋) 이제현(李齊賢)이 한시로 번역해서 그의 「소락부(小樂府)」
에 수록했던 작품이니 순연한 여성의 한시라고는 못하겠지만 그 시상
과 형상하려는 내용은 여성의 것이 분명하다.

　다만 신라 때의 진덕여왕(眞德女王)의 「태평시(송)(太平詩(頌)」과
설요(薛瑤)의 작품과 학자녀(學子女)의 작품, 기생이던 동인홍(動人
紅)의 작품, 그리고 역시 기생이던 우돌(于咄)의 작품들은 모두 고대
의 여성작품들로서 희귀하게 유전된 보배라 하겠다.

　대체로 고대 여성과 조선조 시대의 여성의 작품을 견주어 보면, 고
려 이전의 여성 작품에는 같은 고독과 애상 속에서도 자유로운 애정의
호소와 사랑의 갈구가 표출되었고 조선시대 여인들은 그것을 되도록
이면 상징적 수법을 쓰거나 은근히 감추어 표현한 문장과 가교가 보인
다.

　그리하여 조선조 여성들은 때로 시에 능한 작가가 있는가 하면 때
로 산문에 용한 작가가있었다. 같은 시에 있어서도 허난설헌은 사랑과
고독, 신선과 인생을 많이 노래했고, 이옥봉은 독수공방을 노래했으며
서영수합은 여성의 규범을 주로 강조했으며, 임윤지당은 산문에 능했
으며, 김삼의당은 시와 문을 겸비했음을 볼 수 있었다.

제1편 한국역대거명여류한시·문

1. 신 사임당(申師任堂)의 시(詩)

1. 대관령을 넘으면서 친정을 바라보며 踰大關嶺望親庭

어머님은 백발되어 임영①에 계시는데	慈親鶴髮在臨瀛
이몸 홀로 곁을 떠나 서울 가는 딱한 심정	身向長安獨去情
머리 돌려 북평② 땅을 바라보건대	回首北坪時一望
흰 구름 나는 밑에 저녁산간 푸르구나.	白雲飛下暮山靑

2. 어머니를 생각하며 思 親

정든 고향 천리산천 산 겹겹 만봉	千里家山萬疊峯
가고 싶은 마음은 꿈속에서 끝없구나	歸心長在夢魂間

1) 임영(臨瀛) ; 강원도 명주(溟州). 강릉의 옛 이름
2) 북평(北坪) ; 강릉 일대. 정선(旌善)의 옛 이름

한송정[3] 정자가엔 두 개의 둥근 달빛	寒松亭畔雙輪月
경포대 앞바다선 한바탕 바람 불겠지.	鏡浦臺前一陣風
모래 위에 해오라비 모였다간 흩어지고	沙上白鷗恒聚散
바다 멀리 물결타고 고기배들 오가는 곳	波頭漁艇每西東
언제 다시 임영길을 밟아 보고서	何時重踏臨瀛路
어머니 슬하에서 비단옷 꿰매보리.	綵舞班衣膝下縫

3. 낙 구   落 句

밤마다 달을 보고 비는 그 뜻은	夜夜祈向月
생전에 뵙고지라 그 소원뿐[4].	願得見生前

---

3) 한송정(寒松亭) ; 강릉 경포대(鏡浦臺)에 있는 정자 이름. 두 개의 달빛은
   하늘의 달과 호수에 비추인 달. 어떤 책에는 '고윤월'(孤輪月)로 되었음.
4) 여기서 만나기를 원하는 이는 그 어머니이다.

2. 황진이(黃眞伊)의 시(詩)

1. 김경원①을 보내며　　　　別金慶元

삼세의 굳은 인연 금실 좋은 짝이 되니　　三世金緣成燕尾
이승에서 살고 죽음 두 마음만은 알리라.　此中生死兩心知
양주의 꽃다운 언약 내 아니 어기려니와　楊洲芳約吾無負
다만 임이 두목지② 마냥 미남임이 두려울뿐　恐子還如杜牧之

2. 반달을 노래함　　　　詠半月

곤륜산 맑은 구슬 뉘라서 쪼개 내어　　誰斷崑崙玉
직녀의 멋진 빗③을 솜씨 좋게 만들었나.　裁成織女梳
견우가 한 번 떠나 다시 오지 못했으니　牽牛一去後
푸른 하늘 허공 중에 수심겨워 던졌구나.　愁擲碧空虛

1) 김경원(金慶元) ; 생존연대 미상
2) 두목지(杜牧之) ; 두목(杜牧), 중국 당나라 때 시인. 서화에도 능함. 인물 잘
　생기기로 유명.
3) 직녀(織女)의 빗 ; 직녀가 견우 떠난 뒤에 머리를 빗을 일이 없어 빗을 내던
　졌다는 상념으로 반달을 바라봄.

3. 소양곡④을 보내며   送別蘇陽谷

오동잎은 가을뜰에 달 아래 떨어지고   月下庭梧盡
들국화는 제철 만나 서리 속에 누렇구나.   霜中野菊黃
누대는 높이 솟아 하늘과 한 자 사이   樓高天一尺
사람은 취해 있되 천말 술을 마셨구나.   人醉酒千觴

흐르는 물소리는 거문고 속에 차갑고   流水和琴冷
피리소리 구성진 속에 매화는 향기롭다.   梅花入笛香
내일 아침 서로 떠나 이별을 고한 뒤에   明朝相別後
못잊는 그 정은 푸른 물결처럼 끝없겠지.   情興碧波長

4. 만월대⑤ 회고   滿月臺懷古

옛 절은 말이 없이 어구⑥ 옆에 쓸쓸하고   古寺肅然傍御溝
저녁 해는 고목에 비치어 더욱 서럽구나.   夕陽喬木使人愁
태평세월 쓰러지고 중의 꿈만 남았는데   煙霞冷落殘僧夢
영화롭던 그 시절이 탑머리에 부서졌네.   歲月崢嶸破搭頭

4) 소양곡(蘇陽谷) ; 판서(判書) 소세양(蘇世讓 1486~1562) 호가 양곡 황진이
   와 같이 지낸 일이 있다 함.
5) 만월대(滿月臺) ; 고려 서울 송경(松京)의 명소.
6) 어구(御溝) ; 대궐에서 흘러 나오는 개천.

황봉[7]은 어디 가고 참새들만 오락가락   黃鳳羽歸飛鳥雀
진달래 핀 성터에는 소와 양이 풀을 뜯네.   杜鵑花發牧羊牛
송악산 영화롭던 옛 모습 생각하니   神松憶得繁華日
봄이 온들 소슬할 줄 그 누가 알았으랴.   豈意如今春似秋

5. 박연폭포   朴 淵

한 줄기 긴 물이 바위 골로 뿜어 내니   一派長天噴壑壟
폭포수 백 길 넘어 물소리 우렁차다.   龍湫百仞水潨潨
거꾸로 쏟는 폭포 은하수 방불하고   飛泉倒瀉疑銀漢
노한 폭포 떨어지며 흰 무지개 완연하다.   怒瀑橫垂宛白紅

어지럽게 쏟는 물벼락 골짜기에 가득하고   雹亂霆馳彌洞府
구슬 절구에 부서진 옥 창공에 맑았구나.   珠舂玉碎徹晴空
풍류객들아 여산[8]이 더 좋다고 말하지 마라.   遊人莫道廬山勝
천마(天磨)[9]가 해동(海東)에선 으뜸가는 곳.   須識天磨冠海東

---

7) 황봉(黃鳳) ; 누런 봉황새. 임금을 뜻함.
8) 여산(廬山) ; 중국 강서성(江西省)에 있는 명산. 은자(隱者)가 많이 살았다 함.
9) 천마(天磨) ; 천마산. 평안북도에 있는 깊은 산. 남은 황해도 동은 함경도에
   걸쳐 있음.

6. 고려 서울 송도 　　　　　　松 都

눈 가운데 그 옛날 고려의 빛 떠돌고　　　　雪中前朝色
차디찬 종소리는 옛 나라의 소리 같네.　　　寒鐘故國聲
남루(南樓)[10]에 수심겨워 외로이 섰노라니　南樓愁獨立
남은 성터 저녁 안개 피어나듯 떠오르네.　　殘廓暮煙生

---

10) 남루(南樓) ; 남루라는 명칭의 누각은 각처에 있으나 여기서는 고려 서울
　　송도(松都) 즉 개성(開城)에 있었던 듯 하다.

3. 송정부인(宋貞夫人)①의 시(詩)

1. 취한 기분으로 부르노라 　　　　醉裏吟

천지가 넓다고 말을 하지만　　　　天地雖云廣
그윽한 규수방의 참을 못 보네.　　幽閨未見眞
아침에 얼큰히 술에 취하여　　　　今朝因半醉
사해를 바라보니 끝도 없구나.　　四海闊無津

2. 미암②에게 화답하여 바침 　　　獻和眉岩韻

스스로 원공처럼 물욕이 없다더니　　自比元公無物欲
어찌하여 깊은 밤 오경시에 잠못자나.　如何耿耿五更闌
옥당과 벼슬길도 즐겁기야 하겠지만　玉堂金馬雖云樂
가을 바람결에 임 오심만 같으리까.　不若秋風任意還

---

1) 송정부인(宋貞夫人) ; 성명은 송덕봉(宋德峰). 작자해설 p 참조, 이하 작자
　소개는 신문선 서설의 7항과 8항을 참조 바람.
2) 미암(眉岩) ; 도학자인 유희춘(柳稀春 1513~1577)의 호이며 작자 송부인의
　남편이다.

3. 마천령³ 위에서 읊음   磨天嶺上吟

걷고 걸어 마천령에 올라와 보니   行行遂至磨天嶺
동해는 펼쳐져 거울 같구나.   東海無涯鏡面平
머나먼 만리길을 내 어이 왔나   萬里婦人何事到
삼종의리 무거워 임따라 가노라네.   三從義重一身輕

4. 새집에 와서 기쁨을 노래함   喜新舍詩

하느님은 우리 위해 삼산의 장수 주시고   天公爲送三山壽
신령스런 까치는 백년 영화 알리누나.   靈鵲來通百世榮
내 원하는 바는 만 이랑 옥토가 아니요   萬頃良田非我願
다만 금실 좋게 평생을 함께 사는 일.   鴛鴦和樂過平生

터는 넓고 청산 멀리 솟아 있으니   地曠靑山遠
처마가 높아서 여름 해도 시원쿠나.   簷高夏日凉
남쪽 뜰에 작실⁴을 이루었으니   南廓成鵲室
마땅히 자손이 번창하리라.   應報子孫昌

---

3) 마천령(磨天嶺) ; 함경남북도를 가르고 남북으로 뻗은 마천령 산맥의 주봉
    이 마천령이니 함남 단천(端川)과 함북 성진(城津) 사이에 있다. 높이
    725m 근처 마운령(摩雲嶺)에는 신라 진흥왕(眞興王)의 순수비(巡狩碑)가
    있다.
4) 작실(鵲室) ; 까치집이란 뜻으로 즉 방 이름. 까치는 새끼를 많이 친다 해서
    부부의 침실을 말함.

5. 미암에게 드림　　　　　　贈眉岩

눈 속에 흰 술은 더욱 얻기 힘들거늘　　雪中白酒猶難得
항차 어찌 임금님이 글월 함께 보냈으리　何況黃封殿上來
스스로 한 잔 따라 얼굴이 붉어지니　　自酌一盃紅滿面
그대와 더불어 태평세월 누리리라.　　興君相賀太平廻

6. 동당에서 미암에게 읊음　　　詠東堂贈眉巖

삼십년 된 옛 집이지만　　　　三十年前舍
말고삐 잡고서 지금 와 보니　　如今幷轡還
동당은 새롭고 산듯하여서　　東堂新洒落
그대가 벼슬 놓고 쉴만한 곳이요.　君可舍簪閑

7. 미암에게 보냄　　　　　　寄眉巖

그대 시는 겸손 없고 자랑투성이　　君詩誇詫無謙讓
어찌 상수의 가을처럼 맑다 하리오.　淸淨郍同湘水秋
소년시절 한 때의 사랑 꿈을 뺀다면　除却少年雲雨夢
사물의 무심 진리 무엇으로 가름하리.　無心事物果無儔

8. 즐거움을 읊다 　　　　　　至樂吟

봄바람에 좋은 경치 예처럼 즐겁고　　　　春風佳景古來觀
달밤에 거문고는 또한 마음 고요해.　　　　月下彈琴亦一閑
술마셔 근심 잊고 마음은 호탕한데　　　　酒又忘憂情浩浩
당신은 편지마다 아찌 그리 편벽하오.　　　　君何偏癖簡編間

9. 중양절에 술잔들며 　　　　　重九小酌

옛날에 남북으로 갈려 살때엔　　　　　昔日分南北
지금 같은 이런 일을 어찌 알았으리오　　　　那知有此時
맑은 가을 좋은 명절 마주 앉으니　　　　清秋佳節會
천리에서 기약하고 만난듯 하오.　　　　千里若相期

10. 눈오는 밤 　　　　　　　雪 夜

성은이 가득한데 어찌하여 물러나서　　　　聖眷方隆何事退
벼슬 놓고 산촌에서 정신을 닦노라네　　　　休官林下養精神
궤짝 가득 황금도 내 원치 않아　　　　黃金盈櫃非吾願
맑은 냇가 새집지어 그것이 보배.　　　　新室清溪亦一珍

11. 섣달 그믐밤

을해년 자시 곧 병자

除 夜

乙亥年 子時 丙子歲

역서 만든 전욱⑤ 전설 등잔 앞에 보내고　　顓頊燈前送
봄을 맡은 구망신⑥은 밤중에 오네.　　　　　句芒夜半來
새해 맞을 하객들은 당에 가득 모여서　　　滿堂新賀客
모두들 눈썹 흴가 뜬눈으로 새우네.　　　　皆是兩眉開

---

5) 전욱(顓頊) ; 중국 고대 제왕으로 역서를 만들었다 함.
6) 구망신(句芒神) ; 오행신(五行神)의 하나로 봄에 나무를 주관한다 함.

4. 허난설헌(許蘭雪軒)의 시(詩)・문(文)

1. 소년의 노래	少 年 行
3수	三首

(1)

소년의 신의가 굳고 무거워	少年重然諾
오로지 의협인과 사귈 뿐일세.	結交遊俠人
허리에 옥패①차니 그 모습 늠름하고	腰間玉轆轤
기린②을 수놓은 비단옷 입은 모습.	錦袍雙麒麟

(2)

아침이면 명광궁③에서 으젓이 나와	朝辭明光宮
장락궁④ 언덕으로 말을 달리누나.	馳馬長樂坂
위성⑤ 술에 취하여 노는 중에	沽得渭城酒
저녁해는 꽃 사이로 저무는구나.	花間日將晚

1) 옥패(玉佩) ; 옥으로 만든 노리개. 귀공자들만 찼다. 흔히 옥녹로(玉轆轤)를 썼음
2) 기린(麒麟) ; 임금의 옷에 기린을 수 놓았음. 기린아는 귀공자를 뜻함.
3) 명광궁(明光宮) ; 한나라 무제(武帝)가 미녀 2천명을 두었던 궁.
4) 장락궁(長樂宮) ; 명광궁(明光宮)과 함께 한무제 때의 궁이름.
5) 위성(渭城) ; 중국 섬서성(陝西省)에 있는 진(秦)나라 도읍. 중국 잠삼(岑參)
   의 시에 「斗酒渭城邊 壚頭耐醉眠」(送楊子)라 했다.

(3)

황금 채찍 휘둘러 기생집 들으면	金鞭宿倡家
행락이 끝없이 아가씨는 머물라네.	行樂爭留連
뉘라서 양자운®을 가련타 하리	誰憐楊子雲
문 닫고 「태현경⑦」만 쓰고 있었으니.	閉門草太玄

2. 느낀 대로 노래함   感 遇
4수   四首

(1)

하늘하늘 창가의 난초잎들은	盈盈窓下蘭
어쩌면 그렇게도 향그러울까.	枝葉何芬芳
서풍 한 번 잎새에 스치고 나면	西風一披拂
그만 찬 서리에 시들어지는구나.	西風一披拂

뛰어난 그 모습은 야위어 가도	秀色縱凋悴
맑고 맑은 향기는 꺼지지 않네.	淸香終不死
이 모든 것은 내 마음을 슬프게 해	感物傷我心
자꾸만 옷깃에 눈물 젖누나.	涕淚沾衣袂

6) 양자운(楊子雲) ; 중국 성도(成都)의 사람. 시(詩)와 부(賦)에 능함. 양자운
  (揚子雲)으로도 씀. 태현경을 저술했음.
7) 태현경(太玄經) ; 역학(易學)에 비추어 천지만물의 기원과 그 공덕을 서술한
  책. 10권으로 양웅(揚雄) 즉 양자운이 지음.

(2)

옛날집엔 대낮에도 인적이 없고	古宅畫無人
뽕나무 가지에서 부엉이만 울고있네.	桑樹鳴鵂鶹
예전의 구슬섬돌 찬 이끼에 얽히고	寒苔蔓玉砌
새들이 빈 다락에 깃들어 있네.	鳥雀栖空樓

그 옛날 수레와 말은 어디로 가고	向來車馬地
지금은 여우 토끼 굴이 되었네.	今成狐兎丘
아! 부귀는 덧없는 것이라 했던	乃知達人言
선각자의 말씀을 지금에야 알겠노라.	富貴非吾求

(3)

양반댁 세도가 불길처럼 융성턴 날	東家勢炎火
드높은 누각엔 풍악소리 울렸고.	高樓歌管起
가난한 백성들은 헐벗고 굶주려	北隣貧無衣
배는 주려 빈통이요 집은 쑥밭 속.	枵腹蓬門裏

그러다 일조에 가문이 기울면	一朝高樓傾
그제야 도리어 백성이 부럽다네.	反羨北隣子
흥망과 성쇠는 때에따라 바뀌는 것	盛衰各遞代
누가 감히 이 이치를 어길 것이랴.	難可逃天理

(4)

| 어제밤 꿈에는 봉래산®에 올라서 | 夜夢登蓬萊 |

---

8) 봉래산(蓬萊山) ; 불교에서 말하는 바닷속에 솟은 3산의 하나. 신선이 사는
산.

갈파⑨에 잠긴 용의 등을 탔어라.　　　　足躡葛陂龍
신선님들 푸른 구슬 단장 짚고 나와서　　仙人綠玉杖
부용봉에 나를 반겨 주었다라네.　　　　邀我芙蓉峰

발 아래 동해물을 내려다 보니　　　　　下視東海水
술잔 속의 세상처럼 맑게 보이네.　　　　澹然若一杯
꽃 밑에서 봉황새는 피리를 불고　　　　花下鳳吹笙
달빛은 고요히 황금 물동이를 비추었네　月照黃金罍

3. 죽은 애를 곡한다　　　　　　哭　子

지난해 사랑하는 딸이 죽었고　　　　　去年喪愛女
올해는 사랑하는 아들을 잃었네.　　　　今年喪愛子
슬프고 슬픈 광릉⑩의 땅이여　　　　　哀哀廣陵土
두 무덤 마주보고 나란히 서 있구나.　　雙墳相對起
백양나무 가지에 슬쓸히 바람 불고　　　蕭蕭白楊風
도깨비 불빛은 숲속에서 번쩍이는데.　　鬼火明松楸
지전을 뿌려서 너의 혼을 부르며　　　　紙錢招汝魂
너희들 무덤에 술잔을 붓노라.　　　　　玄酒奠汝丘
으레히 너희 남매 가엾은 혼은　　　　　應知弟兄魂
밤마다 만나서 놀고 있으리.　　　　　　夜夜相追遊

9) 갈파(葛陂) ; 물 이름. 억수(澲水) 곁에 있다했음. 한나라 도사인 비장방(費
　　長房)이 지팡이를 이 물에 던지자 용이 되었다 함.
10) 광릉(廣陵) ; 여기서는 경기도 광주(廣州)를 말한다. 광주 초월면에 난설헌
　　의 무덤이 있다.

지금 뱃속에 아기가 있다하나	縱有腹中孩
어찌 능히 잘 자라기를 바라랴	安可冀長成
허망하게 황대⑪의 노래 부르며	浪吟黃臺詞
통곡과 피눈물을 울며 삼킨다.	血泣悲吞聲

4. 흥겨워서 　　　　　　　遣 興

　　　　　8수　　　　　　　　　八首

(1)

역양산⑫에서 자라난 오동나무여	梧桐生嶧陽
몇 해나 모진 세월 이겨 냈던가.	幾年傲寒陰
다행이 희대의 악공을 만나서	幸遇稀代工
베어서 절세의 거문고를 만들었네	劚取爲鳴琴
그 거문고로 한 곡조 탔건만	琴成彈一曲
세상사람 그 음곡 아지 못하니.	擧世無知音
광릉산⑬ 곡조가 유명 하건만	所以廣陵散
마침내 그 소리는 없어졌구나.	終古聲堙沉

---

11) 황대(黃臺) ; 황대과사(黃臺瓜辭)라고도 함. 당(唐) 때 장회태자(章懷太子)
　　의 글. 자기가 죽을 것을 알면서도 불렀다는 노래.
12) 역양산(嶧陽山) ; 중국 강스성(江蘇省)에 있는 산 이름. 거문고를 만드는
　　오동나 명산지.
13) 광릉산(廣陵散) ; 진(晋)나라 혜숙야(嵇叔夜)가 뜯던 거문고[琴]의 곡(曲)이
　　름. 은자에게서 배웠다 함.

(2)

봉황새는 단혈⑭에서 날아 나와서	鳳凰出丹穴
구포⑮의 아롱진 무늬도 찬란 했었지.	九苞燦文章
태평성세에 천 길 상공을 날고	覽德翔千仞
아침 햇빛 받으면서 즐겁게 울었지.	噦噦鳴朝陽

봉황새⑯벼기장을 구하지 않고	稻粱非所求
오직 대나무 열매만 먹으련만.	竹實乃其飡
아! 어찌타 오동나무 지금 가지엔	奈何梧桐枝
부엉이 솔개들만 깃들어 있느뇨.	反栖鴟與鳶

(3)

아름다운 비단 한 필 갖고 있더니	我有一端綺
윤이나게 비단결로 다듬어 두었다가.	拂拭光凌亂
봉황새 한 쌍을 곱게 수놓아	對織雙鳳凰
그 무늬 어찌나 찬란하더뇨.	文章何燦爛

여러 해 장롱 속에 간직했다가	幾年篋中藏
오늘 아침 임 가시는데 드리옵노니	今朝持贈郎
임의 옷 만드는 덴 아깝지 않으나	不惜作君袴
다른 여인 치마감에 쓰지 않을까.	莫作他人裳

14) 단혈(丹穴) ; 단사(丹砂)가 나오는 구멍. 단사는 신령스러운 약재.
15) 구포(九苞) ; 봉황(鳳凰) 깃의 아홉 가지 색깔.
16) 도량(稻粱) ; 벼와 기장. 곡식을 말함.

4)

잘도 다듬은 보배로운 황금으로	精金凝寶氣
예쁘게 반달 모양 만든 노리개.	鏤作半月光
시집올 때 시부모님 주신 것인데	嫁時舅姑贈
이제껏 치마끈에 차고 있었소.	擊在紅羅裳

오늘 길 떠나시는 임에게 드리오니	今日贈君行
먼길에 지니고서 정표로 보옵소서.	願君爲雜佩
길가다 버리는 건 아깝지 않으나	不惜棄道上
다른 연인 띠에는 매어주지 마시오.	莫結新人帶

(5)

근래에 최경창[17] 백광훈[18]의 시인들이	近者崔白輩
시 지어 성당 때를 이룬다 하니.	攻詩軌盛唐
빛나는 시경 대아 편을 지어 내어서	寥寥大雅音
이에 다시 아름답게 이름 울렸네.	得此復鏗鏘

시인 벼슬아치는 녹먹기 어렵고	下僚困光祿
변방의 벼슬살이 근심이 더욱 쌓이네.	邊郡愁積薪
해마다 나이 들어 가세 함께 기우니	年位共零落
시인의 곤궁함을 이제사 알겠노라.	始信詩窮人

---

17) 최경창(崔慶昌) ; 조선조 시인(1539~1583) 호는 고죽(孤竹), 당시를 잘해서 백광훈, 이달과 함께 삼당(三唐) 시인으로 소문났다. 또한 청백리(淸白吏)로 소문 났다.
18) 백광훈(白光勳) ; 조선조 삼당시인(1537~1582) 청백리.

(6)

신선님들 곱디고운 봉황새 타고	仙人騎綵鳳
밤마다 조원궁⑲에 내려오누나.	夜下朝元宮
붉은 비단 깃발로 바닷구름을 헤치고	絳幡拂海雲
무지개 고운 옷은 봄바람에 펄럭인다.	霓衣鳴春風

나를 요지 봉우리⑳서 맞아 주고는	邀我瑤池岑
나에게 유하주㉑잔을 권하시고.	飮我流霞鍾
푸른 구슬 지팡이도 빌려 주면서	借我綠玉杖
나더러 부용봉에 오르랍시네.	登我芙蓉峰

(7)

먼 곳에서 손님이 찾아와서는	有客自遠方
임께서 잉어 한 쌍㉒ 보내더라고.	遺我雙鯉魚
배를 갈라 보았더니	剖之何所見
그 속에 종이 편지 들어 있었네	中有尺素書

임께서 엮은 사연 날 생각하는 말씀	上言長相思
나더러 어떻게 지내느냐 물으셨네.	下問今何如

19) 조원궁(朝元宮) ; 중국 노자(老子)를 제사하는 조원각(朝元閣)을 말함.
20) 요지봉(瑤池峰) ; 주(周)나라 목왕(穆王)이 서왕모(西王母)와 만났다고 하
   는 곳. 곤륜산(崑崙山)에 있다 함.
21) 유하주(流霞酒) ; 항만도(項蔓都)가 하늘나라에서 마신 술. 신선술 기갈(飢
   渴)이 나지 않는다고 함.
22) 잉어 한쌍[雙鯉魚] ; 편지를 뜻함. 잉어 뱃속에 편지를 전했다는 고사.

편지의 구절마다 담긴 임의 뜻 　　　　讀書知君意
눈물 흘려 옷깃을 적셔 버렸네. 　　　　零淚沾衣裾

(8)

향그러운 장미싹도 신록이 자욱하고 　　芳樹藹初綠
궁궁이⑳ 장미싹도 이미 돋아나. 　　　　蘼蕪葉已齊
봄이 오니 만물은 절로 아름다운데 　　春物自妍華
나만 홀로 자꾸만 슬퍼만지네. 　　　　我獨多悲悽

벽 위엔 오악그림⑳ 걸어 두고서 　　　壁上五岳圖
침대 가엔 「참동계」⑳를 놓아 두었네. 　　牀頭參同契
묘약인 단사⑳를 만들어 내면 　　　　煉丹倘有成
선계에 돌아가서 순임금을 만나리. 　　歸謁蒼梧帝

23) 미무(蘼蕪) ; 궁궁이 또는 장미, 곧 향기로운 풀을 뜻함.
24) 오악 그림(五岳圖) ; 장수(長壽)·치부(致富)·복록(福祿) 등을 가져오기
　　위해 거는 부적(符籍).
25) 참동계(參同契) ; 한(漢)나라 위백양(魏伯陽)이 지은 경전(經典). 주역의 괘
　　로 쇠녹이는 이론을 말함.
26) 단사(丹砂) ; 수은과 유황이 화합하여 된 붉은 빛깔의 흙. 영약의 약재.

5. 하곡[27] 오라버니에게　　　　寄荷谷

어두운 창에는 촛불이 나직이 흔들리고　　暗窓銀燭低
반딧불은 높은 지붕위로 날아 넘어요,　　流螢度高閣
구슬프게 깊은 밤은 추워 가는데　　　　悄悄深夜寒
쓸쓸하게 나뭇잎은 떨어져 갑니다.　　　蕭蕭秋葉落

오빠 계신 곳에서는 소식이 뜸하니　　　關河音信稀
이 시름 어찌 모두 풀어 내리오.　　　　端憂不可釋
청련궁[28] 계신 오빠 멀리서 그려 보니　　遙想靑蓮宮
먼데 산 비어 있고 담장 위에 달빛 희네　　山空蘿月白

6. 동선요[29]　　　　　　　　洞仙謠

자색 퉁소 가락 속에 붉은 구름 흩어지면　　紫簫聲裏彤雲散
주렴 밖 찬서리에 앵무새 지저귄다.　　　簾外霜寒鸚鵡喚
깊은 밤 촛불 홀로 비단 휘장 비추는데　　夜闌孤燭照羅帷
때때로 성긴 별은 은하수를 넘누나.　　　時見疎星度河漢
서풍에 물시계 소리 동당거리고　　　　丁東銀漏響西風

---

27) 하곡(荷谷) ; 작자 난설헌의 중형(仲兄) 허봉(許篈 1511~1588).
28) 청련궁(靑蓮宮) ; 사찰(寺刹)의 별칭. 당나라 때 이백(李白)을 청련거사라
　　함. 공부하는 곳을 뜻함.
29) 동선요(洞仙謠) ; 일명 동선가. 악곡 이름. 당나라 교방곡(敎坊曲) 이름.
　　신선을 노래한 내용.

이슬지는 오동나무엔 가을 벌레 우는데.　　　　露滴梧枝語多蟲
삼경시에 눈물 흘러 머리 수건 적시니　　　　鮫綃帕上三更淚
내일에도 남으리 점점이 눈물자국.　　　　　明日應留點點紅

7. 손톱에 봉선화물을 들이면서　　　　染指鳳仙花歌

금화분 붉은 꽃에 저녁 이슬 맺히면　　　　金盆夕露凝紅房
예쁜 아씨 섬섬옥수 열 손가락에.　　　　　佳人十指纖纖長
대멧돌에 꽃잎 찧어 배추잎에 말아서　　　　竹碾搗出捲菘葉
등불 앞에 조심 정성 손꾸락에 꾸미네　　　　燈前勤護雙鳴璫

새벽에 일어나 발을 걷어 올리면　　　　　粧樓曉起簾初捲
거울에 비치는 밝은 별빛 기쁘구나.　　　　喜看火星抛鏡面
풀잎을 뜯을 때면 붉은 범나비 같고　　　　拾草疑飛紅蛺蝶
거문고 탈 때면 복사꽃이 떨어지듯.　　　　彈箏驚落挑花片

두 볼에 분 찍으며 비단댕기 손질하면　　　　徐勻粉頰整羅鬟
소상강 대나무®가 눈물 묻어 얼룩진 듯.　　　湘竹臨江淚血班
때때로 붓으로 반달 눈썹 그릴때면　　　　　時把彩毫描却月
붉은 비가 봄동산을 지나가는 듯.　　　　　只疑紅雨過春山

---

30) 소상강 대나무 ; 원문의 상죽(湘竹) 순(舜)임금이 돌아가자 그의 두 비인
　　아황(娥皇)·여영(女英)이 울어서 눈물에 얼룩졌다는 상수(湘水)가의 반죽
　　(班竹).

8. 신성경을 바라보는 노래   望 仙 謠

(1)

구슬꽃 하늘거려 푸른새 날고   瓊花風軟飛靑鳥
서왕모[31]는 수레 타고 봉래섬으로 가네.   王母麟車向蓬島
흰 봉황 수레에 오색 깃발 휘날리고   蘭旌蘂帔白鳳駕
웃음지며 난간에 기대서 꽃풀을 뜯네.   笑倚紅闌拾瑤草

(2)

하늘바람에 푸른 무지개 치마 날리고   天風吹擘翠霓裳
구슬귀걸이 찰랑찰랑 아름답게 울려라.   玉環瓊佩聲丁當
흰옷 입은 선녀들 쌍쌍이 거문고 뜯고   素娥兩兩鼓瑤瑟
세 번 피는 구슬나무 봄구름 향기롭네   三花珠樹春雲香

(3)

먼동 트자 부용각의 잔치는 끝나고   平明宴罷芙蓉閣
벽해의 청동님[32]은 백학을 타네.   碧海靑童乘白鶴
자색 퉁소 노래소리에 안개 날리면   紫簫吹徹彩霞飛
이슬 젖은 은하수에 새벽별이 떨어진다.   露濕銀河曉星落

31) 서왕모(西王母) ; 중국의 곤륜산(崑崙山)에 살고 있다는 여신선(女神仙).
32) 청동(靑童) ; 서왕모의 사자로 머리는 사람이고 몸은 새로서 푸른 옷을 입
   고 하늘을 난다고 함.

9. 상현[33]의 노래   湘絃謠

(1)

파초꽃잎 상강곡[34]에 눈물 머금고   蕉花泣露湘江曲
먼 지평선 밖 가을 연기 점점이 떠오르네.   九點秋烟天外綠
수부[35]엔 파도 일고 용은 밤에 노래하고   水府凉波龍夜吟
오랑캐 아가씨 영롱한 구슬을 굴리네.   蠻娘輕戞玲瓏玉

(2)

임 여읜 난새와 봉황은 창오산[36]에 가리고   離鸞別鳳隔蒼梧
비는 강물에 스며들고 새벽 이슬 아득해.   雨氣侵江迷曉珠
석벽 벼랑 위에 신령이 거문고 타고   閑撥神絃石壁上
머리 쪽진 자매는 상강에서 울고 있네.   花鬟月鬢啼江妹

(3)

구슬하늘에 은하수 높이 사라지면   瑤空星漢高超忽
우개[37]와 금지[38] 오색구름 속에 잠기네.   羽盖金支五雲沒
문 밖에선 어부낭군 사랑노래 부르는데   門外漁郎唱竹枝
은빛 물 위에는 임 그린 달 반쯤 걸렸구나   銀潭半掛相思月

---

33) 상현(湘絃) ; 순(舜)의 비(妃)인 아황(娥皇)과 여영(女英)이 뜯던 현금(絃琴). 순임금이 죽자 두 비는 상수에 몸을 던져 죽었다.
34) 상강곡(湘江曲) ; 악곡(樂曲)의 이름. 아황·여영의 노래
35) 수부(水府) ; 수신(水神)이 사는 곳.
36) 창오산(蒼梧山) ; 순(舜)이 묘(苗)를 치러 가다 죽은 곳.
37) 우개(羽盖) ; 깃으로 된 왕의 수레덮개. 왕의 수레 포장.
38) 금지(金支) ; 금으로 장식한 거문고 받침대.

10. 네 계절 노래　　　　四 時 詞

봄　　　　　　　　　　春

고요한 울타리 안 살구꽃은 비오듯 떨어지고　　院落深沉杏花雨
꾀꼬리는 목련꽃 핀 언덕에서 우는구나.　　　　流鶯啼在辛夷塢
수실 달린 비단폭에 찬 기운이 스며들고　　　　流蘇羅幕襲春寒
박산[39] 향로에선 향내가 날아 오른다　　　　　博山輕飄香一縷.

잠에서 깬 미인은 곱게 단장하고　　　　　　　美人睡罷理新粧
향기로운 비단 옷에 원앙새 정답구나.　　　　　香羅寶帶蟠鴛鴦
비취 그린 이중 발을 비스듬히 걷어놓고　　　　斜捲重簾帖翡翠
시름없이 거문고로 봉황음을 타누나.　　　　　懶把銀箏彈鳳凰

황금 안장 말을 타고 임은 어데 가셨나　　　　金勒雕鞍去何處
정다운 앵무새는 창가에서 속삭이는데.　　　　多情鸚鵡當窓語
꽃밭에서 놀던 나비 뜰에서 길을 잃고　　　　　草粘戲蝶庭畔迷
꽃그네는 훨훨 난간 밖에 춤추네.　　　　　　　花冒遊絲闌外舞

뉘집 연못에서 피리소리 울려오나　　　　　　誰家池館咽笙歌
달빛은 술 담긴 금술잔[40]에 비치는데.　　　　月照美酒金叵羅

---

39) 박산(博山) ; 해중(海中)의 박산(博山)이란 선산(仙山)을 본떠 만든 구리로
    된 향로 (香爐).
40) 금술잔 ; 원문의 금파라(金叵羅) 즉 금술잔. 파라는 술잔.

시름 많은 여인 홀로 잠 못 이루며   愁人獨夜不成寐
먼동 틀 때면 비단 수건에 눈물자국 많으리.   曉起鮫綃紅淚多

여름   夏

온 땅을 덮고 있는 느티나무 녹음속 꽃빛은 없고   槐陰滿地花陰薄
평상과 구슬 누각 시원히 열려있다.   玉簟銀床敞珠閣
흰 모시 옷에는 땀 맺혀 구슬같고   自苧衣裳汗凝珠
비단부채 바람은 비단 휘장을 흔드네.   呼風羅扇搖羅幕

층계 아래 석류꽃은 활짝 피어 있고   瑤階開盡石榴花
해는 돌아 처마 밑엔 발그늘이 비껴 오네.   日轉華簷簾影斜
긴 여름 대들보에는 제비가 새끼 치고   雕梁畫永燕引雛
약원에는 사람없어 벌떼만이 윙윙 댄다.   藥欄無人蜂報衙

수놓다가 지루한지 낮잠이 잔뜩와서   刺繡慵來午眠重
봉황새긴 비녀가 비단방석에 떨어지네.   錦茵敲落釵頭鳳
이마 위 노란 자국 한잠 잔 흔적이고   額上鵝黃膩睡痕
꾀꼬리 울음소리 강남꿈을 깨웠네   流鶯喚起江南夢

아가씨는 남당에서 목란배 타고   南塘女伴木蘭舟
연꽃을 꺾으면서 나룻가로 저어 온다.   釆釆荷花歸渡頭
마름따는 노래 부르며 살짝 노저어 오니   輕橈齊唱釆菱曲
정답게 놀던 갈매기들 놀라서 날아가네.   驚起波間雙白鷗

가을

찬 기운 스며들며 가을밤은 길어지고
이슬 맺힌 텅 빈 뜰엔 구슬병풍 차가와라.
연꽃은 시들어서 밤에 향기 흩날리고
우물가 오동밑에 가을되니 사람없네.

물시계 동당동당 하늬바람에 울려오고
발 밖의 서릿발에 밤벌레는 울고 있네
베틀에 감긴 비단 금가위로 잘라내어
임 그리는 꿈이 깨면 비단장막 쓸쓸해라.

인편에 부치려고 임의 옷 마르노라면
슬픈 등잔불만 어두운 방벽을 밝혀 주누나.
눈물로 밤새워 편지를 써놓으니
역사[41]는 내일 아침 남맥[42]으로 떠난다네.

옷과 편지 챙겨 놓고 뜰에 나가 걸었더니
은하수는 반짝이고 샛별이 떠오르네.
찬 이불 뒤척이며 잠못 이루는 밤
지는 달은 다정하게 살며시 엿보네.

秋

紗廚寒逼殘宵永
露下虛庭玉屛冷
池荷粉褪夜有香
井梧葉下秋無影

丁東玉漏響西風
簾外霜多啼夕虫
金刀剪下機中素
玉關夢斷羅帷空

裁作衣裳寄遠客
悄悄蘭燈明暗壁
含啼寫得一封書
驛使明朝發南陌

裁封已就步中庭
耿耿銀河明曉星
寒衾轉輾不成寐
落月多情窺畵屛

---

41) 역사(驛使) ; 옛적 우편물을 배달하던 사람.
42) 남맥(南陌) ; 남쪽 땅 혹은 남쪽 길 이란 뜻이나 여기서는 중국 장안시의
    기생촌을 말함.

겨울

물시계 도는 소리 추운 밤은 깊어 가고
비단 휘장 달 비치고 이불은 차디차다.
담장 안 갈가마귀 도르레 소리에 놀라 날고
먼동 트는 창문엔 새벽 그림자가 어른거리네

주렴 앞엔 시비들이 금병을 부시며
구슬항아리에 손으로 연지향내 닦아내네.
춘산을 그릴 때 시린 손 호호 불고
금새장 앵무새는 서릿발을 싫다 하네.

이웃집 아가씨 웃으며 하는 말이
예쁜 얼굴 임 그리워 여위었다 하누나.
금향로 수탄⁴³에선 봉황피리 소리 흐르고
장막 밑의 새끼 양은 봄 제삿술에 바치리.

난간에 기대어 요새 북쪽 임 그리니
창들고 철마타고 청해⁴⁴ 기슭에 계시리.
모래바람 눈보라에 흑초피옷 해어지며
예쁜 아내 그리며 눈물 가득 적시리.

冬

銅壺滴漏寒宵永
月照紗幃錦衾冷
宮鴉驚散轆轤聲
曉色侵樓窓有影

簾前侍婢瀉金瓶
玉盆手澁臙脂香
春山描就手屢呵
鸚鵡金籠嫌曉霜

南隣女伴笑相語
玉容半爲相思瘦
金爐獸炭暖鳳笙
帳底羔兒薦春酒

憑闌忽憶塞北人
鐵馬金戈靑海濱
驚沙吹雪黑貂弊
應念香閨淚滿巾

---

43) 수탄(獸炭) ; 숯가루로 짐승의 모양으로 만든 연료. 술 덥히는데 사용했다.
44) 청해(靑海) ; 중국 청해성(靑海省) 안에 있는 큰 염수호(鹽水湖).

11. 출새곡⁴⁵   出塞曲
2수   二首

(1)

봉화 불빛은 황하 물에 비치고   烽火照長河
천자의 군대는 한나라 궁성을 나와서   天兵出漢家
창자루를 베개삼아 백설에 누워   枕戈眠白雪
군마를 몰아 사막⁴⁶으로 달리누나   驅馬到黃沙

삭풍은 독전의 징소리를 몰아오고   朔吹傳金柝
오랑캐의 피리소리 장성을 넘어오는데.   邊聲入塞笳
해마다 변경엔 수비에 힘쓰건만   年年長結束
고생하며 수레를 뒤쫓고 있네.   辛苦逐輕車

(2)

간밤에 기러기 편지를 전해 주어   昨夜羽書飛
용성⁴⁷이 포위됨을 그제야 알았네.   龍城報合圍
차가운 피리소리 눈보라 속에 울리는데   寒笳吹朔雪
옥검을 빼어 들고 금미산⁴⁸으로 달려가네   玉劍赴金微

---

45) 출새곡(出塞曲) ; 변경을 지키러 출정하며 부른 노래. 중국의 악부횡취곡
   (樂府橫吹曲)의 이름. 여기서 새(塞)는 만리장성(萬里長城)의 북쪽 흉노와
   의 경계.
46) 사막 ; 여기서의 사막은 고비사막을 가리킨다.
47) 용성(龍城) ; 흉노의 여러 부족장이 회합하여 제천(祭天)하던 흉노의 땅.
48) 금미산(金微山) ; 막북(漠北) 즉 외몽고의 동부에 있는 산. 흉노 선우(單于)
   가 패하여 죽은 곳.

수자리 고생 속에 청춘은 늙어 가고	久戍人偏老
장정의 괴로움에 군마도 여위었다.	長征馬不肥
사나이는 의기를 무겁게 여기니	男兒重義氣
적의 목 베어 들고 하란산^{⁴⁹}에 개선하리.	會繫賀蘭歸

12. 이의산체^{⁵⁰}를 모방해 짓다 　　效李義山體

(1)

난새가 춤을 그치니 거울은 어둡고	鏡暗鸞休舞
제비 돌아오지 않으니 대들보가 비었네	樑空燕不歸
촉나라 비단 이불에는 향기가 배어 있고	香殘蜀錦被
월라비단 저고리에는 눈물이 아롱졌네.	淚濕越羅衣

초나라꿈^{⁵¹}은 난저^{⁵²} 기슭에 헤매이고	楚夢迷蘭渚
형주 구름은 어둠속으로^{⁵³} 떨어지리.	荊雲落粉闈

---

49) 하란산(賀蘭山) ; 중국 영하성(寧賀省)의 북에서 뻗은 산맥.
50) 이의산체(李義山體) ; 이상은(李商隱)의 시체를 말함. 중국 당나라 시인. 자가 의산. 일명 서곤체(西崑體)라고도 함. 노장의 사상에 가깝다 함.
51) 초나라 꿈[楚夢] ; 초(楚)나라 양(襄)왕과 그의 선왕 회왕(懷王)의 고사. 남녀 정사의 무산지몽(巫山之夢)을 말함.
52) 난저(蘭渚) ; ① 난초 핀 물가. ② 산이름. 진(晋)의 왕희지(王羲之)가 수련하던 난정산(蘭亭山)
53) 어둠속 ; 원문의 분암(粉闇), 어둡다는 의미로 쓰임.

| 오늘밤 서강에 뜬 달은 | 西江今夜月 |
| 흘러가다 금미산에 비치리라. | 流影照金微 |

(2)

달같이 고운 얼굴 참란선[54]에 가리고	月隱驂鸞扇
향긋한 향기는 족접꽃 치마에서 날린다.	香生簇蝶裙
진나라 아가씨들 예쁘고 아름다워	多嬌秦地女
위장군님 눈물을 흘리게 하네.	有淚衛將軍

구슬 화장갑에 남은 분가루 거두고	玉匣收殘粉
황금화로에는 불기운이 훈훈하네	金爐換夕熏
머리 돌려 무협[55] 밖을 바라보노라면	回頭巫峽外
몰려 오던 소나기 구름과 함께 밀려가네.	行雨雜行雲

13. 심아지체[56]를 모방해 짓다 效沈亞之體

(1)

| 봄날 해는 붉은 정자에 비추고 | 遲日明紅榭 |
| 푸른 물결은 쪽빛 호수에 스며든다. | 淸波斂碧潭 |

---

54) 참란선(驂鸞扇) ; 난새를 그린 부채 즉 아름다운 부채.
55) 무협(巫峽) ; 중국 사천성(四川省) 무산현(巫山縣)의 경계에 있는 험중한 협곡.
56) 심아지(沈亞之) ; 당나라 시인 자는 하현(下賢). 한유(韓愈)에게서 배운 명시인. 「심하현집」이 유명 함.

실버들 숲속에는 꾀꼬리 노래 곱고	柳深鸎睍睆
꽃잎 흩날리는 속에 제비는 지저귄다.	花落燕呢喃
젖은 흙길에 금나막신 묻히고	泥潤埋金屐
뒷머리 채 드리워져 옥비녀는 미끄러진다.	鬢低膩玉簪
은병풍 두른 속에 비단 방석 따스하여	銀屏鋪茵暖
봄 경치에 사랑하는 강남 꿈 꾸었다네.	春色夢江南

(2)

봄비에 배꽃은 하얗게 피어나고	春雨梨花白
밤 깊으니 작은 촛불 한결 붉다.	宵殘小燭紅
우물가 까마귀 떼 먼동에 놀라 날고	井鴉驚曙色
대들보 제비들은 새벽바람에 질겁하네.	樑燕怯晨風
비단장막 쓸쓸히 걷어 올리면	錦幀凄凉捲
은침상은 텅 비어 적막한데.	銀床寂寞空
운병[57]타고 백학이 돌아간 뒤에	雲軿回鶴馭
은하수는 돌아서 누각 동족에 비치네.	星漢綺樓東

14. 여자 친구에게   寄 女 伴

집은 옛길가에 마주 보았고	結盧臨古道
매일같이 큰강 가서 보며 자랐네	日見大江流

---

57) 운병(雲軿) ; 하늘의 선녀가 타는 수레. 백학은 운병을 타고 하늘로 돌아갔
  다고 함.

거울보니 난새는 바야흐로 늙어가며   鏡匣鸞將老
꽃밭에서 나비는 벌써 가을이네   花園蝶已秋

모래톱에 기러기는 처음으로 내리는데   寒沙初下雁
저녁비에 작은 배는 혼자서 돌아오네.   暮雨獨歸舟
날 저물어 사창문을 닫고 있으니   一夕紗窓閉
옛날 노던 생각에 견디기 어렵구나.   那堪憶舊遊

15. 하곡공[58]이 갑산으로 귀양감을 보내며   送荷谷謫甲山

멀리 귀양 가는 갑산 손이 되었으니   遠謫甲山客
함경도 가는 몸 행색이 바쁘겠네.   咸原行色忙
그 심정 낙양재자 가태부[59]와 같다하나   臣同賈太傅
임금은 그 어찌 초나라 회왕[60]이리.   主豈楚懷王
강물은 가을 언덕에 고요히 흐르고   河水平秋岸
관북령에 저녁해는 뉘엿뉘엿 지려할 제.   關雲欲夕陽
서릿바람 나부끼며 기러기 나는데   霜風吹雁去
날던 줄 끊어져서 행렬을 못 잇누나.   中斷不成行

58) 하곡(荷谷) ; 허난설헌의 오빠인 허봉(許篈). 1584년에 갑산으로 귀양 갔
   었다.
59) 가태부(賈太傅) ; 전한(前漢) 문제(文帝) 때의 가의(賈誼). 문제가 가의의
   재능을 알고 중용하려 하였으나 뜻을 이루지 못하다가 나중에 양회왕의
   태부(太傅)가 되었다.
60) 회왕(懷王) ; 여기의 회왕은 전국시대 초(楚) 나라의 임금 항우(項羽)를 말
   함.

16. 봄날에 정감 있어　　　　春日有懷

서울⁶¹이 멀고 멀어 애끓는 사람이네　　　章臺迢遞斷腸人
편지 써서 잉어⁶²로 한강변에 보냈네.　　　雙鯉傳書漢水濱
새벽 꾀꼬리 울고 근심 속에 비내리고　　　黃鳥曉啼愁裏雨
푸른 버들 하늘거려 봄은 한창이네.　　　綠楊晴裊望中春

고운 마당 적막하여 푸른 잡초⁶³ 우거지고　　瑤階冪歷生靑草
비파는 처량하여 먼지 속에 쌓여있네.　　　寶瑟凄凉閉素塵
목란배 탄 저 손은 누구를 생각하나　　　誰念木蘭舟上客
광릉 나룻가에 여뀌꽃은 만발한데.　　　白蘋花滿廣陵津

17. 작은 오라버니 성암공에 운 맞추어　　次仲氏見星庵韻

(1)

구름은 높은 봉에 솟고 영꽃은 촉촉하다　　　雲生高嶂濕芙蓉
붉은 벼랑 고운 나무숲에 이슬이 맺혀있네　　琪樹丹崖露氣濃
판각에 불경두고 중은 자리로 들고　　　板閣梵殘僧入定
법당에서 재 끝나니 백학은 소나무로 돌아 간다.　講堂齋罷鶴歸松

---

61) 서울; 원문의 장대(章臺) 즉 전국시대 진왕(秦王)이 도읍하여 함양(咸陽)에
　　세운 궁전. 서울을 뜻함.
62) 잉어 ; 원문의 쌍리(雙鯉) 즉 편지를 뜻함. 고사는 먼저 나왔음.
63) 잡초 ; 원문의 멱력(冪歷), 풀이 우거져 덮힌 모습.

오래된 담쟁이 벽 산귀신이 나와 울고	蘿懸古壁啼山鬼
안개 서린 가을 못에 촉룡[64]이 누워있다.	霧鎖秋潭臥燭龍
밤새껏 향등은 석탑에서 타오르고	向夜香燈明石榻
동녘 숲에 달이 지고 종소리 자자드네	東林月黑有踈鍾

(2)

맑게 닦은 제단에서 상선님[65]을 예배하고	淨掃瑤壇禮上仙
새벽 별은 저 만치 강가에 내려 있네.	曉星微隔絳河邊
향기는 높은산 여인의 봄놀이 버선에서 풍기고	香生岳女春遊襪
물소리는 소상강 두 비[66]의 거문고 소리같네	水落湘娥夜雨絃

솔잎 소리 싸늘하게 빈 전각 꿈에 불고	松韻冷侵虛殿夢
하늘 꽃은 떨어져 돌다락 연기에 녹는다.	天花晴濕石樓烟
현묘한 도심은 이미 깨달아 삼삼[67]경이요	玄心已悟三三境
온 종일 책상에 앉아 선의 경지에 들었네.	盡日交床坐入禪

64) 촉룡(燭龍) ; 스스로 빛을 발한다는 사람의 얼굴을 한 용신(龍身)의 신(神).
65) 상선(上仙) ; 죽어서 승천한 신.
66) 두비 ; 원문의 상아(湘娥) 곧 상비(湘妃). 즉 순 임금의 아황과 여영의 두 비(妃)
67) 삼삼(三三) ; 90일을 말함.「三三春月日長天」이라 했음.

18. 자수궁®에 묵을 때 여관®에게　　宿慈壽宮贈女冠

제비 춤추고 꾀꼬리 노래하듯 그 이름 막수®라　　燕舞鸎歌字莫愁
열 세 살에 부평후^⑪에 시집왔는데.　　十三嫁與富平侯
구슬비파 품에 안고 주각에서 뜯으며　　厭携瑤瑟彈珠閣
화관 쓰고 옥루에서 예절을 닦았네　　喜着花冠禮玉樓

달밝은 밤 퉁소 불면 봉황이 내리고　　琳館月明簫鳳下
비단창에 구름 흩이면 거울 속 난새 걷네　　綺窓雲散鏡鸞收
아침 저녁 향 피워 빈 제단에 올리고　　焚香朝暮空壇上
백학등에 찬바람이 가을을 몰고 왔네.　　鶴背冷風一陣秋

19. 꿈에서 짓다.　　夢 作

바다에 솟은 영봉 큰자라^⑫를 누르고　　橫海靈峰壓巨鰲
육룡은 새벽녘에 구하®의 파도를 삼켰다.　　六龍晨吸九河濤
하늘로 솟은 누각 별에 닿아 가깝고　　中天樓閣星辰近
하늘의 안개 속에 해와 달은 높았네　　上界烟霞日月高

68) 자수궁(慈壽宮) ; 궁 이름. 도가의 수도원.
69) 여관(女冠) ; 도교(道敎)의 사원인 도관(道觀)에 있는 여승
70) 막수(莫愁) ; 중국 석성 출신으로 노래를 잘 하였던 여자 이름.
71) 부평후(富平侯) ; 중국 한(漢)나라 때의 장안세(張安世)의 봉작.
72) 큰 자라; 원문의 거오(巨鰲), 삼신상(三神山)을 지고 있다는 상상속의 자라.
73) 구하(九河) ; 중국 하(夏)나라 우왕(禹王)이 황하를 아홉으로 나누어 치수
　　한 강들.

황금솥에 가득히 단정수⑭를 길어 붓고　　　　金鼎滿盛丹井水
옥단에선 개인날에 적상포⑮를 바래네　　　　玉壇晴曬赤霜袍
봉래산에 학 타고 돌아옴이 어찌 더딘지　　　蓬萊鶴駕歸何晚
한 곡조 피리소리에 벽도화는 시드네.　　　　一曲吹笙老碧挑

20. 작은 오라버니의 고원 망고대시에 따라 읊다.　　次仲氏高原望高臺韻

(1)

층대 한 봉우리 높고 험한 산⑯을 누르고　　　層臺一柱壓嵯峨
서북녘 뜬구름 변경을 막았구나.　　　　　　西北浮雲接塞多
철협패도⑰였으나 용은 이미 떠나가고　　　　鐵峽覇圖龍巳去
목릉에 가을 깊어 기러기는 울며 가네.　　　穆陵秋色雁初過

산맥은 감돌아 삼군⑱땅을 삼키고　　　　　山回大陸呑三郡
강물은 평원을 가르며 구하로 흘러든다.　　水割平原納九河
만리봉 올라보니 해는 지려 하는데　　　　萬里登臨日將暮
술김에 혼자서 슬픈 노래 부른다네　　　　醉憑長劍獨悲歌

---

74) 단정수(丹井水) ; 단사정(丹砂井)에 나오는 불로장수(不老長壽)의 우물물.
75) 적상포(赤霜袍) ; 선인(仙人)의 옷.
76) 험한 산 ; 원문의 차아산(嵯峨山)은 중국에 차아산도 있으나 여기서는 높고 험한 산.
77) 철협패도(鐵峽覇圖) ; 철원에 도읍했던 후고구려의 궁예의 이야기인 듯.
78) 삼군(三郡) ; 북방의 세 고을. 고원, 안변, 철원을 말하는 듯.

(2)

높이 솟은 구름다리 구름 속을 가르고	龍嵸危棧切雲霄
봉우리는 하늘 높이 한나라와 사이로다.	峰勢侵天作漢標
산맥은 북녘으로 삼수⁷⁹물과 떨어지고	山脈北臨三水絕
지형은 서쪽을 눌러 양하⁸⁰는 멀고 멀다.	地形西壓兩河遙

느지막이 안개 걷혀 외로운 성 솟아나고	烟塵晩捲孤城出
가을 풀이 살찌니 말들은 흥이 난다.	苜蓿秋肥萬馬驕
동쪽을 바라보면 변경의 북소리 다급하니	東望塞垣鼙鼓急
어느 때에 곽거병⁸¹이 또다시 일어나리	幾時重起霍嫖姚

(3)

구름 속의 돌다리에 말발굽 자리 나고	侵雲石磴馬啼穿
태산준령 오르면 하늘 위에 올라온 듯.	陟盡重岡若上天
깊은 가을 큰 골짝엔 어룡이 숨었는 듯	秋晚魚龍隱大壑
비개고 고운 무지개 폭포 위에 떨어지네	雨晴虹蜺落飛泉

장군님 고각소리 변경으로 재촉하고	將軍鼓角行邊急
공주님의 비파소리 구슬픈 하소연.	公主琵琶說怨偏
해지자 임금 위해 노래하며 진군할 때	日暮爲君歌出塞
서슬 푸른 검꽃이 칼집에서 춤추누나	劍花騰躍匣中蓮

---

79) 삼수(三水) ; 강소성(江蘇省) 태호(太湖)에서 흘러 나오는 송강(松江)·누
강(婁江)·동강(東江). 여기서는 한강 이남의 삼강을 말한 듯.
80) 양하(兩河) ; 고원(高原) 북쪽에 있는 두 줄기인듯하다. 여기서 삼강과 양
하는 중국의 유명 강산을 빌려서 읊은 것.
81) 곽거병(霍去病) ; 흉노족을 대파한 명장의 이름. 본문의 곽표요(霍嫖姚)는
한나라 무제(武帝)때 사람·흉노를 정벌함

(4)

만리전선 장정길에 큰 칼 차고 가는 모습	萬里翩翩一劍裝
하늘 높이 망루 솟아 저녁해는 비꼈고.	倚天危閣掛斜陽
강물은 서쪽으로 세 고을을 가르고	河流西坼連三郡
산세는 남으로 돌아 대황[82]을 막았구나.	山勢南回隔大荒
굽어보면 다리 아래 뭉게뭉게 구름 일어	脚下片雲生冉冉
넓고 넓은 바닷물결 한눈에 들어온다.	眼中溟海入茫茫
높이 올라 지는 해 쳐다보자니	登高落日時回首
진지에 우는 군마 변경이 살벌하다.	塞馬嘶風殺氣黃

21. 궁녀 입도함을 보내며　　送宮人入道

청금궁[83]하직하고 금란전[84]을 물러나와	拜辭淸禁出金鑾
곱게 빗은 머리에 옥관을 쓴다네	換却鴉鬢着玉冠
창해의 인연 있어 봉황새 가마 타고	滄海有緣應駕鳳
벽성[85]엔 꿈이 없어 다시 난새 말 타리	碧城無夢更驂鸞
구슬치마에 눈 털면 봄구름 따스하고	瑤裙振雪春雲暖
경패가 공중에 울리니 밤달도 차가웁고	瓊佩鳴空夜月寒

---

82) 대황(大荒) ; 중국에서 멀리 떨어진 곳. 하늘이라는 뜻.
83) 청금궁(淸禁宮) ; 중국 당나라 때 궁의 이름.
84) 금란전(金鑾殿) ; 당(唐)대의 궁전 이름. 청금궁이나 금란전은 모두 고귀하고 호화로운 궁전을 뜻함.
85) 벽성(碧城) ; 선인(仙人)이 거처하는 성. 12난간이 있다고 읊음.

몇 번이나 은하수 위를 거닐것인가   幾度步虛銀漢上
임금님이 주신 옷을 사랑받듯 받드리   御衣猶似奉宸懽

22. 심맹균®의 풍우도에 제하다   題沈孟鈞中溟風雨圖

고운 무지개 하늘에다 사다리를 놓으면   虹蟄中宵有天梯
선녀님들 버선발로 쌍무지개 밟고 오네.   仙人素足踏雙霓
절벽에 부는 질풍 거센 파도 일으키고   獰風吹壁海濤立
소낙비는 하늘 덮고 먹구름은 내려앉네.   驟雨暗空雲色低

용은 여의주를 품고 용 용궁으로 내려가고   龍抱火珠潛水宅
대붕은 훨훨 날아 지평선에 숨었구나.   鵬翻逸翮隱坤倪
침침한 전각 깊은 곳에 귀신이 울고   沈沈深殿鬼神泣
필세가 힘이 넘쳐 원기가 어리우네   彩筆淋漓元氣迷

23. 천단®에서 황제가 제사 지내다   皇帝有事天壇

고운 수레 돌아들어 벽단뜰에 멈추고   羽蓋俳個駐碧壇
맑은 밤 구슬층계에 수레의 금방울 소리.   璧墀淸夜語和鑾

---

86) 심맹균(沈孟鈞) ; 미상
87) 천단(天壇) ; 중국 명나라 황제가 하늘에 제사 지내던 제단

불로 강생「금고경」을 정성껏 받쳐 읽고	長生錦誥丁寧說
신령스런 약방문을 자세하게 보시누나.	延壽靈方仔細看

꽃잎에 이슬지고 강 그림자 끊기면	曉露濕花河影斷
바람은 달에 불고 백학 소리 차가와라.	天風吹月鶴聲寒
재드린 향불 꺼지고 징소리 높게 울리며	齋香燒罷敲鳴磬
곡란전각 계수나무 천 겹 만 겹 둘렀구나.	玉樹千重遶曲欄

24. 손내한 북리 운을 따라 짓다.   次孫內翰北里韻

아침해 오르니 붉은 난간 발을 걷고	初日紅欄上玉鉤
얽히고 설킨 봄시름을 천만번 엮었네.	丁香千結織春愁
새단장한 얼굴을 거울에 비춰 보다가	新粧滿面猶看鏡
남은 꿈 생각나서 누각에서 내려오기 싫네.	殘夢關心懶下樓

그 누가 조롱에 앵무새를 가두었는가	誰鎖彫籠護鸚鵡
휘장내리고 이 시름 공후에 실어 보네.	自垂羅幕倚箜篌
곱게 핀 붉은 꽃이 떨어진다 슬퍼하며	嫣紅落粉堪惆悵
은분을 잡고서 급류에 씻지 말기 바라네	莫把銀盆洗急流

---

88) 금고경(錦誥經) ; 경전(經典)의 하나인 듯.
89) 곡란전각曲欄殿閣) ; 난간을 구부려 8기둥으로 만든 호화로운 전각.
90) 손내한(孫內翰) ; 중국 당나라 때 시인. 손계(孫棨)로 한림학사(翰林學士)
　　였으므로 내한이라 했다.
91) 공후(箜篌) ; 옛적 악기 이름

25. 성쌓는 원망[92]   築 城 怨

천 사람 일제히 공이대 안고   千人齊抱杵
땅바닥 흙을 다져 웅성거리네.   土底隆隆響
힘 모아 성곽을 잘도 쌓건만   努力好操築
운중 태수 위상[93]은 보이지 않네.   雲中無魏尙

성을 쌓고 또 쌓아 올려   築城復築城
성이 높아 도적을 막아 내지만.   城高遮得賊
행여 수많은 도적떼가 쳐들어오면   但恐賊來多
막지 못할까 두려워 함이네.   有城遮未得

26. 막수악[94]   莫 愁 樂

내 집은 석성[95] 아래 오래 살던 곳   家住石城下
석성머리 낳아서 자라던 곳.   生長石城頭
시집도 석성골에 가고서 보니   嫁得石城壻
오로지 석성골에 으가며 놀았네.   來往石城遊

92) 성 쌓는 원망 ; 원제는 축성원(築城怨)으로 축성곡이라고 하는 악부(樂府)
   가 있다.
93) 위상(魏尙) ; 전한(前漢)의 문제(文帝) 때 운중(雲中)의 태수(太守). 군사를
   잘 다스려 흉노의 침범을 닦음.
94) 막수악(莫愁樂) ; 막수곡(莫愁曲)이라고도 하며, 악부(樂府)의 이름이며 막
   수란 중국 육조(六朝)시대 노래 잘한 미녀의 이름.
95) 석성(石城) ; 중국 호북에 있는 지명이자 악부(樂府)의 이름. 즉 양양악,
   석성악, 대제악이 있었다. 그러나 여기서는 작자의 고향을 듯함

나는야 백옥당에 고이 살았고　　　　　儂住白玉堂
임은 꽃말 타고 들을 달렸지.　　　　　郎騎五花馬
아침해는 석성머리 반짝 비추고　　　　朝日石城頭
봄강에서 쌍돛배 즐거이 탔다네　　　　春江戲雙舸

27. 가난한 여인을 읊음　　　　貧女吟

(1)

어찌 용모인들 남에게 빠지리오　　　　豈是乏容色
바느질 길쌈솜씨 그 역시 좋은데.　　　工緘復工織
가난한 집에 나서 자라난 탓에　　　　少小長寒門
중매할미 모두 다 몰라 주누나　　　　良媒不相識

(2)

밤새도록 쉬지 않고 베를 짜는데　　　夜久織未休
삐걱삐걱 베틀소리 차갑게 울리네.　　戛戛鳴寒機
베틀에는 한 필 베가 짜여졌으나　　　機中一匹練
내종엔 뉘집아씨 옷감 되려나.　　　　終作阿誰衣

(3)

손으로 쉬지않고 가위질 하면　　　　手把金剪刀
추운 밤 열 손가락 곱아 오는데.　　　夜寒十指直
남 위해 시집갈 옷 짜고 있을 뿐　　　爲人作嫁衣
자기는 해마다 홀로 사누나.　　　　年年還獨宿

28. 최국보체[96]를 모방하다　　　效崔國輔體

(1)

저에겐 금비녀 하나 있으니	妾有黃金釵
시집올 때 머리에 치장했던 것.	嫁時爲首飾
임 가시는 오늘에 이를 드리니	今日贈君行
천리길에 잊지 말고 날 생각하오.	千里長相憶

(2)

못가엔 버들가지 성글어지그	池頭楊柳疎
우물가엔 오동잎 떨어지는데.	井上梧桐落
창가엔 벌레소리 쓸쓸한 이밤	簾外候蟲聲
찬 자리 엷은 이불 잠들 길 없네.	天寒錦衾薄

(3)

보슬보슬 봄비는 못에 내리고	春雨暗西池
찬 바람이 장막에 숨어 들을 제.	輕寒襲羅幕
서러워 작은 병풍 기대어 토니	愁倚小屛風
송이송이 살구꽃이 담 위에 지네.	墻頭杏花落

96) 최국보(崔國輔) ; 당 현종(玄宗) 때의 시인으로 여인의 정한을 소재로 한 시
　　를 많이 썼다.

29. 장간행[97]

長干行

내 집은 장간리 오래 살던 곳	家居長干里
오가며 장간리길 정이 들었네.	來往長干道
꽃가지 꺾어 들고 임에게 물었노라	折花問阿郎
꽃과 나와 어느 쪽이 더 예쁘냐고.	何如妾貌好

간밤에 느닷없이 남풍이 일어	昨夜南風興
배 깃발 펄럭이며 파수[98]로 떠났네.	船旗指巴水
북쪽에서 온 사람을 만나 물으니	逢着北來人
우리 임 양자강[99]가 계신다 하네.	知君在揚子

97) 장간행(長干行) ; 장간행이란 악부(樂府)의 이름이나 장간리(長干里)라는 중국의 지명도 있다. 작자 난설헌은 강릉의 초당리(草堂里)에서 나고 자라서 경기도 초월면(草月面)에 출가해 김성립(金誠立)과는 불행한 부부 생활을 하였으므로 위에 막수악의 '석성리' 나, 여기 '장간리' 는 중국의 지명이지만 강릉의 초당리나 광주의 초월리 처럼 생각하고 읊었다.

98) 파수(巴水) ; 중국의 삼협(三峽)을 경과하는 물이 세 번 굽어서 파(巴)자같이 되어 있는 것.

99) 양자강(楊子江) ; 장강(長江) 하류의 양주(揚州) 부근을 말함.

30. 강남곡[100]   江南曲

(1)

강남의 기후는 좋기도 하오   江南風日好
비단처럼 곱고 비취처럼 빛나네.   綺罹金翠翹
임과 함께 마름 캐러 갔을 때에는   相將採菱去
둘이 다 흥겨워져 목란 배어 놀았네.   齊盪木蘭撓

(2)

남들은 강남을 즐겁다 하나   人言江南樂
나에게는 강남처럼 슬픈곳이네   我見江南愁
해마다 나루터의 모래밭에는   年年沙浦口
애끊는 이별 배만 바라보는 곳.   腸斷望歸舟

(3)

호숫가 달이 떠서 밝아 오며는   湖裏月初明
연 캐는 아가씨들 밤중에야 돌아가네.   采蓮中夜歸
이 기슭에 행여나 배 저어 오지마오   輕橈莫近岸
한 쌍의 원앙들이 놀라 날까 두렵구나.   恐驚鴛鴦飛

(4)

강남의 마을에서 나고 자라서   生長江南村
어린 때는 슬픈 이별 미처 몰랐소.   少年無別離

---

100) 강남(江南) ; 육조(六朝) 문물의 고지(故地). 양주(楊洲)의 중심지. 여기
    '강남곡'은 중국 남녀의 사랑 노래인 시가의 일종이다.

그 어찌 열 다섯 꽃다운 나이에 那知年十五
바다의 유협객®에 시집갈줄 알았으랴. 嫁與弄潮兒

(5)

붉은 연꽃 송이송이 치마에 차며 紅藕作裙衩
흰 마름꽃 여기저기 옷깃에 달고. 白蘋爲雜佩
배 세우고 물가 아래 가서 놀다가 停舟下渚邊
임과 함께 썰물 때를 기다렸는데. 共待寒潮退

31. 장사꾼의 노래　　賈客詞

(1)

아침나절 의도®나루 기슭을 떠나면 朝發宜都渚
북풍은 오우®에 불어 오누나. 北風吹五雨
뱃머리엔 술을 차려 웅성거리고 船頭各澆酒
달빛 아래 일제히 먹고 마시네 月下齊盜漿

(2)

바람은 세차고 물결은 급한데 疾風吹水急
사흘을 여울목에 배저어 가네. 三日住層灘

---

101) 유협객(遊俠客) ; 원문의 농조아(弄潮兒)이며 바다에서 깃발을 들고 파도
　　타고 노는 소년. 요즈음의 파도에서 셔핑하는 젊은이.
102) 의도(宜都) ; 중국 호북성(湖北省) 의창현(宜昌縣)에 있으며 장강이 이곳
　　을 지나 동정호(洞庭湖)를 거쳐 한구(漢口)에 이른다. 장사 길이다.
103) 오우(五雨) ; 배의 돛대 끝에 달아 풍향(風向)을 보는것.

| 젊은 여인 뱃머리에 다소곳 앉아서 | 少婦船頭坐 |
| 향불을 피우고 돈셈을 배우네. | 焚香學算錢 |

(3)

돛 달고 바람 따라 흘러 가다가	掛席隨風去
거친 여울 만나면 게서 머물고.	逢灘卽滯留
서강의 물결이 드세게 치면	西江波浪惡
형주[104] 땅에 닿은 날은 그 언제인고	幾日到荊州

32. 상봉행[105]   相逢行

장안의 언덕에서 서로 만나서	相逢長安陌
꽃밭 속에 찾아가 속삭이었네.	相向花間語
황금빛 말채찍일랑 집어 던지고	遺却黃金鞭
함께 타고 말을 달려 돌아갔었네.	回鞍走馬去

청루[106] 아래 술집에서 서로 만나서	相逢靑樓下
말일랑 수양버들 밑에 매놓고.	繫馬垂楊柳
방긋 웃고 비단옷과 갖옷 벗어서	笑脫錦貂裘
잡혀 놓고 신풍주[107]로 함께 즐겼소.	留當新豊酒

---

104) 형주(荊州) ; 중국 옛 구주(九州)의 하나. 지금의 호북성(湖北省)에 속한
     땅. 물산의 집산지.
105) 상봉행(相逢行) 남녀의 만남을 노래한 악부(樂府)의 가사.
106) 청루(靑樓) ; 미인들이 모여 있는 누각. 기생집.
107) 신풍주(新豊酒) ; 중국 섬서성(陝西省)의 신풍지방에서 나는 술.

33. 대제곡[108]

　　　　　　　　　　　　　　大 堤 曲

양공[109]의 비석 보면 눈물 흘리니　　　　　　涙墮羊公碑
초목은 고양지[110]에 잠겼더란다.　　　　　　草沒高陽池
뉘라서 술취해 말 위에 타는가　　　　　　何人醉上馬
흰두건 거꾸로 쓰고 비껴탄 그 꼴.　　　　　倒着白接羅

아침에 양양주[111]에 취하고 나선　　　　　朝醉襄陽酒
황금채찍 말을 치며 대제에 다달았네.　　　金鞭上大堤
아이들은 모여서 손뼉 치고 웃으며　　　　兒童拍手笑
다투어 백동제[112] 곡조 불렀더라오.　　　爭唱白銅鞮

108) 대제곡(大堤曲) ; 중국 호북성(湖北省) 양양(襄陽)의 남쪽에 있었던 색가
　　(色街)가 대제이며 대제곡은 색가를 노래한 곡명. 양(梁)나라 간문제 때
　　유행하였다 함.
109) 양공비(羊公碑) ; 진(晋)의 양양 태수인 양호(羊祜)의 송덕비. 일명, 타루
　　비(墮淚碑) 라고도 함.
110) 고양지(高陽池) ; 호북성(湖北省) 양양현(襄陽縣)에 있는 양어지(養魚池).
111) 양양주(襄陽酒) ; 중국 호북성(湖北省)에 있는 경치좋고 술이 유명하다함.
112) 백동제(白銅鞮) ; 악곡의 이름. 양(梁)나라 무제 때 부르던 동요요. 이별
　　가 종류.

34. 보허사[113]

밤이면 난새들은 봉래섬에 날아들고	步 虛 詞

步 虛 詞

밤이면 난새들은 봉래섬에 날아들고 　乘鸞夜下蓬萊島
기린의 꽃수레는 요초 위를 구르네. 　閑輾麟車踏瑤草
바닷바람 불어서 벽도화 가지 꺾고 　海風吹折碧桃花
옥쟁반엔 안기[114]의 대추가 가득하네. 　玉盤滿摘安期棗

구하군[115] 치마폭에 육수[116] 옷을 입고서 　九霞裙幅六銖衣
학 타고 찬바람 불리며 자부궁[117]에 돌아오네. 　鶴背冷風紫府歸
요해엔 달밝고 별들이 떨어지는데 　瑤海月明星漢落
옥통소 가락 속에 오색구름 날아드네. 　玉簫聲裏靄雲飛

35. 청루의 노래[118]

靑 樓 曲

거리 속엔 기생 술집 십만 집이 널렸고 　夾道靑樓十萬家
집집마다 문 밖에는 칠향거[119]가 서 있네. 　家家門巷七香車

---

113) 보허사(步虛詞) ; 하늘에서 선인이 허공을 거니는 것을 부르는 노래. 악부
　　가사(樂府歌詞)의 한가지.
114) 안기(安期) ; 산동성(山東省) 사람으로 약을 팔던 신선. 그의 대추를 먹으
　　면 천년을 산다고 함.
115) 구하군(九霞裙) ; 선녀가 입는 아름다운 치마
116) 육수(六銖) ; 천인(天人)이 입는 엷고 가벼운 옷.
117) 자부궁(紫府宮) ; 옥황상제의 궁전.
118) 청루의 노래 ; 원제는 청루곡(靑樓曲), 청루는 아가씨두고 술파는 집. 고
　　급기생집. 청루곡은 악곡의 이름.
119) 칠향거(七香車) ; 일곱 가지 향목으로 만든 수레. 사치스러운 수레.

| 동풍불면 상사 버들 꺽어^⑳ 놓고는 | 東風吹折相思柳 |
| 세마^㉑타고 교만하게 낙화 밟고 가버리네. | 細馬驕行踏落花 |

36. 국경수비군^㉒의 노래　　　塞下曲

(1)

선봉대 나팔 불며 진영문 나서고	前軍吹角出轅門
붉은 깃발은 얼어붙어 휘날리지 않는다.	雪撲紅旗凍不翻
구름 쌓여 캄캄한데 서녘 신호불만 번쩍이고	雲暗磧西看候火
밤 깊자 기마대는 평원을 치러간다.	夜深遊騎獵平原

(2)

수루의 구슬픈 피리 목메어 듣기 괴롭고	隴戍悲茄咽不通
누런 먼지 만리에 뻗어 하늘을 덮었구나.	黃雲萬里塞天空
내일 아침엔 막사 안의 남은 군졸 집합하여	明朝蕃帳收殘卒
군마를 찾아 모아서 활시위를 당겨 보리.	探馬歸來試擘弓

---

120) 상사버들 꺾어 ; 원문에는 「折相思柳」라 했는데 이 뜻은 여인이 외롭게
　　앉아 사모하는 마음을 손이 와서 꺾어 버렸다는 뜻.
121) 세마(細馬) ; 길들인 좋은 말. 기린아의 말.
122) 국경수비군 ; 원제는 새하곡(塞下曲), 국경 요새의 방위군을 읊은 노래.
　　중국에는 새하곡이 많았다.

(3)

오랑캐 천군만마 적서®요새로 내려오고	虜馬千群下磧西
고산의 봉화는 동제®요새로 들어온다.	孤山烽火入銅鞮
장군은 밤중에 용성 북으로 진군하고	將軍夜發龍城北
전사들은 병영에서 진군하라 북을 친다.	戰士連營擊鼓鼙

(4)

추운 변방 봄이 없어 매화를 볼 수 없고	寒塞無春不見梅
변방의 피리소리 처량하게 들려온다.	邊人吹入笛聲來
깊은 밤 고향 꿈에 놀라깨어 일어나고	夜深驚起思鄕夢
음산®에 달빛 가득 백척대에 비치누나	月滿陰山百尺臺

(5)

도호부 지키노라 가을 갑옷 걸려 있고	都護防秋掛鐵衣
성남은 처음으로 열겹 포위 풀렸구나.	城南初解十重圍
금빛 창은 선우® 두목 붉은 피로 물들었고	金戈渫盡單于血
백마는 천산에서 눈을 밟고 돌아오네.	白馬天山踏雪歸

---

123) 적서(磧西) ; 중국 서북방 국경지역 사막지대
124) 동제(銅鞮) ; 중국 요새 지대. 적서는 북쪽의 사막.동제는 서쪽의 산.
125) 음산(陰山) ; 중국 서북방의 곤륜산맥 줄기로 흉노가 자주 침범하던 곳.
126) 선우(單于) ; 흉노족의 왕.

37. 국경 수비군[127]에 입대하다.　　　　入 塞 曲

(1)

전투 끝난 임조[128]요새에 패전군마 구슬피 울고	戰罷臨洮敗馬鳴
패잔병은 호각 불며 텅빈 병영에 자는구나.	殘軍吹角宿空營
변방은 무사하다 척후병은 보고하고	回中近報邊無事
날 저문 평안성엔 횃불이 들어간다.	日暮平安火入城

(2)

산서지방 십육 주를 싸움 이겨 수복하고	新復山西十六州
말안장에 월지왕[129]의 머리 베어 달고 오네.	馬鞍懸取月支頭
강변의 백골은 장사지내는 이 없고	河邊白骨無人葬
백리 전장터엔 붉은 피 강처럼 흐르누나.	百里沙場戰血流

(3)

해지자 봉수[130] 연기 적서로 넘어오고	落日狼烟度磧來
영문 밖엔 호각소리에 깃발 찾아 올리네.	塞門吹角探旗開
북쪽 사막 선우를 격파했다 함성 높고	傳聲漠北單于破
백마 탄 개선장군 요새에 드는구나.	白馬將軍入塞回

127) 국경 수비군 ; 원제의 입새곡(入塞曲)은 중국 변경 싸움터로 들어가는 노
　　래. 중국에는 악부횡취곡(樂府橫吹曲)으로 입새곡과 변경 싸움터에서 나
　　오는 출새곡(出塞曲)이 있다. 한(漢) 고조(高祖) 때부터 유행. 무제(武帝)
　　때 이연년(李延年)의 작곡이 있다 함.
128) 임조(臨洮) ; 역(西域)으로 통하는 요새의 땅.
129) 월지왕(月支王) ; 한대(漢代)에 중앙아시아에 있었던 서역국(西域國)의 왕.
130) 봉수(烽燧) ; 횃불. 원시에 낭연(狼烟)이라고 쓴 것은 옛날에 이리똥으로
　　연기를 올렸기 때문이다.

(4)

굳센 활에 흰털 화살 검은 갑옷 입고서	騂弓白羽黑貂裘
푸른 눈 보라매는 비단토시 밟고 앉아.	綠眼胡鷹踏錦韝
허리에는 황금인장 북두성같이 늘여차고	腰下黃金印如斗
장군 공로 컸는지라 북평후에 봉해졌네	將軍初拜北平侯

(5)

한나라 정기®는 음산 가득 펄럭이고	漢家征旆滿陰山
오랑캐 말 한 마리도 남아 돌아가지 못하리..	不遣胡兒匹馬還
반초®장군 국경평정 온갖 심혈 쏟았으며	辛苦總戎班定遠
평생을 오로지 옥문관을 지켜 왔네.	一生猶望玉門關

38. 사랑노래®   竹枝詞

(1)

공령탄®어귀에 비 처음 개이니	空舲灘口雨初晴
무협® 골짜기에 아득히 안개 걷혔네.	巫峽蒼蒼烟靄平

131) 정기(旌旗) ; 싸우러 나갈 대의 군기.
132) 반초(班超) ; 후한(後漢) 때 서역(西域)을 정벌한 장군. 정원후(定遠侯)에
    봉해짐.
133) 사랑노래 ; 원제의 죽지시(竹枝詞). 악부(樂府)의 한 종류이다. 당의 유우
    석(劉禹錫)이 맨 처음 지어 부른 것으로서 남녀의 정사(情事)나 또는 그
    지방의 풍속을 주제로 하여 읊은 것이다. 흔히 사랑의 노래로 통한다.
134) 공령탄(空舲灘) ; 중국 호남성(湖南省) 상담현(湘潭縣)의 북쪽에 있는 물
    가의 명승지.
135) 무협(巫峽) ; 기주(夔州)에 있는 무산(巫山) 아래를 흐르는 협곡(峽谷). 험
    하고 아름난 곳.

슬프다! 임의 마음 저 조수와 같다면야 　　　長恨郞心似潮水
아침엘랑 나갔어도 저녁이면 와 주련만…. 　　早時纔退暮時生

(2)

양동·양서 에는 봄 물이 질펀하고 　　　　　瀼東瀼西春水長
임 실은 배 작년에 구당 으로 떠났어라. 　　　郞舟去歲向瞿塘
파강 기슭 원숭이는 괴롭게 울어대고 　　　　巴江峽裏猿啼苦
세 번 울지 못한 사이 이내 간장 끊어진다. 　　不到三聲已斷腸

(3)

내 집은 강릉 땅 적석강변 살았는데 　　　　家住江陵積石磯
문 앞의 맑은 내에 비단옷 빨아 입고. 　　　　門前流水浣羅衣
아침엔 목란삿대 한가히 매어 두며 　　　　　朝來閑繫木蘭棹
원앙새 쌍쌍이 나는 모습 바라보네 　　　　　貪看鴛鴦相伴飛

(4)

영안궁 밖 험한 여울 층층이 굽이치고 　　　　永安宮外是層灘
물결 위 작은 배는 노젓기 어렵구나. 　　　　灘上舟行多小難

---

136) 양동양서(瀼東瀼西) ; 사천성(四川省) 봉절현(奉節縣)에 있고 양자강(揚子
　　江)으로 흘러 들어가는 양수(瀼水)의 동과 서의 명소.
137) 구당(瞿塘) ; 사천성(四川省) 봉절현(奉節縣)의 동 13리, 기주(夔州)의 동
　　13리, 허기(許夔)에 있는 협곡(峽谷)인 명소.
138) 파강(巴江) ; 삼협(三峽)을 통과하는 물이 세 번 굽어서 파자(巴字)같이
　　된 곳의 명소.
139) 강릉(江陵) ; 중국 대강(大江)이 사천(四川)과 호북(湖北)의 경계를 흐르
　　는 곳의 유명한 급류가 있는 삼협(三峽)의 최하류에 있는 곳은 작자의 출
　　생, 성장지인 강릉과도 이 도시와 유관하다.

조수도 신의 있어 가고 옴을 지키건만　　　　潮信有期應自至
임 실은 배는 한 번 떠나 그 어느 때 돌아오리.　郞舟一去幾時還

39. 서릉의 노래⁽¹⁴⁰⁾　　　　　　西 陵 行

소소문⁽¹⁴¹⁾ 앞 꽃들은 바야흐로 활짝 피고　　蘇小門前花正開
버들향기 술 속에 어울려 황금잔에 넘치네.　柳香和酒撲金杯
밤새도록 손 붙잡고 취도록 노닐다가　　　夜闌留得遊人醉
유벽거⁽¹⁴²⁾ 사뿐 타고 달빛 속에 돌아가네.　油壁車輕月裏回

전당강 위 아름다운 나의 집　　　　　　錢塘江上是儂家
오월이 오면 연꽃 봉우리 곱게 피어나네　五月初開菡萏花
드리워진 검은 머리 잠에서 깨어나　　　半鬟烏雲睡新覺
난간에 기대어 한가히 뱃노래 부르네.　倚欄閑唱浪淘沙

---

140) 서릉의 노래 ; 원제는 서릉행(西陵行). 서릉은 항주(抗州)의 고산(孤山),
　　서냉교(西泠嬌) 부근의 일대이다. 여기서 서릉은 옛날 황제(黃帝)가 서릉
　　의 여자를 취하여 정비인 누조(嫘祖)를 삼은 옛 국명으로 소재로 한 노래
　　임.
141) 소소문(蘇小門) ; 소소소(蘇小小)의 문전(門前)이 란 뜻. 소소소는 남제(南
　　齊) 시대의 명기(名妓).
142) 유벽거(油壁車) ; 푸른색의 유의(油衣)를 사면에 쳐서 비를 각는 수레.

40. 제방의 노래[143]   堤上行

긴 방축 십리 뻗어 수양버들 드리웠고   長堤十里柳絲垂
강 건너 연꽃 향기 길손 옷깃 속에 가득 차네.   隔水荷香滿客衣
밤새도록 호숫가엔 달이 밝아 대낮 같고   向夜南湖明月白
연인들은 다투어 죽지사[144]를 부른다네.   女郞爭唱竹妓詞

41. 그네 노래   鞦韆 詞

이웃집 처녀들이 다투어 그네 뛸 때   隣家女伴競鞦韆
띠 띠고 수건쓰니 선녀를 닮았구나   結帶蟠巾學半仙
오색줄로 바람 차서 하늘하늘 올라가고   風送綵繩天上去
패물소리 달랑달랑 버들 숲에 떨어지네.   佩聲時落綠楊烟

그네 뛰곤 내려서서 고운 신발 가려 신고   蹴罷鞦韆整繡鞋
내려와선 말이 없이 요계[145]에 살짝 서네.   下來無語立瑤階
엷은 모시적삼[146]은 엷은 땀에 이슬지고   蟬衫細濕輕輕汗
떨어뜨린 비녀는 누구더러 주워 달랄까?   忘却敎人拾墮釵

---

143) 제방의 노래 ; 원제의 제상행(堤上行)은 중국 당나라 신악부(新樂府) 이
     름. 당의 대제곡(大堤曲)도 있음,
144) 죽지사(竹枝詞) ; 악부(樂府)이름으로 남녀의 정사(情事)를 읊은 것.
145) 요계(瑤階) ; 구슬로 된 계단. 아름다운 층계를 말함.
146) 엷은 모시적삼 ; 원문의 선삼(蟬衫)을 말한다. 매미 나래처럼 엷은 모시.

42. 궁사^⑭

(20수)

宮 詞

(二十首)

(1)

임금계신 천우각 아침 대궐 문 열리면　　千牛閣下放朝初
궁녀는 비를 들고 궁궐뜰을 청소하네.　　擁箒宮人掃玉除
한낮엔 대궐 속에 임금 말씀 들리고　　　日午殿頭宣詔語
발너머에 여상서^⑱ 호출소리 높아라.　隔簾催喚女尙書

(2)

임금님 수레 타고 건장대^⑱에 납실 때　龍興初幸建章臺
육부 악대는 풍악 울리며 원 앞에 떨쳐 섰네.　六部笙歌出院來
때로는 굽은 난간에 갈고북을 울려 오면　　試向曲欄催羯鼓
대궐 안 궁녀들은 화개곡^⑱을 연주하네.　殿頭宮女奏花開

(3)

붉은 비단 바쳐 놓고 건계차를 달이며　　紅羅袱裏建溪茶
시녀들은 봉합서에 꽃맺음 묶으면서　　　侍女封緘結出花

---

147) 궁사(宮詞) ; 시체(詩體)의 한 악부(樂府)로서 한(漢) 성제(成帝)의 총희
　　(寵姬) 반첩여(班婕妤)가 절세의 요희(妖姬) 조비연(趙飛燕) 자매에게 임
　　금의 은총을 빼앗기고 신변의 안전을 위해 황태후가 계시던 장신궁(長信
　　宮)에서 원가행(怨歌行)으로써 일생을 보낸 것을 소재로 했다.
148) 상서(尙書) ; 상서성의 직급으로 주로 연락책인데 여상서는 조선조의 상
　　궁에 해당함.
149) 건장대(建章臺) ; 무제(武帝)가 세운 건장궁(建章宮) 안에 있는 누각.
150) 화개곡(花開曲) ; 악곡명.

붉은 인주 비껴 찍어 칙자[151]를 써 넣고　　　斜押紫泥書勅字
내관을 시켜서 대신집에 분송하네.　　　　　　內官分送大臣家

(4)

처음 우는 앵무새 깃털 아직 터부룩　　　　　鸚鵡新調羽未齊
금롱 속에 갇히어 옥루 향해 깃들었네.　　　　金籠鎖向玉樓栖
때로는 푸른 머리 돌려 발 속에 기대서서　　　閑回翠首依簾立
임금께 감히 향해 농서땅 설명하네.　　　　　却對君王說隴西

(5)

나례[152] 끝난 궁궐은 오색 횃불 밝아 있고　　儺罷宮廷彩炬明
경양루 밖에서는 새벽종이 울려 온다.　　　　景陽樓外曉鍾聲
임금님은 조원전에 하례를 받으시고　　　　　君王受賀朝元殿
해 비치면 구경[153]들은 궁궐뜰에 절하네.　　日照彤闈拜九卿

(6)

해지면 금빗장이 천문 모두 잠그고　　　　　黃昏金鎖鎖千門
여인들은 단장하고 임금님을 기다리네.　　　　一面紅粧侍至尊
아감전[154] 앞으로 비밀병령 내리시면　　　　阿監殿前持密詔
어느 궁녀 임금 침방든다는 소문파다.　　　　問頻知是最承恩

---

151) 칙자(勅字) ; 임금이 내리는 글이라는 표시.
152) 나례(儺禮) ; 궁중에서 악귀(惡鬼)를 쫓던 의식. 벽사진경의식.
153) 구경(九卿) ; 9명의 장관(長官). 중국의 아홉부서의 장.
154) 아감전(阿監殿) ; 궁녀들을 지휘 감독 하던 나인(內人)청.

(7)

황금화로 수탄불은 봄날 온 듯 따사롭고	金爐獸炭欲回春
팔자 눈썹 아직도 고르지 않았는데.	八字眉山澁未匀
온몸에 장식한 구슬비취가 따스한 것은	共怪滿身珠翠暖
새로이 육궁®에 벽한진®을 내리신 탓	六宮新賜辟寒珍

(8)

맑게 차린 궁전 속에 가을밤은 깊어 가고	淸齋秋殿夜初長
궁녀들은 임금 시중 잠시도 방심 않네.	不放宮人近御床
때로는 가위 쥐고 비단옷 마르며	時把剪刀裁越錦
황촛불 앞에 앉아 원앙새 수놓누나.	燭前閑繡紫鴛鴦

(9)

새벽을 기다려 장신궁®문 열리고	長信宮門待曉開
내관은 금빗장으로 다시 문을 잠그네.	內官金鎖鎖門回
예전에는 궁녀들이 이를 보고 웃었지만	當時曾笑他人到
오늘 아침 제가 들 줄 미쳐 미리 몰랐네.	豈識今朝自入來

(10)

피향전® 안 예쁜 궁녀 모여 단장하는데	披香殿裏會宮粧
새로이 임금 모신 그 궁녀는 따로 대접	新得承恩別作行

155) 육궁(六宮) ; 황제의 여섯 궁전. 정침(正寢) 하나와 연침(燕寢) 다섯. 또는 노침(路 寢) 하나와 소침(小寢) 다섯을 말함. 육침(六寢)이라고도 함.
156) 벽한진(辟寒珍) ; 추위를 물리치는 보배로운 구슬.
157) 장신궁(長信宮) ; 한나라 때 황후가 거처하던 궁.
158) 피향전(披香殿) ; 중국 장안(長安)에 있는 한(漢)나라 궁전의 이름.

다소곳 앉아서 거문고 한 곡 타면　　　當座繡琴彈一曲
임금께선 오색비단 치마감을 하사하네.　　內家令賜彩羅裳

(11)

서궁®에 피서 가신 임금님 조례도 그만두니　避暑西宮罷受朝
굽은 난간 모퉁이에 파초도 푸르러라.　　曲欄初展碧芭蕉
한가로워 상약®들은 바둑을 두어　　　　閑隨尙藥圍碁局
구슬반지 푸른 구슬 내기해서 땄다네.　　賭得珠鈿綠玉翹

(12)

아름다운 금쟁반에 진수성찬 가득 차려　天廚進食簇金盤
향기로운 과일·생선 어느 걸 먼저 들리.　香果魚羹下筯難
육궁나인 불러들여 음식상을 물린뒤에　徐喚六宮分退膳
당직 맡은 여관은 음식 먼저 먹는다오.　旋推當直女先飡

(13)

시원한 침대에서 꿈꿀 사이 없을 지경　氷簟寒多夢不成
비단부채 부쳐 드리다가 반딧불도 쫓는다.　手揮羅扇撲流螢
대궐 안 긴긴 밤에 휘연청 달 밝은데　長門永夜空明月
서궁 안 웃음소리 바람 타고 들려오네.　風送西宮笑語聲

(14)

비단장막 드리우고 비단보료 깔고서　綵羅帷幬紫羅茵

---

159) 서궁(西宮) ; 별궁. 임금의 잉첩이 있던곳. 여기서는 조비연(趙飛燕)이 있
　　던 곳인듯.
160) 상약(尙藥) ; 내의원(內醫院). 중국 고대 의약국.

사향마저 풍기며 몸에서 풍겨나네　　　　　香麝霏微暗襲人
내일은 옥가마 멈춰서 꽃을 보다 묵는다니　明日賞花留玉輦
그곳에 구슬발을 새로이 치는구나.　　　　地衣簾額一時新

(15)

간수수전 연못 속에 연꽃을 심으니　　　　　看修水殿種芙蓉
가마 속 비단상자 궁중에서 나오네.　　　　舁下羅函出九重
임금님 말씀 받드는 오색옷 궁녀 보자하니　試看綵衫迎詔語
푸른 눈썹 아직도 졸은 흔적 짙어라.　　　翠眉猶帶睡痕濃

(16)

오리 그린 향로에 타던 향불 꺼지고　　　　鴨爐初委水沉灰
시녀는 화장않고 경대를 덮었네.　　　　　侍女休粧掩鏡臺
서원으로 근래엔 순행이 뜸하시니　　　　　西苑近來巡幸少
옥통소 금비파엔 먼지가 반이로세.　　　　玉簫琴瑟半塵埃

(17)

새로 뽑힌 궁인이 임금님을 모시니　　　　新擇宮人直御床
비단 병풍 내리시며 달콤한 향기 무르녹네.　錦屏初賜合歡香
내일 아침 아감®와서 지난밤 일 물으면　　明朝阿監來相問
웃으며 가리킬래 가슴에 찬 패낭®을.　　　笑指胸前小佩囊

(18)

금안장 옥자갈 비단고삐 말을 타고　　　　金鞍玉勒紫遊韁

---

161) 아감(阿監) ; 궁녀를 감독 통솔하는 나인.
162) 패낭(佩囊) ; 임금님이 내려주신 패물 주머니. 동침했다는 정표.

서궁에서 나오시어 미앙궁®에 드시네.　　　跨出西宮入未央
멀리 궁전을 바라보니 치선®이 벌여 있고　　　遙望午門開雉扇
햇빛에 용포자락 현란하게 빛나네.　　　　　　日華初上赭袍光

(19)

서궁엔 요사이 임금정사 번거로와　　　　　西宮近日萬機煩
소용®을 재촉해서 궁전 문을 열게 하네.　　催喚昭容啓殿門
탑전®에 시녀는 촛불 잡고 기다리니　　　爲報榻前持燭女
물시계 소리 세 번이나 자미원®에 울리네.　漏聲三下紫薇垣

(20)

당직하는 궁녀는 임금님 편지 품고　　　　當夜中官抱御書
옥첨® 돌려가며 천천히 펴고 말아.　　　玉籤抽付卷還舒
금련촉®을 은근히 아끼려고　　　　　　慇懃護惜金蓮燭
학사님 돌아갈 때 직려®로 보내려네.　　學士歸時送直廬

---

163) 미앙궁(未央宮) ; 한(漢) 고조(高祖)가 장려(壯麗)하게 세운 궁궐.
164) 치선(雉扇) ; 치미선(雉尾扇). 군왕(君王)이 출입할 때 드는 의장용(儀仗
　　用) 부채.
165) 소용(昭容) ; 한(漢)나라 고조 때의 악전(樂典)의 이름. 혹은 한나라 무제
　　때의 여 관(女官)의 이름.
166) 탑전(榻前) ; 임금의 자리 앞.
167) 자미원(紫薇垣) ; 천자(天子)가 거처하는 궁성.
168) 옥첨(玉籤) ; 궁중에서 쓰는 명패(名牌). 혹은 추첨패. 원래는 대나무로
　　만들었으나 여기서는 종이인 듯.
169) 금련촉(金蓮燭) ; 금으로 연꽃 모양으로 만든 초. 천자(天子)의 궁전에서
　　만 사용했다.
170) 직려(直廬) ; 집으로 직접 보냄.

43. 양류지의 노래⁽¹⁷¹⁾   楊柳枝詞

(1)

버들 숲에 안개 품어 파강⁽¹⁷²⁾ 기슭 봄이 오고   楊柳含烟灞岸春
해마다 임보내며 버들가지 꺾는구나   年年攀折贈行人
봄바람에 이별하곤 상한 마음 풀지 못해   東風不解傷離別
차라리 땅 위에 불어서 티끌이나 쓸게 하지.   吹却低枝掃路塵

(2)

청루의 서쪽 기슭 버들솜은 흩날리고   靑樓西畔絮飛楊
안개 속 연한가지 난간에 펄럭이네.   烟鎖柔條拂檻長
소년들은 어디에서 백마 타고 왔는가   何處少年鞭白馬
버들 숲 녹음밑에 말매고 놀고 있네.   綠陰來繫紫遊韁

(3)

파릉⁽¹⁷³⁾ 다리 기슭에서 위성 서쪽까지   灞陵橋畔渭城西
봄비에 묻혀 긴 둑은 안개 속에 잠겨있네.   雨鎖烟籠十里堤
고삐 매는 왕손은 오고픈 맘 간절한데   繫得王孫歸意切
나는 차라리 방초 우거짐만 같지 못하구나.   不同芳草綠萋萋

---

171) 양류지의 노래 ; 원제의 양유지(楊柳枝). 악부(樂府)의 이름으로 근대 곡
    사(曲辭)의 하나로 되었다. 시초는 백거이(白居易)에서 시작. 남녀 이별을
    읊은 7언 4구의 시가였다. 비슷한 악부로 죽지사(竹枝詞)가 있다. 양(楊)
    은 갯버들, 유(柳)는 수양버들이다.
172) 파강(灞江) ; 파릉(灞陵)의 곁을 흐르는 강.
173) 파릉(灞陵) ; 장안(長安)의 동남에 있는 한문제(漢文帝)의 능으로서 당나
    라 사람[唐人]들이 많이 이별한 곳으로 알려져 있다.

(4)

가는 허리 시샘하고 고운 눈썹 샘내니	條妬纖腰葉妬眉
바람 두렵고 비에 시름겨워 낮게 늘어졌구나.	怕風愁雨盡低垂
황금빛 고운 가지 다투어 잡으니	黃金穗短人爭挽
동풍 불면 한 가지가 또다시 꺾이네.	更被東風折一枝

(5)

안비영 성중엔 봄이 한창 무르익고	按轡營中占一春
장아문 밖 실버들은 새로이 물 오르네.	藏鴉門外麴絲新
한평생 파수교 머리의 나무들이 미운 뜻은	生憎灞水橋頭樹
가는 이는 풀어 주고 맞는 이는 안 풀어 주니…	不解迎人解送人

44. 횡당의 노래[174]　　　　横塘曲

마름가시 돋아나 치마를 찌르고	菱刺惹衣菱角大
해는 지는데 모래섬에 밀물은 안나가네.	日落渚田潮未退
연꽃꺾어 화관삼아 머리에 얹어 쓰고	蓮葉盖頭當花冠
꽃송이 띠에 엮어 패물처럼 지녔구나.	藕花結帶爲雜佩

붉게 핀 연꽃 향기 비바람에 시들면	紅藕香殘風雨多
오나라 미녀는 다투어 사랑노래[175] 부르네.	吳姬爭唱竹枝歌

174) 횡당의 노래 ; 원제의 횡당곡(橫塘曲) 횡당은 남경(南京) 교외의 제방(堤
　　防) 이름. 오(吳)나라 때 양자강(揚子江)의 천구(川口)로부터 진회(秦淮)
　　에 걸쳐 쌓은 제방
175) 사랑노래 ; 원문의 죽지가(竹枝歌)로, 악부(樂府)의 한가지인데 중국 당나
　　라 때부터 남녀의 사랑을 부른 노래.

돌아올 땐 횡당 못가 해는 저물고	歸來日落橫塘口
노을속 노젓는 소리에 갈가마귀 우짖네.	烟裏蘭橈響軋鴉

45. 밤의 노래   夜 夜 曲

쓰르라미 애절하고 바람 소리 어지럽고	蟋蛄切切風騷騷
연꽃 향기 가시고 달은 높이 떠 차갑구나.	芙蓉香褪冰輪高
아름다운 여인은 금가위를 손에 잡고	佳人手把金錯刀
등잔불 돋우며 길 떠날 임 옷을 짓네.	挑燈永夜縫征袍
물시계 소리 낮고 등잔불 가물가물	玉漏微微燈耿耿
비단장막 차갑고 가을 밤은 길구나	羅幃寒逼秋宵永
임의 옷 마르고 지으면 가위는 차갑고	邊衣裁罷剪刀冷
창문 가득히 파초 그림자 어른거리네.	滿窓風動芭蕉影

46. 유선사[176]   遊 仙 詞
87수   (八十七首)

 (1)

천년 묵은 못가에서 주 목왕[177]을 이별하고	千載瑤池別穆王

176) 유선사(遊仙詞) ; 악부(樂府)의 이름. 신선이 노는 모습의 노래.
177) 목왕(穆王) ; 주(周)나라 임금이며 신선(神仙)을 좋아하며 팔준마(八駿馬)
    를 타고 서왕모(西王母)를 요지(瑤池)에서 만났다 함.

잠간 청조시켜 유랑[178]을 찾아 보았네.　　暫敎靑鳥訪劉郞
밝아 오는 하늘에선 풍악소리 울리니　　　平明上界笙簫返
시녀는 모두 흰 봉황새 타고 있네.　　　　侍女皆騎白鳳凰

(2)

구슬골짝 구슬못엔 구룡이 잠겼고　　　　瓊洞珠潭貯九龍
오색구름은 날아 내려 푸른 연꽃 물들이네.　彩雲寒濕碧芙蓉
난새 탄 사자 서쪽으로 가는 길에　　　　乘鸞使者西歸路
꽃앞에 서서 적송자[179]께 절하누나.　　　立在花前禮赤松

(3)

이슬 맺힌 하늘가에 계수나무 달빛 밝고　　露濕瑤空桂月明
구천의 꽃들은 피리소리에 떨어지네.　　　九天花落紫簫聲
조원각 가는 사자는 금호랑에 타고서　　　朝元使者騎金虎
붉은 깃발 펄럭이며 옥청[180] 하늘 오르시네.　赤羽麾幢上玉淸

---

178) 유랑(劉郞) ; 한(漢) 명제(明帝)의 영평(永平)때에 유신(劉晨)과 완조(阮
　　肇)가 있어 천태산(天台山)에 들어가 약을 캐다가 길을 잃어 헤메고 있는
　　데 절세미모의 선녀를 만나 신선의 마을에 초대되어 그 선녀들과 결혼하
　　여 15일을 살았다. 유랑이 고향이 그리워 가려 하자, 선녀들은 말리다가
　　아직 죄가 남아 있는 탓이라 하여 내보내 주었다. 그러나 고향에는 자기
　　의 7대손이 살고 있는 것을 보자, 다시 신선을 찾아갔으나 찾지 못했다.
179) 적송자(赤松子) ; 신농씨(神農氏) 시절에 우사(雨師)로 있으면서 수옥(水
　　玉)을 복용하여 신선이 되고 신농씨에게도 가르쳤다 함.
180) 옥청(玉淸) ; 천제(天帝)의 거처인 삼청(三淸)의 하나. 삼청은 옥청·상청
　　(上淸)·태청(太淸).

(4)

상서로운 바람 불어 푸른 안개치마 찢었고   瑞風吹破翠霞裙
난새피리 손에 잡고 오색구름에 기대었네.   手把鸞簫倚五雲
꽃가에 옥동자 백호 타고서   花外玉童鞭白虎
벽성에서 기꺼이 소모군®을 맞이 하네.   碧城邀取小茅君

(5)

향불 피워 고요한 밤 천단에 절을 하고   焚香遙夜禮天壇
학 타고 날아가니 그 깃이 차가와라.   羽駕翻風鶴氅寒
풍경소리 은은한데 달도 별도 싸늘하고   淸磬響沉星月冷
계수나무 꽃이슬에 난새깃을 적시었네.   桂花煙露濕紅鸞

(6)

서단에 잔치 끝나 북두성 사라지고   宴罷西壇星斗稀
붉은 용은 남쪽으로 학은 동으로 날으네.   赤龍南去鶴東飛
단방®에 선녀는 봄잠이 깊이 들어   丹房玉女春眠重
홍난간에 기대어 새벽인데 안깨네.   斜倚紅闌曉未歸

(7)

얼음집 구슬빗장 이 한봄 막아 두고   冰屋珠扉鎖一春
지는 꽃에 이슬안개 비단모자 적시네.   落花煙露濕綸巾
황제께선 요사이 행차가 뜸하시어   東皇近日無巡幸

---

181) 소모군(小茅君) ; 유주인(幽州人)으로 제국(齊國)에서 선도(仙道)를 배워
    하늘에서 문무선관(文武仙官) 수백명의 영접을 받으며 상천(上天)하였다
    함.
182) 단방(丹房) ; 선녀가 거처하는 방.

요지®에는 한가히 오색기린 뛰노누나.　　　閑殺瑤池五色麟

(8)

한가히 푸른 주머니 풀어 소서®를 읽어 보니　　　閑解靑囊讀素書
이슬바람 연기 속에 계수나무 꽃잎 지네.　　　露風煙月桂花踈
서왕모® 시녀들은 봄 사이 일이 없어　　　西妃小女春無事
비경께 아양떨어 보허사를 부르라네.　　　笑請飛瓊唱步虛

(9)

구슬나무 영롱히 안개 속에 뻗어 있고　　　瓊樹玲瓏壓瑞煙
구슬채찍 휘둘으며 용가는 조천가네　　　玉鞭龍駕去朝天
붉은 구름 길 막아 속세사람 닿지 않고　　　紅雲塞路無人到
꼬리 짧은 삽살개만 풀 베고 자고있네.　　　短尾靈厖藉草眠

(10)

하늘에는 안개 막혀 학은 오지 아니하고　　　煙鎖瑤空鶴未歸
계수나무 그늘 속에 구슬대문 닫혔구나.　　　桂花陰裡閉珠扉
시냇가엔 종일토록 신령스런 비가 내려　　　溪頭盡日神靈雨
땅에 가득 향불 연기 이슬젖어 못뜨누나　　　滿地香雲濕不飛

---

183) 요지(瑤池) ; 해가 뜨는 곳이라 생각하는 상상의 연못. 주 목왕이 서왕모
　　를 만났다는 신선세계의 연못.
184) 소서(素書) ; 중국 전한(前漢)시대 황석공(黃石公)이 장자방(張子房)에게
　　준 비서(秘書). 혹은 편지라는 뜻.
185) 서왕모(西王母) ; 서비(西妃) 즉 중국 전설에 나오는 여신, 곤륜산에 살며
　　불사약을 가졌다 함.

(11)

푸른 동산 붉은 집은 고요히 닫혀 있고	靑苑紅堂鎖沈濠
학이 자는 단조®는 밤에 높고 아득해.	鶴眠丹竈夜迢迢
늙은 신선 일어나 밝은 달을 부르는데	仙翁曉起喚明月
바닷노을 너머에선 퉁소소리 들리네.	微隔海霞聞洞簫

(12)

향기 차고 달도 차가워 밤은 침침한데	香寒月冷夜沉沉
웃고 떠나는 선녀는 옥비녀 빼어 주네.	笑別嬌妃脫玉箴
다시금 황금 채찍으로 갈길을 가리키니	更把金鞭指歸路
벽성® 서쪽 밖에는 오색구름 깊었었네	碧城西畔五雲深

(13)

분부 받고 동비®술랑®에게 시집갈 때	新詔東妃嫁述郎
붉은 난새 끄는 수레 부상®으로 향하네.	紫鸞煙盖向扶桑
꽃 앞에 한 번 이별 삼천년이 흐르니	花前一別三千歲
신선세계 긴긴 세월 도리어 한하시네.	却恨仙家日月長

186) 단조(丹竈) ; 신선이 영약을 달이는 부엌.
187) 벽성(碧城) ; 신선의 영역에 두른 성곽.
188) 동비(東妃) ; 전설 속의 신선의 왕비. 태자의 비도 동비라 함.
189) 술랑(述郎) ; 전설 속의 동비의 낭군.
190) 부상(扶桑) ; 해뜨는 곳. 동해(東海)에 있음. 해는 부상에서 뜨고 함지(咸池)로 진다고 했다.

(14)

자매는 손 맞잡고 현도®를 순례할사   閑携姉妹禮玄都
삼동의 신선들은 저마다 부르네.   三洞眞人各見呼
붉은 용 붙잡아 꽃 아래 세워 놓고   敎著赤龍花下立
자황궁® 안에서 투호®놀이 구경하네.   紫皇宮裏看投壺

(15)

별 그림자 개울에 잠기고 달은 지는데   星影沉溪月露沾
선녀는 치마끈 여미며 처마 밑에 서 있네.   手接裙帶立瓊簷
단릉 신선 하직하고 돌아감을 고할 때   丹陵羽客辭歸去
산호주 한 자락 발이 되어 내렸구나.   自下珊瑚一桁簾

(16)

고운 이슬 가늘게 하늘가를 적시면   瑞露微微濕玉虛
자황님 살며시 푸른 종이에 편지 쓰네.   碧牋偸寫紫皇書
청동®은 깨어나 구슬발을 걷어 올리면   靑童睡起捲珠箔
별빛 달빛 가득 차 꽃그림자 희미하네.   星月滿壇花影踈

---

191) 현도(玄都) ; 신선이 사는 곳. 현도에 옥경(玉京)이 있고 칠보궁이 있다
     함. 당나라 유우석(劉禹錫)의 현도관시(玄都觀詩)가 있다. 신선의 고장임.
192) 자황궁(紫皇宮) ; 도교(道敎)의 설에 태청구궁(太淸九宮)에 모두 요속(僚
     屬)이 있고 그 최고 가는 것에 태황(太皇)·자황·옥황(玉皇)이 있다 함.
193) 투호(投壺) ; 단지에 공을 던져 넣는 놀이. 궁중에서 유행하던 놀이.
194) 청동(靑童) ; 서왕모(西王母)의 사자 아이. 선동.

(17)

서한부인⑩ 독수공방 쓸쓸함을 한하여　　　西漢夫人恨獨居
자황님이 허상서⑩께 출가를 분부했네.　　　紫皇令嫁許尙書
구름적삼 구슬띠로 조정에 가기 늦어　　　　雲衫玉帶歸朝晚
푸른 용 방긋 웃고 태워서 날아갔네.　　　　笑駕靑龍上碧虛

(18)

요지에 오래 살아 오색노을을 마시고　　　閑住瑤池吸彩霞
상서로운 바람 불어 벽도화 가지 꺾네.　　　瑞風吹折碧桃花
동황의⑩ 맏따님이 때때로 찾아와서　　　　東皇長女時相訪
진종일 발 앞에다 봉황수레 세워 두네.　　　盡日簾前卓鳳車

(19)

녹옥잔에 가득히 고운 술 따라부어　　　　滿酌瓊醪綠玉巵
달 밝은 꽃 밑에서 동비께 마시라네.　　　　月明花下勸東妃
단릉공주여 서로 시샘하지 마소서　　　　丹陵公主休相妬
일만년 동안에는 다시 뵙기 어려우니.　　　一萬年來會面稀

(20)

시름겨워 무지개 치마 떨쳐 입고　　　　　愁來自着翠霓裙
하늘나라에 걸어 올라 흰 구름 쓴다네　　　步上天壇掃白雲

---

195) 서한부인(西漢夫人) ; 전설 속의 부인 이름. 서한은 하늘의 강을 말함..
196) 허상서(許尙書) ; 상서는 벼슬 이름. 허상서는 전설 속의 벼슬아치. 상궁
　　의 직책.
197) 동황(東皇) ; 봄을 맡고 있다는 가상적인 신선.

꽃잎에 맺힌 이슬 옷자락 적시며	琪樹露華衣半濕
달 속의 옥진군®께 다소곳 절하네.	月中閒拜玉眞君

(21)

구름뿔 청룡은 구슬영락 머리에 쓰고	雲角靑龍玉絡頭
자황님을 태우고 단구로® 향하시니.	紫皇騎出向丹丘
구슬문 살짝 열고 인간세계 내려보니	閒從璧戶窺人世
한 점 안개 속에 구주를 알아보겠네.	一點秋烟辯九州

(22)

화관 쓰고 꽃술배자에 구하치마로	花冠蘂帔九霞裙
한 곡조 피리소리 구름 속에 울리니	一曲笙歌響碧雲
용이 날고 말이 울고 창해에 달이 밝아	龍影馬嘶滄海月
십연 호수에 한가히 상양군®이 찾아뵙네.	十洲閑訪上陽君

(23)

누각에 붉은 노을이요 땅에 먼지 없으니	樓鎖彤霞地絶塵
옥비®의 고운 눈물 비단수건 적시네.	玉妃春淚濕羅巾
밝은 달이 은하수 그늘에 잠기면	瑤空月浸星河影
앵무새는 추위에 놀라 밤에 사람 부르네.	鸚鵡驚寒夜喚人

---

198) 옥진군(玉眞君) ; 선인의 이름. 또는 선녀라는 뜻.
199) 단구(丹丘) ; 해외(海外)에 신선이 사는 곳을 말함. 밤낮없이 밝다함.
200) 상양군(上陽君) ;하늘 위의 상양궁의 임금. 신선세계 임금.
201) 옥비(玉妃) ; 양귀비(楊貴妃)를 말함.

(24)

새로 오신 진관님[202] 상제궁에 올라가니	新拜眞官上玉都
자황님 친히 구령부[203]를 하사하네.	紫皇親授九靈符
돌아오는 길에 계수궁에 묵노라니	歸來桂樹宮中宿
백학은 한가히 태을로에 자고 있네	白鶴閑眠太乙爐

(25)

아지랑이 나부끼며 훨훨 하늘로 날아	煙盖飄颻向碧空
푸른 수레로 돌아오니 옥단은 비었구나.	翠幢歸殿玉壇空
청란새 한 쌍 서쪽으로 날아가고	靑鸞一隻西飛去
복사꽃 이슬 젖고 달은 밝아 하늘가득.	露壓桃花月滿空

(26)

광한궁전[204] 대들보 구슬로 받쳐 있고	廣寒宮殿玉爲梁
은촛불에 금병풍 참으로 밤은 길다.	銀燭金屛夜正長
난간 밖 계수나무 서늘한 이슬에 젖고	欄外桂花凉露濕
붉은 피리 부는 속에 오색구름 향기 이네.	紫簫聲裏五雲香

(27)

등륙[205]을 재촉하여 천관에서 나와서	催呼滕六出天關
다리로 풍룡[206]을 밟으니 뼈골까지 시리구나.	脚踏風龍徹骨寒

202) 진관(眞官) ; 진인(眞人), 도의 오묘한 뜻을 깨달은 사람.
203) 구령부(九靈符) ; 부적의 이름. 신선이 쓰는 부적.
204) 광한궁(廣寒宮) ; 백옥경(白玉京)에 있는 옥황상제의 궁전.
205) 등륙(滕六) ; 눈을 내리게 하는 신.
206) 풍룡(風龍) ; 바람을 일으키는 용의 신.

소매 속 구슬먼지 삼백 섬이나 되었더니　　　袖裏玉塵三百斛
흩날리는 흰 눈 되어 인간세상 떨어지네.　　　散爲飛雪落人間

(28)

바닷물 즐펀하게 푸른 하늘 넘쳐흘러　　　瓊海漫漫浸碧空
옥비는 말이 없이 동풍에 몸을 기대.　　　玉妃無語倚東風
봉래산 꿈을 깨니 삼천리 멀고 멀어　　　蓬萊夢覺三千里
소매가득 울음 흔적 반점되어 아롱지네.　　　滿袖啼痕一抹紅

(29)

복비[207]는 조용히 적상포[208]마르시며　　　宓妃閑製赤霜袍
하얀 손 부지런히 가위를 놀리시네.　　　素手頻回玉剪刀
미간에 졸린 흔적 한 나절에 그림지니　　　眉鎖睡痕花影午
자황님은 영을 내려 벽포도를 하사하네.　　　紫皇令賜碧葡萄

(30)

화표진인[209]간밤에 학 타고 돌아오니　　　華表眞人昨夜歸
육수옷에 고운 향기 담뿍 풍겨 나오네.　　　桂香吹滿六銖衣
한가히 학 타고 요단 위로 돌아갈 때　　　閒回鶴馭瑤壇上
해돋는 경림[210]에는 이슬 맺혀 촉촉하네　　　日出瓊林露未晞

207) 복비(宓妃) ; 복의씨(伏義氏)의 딸로서 낙수(洛水)에 익사하여 수신(水神)
　　이 됨.
208) 적상포(赤霜袍) ; 신선의 도포. 붉은 서릿발의 무늬가 있다 함.
209) 화표진인(華表眞人) ; 영허산(靈虛山)에 들어가 도를 배워 학(鶴)이 되었
　　다는 집성문(集城門) 화표주(華表柱)에 날아 왔던 요동인(遼東人) 정령위
　　(丁令威)를 말함. 정령위는 한(漢)나라때 사람.
210) 경림(瓊林) ; 경동의 수풀. 신선이 사는 수풀.

(31)

금화산®에 피리 불어 40년인데
노형은 동생 찾다 드디어 신선 되었네.
가랑비에 도롱쓰고 달뜨면 피리부는 인생사를
웃으면서 손짓하네 남쪽의 백오전®을….

管石金華四十年
老兄相訪蔚藍天
煙蓑月篷人間事
笑指溪南白玉田

(32)

구령의 신선®님 벽옥의 쟁악기 뜯으며
꽃가지 살며시 꺾어 아씨 품에 기대었네.
구슬거문고를 아차 황금기둥 곡 잘못뜯어
저 건너 노을 속에서 웃는소리 들려오네.

緱嶺仙人碧玉箏
折花閒倚董雙成
瑤玹誤拂黃金柱
玹隔彤霞聽笑聲

(33)

난새 타고 구중성에 날아 내려올 때
무지개 깃발 휘날리며 하늘나라 이별하고.
주령왕®태자님을 찾아가 만나 뵈니
백도화 그늘 속에서 밤에 피리 불고 있네.

乘鸞來下九重城
絳節霓旌別太淸
逢着周靈王太子
碧桃花裏夜吹笙

---

211) 금화산(金華山) ; 황초평(黃初平)이 15세에 양을 치다가 한 도사를 만나 석실(石室)에 가 40년을 지내고 신선이 되었다고 하는 산.
212) 백옥전(白玉殿) ; 광한루에 있는 백옥경.
213) 구령선인(緱嶺仙人) ; 하남성(河南省) 사현(師縣)의 남쪽 구씨산신선(緱氏山神仙) 왕자. 진(晋)의 주령왕(周靈王)의 태자로 쟁[笙]을 잘 불어 봉황의 울음소리를 내었다 하는 신선.
214) 주령왕(周靈王) ; 구령선인(緱嶺仙人)의 부왕.

(34)

바닷가 붉은 뽕나무 몇 번이나 피었던고	海畔紅桑幾度開
비취옷이 해어져서 잠간 돌아와서 보니.	羽衣零落暫歸來
동창에는 꽃나무 세 가지나 자랐구나	東窓玉樹三枝長
진황과 이별한 뒤 심어 자란 옥수라네.	知是眞皇別後栽

(35)

용과 봉을 재촉하여 조원전에 올라갔네	催龍促鳳上朝元
가는 길 요공으로 들어가니 문이 열렸는데.	路入瑤空敞入門
선리전 위에서는 어명을 내리시어	仙吏殿頭宣詔語
구화 왕자님께 곤륜산®을 맡으란다.	九華王子主崑崙

(36)

화장한 외로운 난새는 상원부인®원망하고	粧鏡孤鸞怨上元
구름수레로 봄 저물자 천문에 내려오니.	雲車春暮下天門
봉랑님 진정 너무나 무정하여	封郎大是無情者
푸른 옷깃 눈물로 아롱져 돌아오네.	翠袖歸來積淚痕

(37)

청동부는 천년이나 홀로 살다가	靑童孀宿一千年
천수선랑과 가연을 맺었으니.	天水仙郎結好緣
풍악소리 밤새 울리고 처마 밖에 달 밝아	空樂夜鳴簷外月
북궁선녀님 발 앞에 사뿐히 내려오네.	北宮神女降簾前

215) 곤륜산(崑崙山) ; 중국의 서북에 있는 신산(神山).
216) 상원(上元)부인 ; 상원부인은 도가에서 선녀를 말함.

(38)

하늘꽃 한 송이 비단병풍 서쪽에 피고
남교^⑱로 가는 길에 타는 말은 울부짖네.
구슬장인은 구슬절구 멈추고는
계수나무 세월속에 약칼에 맞춰보네.

天花一朵錦屛西
路入藍橋匹馬嘶
珍重玉工留玉杵
桂香煙月合刀圭

(39)

동궁 선녀 조회를 마치고 돌아올 때
꽃밭에서 서로 만나 골짝으로 들어가서.
한가히 옥봉에 기대어 쇠피리를 부는데
푸른 구름 날아와서 망천대^⑱를 둘렀구나.

東宮女伴罷朝回
花下相邀入洞來
閒倚玉峯吹鐵笛
碧雲飛遶望天臺

(40)

안개 수레 타고서 소유천^⑲에 돌아오니
향기로운 붉은 지초 물가에 자라 났네.
구슬바구니에 한아름 가득 씨를 따 담아
비단보에 고이 싸서 학 타고 돌아가네.

煙蓋歸來小有天
紫芝初長水邊田
瓊筐採得英英實
遺却紅綃制鶴鞭

(41)

신선들 서로 잡고 지초밭에 가시다가
잠간 구슬못 가서 연 따는 법 배우며.
지는 해 꽃에 비추면 구슬문 닫고

羣仙相引陟芝田
暫向珠潭學採蓮
斜日照花瓊戶閉

217) 남교(藍橋) ; 신선세계에서 신선이 건너는 다리.
218) 망천대(望天臺) ; 신선세계의 정자의 일종.
219) 소유천(小有天) ; 도가에서 말하는 동부의 이름.

푸른 안개는 자욱히 대라천[220]을 덮었네.　　碧烟深鎖大羅天

(42)

영롱한 꽃그림자 바둑판에 내리면　　玲瓏花影履瑤碁
한나절 소나무 그늘에 승부는 더디다가　　日午松陰落子遲
시냇가 기슭에서 내기해서 백룡 얻어　　溪畔白龍新睹得
석양에 타고서 천지 향해 떠나시네.　　夕陽騎出向天池

(43)

구슬골에 은시내 상서로운 안개 끼고　　珠洞銀溪鎖瑞烟
대랑[221]은 시름겨워 하늘 조회 안갔네.　　大郎多病罷朝天
운요를 다 읽으니 청난새 날아가고　　雲謠讀盡靑鸞去
한나절 붉은 용은 문 밖에서 졸고 있네.　　日午紅龍戶外眠

(44)

기경학사[222] 고래 타고 요경을 예방하니　　騎鯨學士禮瑤京
서왕모 벽성에 잔치 열어 유하게 하셨네.　　王母相留宴碧城
손으로 비단 펼쳐 구슬「玉」자 쓰는 솜씨　　手展彩毫書玉字
그 옛날 청평사[223] 취한 얼굴 닮았구나.　　醉顔猶似進淸平

---

220) 대라천(大羅天) ; 도가의 동부(洞府) 이름.
221) 대랑(大郎) ; 하늘의 신선.
222) 기경학사(騎鯨學士) ; 이태백(李太白)이 술에 취해 채석강(采石江) 달을
　　안으려다 빠져 죽어 고래를 타고 하늘에 올라서 신선이 되었다는 고사.
223) 청평사(淸平詞) ; 모란꽃이 만발할 때 현종(玄宗)이 이백(李白)을 궁전에
　　불러 모란과 양귀비의 절대미색을 노래하게한 시 3수.

(45)

옥황상제 처음으로 백옥루^㉔ 닦으시니   皇帝初修白玉樓
구슬계단 옥기둥이 오색구름 떠 올랐네.   璧階璇柱五雲浮
조용히 장길^㉕을 불러 글귀를 쓰게 하여   閒呼長吉書天篆
인증방 머리 위에 현관으로 걸어 두었네.   掛在瓊楣最上頭

(46)

부용성 대궐에는 비단구름 향기 높고   芙蓉城闕錦雲香
어명 따라 만경님들 주화당에 모였네.   別詔曼卿主畵堂
아침이면 일천 선녀 용타고 가시는데   朝日駕龍千騎女
흰 난초 우거진 숲에선 옥피리 울리네.   白蘭叢裏合笙簧

(47)

옥황상제 조칙 받드는 채소하님   別詔眞人蔡小霞
팔화전 위에 단사약 모아 담아.   八花磚上合丹砂
금화로 달군 숯이 동그란 수은 되면   金爐璧炭成圓汞
백옥반을 머리에 이고 옥황상제 향해가네.   白玉盤盛向帝家

(48)

옥황선녀 무리중에 값이 최고는   玉女羣中價最高
서왕모가 먹는 선도가 그 값이 열 곱.   十隋王母喫仙挑

---

224) 백옥루(白玉樓) ; 문인(文人)이 죽어서 가는 하늘의 달나라 백옥경(白玉
    京)에 있는 광한전의 누각(樓閣).
225) 장길(長吉) ; 이하(李賀)의 자(字). 당(唐)나라때 천재적 즉흥시인.

옥피리를 한가로이 흰 손에 들고서　　　　　　　閒持玉管白於手
달속에 노는 토끼 털 같이 희다하네.　　　　　　道是月宮霜兎毫

(49)

서쪽으로 가신 공자 어느 때 오시려나　　　　　　西歸公子幾時廻
남악부인[226]님 조만간 돌아와 주실 텐데.　　　　南岳夫人早晚來
십주[227]를 아직 두루 못돌았나　　　　　　　　　巡歷十州猶未遍
밤늦어 피리부는 학 봉래산에 내려오네.　　　　　夜闌笙鶴降蓬萊

(50)

금고[228] 님이 편지써서 어저께 보내와서　　　　　琴高昨日寄書來
못가엔 구슬꽃이 활짝 폈다 전해 오네.　　　　　報道瓊潭玉藥開
답장써서 붉은 잉어[229]에 띄워 보내되　　　　　偸寫尺牋憑赤鯉
내일밤 달 오를 때 촉중대로 만나잔다.　　　　　蜀中明夜約登臺

(51)

강궐부인은 옥황상제 이별하고　　　　　　　　　絳闕夫人別玉皇
동천 깊은 골 자하방 문을 굳게 닫았네.　　　　　洞天深閉紫霞房
시냇가 복사나무 꽃잎이 다 지는데　　　　　　　桃花落盡溪頭樹
유수마저 무정하게 완랑곡[230]은 속였네.　　　　流水無情賺阮郎

---

226) 남악부인(南岳夫人) ; 남악(南岳)은 형산(衡山)에 사는 선녀.
227) 십주(十洲) ; 서왕모가 한 무제에게 이야기한 선경.
228) 금고(琴高) ; 전국(戰國)시대 조인(趙人)으로 금(琴)을 잘 탔다 함. 200년
　　을 송(宋)에 가서 살다가 잉어를 타고 하늘로 올라갔다 함.
229) 붉은 잉어 ; 원문의 적리(赤鯉)로 금고가 타고 승천한 용의 아들 붉은 잉어.
230) 완랑곡(阮郎曲) ; 완랑귀(阮郎歸)라고도 하며 사곡(詞曲)의 한 종류. 벽도
　　춘화(碧桃春畫) 또는 취도원(醉桃源) 등의 도원의 이야기를 읊었음.

(52)

용을타고 오랜동안 구진®에서 놀다가　　乘龍長伴九眞遊
팔도를 조례하며 저녁에 이미 돌고　　　八島朝行夕已周
밤 깊자 강단에는 비바람 멎으니　　　　深夜講壇風雨定
소선들은 뿔없는 용 채찍하며 돌아가네.　小仙歸去策靑虯

(53)

부백®은 의젓하게 흰 사슴 타고 놀며　　鳧伯閑乘白鹿遊
꽃가지 꺾어 들고 오운루로 올라가네.　　折花來上五雲樓
신선글엔 가득히 약방문이 씌었는데　　　丹經滿案藥堆鼎
어찌하여 옥랑님®은 백발이 가득한가.　何事玉郎霜滿頭

(54)

대궐 꾸민 붉은 난간 푸른 기와집　　　彤軒碧瓦飾瑤墀
푸른 이끼는 쓸지 않아 신발을 물들이네.　不遣靑苔染履綦
조례 끝난 신선님 서로서로 하례하고　　朝罷列仙爭拜賀
신선의 내가에선 새로 여덟 신선 거느리네.　內家新領八霞司

(55)

바다 위에 찬 바람은 구슬가지 흔들고　　海上寒風吹玉枝
햇빛이 현포에 기울어 꽃이 보일 때.　　日斜玄圃看花時
붉은 용 끄는 수레 비단휘장 황금재갈　　紅龍錦襜黃金勒
원군이 아니면 얻어 타지 못하네.　　　不是元君不得騎

231) 구진(九眞) ; 태청경(太淸境)에 있는 구선(九仙)의 세계.
232) 부백(鳧伯) ; 음악을 맡은 벼슬. 부는 물오리.
233) 옥랑(玉郎) ; 신선의 이름.

(56)

반도[234]가 열매 맺어 곤륜산에 잔치 열고	蟠桃結子宴崑崙
잔 가득히 술 따라 상원님께 권하시니.	滿酌瓊醪勸上元
예쁜 난새 불러 타고 동쪽으로 바삐 가서	催喚彩鸞東去疾
옥봉에서 늙은 헌원[235] 님을 맞이하누나.	玉峯邀取老軒轅

(57)

발 밑에서 별빛은 반짝 반짝 빛나고	足下星光閃閃高
월사계의 그림자는 용의 깃 적시네.	月蒒溪影濕龍毛
안개 내린 하늘에서 동방삭[236] 시켜서	臨霞笑喚東方朔
빙원의 구슬복숭아 따지 말라 이르시네.	休向氷園摘玉桃

(58)

빙옥에 봄이 와서 계수나무 꽃이 피니	氷屋春回桂有花
외로운 봉을 타고 붉은 안개 속을 나와.	自驂孤鳳出形霞
동하산 머리에서 안기생을 만났더니	山前逢着安期子
소매 속에 지닌 대추 참외만 하더구나.	袖裏携將棗似瓜

(59)

구슬 바다 드넓은데 달빛에 이슬 아득	瓊海茫茫月露溥
일만 궁녀는 청난새 수레 타고.	十千宮女駕靑鸞

---

234) 반도(蟠桃) ; 천년만에 꽃피고 천년만에 열매 맺는 선도라는 복숭아.

235) 헌원(軒轅) ; 중국 고대 신화의 삼황(三皇) 오제(五帝) 중의 하나인 황제
(黃帝).

236) 동방삭(東方朔) ; 한 무제 때 해학과 변술(辯術)로 유명하고 삼천갑자를
살았다는 인물.

동틀 무렵 요해 잔치에 달려가는데	平明去赴瑤池宴
한 곡조 피리소리에 하늘이 차갑구나.	一曲笙歌碧落寒

(60)

구슬나무 성글고 이슬 기운은 짙어지는데	瓊樹扶踈露氣濃
달빛은 발 사이로 스며들어 그림자 영롱하다.	月侵簾室影玲瓏
달 속에 옥토끼 영약을 서둘러 찧으니	閒催白兎敲靈藥
절구 가득히 향기로운 구슬가루 붉구나.	滿臼天香玉屑紅

(61)

아침에 녹장®을 연주하니 십 중성에 퍼지고	綠章朝奏十重城
사슴이 물마시는 승계에서 숙경을 찾아뵈며	飮鹿嵩溪訪叔卿
자미궁에 잔치 끝나 선인은 학 타고 가고	宴罷紫微人上鶴
구천에 영낙 소리 달 속에서 울려 나오네.	九天環佩月中聲

(62)

노반®에 내리는 꽃물 별 속에 스며들고	露盤花水浸三星
은하수는 처음으로 백옥병이 기울었다.	斜漢初低白玉屛
외로운 학 돌아오지 않아 선인은 잠못 들고	孤鶴未迴人不寐
한 줄기 은물결이 구슬마당에 떨어지네.	一條銀浪落珠庭

---

237) 녹장(綠章) ; 도교의 의식으로 천제에게 기도할 때 푸른 등지(藤紙)에 붉은 글씨로 쓴 부적의 글.

238) 노반(露盤) ; 한 무제가 옥설[玉屑]을 구하는데 필요한 하늘의 이슬을 받기 위하여 만든 상.

(63)

봉래산 가는 길은 천 겹 바다로 둘러 있어	蓬萊歸路海千重
오백년 걸려서야 한 번 만나볼 수 있네	五百年中一度逢
꽃그늘 아래 구슬같이 말간 술 받아 놓고	花下爲沾瓊液酒
푸른 대나무는 푸른 용과 헷갈린다.	莫敎靑竹化蒼龍

(64)

푸른 사슴 등에 타고 봉래산에 들어가니	身騎靑鹿入蓬山
꽃 밑에서 선인들이 파안 대소 하는구나	花下仙人各破顏
다투어 떠드는데 표정보아 알만 하니	爭說衆中看易辯
칠성표가 이마털 가운데 붙어 있으니.	七星符在頂毛間

(65)

주궁에 문닫으니 처마풍경 소리없고	簷鈴無語閉珠宮
대숲바람은 자각에서 서늘하게 일어나네.	紫閣凉生玉簟風
바다 속에 뜨는 달에 외짝 학이 놀라고	孤鶴夜警滄海月
퉁소소리 아름답게 구름 속에서 울려오네.	洞簫聲在綠雲中

(66)

후토부인[239]은 신선서울 옥도에 살면서	后土夫人住玉都
대낮에 생황불며 마고[240] 할미 잔치하네.	日中笙笛宴麻姑
위랑[241]은 나이 젊어 마음 심히 나태하여	韋郎年少心慵甚

239) 후토부인(后土夫人) ; 당나라 때의 신선.
240) 마고(麻姑) ; 한 효환제(孝桓帝)때의 신선 할미.
241) 위랑(韋郎) ; 후촉(後蜀)의 위방(韋肪)이 죽어서 북해수선(北海水仙)이 되었다 함.

얇다란 비단폭에 오악도 안그렸네.　　　　　不寫輕綃五岳圖

(67)

한가로이 선녀 따라 하늘길을 거닐면　　　閒隨弄玉步天街
발 밑에서 향기 먼지 신발에도 묻지 않고.　脚下香塵不染鞋
앞길을 인도하는 흰 기린 서른 여덟 마리　前導白麟三十八
뿔 끝마다 모두모두 작은 금패 달았구나.　角端都挂小金牌

(68)

자왕의 궁녀들은 단사^②를 바쳐들고　　紫陽宮女捧丹砂
서왕모 영을 받아 한무제 궁 지나다가.　　王母令過漢帝家
창 밑에서 뜻밖에 동방삭 만나 웃었네　　窓下偶逢方朔笑
헤어져 돌아오니 월계 꽃 여섯 번 피었더라　別來琪樹六開花

(69)

외로운 밤 못가에서 상선님 그리는데　　　獨夜瑤池憶上仙
달은 삼십육봉^④ 앞에 휘영청 밝아오네.　月明三十六峯前
난새 피리 그치고 푸른 하늘 고요한데　　鸞笙響絕碧空靜
임은 하늘에 있으니 잠 못 이루네.　　　　人在玉淸眠不眠

(70)

동황님 살구 심어 일천년 지났으니　　　　東皇種杏一千年
가지에 꽃 세 송이 푸른 안개 덮었네.　　　枝上三英蔽碧煙

---

242) 단사(丹沙) 신선이 되는 영약. 붉은 가루약
243) 삼십육봉(三十六峰) ; 오악(五嶽)중 중악(中嶽)에 있는 산들.

이따금 난새타고 옛동산을 지나며　　　　時控彩鸞過舊苑
꽃송이 꺾어다가 옥황님께 바치네.　　　　摘花持獻玉皇前

(71)

당창관 뒤뜰에는 구슬 꽃 우거져　　　　　唐昌館裏簇瓊花
신선들이 봉황수레 멈추고 구경하네.　　　仙子來看駐鳳車
먼지가 난초옷에 묻으니 봉래섬 멀어져　　塵染蕙衣蓬島遠
옥채찍 들고서 구름 끝을 가리키네.　　　玉鞭遙指海雲涯

(72)

날개 단 신선은 아침에 구슬사다리로 오르고　　羽客朝升碧玉梯
개인 날 계수바위에 하얀 닭이 우누나　　桂巖晴日白鷄啼
순양도사는 왜 이리 늦게 오시나　　　　純陽道士歸何晩
으레이 섬궁²⁴⁴ 가서 후예의 처²⁴⁵ 찾아보겠지　　定向蟾宮訪羿妻

(73)

구슬 숲에 이슬 맺혀 텅빈듯 고요한데　　玉林風露沆寥寥
밝은 달은 선비더러 돌다리 밟게 하니.　　月引仙妃上石橋
비스듬히 붉은 안개에 기대어 머리 숙이고　　斜倚紫煙頭不擧
적성²⁴⁶ 남쪽 나루에 문소를 그린다네.　　赤城南畔憶文簫

---

244) 섬궁(蟾宮) ; 월궁. 달의 별칭.
245) 후예의 처 ; 원문의 예처(羿妻)이니 예(羿)가 서왕모에게 불사약(不死藥)
　　을 얻은 후 그의 아내가 약을 훔쳐서 도망쳤다 함.
246) 적성(赤城) ; 중국 산이름. 일명 소산(燒山)이라하여 하늘에 오르는 길이
　　된다 함.

(74)

사야선생이 적성문을 닫으니　　　　　　　沙野先生閉赤城
봉루에 푸른 기운 서려 처량하고 소리없네.　鳳樓凝碧悄無聲
향기 사라지는 골짝에 허공 거니는 밤　　　香消玉洞步虛夜
이슬은 계수꽃을 적시고 달은 맑게 밝구나.　露濕桂花凉月明

(75)

비단 깃발은 새벽 안개 속에 펄럭이고　　　朱幡絳節曉霞中
별전은 말끔 치워 다섯 신선 기다리네.　　　別殿淸齋待五翁
청아하게 거문고 한 가락 옥 구르는 소리　　秋水一絃輕戞玉
자양궁에는 벽도화가 활짝 피었네.　　　　碧桃花滿紫陽宮

(76)

봄내내 한가로와 옥진²⁴⁷⁾하고 놀았더니　　一春閑伴玉眞遊
어느덧 서릿발이 가을을 알리누나.　　　　倏忽星霜已報秋
한무제는 오지 않고 꽃잎은 다 지는데　　　武帝不來花落盡
하늘 가득 안개끼고 달은 누각에 떴네.　　　滿天煙露月當樓

(77)

붉은 집 은빛 다리 하늘에 걸려있고　　　　彤閣銀橋駕太虛
큰칼 빛은 조용히 구진허를 비추네.　　　　劍光閒射九眞墟
황금패를 기린의 두 뿔에 걸어 두니　　　　金牌掛向雙麟角
푸른 달 차가움이 옥찰서에 스며드네.　　　碧月寒侵玉札書

247) 옥진(玉眞) ; 신선을 말함. 또는 도교의 절 이름.

(78)

붉은 촛불 휘황하게 구천에 내려 비치고   絳燭熒煌下九天
해는 궁전계단 향로에 떠오르네.   日升螭陛玉爐煙
무한한 난새와 봉황은 서왕모 따라가서   無央鸞鳳隨金母
동황님 하례 온지 일만년이 되었네.   來賀東皇一萬年

(79)

오주 묏부리에 구름 깔려 해는 지려는데   鰲峀雲低日欲斜
수궁에 구슬발 내리니 가을 파도 일어나네.   水宮簾箔捲秋波
단풍향기 달빛 학은 지난날의 꿈이었고   楓香月鶴經年夢
애끊음은 자미 선녀 악록화[248]의 영화이네   腸斷閶門蕚綠華

(80)

문창공자[249]는 하늘나라에 조례하고자   文昌公子欲朝天
교비에게 소근거려 구슬채찍 찾게 하네.   笑泥嬌妃索玉鞭
뜨락에는 비단 난새 서른 여섯 마리   庭下彩鸞三十六
비취옷 차림으로 벽지의 연꽃 바라보네.   翠衣相對碧池蓮

(81)

별갓 쓰고 하패 찬 의젓한 모습으로   星冠霞佩好儀威
삼도[250]의 선관은 황제께 주청들 때   三島仙官入奏時

---

248) 악록화(蕚綠華) ; 선녀이름. 진(晋)나라 목제 때 하루밤에 양권(羊權) 집
    에 와서 시 한편을 전했다는 고사가 있음.
249) 문창공자(文昌公子) ; 문창제(文昌帝), 주무왕(周武王)때 출생하여 기적
    을 보인 선인.
250) 삼도(三島) ; 봉래(蓬來)·방장(方丈)·영주(瀛州)의 삼신선산(三神仙山).

구슬채찍 잡고서 용의 뿔 자주치며　　　　頻把金鞭打龍角
서쪽 가며 하늘 오름이 늦다고 꾸짖는다.　　爲嗔西去上天遲

(82)

팔준마는 바람 타고 가고 다시 오지 않아　　八馬乘風去不歸
계수가지 황죽으로 요지에다 잔치하니　　　桂枝黃竹怨瑤池
곤정®에 비파소리 구름 속에 울려오네　　　昆庭王瑟雲中響
꽃보다 아름다운 눈썹 그리다 그만두네.　　傳語凌華罷畫眉

(83)

느릅나무 잎이 져서 은하수에 흘러가고　　　榆葉飄零碧漢流
달속의 두꺼비는 이슬젖어 가을을 슬퍼하네.　玉蟾珠露不勝秋
영교®에 까치 흩어지고 임은 소식 없어　　　靈橋鵲散無消息
은하수 저쪽에 물 마시는 견우만 쳐다보네.　隔水空看飲渚牛

(84)

이슬 맺혀 소슬한 하늘나라 가을날　　　　珠露金颷上界秋
자황님은 오운루에 잔치를 베풀었네.　　　紫皇高宴五雲樓
예상곡®한 가락에 하늘나라 바람 일어　　霓裳一曲天風起
신선향기 흩날려 십주에 가득하네.　　　　吹散仙香滿十洲

---

251) 곤정(崑庭) ; 서왕모가 있는 곤륜산에 있는 정원.
252) 영교(靈橋) ; 칠월 칠석에 견우(牽牛) 직녀(織女)가 만나기 위해 오작(烏鵲)이 놓은 다리를 말함.
253) 예상곡(霓裳曲) ; 예상우의곡(霓裳羽衣曲)의 준말. 현종(玄宗)이 팔월 보름밤 꿈에 월궁에서 놀 때 선녀 수백명이 흰 옷을 입고 춤추는 것을 보고 그대로 지은 악곡 이름.

(85)

난새 타고 밤늦게 자미성에 들어가니	乘鸞夜入紫薇城
계수나무 달빛은 백옥경을 흔드네.	桂月光搖白玉京
별들은 하늘 가득 바람 이슬 엷은데	星斗滿空風露薄
초록구름 날릴 때 허공 걷는 소리 들리네.	綠雲時下步虛聲

(86)

황금끈을 풀어내어 비단치마 졸라매고	黃金條脫繫羅裙
열 폭 꽃편지 쓰노라니 푸른구름 물들인다.	十幅花箋染碧雲
천년 옥청단 위에서 언약을 했었으니	千載玉淸壇上約
양군²⁵⁴께 전해달라 삼조에게 아양떠네.	笑憑三鳥寄羊君

(87)

여섯 폭 비단치마 안개 속에 끄을며	六葉羅裙色曳煙
완랑을 서로 불러 지초밭에 오르자네.	阮郎相喚上芝田
생황을 부는 소리 잠시 꽃 사이서 그쳤는데	笙歌暫向花間盡
인간 사는 세상에선 일만년이 흘렀다네.	便是人寰一萬年

47. 밤에 앉아   夜 座

가위로 비단폭을 결결이 잘라	金刀剪出篋中羅
겨울옷 짓노라면 손끝 시려 호호분다.	裁就寒衣手屢呵

---

254) 양군(羊君) ; 진(晉)나라 목제(穆帝) 때의 양권(羊權). 삼신산 선인, 고사
는 주(73) 참조.

옥비녀 뽑아들고 등잔가를 젓는 것은
등잔불도 돋을겸 빠진 나비 구함이네.

斜拔玉釵燈影畔
剔開紅焰救飛蛾

48. 규수의 원한　　　　　　閨 怨

비단띠 비단치마 눈물 흔적 쌓였으니
일년만에 청춘 잃고 그리는 한이라네.
거문고 옆에 끼고 강남곡을 뜯는다만
배꽃은 비에 지고 낮에 문은 닫혔네

錦帶羅裙積淚痕
一年芳草恨王孫
瑤箏彈盡江南曲
雨打梨花晝掩門

달뜬 정자 가을 깊고 옥병풍 허전한데
서리친 갈밭에는 저녁에 기러기 앉네.
거문고 아무리 타도 임은 안 오고
연꽃만 들못 위에 맥없이 지고 있네.

月樓秋盡玉屛空
霜打蘆州下暮鴻
瑤瑟一彈人不見
藕花零落野塘中

49. 가을의 한　　　　　　秋 恨

붉은옷 임은 멀리 등불은 밝았는데
꿈깨니 비단 이불 한쪽이 비었구나.
서리찬데 앵무새 조롱에서 지저귀고
집앞 가득 오동잎은 서풍에 지고 있네

絳紗遙隔夜燈紅
夢覺羅衾一半空
霜冷玉籠鸚鵡語
滿階梧葉落西風

50. 꿈에 광상산²⁵⁵⁾에 노니는 노래 　　　 夢遊廣桑山詩

푸른 바다 물결이 구슬 바다를 침노하니 　　 碧海侵瑤海
푸른 난새는 붉은 난새에 기대네, 　　　　　 青鸞倚彩鸞
연꽃송이 스물 일곱 아름다운 꽃 　　　　　 芙蓉三九朶
달밤 찬 서리에 붉은 꽃 떨어지네. 　　　　 紅墮月霜寒

51. 강사에서 글읽는 낭군에게〈추가〉[※] 　 寄夫江舍讀書

제비는 쌍쌍이 처마 밑에 날아 울고 　　　　 燕掠斜簷兩兩飛
낙화는 흩날리며 비단옷에 떨어지네 　　　　 落花撩亂撲羅衣
동방 깊은 곳엔 봄생각 상한 마음 　　　　　 洞房極目傷春意
푸른 강남 가신 임은 돌아오질 아니하네. 　 草綠江南人未歸

52. 연 따는 노래〈추가〉[※] 　　　　　 采 蓮 曲

맑은 가을 긴 호수 푸른 물은 구슬 같고 　 秋淨長湖碧玉流
연꽃 깊은 못에 놀잇배 매어 두네. 　　　　 荷花深處繫蘭舟
사랑하는 임과 만나 연꽃 따서 던졌는데 　 逢郎隔水投蓮子
행여 누가 보았을까 한나절 부끄럽네. 　　 或被人知半日羞

255) 광상산(廣桑山) ; 천국에 있다고 생각하는 산으로 이 시는 작자가 27세
　　때 죽기 직전에 신선이 되었다 가상하고 지은 시.

※ 이상 두편은 허난설헌 여러 문집에는 없음.

부(賦)

53. 한 맺혀

1첩

봄바람이 화사하니 백화는 피어나고
만물이 번성하니 온갖 생각 밀려오네.
사는 곳이 깊은 규방 임 생각을 말겠는데
그 이를 생각하면 마음 창자 찢어진다.

밤 깊도록 그리워 잠 못 이룰 제
새벽 닭 우는 소리 꼬꼬하고 들리고
비단 장막은 빈 방에 드리웠고
임 거닐던 뜰에는 이끼만 끼었구나.

새벽 등불 가물가물 벽을 등지니
비단이불 쓸쓸하고 찬 기운만 감도네.
벼틀 소리 삐걱 나니 회문[256]을 짜는 건가
호문 글 못이루니 어지러워 수심 짓네.

인생의 운명이란 엷고 두터움이 있는 법
남을 즐겁게 하려니 이내몸 적막하구나.

恨 情

一疊

春風和兮百花開
節物繁兮萬感來
處深閨兮思欲絕
懷伊人兮心腸裂

夜耿耿而不寐兮
聽晨鷄之喈喈
羅帷兮垂堂
玉階兮生苔

殘燈翳而背壁兮
錦衾俏而寒侵下
鳴機兮織回文
文不成兮亂愁心

人生賦命兮有厚薄
任他歡娛兮身寂寞

---

256) 회문(回文) ; 회답의 문서, 여기서는 회문체를 말하는데 세로, 가로, 거꾸
로 읽어도 뜻이 통하는 시문체의 일종이다.

산문(文)

54. 달세계의 광한전 백옥루[257] 상량문[258]

廣寒殿白玉樓上樑文

짓노니 무릇 보옥으로 만든 수레포장은 창공에 드리워 너울거리고 구름 같은 휘장은 색상의 한계를 떠나 그저 황홀하기만 하며 은빛 누각이 햇빛에 번쩍거리고 노을 같은 기둥은 속세의 티끌세계를 벗어났어라.

또한 신선이 부는 소라로 조화를 부려 황홀한 구슬 기와의 전당을 만들었으며 이미 푸른 교룡으로 변하여 안개를 불어내어 옥수(玉樹)[259]의 궁전을 지어 내었어라.

청성노인(靑城老人)[260]은 옥의 포장을 만드는 기술을 다하였고 벽해왕자(碧海王子)[261]는 금궤 만드는 방

述夫, 寶盖懸空,
雲輧超色相之界,
銀樓耀日, 霞楹出
迷塵之壺,

雖復, 仙螺運機,
幻作璧瓦之殿, 翠
蜃吹霧噓成玉樹
之宮,

靑城丈人, 玉帳
之術斯殫, 碧海王
子, 金櫝之方畢

---

257) 백옥루(白玉樓) ; 달 속에 광한전이 있고 그 속에 백옥루 또는 백옥경이 있다고 함. 신선세계를 말함

258) 상량문(上樑文) ; 집을 세울 때 대들보를 얹으면 집이 거의 되었다 해서 상량식을 올리고 글을 지어 상량을 축복하는 글. 문체의 일종

259) 옥수(玉樹) ; 계수나무, 사람의 풍체가 고결함에 비유, 두보(杜甫)의「飯中人仙歌」에서 나옴.

260) 청성노인(靑城老人) ; 하늘 위의 신선 이름. 원문에는 청성장인(靑城丈人)으로 됨.

261) 벽해왕자(碧海王子) ; 용왕의 아들, 신선이 됨.

술을 다 하였어라. 이것은 하늘에서 지어낸 것이고 사람의 힘은 아니었다.

주인은 그 이름이 요적(瑤籍)에 실려있고 관직은 경반(瓊班)에 실렸었다.

용을 타고 하늘에 올라 아침에 봉래산을 떠나 저녁에 방장산에서 묵었다.

학을 타고 삼도를 날을 때 왼편으로는 부구(浮邱)[262]를 손잡고 오른편으로는 홍애(洪厓)[263]로 나래쳤다.

천년의 현포(玄圃)[264]의 신선생활이 지루해 한번 인간의 황진만장의 세상을 꿈꾸었다.

황정경(黃庭經)[265]을 잘못 읽어 인간세상으로 귀양 와서 적승(赤繩)[266]노파의 주선으로 인연을 맺어주어 궁색한 방에 후회스럽게 들어 왔구나.

단지속의 영묘한 약은 겨우 현사(玄砂)에 손을 드리우고 발밑의 달은 갑자기 계수나무 세계로 다라나누나.

웃으며 붉은 먼지와 붉은 해를 털고 거듭 자부(紫府)의 붉은 안개를 해치고 난새의 피리와 봉황새 피리 부는 신선은 유회하면서 옛날을 이어가고 비단포장 은병풍에 과부는 오늘밤 지샐일을 한 한다네.

施, 自天作之, 非人力也, 主人名編瑤籍, 職綴瓊班, 乘龍太淸, 朝發蓬萊, 暮宿方丈,

駕鶴三島, 左把浮邱, 右拍洪厓, 千年玄圃之樓遲, 一夢人間之塵土,

黃庭誤讀, 謫下無央之宮, 赤繩結緣, 悔入有窮之室, 壺中靈藥, 纔下指於玄砂, 脚底銀蟾, 遽逃形於桂宇,

笑脫紅埃赤日, 重披紫府丹霞, 鸞笙鳳管之神遊, 喜續舊會, 錦幭銀屛之嬌宿, 悔過今宵,

---

262) 부구선인(浮丘仙人) ; 신선의 이름. 부구는 신선의 땅.
263) 홍애선인(洪厓仙人) ; 삼황(三皇) 때의 선인, 돈을 맡아 보는 선인.
264) 현포(玄圃) ; 곤륜산(崑崙山)에 사는 천제(天帝)가 있는 곳.
265) 황정경(黃庭經) ; 신선의 경문, 잘못 읽으면 인간으로 귀양된다 함.
266) 적승(赤繩) ; 부부의 인연을 맺어 주는 노파. 매파 신선 할머니.

어찌 일궁(日宮)의 고마운 분부를 위해서 월전(月殿)에 올릴 글을 맡게 하리오.

벼슬 맡은 신선은 맑고 친절하며 팔하(八霞)를 밟았으며 땅은 바라보니 높고, 이름은 오운의 전각을 눌렀어라.

차가움이 옥도끼에서 생겨나서 계수 아래 오질(吳質)[267]은 잠을 이루지 못하고 풍류가 예상곡(霓裳曲)[268]을 아뢰니 난간 가에 섰던 월궁의 선녀가 춤을 추누나.

영롱한 하패(霞佩)는 비단옷에 매달려 신선의 옷은 찬란하고 번쩍번쩍 빛나는 도사가 쓴 성관(星冠)은 별구슬을 점점이 박은 목걸이 인승(人勝)에서 빛났었다.

이제 곧 여러 선인들이 모여올 것을 생각하니 오히려 상계에 사는것을 구차하게 여겨지네.

청란(靑鸞)은 옥비(玉妃)의 수레를 끌어 비단으로 만든 아름다운 일산(日傘)이 앞길을 인도하고 백호(白虎)는 조정의 사자(使者)를 태워 금색의 짙은 홍실로 뒤에서 먼지일듯 하는구나.

유안(劉安)은 경문을 굴려서 읽되 쌍룡검(雙龍劍)을 빼어서 책상 위에 놓고 읽었으며 희만(姬滿)은

胡爲日宮之恩綸, 俾掌月殿之牋奏, 官曹淸切, 足踐八霞之司, 地望崇高, 名壓五雲之閣, 寒生玉斧, 樹下之吳質無眠, 樂奏霓裳, 欄邊之素娥呈舞,

玲瓏霞佩, 振霞錦於仙衣, 熠燿星冠, 點星珠於人勝, 仍思列仙之來會, 尙乏上界之樓居,

靑鸞引玉妃之車, 羽葆前路, 白虎駕朝元之使, 金綏後塵,

劉安轉經, 拔雙龍於案上, 姬滿逐日, 駐八風於山

---

267) 오질(吳質) ; 오강(吳剛), 서하인(西河人)으로 선을 배우다가 잘못하여 달나라로 귀양가서 계수나무를 베었다 함.

268) 예상곡(霓裳曲) ; 원명은 '예상우의곡'(霓裳羽衣曲). 악곡의 하나, 당의 현종(玄宗)이 지은 선인을 노래한 악곡.

해를 쫓아 팔풍(八風)®을 산골짜기에 머물게 하누나.

밤에는 상원부인(上元夫人)을 맞이했으니 삼단 같은 머리에 세모머리 틀었고 낮에는 제녀(帝女)를 만났는데 금빛 비단 옷은 네모진 아홉 무늬로 짰더라.

요지(瑤池)의 뭇 신선들이 남쪽 봉우리에 모였고 옥경(玉京)의 여러 제왕들은 북두성에 모였으며 당종(唐宗)은 공원(公遠)의 지팡이를 밟았다가 신선 옷을 삼장(三章)®에서 얻고 수제(水帝)는 화선(火仙)과 바둑을 두는데 한판에 환우(寰宇)®를 걸고 두었었네.

붉은 누각이 높이 솟아나지 아니하면 어찌 붉은 깃발 날리며 조정에 들것이랴.

이에 십주(十州)®에 글월을 돌리고 격문을 구해(九海)에 띠워 장성(匠星)을 집 밑에 가두어 놓고 나무를 고르되 좋은 재목을 가려서 취하여 기둥세우고 거기에다 철산(鐵山)을 서까래 사이에 눌러 놓고 달빛에 번쩍이게 하며 곤령(坤靈)이 휘둘러 파내는데

阿, 宵迎上元, 綠髮散三角之髻, 畫接帝女, 金梭織九紋之絹,

瑤海衆眞會南峯, 玉京群帝集北斗, 唐宗踏公遠之杖, 得羽衣於三章, 水帝對火仙之碁, 賭寰宇於一局, 不有紅樓之高構, 何安絳節之來朝, 於是,

移章十洲, 馳檄九海, 囚匠星於屋底, 木宿掄材, 壓鐵山於楹間, 金精動色, 坤靈揮鑿,

---

269) 팔풍(八風) ; 팔방(八方)의 바람, 명서((明庶) 동(東)·청명(淸明)·동남(東南)·경(景) 남(南)·량(凉) 서남(西南)·여개(閶闔) 서(西)·불주(不周) 서북(西北)·황막(黃莫) 북(北)·융(融) 동북(東北)의 바람 이름.

270) 삼장(三章) ; 간편한 규칙, 전한(前漢)의 고조(高祖)가 전해준 삼조(三條)의 법률문.

271) 환우(寰宇) ; 임금이 다스리는 영역, 즉 환내(寰內)·세계(世界)·천지(天地)·우내(宇內)의 다른 이름.

272) 십주(十洲) ; 선인이 산다는 열 개의 큰 세상.

반수(般倕)[273]의 묘한 꾀로 달리고 큰 풀무와 용광로에 기지(奇智)를 부어서 짜내어 재주 부렸다.

푸르고 붉은 빛이 꼬리를 드리우니 쌍무지개가 성좌의 바다를 마시는 것 같고 붉은 무지개는 머리를 드니 여섯 마리 자라가 봉래의 섬을 머리에 이었더라.

구슬은 햇빛에 비치어 붉은 누각을 안개 가운데에 나타내고 비단을 이은 듯한 흐르는 별들은 푸른 회랑을 구름 밖에 가로 질렀는 듯하고.

구슬기와는 고기 비늘을 엮은듯 하며, 구슬 계란은 기러기가 이빨 나란히 하고 날 듯 줄이 맞더라.

아득히 잔물결은 깃발을 들어 줄이 이어지듯 하고 월절(月節)은 겹겹이 쌓인 안개 속에 나린 것 같고 깃으로 만든 일산은 물오리 털무늬 같으니 난초 포장을 삼월 삼진에 베픈듯 하더라.

금실달린 아름다운 집의 유소(流蘇)[274]를 맺고 구슬 그물로 구슬 난간을 조각한 높은 누각이 있었다.

선인이 마룻대에 있으니 기가 채봉의 향대를 불고 옥과 같은 여자가 창에 나와 있고 물은 쌍란(雙鸞)의 경대에 넘치었었다.

비취(翡翠)의 발과 운모(雲母)의 병풍 푸른 구슬 책상은 상서로운 안개가 서리고 부용(芙蓉)의 장막 공작(孔雀)의 부채 흰 옷으로 만든 소반은 상서로운 아지랑이를 낮에 감추었더라.

騁巧思於般倕, 大治鎔爐, 運奇智於錘範, 青蜺垂尾, 雙虹飲星宿之河, 赤霓昻頭, 六鼇戴蓬萊之島,

璇題燭日, 出彤閣於煙中, 綺綴流星, 架翠廊於雲表, 魚緝鱗於玉瓦, 鴈列齒於瑤階, 微連捧旐, 下月節於重霧, 鳧伯樹纛, 設蘭幄於三辰, 金繩結綺戶之流蘇, 珠網護雕欄之阿閣,

仙人在棟, 氣吹彩鳳之香臺, 玉女臨窓, 水溢雙鸞之鏡匣, 翡翠簾, 雲母屛, 青玉案, 瑞靄宵凝, 芙蓉帳, 孔雀扇, 白銀床,

273) 반수(般倕) ; 중국 황제(黃帝) 때 지혜가 뛰어 났다고 전하는 전설적 인물.
274) 유소(流蘇) ; 깃발과 무늬가 오색 찬란한 교자(轎子) 또는 상여.

이에 봉의(鳳儀)의 잔치를 베풀어 연하(燕賀)의 정성을 펴게 할 즈음 널리 백가지 혼령을 부르며 넓게 천성(千聖)까지 모이게 하였었다.

서왕모(西王母)를 북해에 맞이 할 제 아롱진 기린이 꽃을 밟고 노자(老子)를 서관(西關)에서 접했으니 청우(靑牛)가 초원에 누었더라.

구슬 용마루는 비단 무늬의 막을 둘러치고 보배 치마는 안개 장막과 맞닿았었다.

벌꿀의 왕을 받쳐서 구슬 주방의 방에 어지러이 날고 과일을 물고 있는 기러기는 구슬 부엌에 드나들었다.

쌍성(雙成)의 자개피리와 안향(晏香)의 은쟁을 켜는 소리는 균천(鈞天)의 아악과 어울렸었다.

완화(婉華)한 맑은 노래와 비경(飛瓊)의 교묘한 춤은 하늘의 신령스런 음악을 놀래었더라.

용의 머리에는 봉황의 골수로 빚은 술을 따르며 학의 등에는 기린의 포로 만든 안주를 바치더라.

구슬 자리 구슬 방석은 아홉의 가지로 뻗은 등불이 빤짝이고 휘황찬란하며 푸른 연뿌리와 얼음 복숭아는 팔해(八海)의 진미 가지가지가 소반 가득히 담겨있지만 다만 구슬 인중방에 걸 현판문자가 없음을 한하며 상선님의 아쉬움을 일으키더라.

청평조(淸平調)[275]를 지어 바치던 이태백(李太白)이

祥蛻畫鎖,

爰設鳳儀之宴, 俾展燕賀之誠, 旁招百靈, 廣延千聖, 邀王母於北海, 斑麟踏花, 接老子於西關. 靑牛臥草, 瑤軒張錦紋之幕, 寶簷低霞色之帷,

獻蜜蜂王, 粉飛炊玉之室, 含果鴈帝, 出入薦瓊之廚, 雙成鈿管, 晏香銀箏, 合鈞天之雅曲, 婉華淸歌, 飛瓊巧舞, 雜駁空之靈音,

龍頭瀉鳳髓之醪, 鶴背捧麟脯之饌, 琳筵玉席, 光搖九枝之燈, 碧藕氷桃. 盤盛八海之影, 獨恨瓊楣之乏

---

275) 청평조(淸平調) ; 악부의 이름. 당(唐)의 현종(玄宗)이 양귀비(楊貴妃)와 모란을 사랑할 때 이백(李白)이 지어 올린 악곡의 이름.

고래등에 취한지 이미 오래이고 백옥루에서 글을 짓
던 장길(長吉)[276]은 사신(蛇身)이 너무 많은 것을 웃었
다더라.

새 궁궐을 이룩하여 이름을 단 것은 산현경(山玄
卿)의 문장 닦음이요, 상계(上界)에 구슬을 갈아 빛
나는 것은 채진인(蔡眞人)의 적막하게 앉아 새긴 솜
씨라더라.

스스로 삼생(三生)에 걸쳐 속세에 사는 것을 부끄
러이 여기며 구황(九皇)의 벽염(辟剡)[277]에 잘못 올랐
더란다.

강랑(江郞)이 재주가 모두 끊이니 꿈에 오색(五色)
의 꽃이 시들었고 양객(梁客)이 시(詩)를 재촉하니
바리때에서는 삼성(三聲)의 소리로 사무쳤더라.

천천히 붉은 칠한 붓대를 잡고 웃으며 붉은 시 쓸
종이를 펴니 강에 매달린 폭포같은 시문이 샘이 솟
는 것과 같아서 문장은 반드시 왕발(王勃)의 이불을
덮어 쓸 것도 없으며 문장이 아름답고 굳세니 아직
이태백(李太白)의 낯을 씻지 않아도 되겠더라.

서서 나아가니 비단주머니의 신어(神語)를 아뢰고
머물러서 지으니 요궁(瑤宮)의 성대한 차림을 이루
게 했더라.

句, 繫致上仙之興
嗟, 淸平進詞太白,
醉鯨背之已久, 玉
臺摛藻長吉, 笑蛇
神之太多,

神宮勒銘, 山玄
卿之雕琢, 上界鐫
璧, 蔡眞人之寂寥,
自慙三生之墮塵,
誤登九皇之辟剡,

江郞才盡, 夢退
五色之花, 梁客詩
催, 鉢徹三聲之
響, 徐援彤管, 笑
展紅牋, 河懸泉
湧, 不必覆子安之
衾, 句麗文遒, 未
應頮謫仙之面,

立進錦囊之神
語, 留作瑤宮之盛
觀, 置諸雙樑, 資

---

276) 장길(長吉) ; 당나라 시인 이하(李賀)의 자(字). 7세부터 글을 잘지어 천하를
　　놀라게 했다 함.
277) 벽염(辟剡) ; 벽서(辟書), 임금이 부르는 호출장. 염(剡)은 종이 이름.

이것을 두 대들보에 바쳐두고 육위(六偉)[278]의 자료
에 삼으니

대들보 동쪽을 밀어 올리니 새벽에 신선이 봉황을
타고 주궁(珠宮)에 들어가 아침 해가 부상(扶桑) 밑
에서 떠올라 만 갈래의 안개가 바다에 비추어 붉게
물들이고,

대들보 남쪽을 밀어 올리면 옥룡(玉龍)이 한가로
이 주담(珠潭)을 마시며 은침상 꽃그늘에 한낮이 되
어 잠에서 깨어 일어나 웃으며 요희(瑤姬)를 불러
푸른 적삼을 벗게 하였으며

대들보 서쪽을 바쳐들면 푸른 꽃이 떨어진 곳에 오
색의 난새가 울어 춘라(春羅) 비단에 옥우(玉宇)[279]를
벌려 서왕모(西王母)를 맞이했다가 학(鶴)을 타고 돌
아갈 길을 재촉할 때, 날은 이미 저물었으며,

대들보 북쪽을 바쳐들면 바닷물이 아득히 넘쳐 흘
러 북두칠성에 잠겼으며 대붕새가 하늘을 박차서 바
람을 일으키니 구천(九天)이 흔들리며 하늘에는 구
름이 덮여 비 드리워서 캄캄하였더라.

대들보 위로 들면 돌아 오는 햇빛이 비단구름 장막
에 올라 신선꿈은 비로서 백옥 침상에 올랐고 누워서
들은즉 북두칠성 자루가 도는 소리 들리었더라.

於六偉,

拋樑東, 曉騎仙
鳳入珠宮, 平明日
出扶桑底, 萬縷丹
霞射海紅,

拋樑南, 玉龍無
事飮珠潭, 銀床睡
起花陰午, 笑喚瑤
姬脫碧衫,

拋樑西, 碧花零
露彩鸞啼, 春羅玉
宇邀王母, 鶴馭催
歸日已低,

拋樑北, 溟海茫
洋浸斗極, 鵬翼擊
天風力掀, 九霄雲
垂雨氣黑,

拋樑上, 曙色微
明雲錦帳, 仙夢初
回白玉床, 臥聞北
斗廻杓響,

---

278) 육위(六偉) ; 동,서,남,북,상,하 여섯 방위에 대한 뛰어난 경관. 상량문의 양식.
　　　상량문에서는 반드시 대들보를 동, 서, 남, 북, 상, 하로 들고 축원한다고 씀.
279) 오우(玉宇) ; 천제가 있는 집 또는 옥으로 만든 집.

대들보를 아래로 밀어 내리면 팔해(八海)엔 구름이 어둡게 덮여 밤에 시녀(侍女)가 수정이 차다고 아뢰는데 새벽서리 벌써 원앙 기와에 맺혔더라.

엎드려 원하옵건대 상량(上樑)한 뒤에 아름다운 구슬꽃은 늙지 말고 향기로운 풀은 사시장철 봄철 같아지이다.

피어나던 태양이 그 빛은 시들어도 귀한 사람 타는 난여(鸞輿)를 몰아 오히려 놀며, 육지와 바다가 변하여도 바람 수레를 멍에로 삼고 오히려 살아서 은창에 노을이 내리면 아래로 구만리 머나먼 세계를 굽어 보고 구슬문이 바다에 임하면 웃으며 삼천년 동안 맑고, 얕은 상전(桑田)을 벽해되도록 하시며 손으로 삼소(三宵)의 해와 별을 돌리면서 몸은 구천(九天)의 풍로(風露)속에 노닐게 하여 주소서.

拋樑下, 八垓雲黑知昏夜, 侍兒報道水晶寒, 曉霜已結鴛鴦瓦,

伏願, 上樑之後, 琪花不老, 瑤草長春, 曦舒凋光, 御鸞輿而猶戲, 陸海變色, 駕飆輪而尙存, 銀窓壓霞, 下視九萬里, 依微世界, 壁戶臨海, 笑看三千年, 淸淺桑田, 手回三霄日星, 身遊九天風露.

55. 꿈에 광상산®에 놀던 시의 서문   夢遊廣桑山詩序

을유년(乙酉年) 봄에 내가 부모상을 당해 시가에 묵고 있을 때 밤 꿈에 바다 가운데 있는 산에 올라 갔었는데 그 산은 모두 온갖 아름다운 구슬로 이루어져 있었으며 뭇 봉우리들은 모두 흰 구슬로 겹겹이 솟아 있고, 푸른 광채가 번쩍번쩍 빛나 눈이 부셔서 쳐다 볼 수가 없었다.

무지개 빛 구름이 그 위에 서려 있어 다섯가지 찬란한 빛이 산듯하고 구슬 샘물 몇 줄기가 벼랑에 흘러나와 잔잔히 흐르는 소리가 옥을 굴리는 소리 같았었다. 그때 나이 스무 살쯤 되어 보이는 아름다운 두 선녀가 마중 나왔는데 얼굴이며 맵시 곱기가 절세의 미인이었다.

한 선녀는 붉고 엷은 비단 저고리를 입고 한 선녀는 푸르고 무지개 비단 치마를 입고 손에는 금빛 호로(葫蘆)병을 쥐고 사뿐사뿐히 걸어와서 읍하며 나를 반가이 맞아 주었다.

함께 시냇물 굽이굽이 따라 올라가니 온갖 이름 모를 기이한 풀과 아름다운 꽃이 만발하였고, 좌우에는 난(鸞)새와 학(鶴)과 공작새가 날고 춤추고 숲 속에서 온갖 풀 향기가 훈훈히 풍겨 흘러나왔었다.

드디어 산 위의 맨 꼭대기에 올라가니 동남의 큰

乙酉春, 余丁憂, 寓居于外舅家, 夜夢登海上山, 山皆瑤琳珉玉, 衆峰俱疊白璧, 靑熒明滅, 眩不可定視,

霱雲籠其上, 五彩妍鮮, 瓊泉數派瀉於崖石間, 激激作環玦聲, 有二女年俱可二十許, 顔皆絕代,

一被紫霞襦, 一服翠霓衣, 手俱持金色葫蘆, 步屧輕躡, 揖余,

從澗曲而上, 奇卉異花 羅生不可名,

鸞鶴孔翠 翺舞左右, 衆香馥馥於

바다는 끝없는 푸른 물이 하늘에 맞닿아 하늘과 바다가 함께 푸르르고, 붉은 해가 솟아 올라오니 바다의 파도는 온통 달무리 해무리가 무지개 빛으로 찬란하게 물들었다. 봉우리 위에는 큰 호수가 있고 호수에는 연꽃이 푸르렀는데 그러나 연잎은 모진 서리를 맞아 반쯤 시들어져 있었다. 두 선녀가 나에게 "이곳은 광상산(廣桑山)이로다. 선경(仙境) 십주(十洲) 중에서도 가장 아름답고 좋은 곳으로서 그대는 선계(仙界)의 인연이 있어 감히 이곳까지 온 것인데 어찌 그냥 있을 수 있겠는가. 시를 한 수 지어 보라"고 상냥하게 말함으로 나는 사양하다가 그러나 어쩔 수 없이 곧 시 한 수를 지었는데 두 선녀는 손뼉을 치면서 기뻐 웃으며 찬미하며 "이 시야 말로 정말 멋진 아름다운 신선의 시예요"라고 말했었다. 이윽고 하늘에서 한 떨기 붉은 구름이 날아 흘러 내려와서는 봉우리 위에 떨어지며 꽝! 북치는 듯한 소리에 놀라 깨어보니 벼갯머리에서는 아직도 향기로운 안개와 노을이 서려 있으니 알지 못할 일이로구나.

이태백(李太白)이 꿈에 천모산(天姥山)[281]에 놀던 것이 바로 이것이 아닌가 생각하고 문득 적어보는 것이다. 시에 이르기를(시는 앞에 있음)

林端, 遂躋絕頂, 東南大海, 接天一碧, 紅日初昇, 波濤浴暈, 峰頭有大池湛泓, 蓮花色碧, 葉大被霜半褪,

二女曰, 此廣桑山也, 在十洲中第一, 君有仙緣 故敢到此境, 盖爲詩紀之, 余辭不獲已, 卽吟一絕, 二女拍掌, 軒渠曰, 星星仙語也, 俄有一朶紅 雲從天中下, 墜罩於峰頂 , 撾鼓一響, 醒然而悟, 枕席猶有烟霞氣, 未知太白天姥之遊, 能逮此否, 聊記之云. 詩曰.

---

281) 천모산(天姥山) ; 중국 절강성(浙江省)에 있는 산 이름. 이백(李白)의 시에 '몽유천모음'(夢游天姥吟)이 있다.

5. 이옥봉(李玉峰)의 시(詩)

1. 누각에 올라

작은 매화 시절 깊어 더욱 빛나고
우거진 푸른 대는 한층 곱구나.
난간에 기대서서 차마 못 내려
달이떠서 둥글 때를 기다려 보자.

登 樓

小白梅逾耿
深靑竹更妍
憑欄未忍下
爲待月華圓

2. 누각위에서

붉은 난간 여섯 기둥 은하수를 누르고
상서로운 실안개는 푸른 장막 적시네.
밝은 달빛에 창랑수①는 저물 줄 모르고
구의산②밑 흰구름은 뭉게뭉게 일어나네.

樓 上

紅欄六曲壓銀河
瑞霧霏微濕翠羅
明月不知滄浪暮
九疑山下白雲多

3. 흥겨워 낭군께

버들숲 냇길에서 임탄 말 울음소리
얼근히 취해서 누각 위에 내리실 때.

漫興贈郎

柳外江頭五馬嘶
半醒愁醉下樓時

1) 창랑수(滄浪水) ; 중국의 굴월이 어부 생활하던 물 이름.
2) 구의산(九疑山) ; 중국 호남성에 있는 산. 순임금의 종묘가 있어서 유명

기다리다 여윈 얼굴 거울 보고 화장코자   春紅欲廋臨粧鏡
창가에 앉아서 반달 눈썹 그려 보네.   試畫梅窓半月眉

4. 마음 가누며   自 適

임 없는 방 처마에선 빗물 괴어 방울지고   虛簷殘留雨纖纖
베갯머리 잠자리는 새벽 녘에 더욱 차다.   枕簟輕寒曉漸添
뒤 뜰에 꽃이 지니 봄 잠이 더욱 달고   花落後庭春睡美
지지배배 제비들은 발 위에서 엿보네.   呢喃燕子要開簾

5. 가을의 정서   秋 思

비취발이 성글어서 가을 바람 못 막고   翡翠簾疏不蔽風
서늘한 가을 기운 푸른 창에 스미네.   新凉初透碧紗櫳
방울방울 맑은 이슬 달빛에 반짝이고   涓涓玉露團團月
풀 밑에서 벌레들은 가을 심정 풀어 내네.   說盡秋情草下蟲

6. 귀래정[3]   歸 來 亭

벼슬을 내어놓고 일찌감치 돌아오니   解綬歸來早
정자 앞 양편으로 두 갈래 물 흐르네.   亭開一水分
강과 산에 주인이 있었구나   溪山知有主

---

3) 귀래정(歸來亭) ; 전라북도 순창에 있는 정자. 귀래란 벼슬을 내놓고 고향
  땅에 돌아 왔다는 뜻.

갈매기와 해오라비 무리지어 놀고 있네　　　　鷗鷺偃爲群

기장 익어 베어다가 먼저 술을 빚어 내고　　　捄熟先充釀
마음은 한가로이 구름같이 자유롭네.　　　　　心閑欲化雲
이곳에 깊이 숨어 한 세상 보내려니　　　　　菟裘終老計
임금님 부르심에 마다함이 아니로세.　　　　　非是傲徵君

7. 눈을 읊음　　　　　　　　　詠　雪

문 닫는④게 방해롭다, 은자⑤에겐 가당찮아　　閉戶何妨高臥客
소 옷⑥입고 기다려도 벼슬길 못 가는 몸.　　　牛衣垂淚未歸身
구름 깊고 산길 험해 댓자리는 써늘한데　　　雲深山徑飄如席
하늘에서 바람 일어 먼지 처럼 눈 쌓이네.　　風捲長空聚若塵

물가 흰 눈벌을 모래로 속아 기리기 앉고　　渚白非沙欺落鴈
창 밝자 새벽 되니 그 더욱 서럽구나.　　　窓明忽曉惻愁人
강남에는 요사이 매화꽃 피었건만　　　　江南此日應梅發
하늘가 바다곁엔 몇나무나 봄을 맞나.　　　傍海連天幾樹春

---

4) 문 닫다[閉戶] ; 벼슬을 기다리지 않는다는 뜻.
5) 은자(隱者) ; 본문에서는 고오-객(高臥客)이라 했는데 이 모두 고고하게 벼슬
　을 마다하고 숨어 사는 사람.
6) 소 옷 ; 원문의 우의(牛衣)는 소의 등에 입히는 언치. 한(漢)나라 왕장(王章)
　이 입신출세할 때까지 소옷을 입고 추위를 참으면서 살았다는 고사가 있음.

8. 가을철 쓸쓸함[7]   秋 恨

비단 창문 너머로 밤등불 붉고   絳紗遙隔夜燈紅
꿈 깨니 덮은 이불 한쪽이 비었네.   夢覺羅衾一半空
새장에 서리 차다 앵무새 울고   霜冷玉籠鸚鵡語
가을 바람 오동잎 뜰 가득 날리네.   滿堦梧葉落西風

9. 반죽의 원한   班 竹 怨

옛적에 두 왕비[8] 순임금님[9]을 따라서   二妃昔追帝
남쪽 상수[10] 사이로 임좇아 달려갔네.   南奔湘水間
눈물이 흘러서 상수 물 대나무를 적시니   有淚寄湘竹
지금의 상죽은 얼룩져 반죽[11]이라네.   至今湘竹班

7) 이 작품은 「허난설헌집」에도 있다.
8) 두왕비 ; 원문의 이비(二妃), 옛날 중국 순(舜)임금의 두 왕비로 아황(娥皇)
   과 여영(女英).
9) 순(舜)임금 ; 효도로 동양의 큰 모범이 되어 있는 임금님. 대효(大孝)라 이
   른다.
10) 상수(湘水) ; 중국 광서성에 있는 물 이름, 순의 두 왕비가 순임금이 창오
    벌에서 죽자 두 비도 상수에 몸을 던져 뒤를 따라 죽었다 한다.
11) 반죽(班竹) ; 상수가의 대나무에 두 비의 눈물이 흘러 얼룩졌다는 전설로
    반죽이라 한다.

순임금 사당 구의묘⑫는 구름 속에 깊고	雲深九疑廟
그가 죽은 창오산⑬은 해져무누나.	日落蒼梧山
두 왕비의 한이 상수 물 속에 남았으나	餘恨在江水
도도히 흐르는 물은 다시 돌아오지 않는구나.	滔滔去不還

10. 연 따는 노래　　　　　採 蓮 曲

남쪽 호숫가에 연씨 뜯는 여인은	南湖採蓮女
날마다 남호가로 돌아오는데.	日日南湖歸
얕은 물가엔 연씨가 가득하나	淺渚蓮子滿
깊은 물 여울엔 연잎이 드문드문.	深潭荷葉稀

노저어 가기엔 고운 여자 힘겨워	蕩漿嬌無力
치마를 살짝 걷고 얕은 물로 가려는데.	水濺越羅衣
무심히 노저어 오던 저 총각 보게	無心却回棹
여인을 바라보며 원앙꿈을 꾼다네.	貪看鴛鴦飛

---

12) 구의묘(九疑廟) ; 중국 호남성에 있는 산. 이 구의산에 순임금의 사당이 있다.

13) 창오산(蒼梧山) ; 순임금이 창오들에서 남쪽을 순방하다가 죽었다. 강소성
　　(江蘇省)에 있는 일명 운대산(雲臺山)이라고도 함

11. 보천탄⁽¹⁴⁾ 여울을 보고 　　　　寶泉灘卽事

복사꽃 물가 언덕 파도 높아 몇 자려나　　　桃花高浪幾尺許
하얀 바위 물에 잠겨 있는 곳을 모를레라.　　銀石沒項不知處
쌍쌍 나는 가마우지 옛 강기슭을 잃고서　　　兩兩鸕鶿失舊磯
물고기 입에물고 풀섶으로 숨어든다.　　　　唧魚飛入菰蒲去

12. 옥봉집 작은 연못 　　　　　玉峯家小池

옥봉 집에 작은 못이 잠겨 있으니　　　玉峯涵小池
못 위에 달빛이 곱게 비추네　　　　　池面月涓涓
한쌍의 원앙새가 내려 앉으니　　　　鴛鴦一雙鳥
거울 속의 하늘 인양 황홀하구나.　　飛下鏡中天

13. 찾아준 손님 죄송해서 　　　　謝人來訪

물마시고 살다보니 탁문군⁽¹⁵⁾ 살림 같고　　飮水文君宅
오막 집은 청산속 사조⁽¹⁶⁾선생 집이려니　　青山謝眺廬
비오면 뜰에는 나막신 자국 나는데　　　　庭痕雨裏屐

---

14) 보천탄(寶泉灘) ; 경북 선산에 있는 여울.
15) 탁문군(卓文君) ; 중국 여류 시인이며 사마상여(司馬相如)와 함께 살면서
　　가난하여 술장사를 하였다 함.
16) 사조(謝眺) ; 중국 남제(南齊)의 시인이며 서예가. 강직하게 살다가 투옥 됨.

눈 맞고 문앞에 손이 탄 나귀왔네[17].　　　　門到雪中驢

14. 이별의 한　　　　別　恨

임 떠난 내일 밤이야 짧고 짧아도　　　　明宵雖短短
임 오신 오늘밤은 길기를 바랬더니.　　　　今夜願長長
닭은 울어 날이 새고 임 떠날 채비하니　　　　鷄聲聽欲曉
두 눈에서 눈물 먼저 천리를 흐르네.　　　　雙瞼淚千行

15. 초생달[18]　　　　初　月

누가 곤륜산의 옥을 캐어 내다가　　　　誰探崑山玉
공교하고 맵시나게 얼게빗 만들었나.　　　　巧成一半梳
견우와 이별하고 떠난 뒤에는　　　　自從離別後
수심 겨워 허공중에 던져졌구나.　　　　愁亂擲空虛

16. 본댁 아들에게 주노라　　　　贈 嫡 子

어린 나이 묘한 재주 자랑스러워　　　　妙譽皆童稚

---

17) 이 시에서 음수택(飲水宅)이니 청산려(靑山廬)라 한 것은 논어의 "반소
　　사 음수 곡굉이침지"(飯疎食飲水曲肱而枕之)의 생활을 의미함.
18) 황진이에게도 같은 시상으로 쓴 「영반월」(詠半月)이 있다.

동방에서 우리 모자 이름 날렸네. 　　東方母子名
네 붓 한번 휘두르면 바람이 일고 　　驚風君筆落
내 시 한수 이뤄지면 귀신이 운다네 　　泣鬼我詩成

17. 규수의 마음　　　　　　閨 情

온다던 임 어찌 이리 늦을까 　　　有約郞何晚
매화꽃은 어느덧 뜰 위에 지는데. 　　庭梅欲謝時
가지에서 까치우니 반가운일 있으려나 　忽聞枝上鵲
거울 들어 화장해도 헛일이로세. 　　虛畫鏡中眉

18. 남을 위해 억울함을 호소하다　　爲人訟冤

세수대야로 거울을 삼고 　　　　洗面盆爲鏡
참빗에 물발라 기름삼아 쓸지라도. 　　梳頭水作油
내가 직녀가 아니거든 　　　　　妾身非織女
임이 어찌 견우가 되리오. 　　　　郞豈是牽牛

19. 이별의 원한　　　　　　離 怨

임 그리는 깊은 정 어찌 다 말하리오 　深情容易寄
하소연 하려 해도 부끄러워 말못하네 　欲說更含羞

임이 만일에 내 소식 묻는다면   若問香閨信
옛 화장 그대로 누각에 외롭더라 하시오.   殘粧獨依樓

20. 낭군 운강공이 괴산군수가 되다   賦雲江公除槐山

중국 낙양 태중대부^⑲ 가의재자^⑳는   洛陽賈才子
벼슬 싫어 미친 모습 참으로 우습구나   佯狂眞可嗟
한 번 임금 곁을 떠난 뒤에도   一辭天上後
장사태부^㉑ 될 줄을 그 누가 알았으리.   誰念在長沙

21. 비   雨

종남산^㉒ 허리에 푸른 빗줄 걸렸더니   終南壁面懸靑雨
자각봉엔 빗발치고 백각봉은 개어가네.   紫閣霏微白閣晴
구름장 흩어지며 햇빛이 새어 내리고   雲葉散邊殘照漏
하늘 질펀히 빗줄은 강 위어 비꼈구나.   漫天銀竹過江橫

---

19) 태중대부(太中大夫) ; 중국 벼슬 이름, 장관급.
20) 가의재자(賈誼才子) ; 중국 한나라때 시인 가의(BC200~268)가 재주가
     비상하여 문제(文帝)가 중용하여 태중대부(太中大夫) 벼슬에 올랐는데 예
     악(禮樂) 벼슬을 주려할 때 모함 당해 장사(長沙)로 귀양갔다. 장사왕은 그
     를 스승으로 삼고 태부(太傅) 벼슬 주었다.
21) 장사태부(長沙太傅) ; 장사왕의 스승인 태부 벼슬.
22) 종남산(終南山) ; 산 이름. 중국에 있는 남산이고 여기서는 서울의 남산.

22. 배꽃을 노래함　　　　　　詠梨花

백낙천[23]은 배꽃 빛을 양귀비에 견주었고　　樂天敢比楊妃色
이태백[24]은 그의 시에 백설향이라 칭송했다.　太白詩稱白雪香
풍류객은 제멋대로 미묘한 곳 읊었으니　　　別有風流微妙處
밤중에 달빛 아래 자욱한 꽃 보았기 때문.　　淡煙疎月夜中央

23. 기생의 노래에 화답함　　　　呼韻贈妓

열여섯살 곱고 조고만 기생　　　　　　二八嬋娟小念奴
모시적삼 사뿐히 흰 살결 어리우네.　　　苧衫輕渾雪肌膚
가엾다 계수나무잎 눈썹을 나직히 깔고　可憐桂葉低雙翠
달밝은 밤 어느 집에 자고[25] 소리 부르나.　明月誰家唱鷓鴣

24. 여인의 심정　　　　　　　閨　情

평생 이별 뼈저린 한으로 신병이 되니　　平生離恨成身病
술로도 못 달래고 약으로도 못 고치네.　酒不能療藥不治
이불 속에 흘린 눈물 얼음 밑의 물 같아서　衾裏泣如氷下水

---

23) 백낙천(白樂天) ; 당나라 시인 백거이(白居易 772~846), 백낙천은 장한
　　가(長恨歌)에서 배꽃을 양귀비에 눈물진 모습으로 읊었다.
24) 이태백(李太白) ; 중국 당나라 대시인(시선 701~762)
25) 자고(鷓鴣) ; 철새로서 「자고자고」 하고 운다 함. 여기서는 가곡 이름인 자
　　고천(鷓鴣天)을 뜻한다.

밤낮을 적셔 내린들 그 누가 알리.　　　　　日夜長流人不知

25. 칠석에　　　　　　七　夕

무궁토록 만나니 무슨 근심이리오　　　　無窮會合豈愁思
이 인간 이별에야 어찌 비기랴.　　　　　不比浮生有別離
하늘에선 아침 저녁 만나는 것을　　　　　天上却成朝暮會
인간들이 거짓으로 일년이라네.　　　　　人間謾作一年期

26. 영월로 가는 도중의 감회　　　寧越道中

닷새는 강을 끼고 사흘은 산을 넘고　　　五日長干三日越
단종의 슬픈 노래 불리다 끊어지네.　　　哀詞吟斷魯陵雲
나도 또한 왕손의 후손 딸이니　　　　　妾身亦是王孫女
이 고장 두견소리 차마 못참네　　　　　此地鵑聲不忍聞

27. 내 처지　　　　　　自　述

요사이 내 처지를 임이 물으면　　　　　近來安否問如何
달밝은 창가에서 임생각 가슴 막혀.　　　月白紗窓妾恨多
그리는 꿈길이 발자취 난다면야　　　　　若使夢魂行有跡
문 앞의 돌길이 모래밭이 되었으리.　　　門前石路已成沙

28. 병마사[26]에게 주노라　　　　　贈 兵 使

장군의 호령은 뇌풍처럼 급하고	將軍號令急雷風
적의 목 베어 건 그 기세 장하구나	萬馘懸街氣勢雄
북소리 울리는 곳에 쇠피리도 함께 울고	鼓角聲邊吹鐵笛
창해에 달 잠길 때 어룡도 춤을 추네.	月涵滄海舞魚龍

29. 가을에 생각나서　　　　　　　秋 思

옛적 운강공(雲江公)이(작자의 낭군) 삼척에 좌천되어 갔을 때 따라가서 읊은 노래인데 삼척의 별호는 진주라 했다.

　　　　　　　　　　昔雲江公倅三陟, 眞珠三陟別號

진주 숲[27] 단풍잎에 서리 내려 붉었으니	霜落眞珠樹
성 안에는 어느 사이 가을이 다 갔구나.	關城盡一秋
마음은 항상 임금 곁에 있으나	心情金輦下
몸은 바닷가 먼 곳에 와있네.	形役海天頭

때 못 만난 슬픈 눈물 막을 길 없고	不制傷時淚
고향 떠난 수심도 난감하구나.	難堪去國愁

---

26) 병마사(兵馬使) ; 원문의 병사(兵使)로 병마절도사(종2품)로 각도에 한두 명씩 있었음.

27) 진주 숲 ; 원문의 진주수(眞珠樹)는 원주(原註)에 있듯이 삼척(三陟)의 별호이자 서리내린 단풍 숲의 형상이다.

임과 함께 임금 계신 북극을 바라보니	同捋望北極
강 산에는 죽서루㉘만 높이 솟았네.	江山有高樓

30. 계미년 북쪽 난리㉙　　　　　癸未北亂

싸움 일은 본래가 선비 일과 다르지만	干戈異縱書生事
나라 근심 오히려 머리털이 희어지네.	憂國還應鬢髮蒼
적을 막는 이때에 곽거병㉚을 생각하고	制敵此時思去病
경륜 짤 오늘에 장량㉛을 떠올리네.	運籌今日憶張良

경원성㉜은 혈전 일어 산과 물이 붉었고	源城戰血山河赤
아산보㉝ 요사한 기운에 일월이 누렇구나.	阿堡妖氛日月黃
서울엔 좋은 소식 항상 못 미쳐	京洛徽音常不達
이 강산에 봄 빛 와도 역시 처량 해.	江湖春色亦凄凉

28) 죽서루(竹西樓) ; 삼척에 있는 누각으로 관동 팔경 중의 하나이다.
29) 계미년 북쪽 난리 ; 원제의 계미북란(癸未北亂)은 1583년(계미)에 여진족
　　의 추장인 니탕개가 북방의 육진을 침범한 사건.
30) 곽거병(霍去病) ; 원문의 거병(去病)이니 중국 한나라 때 대장군 이름. 흉
　　노적을 여섯 번이나 쳐서 두찔렀다 함
31) 장량(張良) ; 자는 자방(子房), 중국 한나라 고조를 도와 천하를 평정함.
32) 경원성(鏡源城) ; 원문의 원성(源城), 함경북도 북부 지방에 있는 성.
33) 아산보(阿山堡) ; 본문의 아포(牙浦), 함경북도의 아오지(阿吾地).

31. 봄날의 감회　　　　　春日有懷

장대^劉는 멀고 멀어 임 생각에 애태우고　　章臺迢遞斷腸人
편지 써서 잉어로 한수 가로 보내네.　　　　　雙鯉傳書漢水濱
새벽에 꾀꼬리 울고 근심 속에 비내리니　　　黃鳥曉啼愁裏雨
푸른 버들 간들어지고 봄은 한창이네.　　　　綠楊晴裊望中春

아름답던 돌층계는 풀이 나서 적막하고　　　瑤階寂歷生靑草
보배롭던 거문고는 먼지 앉아 쓸쓸하네.　　　寶瑟凄凉閉素塵
그 누가 목란주^⑤ 탄 나그네를 생각하여　　　誰念木蘭舟上客
흰꽃 가득 광릉나루^⑳에 보내 주지 않으련.　白蘋花滿廣陵津

32. 서익^⑨목사 소실이 액자에 글 써
　　　준것에 감사하며　　　謝徐牧使益小室惠題額大字

야위면서 강한 글체 보기 드문 솜씨로다　　瘦硬寫成天外態
원하의 좋은 글씨 남은 자취 보는 듯.　　　　元和脚跡見遺蹤
해서, 행서^⑧ 펄럭여 훨훨 나는 봉황이요　　眞行翥鳳飄揚裏

---

34) 장대(章臺) ; 중국 춘추전국시대의 궁궐. 여기서는 서울 왕궁을 말함.
35) 목란주(木蘭舟) ; 목란으로 만든 배. 남녀의 놀이 배.
36) 광릉진(廣陵津) ; 중국 후한 때의 지명. 여기서는 한강변을 말하는듯 하다.
37) 서익(徐益) ; 조선시대 문신(1542~1587) 호는 만죽헌(萬竹軒) 안동부사
　　와 의주목사를 지냈다.
38) 해서,행서(楷書,行書) ; 본문의 진행(眞行), 해서는 글자의 획을 똑바로 세
　　워 쓰는 서체이고, 행서는 반초서로 흘려쓰는 서체.

대자는 뭉게뭉게 피어나는 구름일세.	大字靘雲結密中
산헌에 걸어 보니 날뛰는 범과 같고	試挂山軒疑躍虎
강각에 놓고 보니 오르는 용과 같네.	乍臨江閣訝騰龍
빈틈없는 위부인 체® 그대로 배워 있고	衛夫人筆方知健
기묘한 소약란®재주 그 어찌 휘둘렀나.	蘇若蘭才豈擅工
몸은 비록 난초로되 가지 생각 씩씩	體若蕙枝思卽壯
손가락은 가늘어도 구슬솜씨 웅장하고.	指纖叢玉掃能雄
귀신과 통했는지 문묵은 만리에 달하네	神交萬里通文墨
백옥같이 좋고 귀한 글씨 한 폭 고마워라.	爲謝驪珠白玉重

33. 이별의 괴로움을 읊다.　　　苦 別 離[※]

(1)

서쪽 집 아가씨가 열 다섯 살 때	西隣女兒十五時
동쪽 집의 쓴 이별을 비웃었더니.	笑殺東隣苦別離
오늘의 이런 한을 그 어찌 알았으리	豈知今日坐此恨
푸른 머리 하룻밤에 실같이 헝클어질줄.	靑鬢一夜垂霜絲

---

39) 위부인 체(衛夫人 體) ; 위부인은 진(晋)나라 여자서예가로 예서(隸書)체
　　글씨의 표본이 되어 있다.
40) 소약란(蘇若蘭) ; 이름은 소혜(蘇惠), 전진(前秦)때 무공(武功)사람 두도
　　(竇滔)의 처, 비단에 회문시(回文詩) 250여수를 지어 짜서 도에게 보낸 선
　　기도(璇璣圖)로 유명.
※ 「동양역대여사시선」(東洋歷代女史詩選)에는 '古別離 로 되었으니 오식인듯
　　하다.

(2)

애인은 계책없이 길떠나려 말 매는데	愛郞無計繫驄馬
가슴은 풍운의 뜻 가득히 품었구나.	滿懷都是風雲期
남아의 공명이란 스스로 때가 있고	男兒功名自有日
여자의 한창 때는 홀연히 지나가네.	女子盛歲忽已馳

울음을 꿀컥 참고 슬퍼한들 무엇하리	呑聲那敢歎離別
얼굴에 손 가리고 만날 때만 기다릴 뿐	掩面却悔相見遲
들으니 낭군은 강성현을 일찍 지나	聞郞已過康城縣
거문고 홀로 끼고 강남 물가로 닿았다나.	抱琴獨對江南湄

(3)

이내몸 한 되는건 기러기 같지 못해	妾身恨不似江鴈
훨훨 가볍게도 머나먼 곳 갈 수 없네.	翩翩羽翮遙相隨
화장대 밝은 거울 밀쳐버려 비치잖고	粧臺明鏡棄不照
봄바람에 비단옷 춤을 추어 무엇하리.	春風寧復舞羅衣

하늘 끝 머나먼 길 꿈에서도 길 모르니	天涯魂夢不識路
인생의 갖은 시름 위로한들 무엇하리.	人生何用慰愁思

34. 제비를 읊음※

그림 들보 깊숙한 방 푸른 장막 나직한데
작지어 갔다 왔다 깃들 때도 한쌍일세.
실버들 향촌에서 봄바람은 저물고
푸른 풀 우거진 못 가랑비는 오락가락.

나비들은 약초 밭에 꿀 캐기 여념없고
진흙 쪼아 집짓기에 오늘 해도 저물었네.
몸을 의지할 곳 높은 곳 당상인데
해마다 새끼 길러 나래커서 같애졌네.

詠 燕

畵棟深深翠幞低
雙飛雙去復雙棲
絲楊門巷東風晚
靑草池塘細雨迷

趁蝶幾番穿藥圃
壘巢終日啄芹泥
托身得所高堂上
養子年年羽翼齊

※ '제비를 읊음'(詠燕)과 33번의 '이별의 괴로움을 읊다'(苦別離)는 「옥봉집」
   (玉峰集)에는 없고 「동양역대여사시선」(東洋歷代女史詩選)에 수록되어 전
   한다.

6. 이매창(李梅窓)의 시(詩)

1. 이별에 부침　　　　　贈　別

우리에겐 옛적의 진나라 쟁음악① 있어	我有古秦箏
한번 타면 백 가지가 감동하는 곡조일세.	一彈百感生
세상에는 이 곡조 아는 이 없이	世無知此曲
다만 멀리 구령선인② 생황악만 하려 드네.	遙和緱山笙

2. 신세한탄　　　　　自　恨

봄이 차서 가신 임 옷 꿰매노라니	春冷補寒衣
사창에는 한나절 해가 비치네.	紗窓日照時
머리 숙여 바느질 손 놀리노라면	低頭信手處
구슬 같은 눈물이 실과 바늘 적시네.	珠淚滴針絲

1) 쟁(箏) ; 거문고 같은 악기로 13현의 현악기.
2) 구령선인(緱嶺仙人) ; 구씨선인(緱氏仙人)은 생황(笙簧)악기를 잘했음. 중국 주나라 때 신선.

3. 어디에 참은 있는가   尋 眞

3수   三首

(1)

가련타 동쪽으로 흐르는 물아   可憐東海水
어느 때에 서북쪽[3]을 흘러 갈꺼나   何時西北流
배 세우고 생각대로 노래 부르니   停舟歌一曲
잔을 들면 생각나는 그리운 옛 사람아!   把酒憶舊遊

(2)

그늘진 바위 밑에 난주[4]를 매어두고   巖下繫蘭舟
구슬같은 푸른 물결 바라보자니.   耽看碧玉流
천년 동안 명승지라 이르는 이곳   千年名勝地
물새들만 한가로이 놀고 있구나.   沙鳥等閑遊

(3)

먼 산은 푸른빛 하늘에 뜨고   遠山浮翠色
버드나무 강가는 안개 속에 자욱한데.   柳岸暗烟霞
어디서 푸른 깃발 펄럭이는가   何處靑旗在
고깃배는 가까이 마을에 닿네.   漁舟近杏花

3) 서북(西北) ; 여기서는 서울을 말함
4) 난주(蘭舟) ; 목란(木蘭)으로 만든 아름다운 배, 놀잇배.

4. 봄날에 그리운 생각　　　　　　　春 思

동풍 불어 삼월이라　　　　　　　　　東風三月時
곳곳에서 꽃 지는데　　　　　　　　　處處落花飛
거문고[5] 뜯으며 임 그리운 노래한들　綠綺相思曲
강남으로 가신 임은 오시지 않네.　　江南人未歸

5. 서러운 신세　　　　　　　　　　自 傷
　　　　　　　　4수　　　　　　　　　　　四首

(1)

삼년을 두고서 서울을 꿈꿨지만　　　京洛三年夢
호남에는 또 한번 봄이 오누나.　　　湖南又一春
예나 이제 다름없이 황금 때문에　　　黃金移古意
밤중에 혼자 앉아 마음 상하네.　　　中夜獨傷神

(2)

서울 사는 풍류객 마음에 들어　　　洛下風流客
정담을 주고받고 다짐했더니.　　　清談交契長
오늘은 마음 변해 이별을 한다하니　今日飜成別
앞은 캄캄 슬픔에 창자 끊기네.　　離盃暗斷腸

---

5) 거문고 ; 원문의 녹기(綠綺)는 중국 사마상여(司馬相如)가 애용하던 거문고
이름이나 흔히 거문고의 대명사로 쓰임.

(3)

한번 만나 아름답던 꿈이었는데	一片彩雲夢
깨고 나니 허망한 수심뿐일세.	覺來萬念差
즐겁던 양대[6]는 어디에 있는가	陽臺何處是
날 저무니 어둠 속에 시름만 깊네.	日暮暗愁多

(4)

꿈 깨 보니 비바람만 더욱 쓸쓸해	夢罷愁風雨
세상살이 어려움을 뼈저리게 읊노라.	沈吟行路難
들보위에 의좋게 앉은 제비야	慇懃樑上燕
어느 날에 우리 임을 불러 오려나.	何日喚人還
(다른 책에는,	(一說云,
한단의 꿈[7]꾸다가 놀라 깨보니	驚覺夢邯鄲
세상살이 어려움을 괴로워하네	沈吟行路難
우리집 들보 위에 저 제비들아	我家樑上燕
우리 임 불러서 돌아오게 하려므나.)	應喚主人還)

6. 강가 정자에서 느낀대로 읊음 　江臺卽事

사방 들에 가을빛이 너무 좋기에	四野秋光好
혼자서 강가의 정자에 오르니.	獨登江上台

---

6) 양대(陽臺) ; 중국 양왕(襄王)이 무산(巫山)의 신녀(神女)를 만났다고 하는
　　누대.
7) 한단몽(邯鄲夢) ; 일장춘몽과 같은 순간의 꿈, 일장춘몽

어디선가 풍류객이 날 쳐다보곤   風流何處客
술병 차고 올라와서 함께 노자네.   携酒訪余來

7. 신세한탄   自 恨
3수   三首

(1)

동풍 불며 밤새워 비가 오더니   東風一夜雨
버들잎과 매화가 다투어 피네.   柳與梅爭春
이 좋은 봄철에 차마 못할 건   對此最難堪
이별주 나누며 임 보내는 일.   樽前惜別人

(2)

가득한 이내 심사 뉘에게 호소하리   含情還不語
꿈 속과도 같으며 얼빠진 몸 같구나.   如夢復如癡
거문고로 이 신세 강남곡 뜯어 본들   綠綺江南曲
누가 있어 이 심사 물어 보리오.   無人問所思

(3)

버들엔 안개 끼어 푸르다 못해 어둡고   翠暗籠烟柳
꽃잎은 이슬에 눌려 붉은지 만지.   紅迷霧壓花
목동 노래 이 산 저 산 아득하게 메아리치고 山歌遙響處
고깃배의 고동소리 석양에 비껴 오네.   漁笛夕陽斜

8. 병이 나서

2수

이 병은 봄탓으로 난 것이 아니요
오로지 임그리워 생긴 병일세.
황진만장 이 세상에 괴로움도 많으니
외로운 학되어 임께 못간 이 마음

잘못은 없다 해도 헛소문 도니
이러쿵 저러쿵 여러 입이 말 많아
시름과 원한은 그지없는데
차라리 병났다고 방문을 닫자.

9. 주정꾼에게 주다.

취한 손이 마음두고 내 치마 잡아
당기는 손길에 비단치마 찢어졌네.
비단 치마 한 벌이 아깝지 않으나
그대와 나 의상할까 그것이 두렵네.

病 中

二首

不是傷春病
只因憶玉郎
塵寰多苦累
孤鶴未歸情

誤被浮虛說
還爲衆口喧
空將愁與恨
抱病掩柴門

贈醉客

醉客執羅衫
羅衫隨手裂
不惜一羅衫
但恐恩情絶

10. 옛 님　　　　　　故　人

송백처럼 영원하자 맹세했던 날　　　　松栢芳盟日
사랑은 깊고 아득 바닷속 같았는데.　　恩情與海深
멀리 떠난 임께선 소식이 끊어지니　　江南靑鳥斷
밤중마다 외로워 아픈 이 마음　　　　中夜獨傷心

11. 뱃놀이　　　　　　泛　舟

들쑥 날쑥 산 그림자 강물 속에 어리고　參差山影倒江波
수양버들 천만가지 주막을 덮었네.　　垂柳千絲掩酒家
작은 파도 바람결에 자던 백로 놀라고　輕浪風生眠鷺起
강건너 안개속에 고깃배 사람 소리　　漁舟人語隔煙霞

12. 봄 시름　　　　　　春　愁

긴 방축 봄풀은 그 빛이 쓸쓸하니　　長提春草色凄凄
옛 손이 오다가 잘못 알겠소.　　　　舊客還來思欲迷
예전에 임과 함께 꽃답던 곳은　　　故國繁華同樂處
만산에 달 비추고 두견새 우네.　　　滿山明月杜鵑啼

예전에 이 저녁은 즐겁던 잔치모임　曾年此夕瑤池會
잔을 들고 이 몸은 춤도 췄나니.　　我是樽前歌舞人

흥성했던 옛 주인은 어디 가시고 宣城舊主今安在
꽃잎만 그 봄인 양 섬돌에 남았네. 一砌殘花昔日春

13. 가을 밤에   秋 夜

별들은 반짝이고 이슬 젖는 밤 露濕靑空星散天
기러기는 울면서 구름가에 날고. 一聲叫雁塞雲邊
매화 끝에 맑은 달이 난간 가로 도는데 梅梢淡月移欄檻
거문고로 달랜들 잠들 길 없네. 彈罷瑤箏眠未眠

14. 거문고 타며   彈 琴

거문고 뜯는 심정 뉘라서 슬퍼하랴 誰憐綠綺訴丹衷
갖은 원한 온갖수심 한 가락에 찼으니. 萬恨千愁一曲中
다시 뜯는 강남곡엔 봄도 저물고 重奏江南春欲暮
차마 어찌 머리 돌려 동풍 맞아 울리오 不堪回首泣東風

15. 규수의 설움　　　　　閨中怨

2수　　　　　二首

(1)

경원 가득 배꽃 피고 두견새 우는 밤　　瓊苑梨花杜宇啼
뜰에 가득 달빛 어려 더욱 섧고나.　　萬庭蟾影更凄凄
꿈에나 만나려도 잠조차 오지 않고　　相思欲夢還無寐
매창 가에 기대니 새벽닭 우는 소리.　　起倚梅窓聽五鷄

(2)

죽원에 봄이 깊고 새벽 빛은 더딘데　　竹院春深曙色遲
인적 없는 뜰에는 꽃잎만 흩날릴 뿐.　　小庭人寂落花飛
거문고 비껴 들고 슬픈 노라 뜯으니　　瑤箏彈罷江南曲
일만 섬 큰 시름이 한편의 시로세.　　萬斛愁懷一片詩

16. 수심겨워서　　　　　愁　思

2수　　　　　二首

(1)

비온뒤에 바람차니 규수방어 가을되네　　雨後涼風玉簞秋
둥그런 밝은 달은 다락 머리 걸려있고.　　一輪明月掛樓頭
외로운 방에서는 밤새도록 벌레 소리　　洞房終夜寒蛩響
이내 마음 부서지고 수심은 천만 섬.　　擣盡中腹萬斛愁

(2)

평생에 부끄러움은 떠돌이 생활⑧	平生恥學食東家
나홀로 달에 비춘 찬 매화나 사랑하리.	獨愛寒梅映月斜
세상 사람 아직도 유한 한 규수 뜻 몰라	時人不識幽閑意
제멋대로 손짓하며 소문내고 다니네.	指點行人枉自多

※일본(一本)에는 평생에 안 배울 건 떠돌이 신세	平生不學食東家
오직 매창 가에 달 그림자나 사랑할 것을	只愛梅窓月影斜
사람들은 아직도 유한한 여인 뜻 모르고	時人未識幽閑意
제멋대로 손짓하며 뜬구름처럼 소문내네.	指點行雲枉自多

17. 이른 가을 　　　　　　早 秋

모든 산 나무마다 낙엽지기 시작하고	千山萬樹葉初飛
기러기 황혼 띠고 남쪽으로 울며나네	雁叫南天帶落暉
어디서 피리 부나 긴 가락 한 곡조	長笛一聲何處是
고향 잃은 나그네는 옷깃에 눈물 젖네.	楚鄕歸客淚添衣

8) 떠돌이 생활 ; 원문의 식동가(食東家)는 동가식(東家食), 서가숙(西家宿)으로 떠돌아다니는 식객을 말함.

18. 봄날의 수심   春 愁

죽원 뜰에 봄이 깊어 새들은 노래하니   竹院春深鳥語多
화장 얼굴 눈물 젖어 발을 걷고 바라보네.   殘粧含淚捲窓紗
이 심사 둘 곳 없어 상사곡을 뜯으니   瑤琴彈罷相思曲
동풍에 꽃지고 제비들은 비껴 나네.   花落東風燕子斜

19. 가을에 생각하다   秋 思

어젯밤 찬 서리에 기러기 울며 날고   昨夜淸霜雁叫秋
임의 옷 짓던 부인 정자에 올라 보니.   擣衣征婦隱登樓
하늘은 가이 없고 임의 소식 알 길 없어   天涯尺素無緣見
홀로 난간 매달려서 남몰래 수심짓네   獨倚危欄暗結愁

20. 서러운 심정   記 懷

눈보라는 쓸쓸히 매창을 두드리고   梅窓風雪共蕭蕭
그리운 한과 수심 한결 더해 가는 밤.   暗恨幽愁倍此宵
죽어 저승 신선세계 달 아래 만나   他生緱山明月下
풍악 울려 꽃구름 속에 서로 만나리.   鳳簫相訪彩雲衢

21. 밤에 홀로 앉아　　　　　　夜　坐

서창 가 대나무에 달 그림자 너울너울　　西窓竹月影婆娑
바람 부는 복숭아 밭 낙화가 춤을 춘다.　風動桃園舞落花
난간에 기대 앉아 잠 못자니 꿈이 없고　獨倚小欄無夢寐
멀리서 들리는 물가의 마름노래⁹.　　　遙聞江渚採菱歌

22. 한가로이 살며　　　　　　閑　居

벽촌 초당 문 닫으니 세월 알리오　　　石田茅屋掩柴扉
꽃이 제가 피고 지니 계절을 알지.　　花落花開辨四時
산협에 사람 없고 해는 어이 저리 긴고　峽裡無人晴晝永
먼 데 바다 돛단배 갔다간 오네.　　　雲山烟水遠帆歸

23. 앓는 중에 수심겨워　　　　病中愁思

독수공방 외로워 병든 이몸이　　　空閨養拙病餘春
굶고 떨며 사십년 길기도 하지.　　長任飢寒四十春
인생을 살아야 얼마나 사는가.　　借問人生能幾許
심사 서러워 하루도 안 운적 없네.　胸懷無日不沾巾

9) 마름노래 ; 원문의 채릉가(採菱歌)인데 마름캘때 부르는 노래로서 중국에서
　는 악부곡(樂府曲) 이름으로 많이 불리고 있음.

24. 규수의 설움

이별하고 슬픈 맘에 중문 닫고 있으려니
옷소매엔 향기 없고 눈물 자욱 가득하네.
홀로사는 규수 거처 사람 없어 적적하고
마당 가득 가랑비도 황혼 마저 막았구나.

그립고 안타까운 이 심정 갈못하니
밤마다 상사고로 머리는 반백이네.
이 몸의 괴로움을 아시려거든
금가락지 닳아짐⑩을 보면 알리라.

閨 怨

離恨悄悄掩中門
羅袖無香滴淚痕
獨處深閨人寂寂
一庭微雨鎖黃昏

相思都在不言裏
一夜心懷鬢半絲
欲知是妾相思苦
須試金環減舊圍

25. 부여 백마강에서 놀다

옛 성터 물가 마을 초가집 찾아가니
연꽃져서 쓸쓸하고 국화가 늙었구나
갈가마귀 떼지어 석양 고목에서 울고
기러기는 가을 소리 내며 강을 건넌다.

세상 영화 잘 변한다 누가 갈했나
흥망성쇠 인간사 듣고 싶지 않노라.

遊扶餘白馬江

水村來訪小柴門
荷落寒塘菊老盆
鴉帶夕陽啼古木
雁含秋氣渡江雲

誰云洛下時多變
我願人間事不聞

---

10) 가락지 닳다 ; 원문의 금환감(金環減)으로 청상과부나 혼자있는 여자가 밤
   에 잠은 안오고 외로울 때 방에다 가락지를 굴리며 새웠다 함.(박지원의
   「열녀 함양 박씨전」)

잔 들어 권하는 술 사양 말리라	莫向樽前辭一醉
오릉공자⑪ 그 사람도 지금은 무덤 속에.	五陵公子草中墳

26. 쓸쓸한 심정을 그려내다　　寫　懷

도원동 속 신선과 언약을 맺었는데	結約桃源洞裡仙
오늘 이리 쓸쓸함을 어찌 알았나.	豈知今日事凄然
남모를 그리운 정 오현금⑫에 얹으니	幽懷暗恨五絃曲
천만 가지 심사를 한가락에 엮어내네.	萬意千思賦一篇

속세엔 시비 많아 바다만 하고	塵世是非多苦海
규수의 괴로운 밤 일년 같구나.	深閨永夜若如年
남교에 해 저물고 임 오나 다시 본들	藍橋欲暮重回首
푸른 산만 첩첩이 눈앞에 막혔구나.	靑疊雲山隔眼前

27. 벗에게　　贈友人

일찍이 동해에 시선 왔다 들었는데	曾聞東海降詩仙
지금 보니 말은 고우나 그 뜻 쓸쓸해.	今見瓊詞意悵然

11) 오능공자(五陵公子) ; 여기서는 중국의 한고제(漢高帝) 이하 번성했던 오제
　　를 말함. 또한 책에는 신릉호귀(信陵豪貴)로도 기록되어 전함.
12) 오현금(五絃琴) ; 줄이 다섯인 거문고. 뜯으면 오현곡.

구령⑬ 선인 노닐던 곳 그 어드메뇨　　　緱嶺遊蹤思幾許
삼청세계⑭ 심정을 시편으로 엮었네.　　　三淸心事是長篇

신선세계 세월은 오고 감이 없고　　　　壺中歲月無盈缺
속세의 청춘은 소년 때일 뿐.　　　　　　塵世靑春負少年
후일에 선계의 자부⑮에 돌아가면　　　他日若爲歸紫府
옥황 앞에 도모하여 임과 함께 살리라.　請君謀我玉皇前

28. 신세 자탄　　　　　　　　自 恨

(1)

꿈을 깨니 비바람에 마음 산란해　　　夢罷愁風雨
곰곰이 생각하니 살 일이 어렵구나.　沈吟行路難
다정히 앉아 우는 들보위 제비야　　　慇懃樑上燕
어느 날에 우리 임 불러 오려나.　　　何日喚人還

(2)

옛 사람은 돈으로 사귀었다가　　　　故人交金刀
돈으로 망한 사람 많았다 하네.　　　金刀多敗裂
돈 다 쓴 그것일랑 아깝지 않으나　不借金刀盡
사귀던 정분이 끊어질까 두렵네.　　且恐交情絕

13) 구령(緱嶺) ; 선인이 된 주령왕(周靈王)의 태자.
14) 삼청(三淸) ; 선인이 산다는 옥청(玉淸), 상청(上淸). 태청(太淸)을 말함.
15) 자부(紫府) ; 신선이 사는 곳. 자부궁(紫府宮)

(3)

패륜아 전답 팔아 주색에 빠지니	悖子賣庄土
전답은 점점 줄어 거덜났구나.	庄土漸扯裂
전답이 없어짐은 아깝지 않으나	不惜一庄土
두려운건 조상제사 못드리는 일일세.	只恐宗祀絶

29. 어수대에 올라서　　　　登御水臺

천년 왕업의 옛 절엔	王在千年寺
쓸쓸히 어수대⁽¹⁶⁾만 남았구나.	空餘御水臺
지나간 옛일을 뉘게 물으리	往事憑誰問
바람결에 학이 우는 소리뿐이네.	臨風喚鶴來

30. 그네　　　　　　　　鞦韆

두 여인 그네 뛰니 선녀를 닮았네	兩兩佳人學半仙
푸른 버드나무 밑에서 다투어 그네 뛰네.	綠楊陰裡競鞦韆
잘랑잘랑 노리개 소리 하늘 가에 울리고	佩環遙響浮雲外
마치 용을 타고 푸른 하늘 오르는 듯.	却訝乘龍上碧天

*이와 비슷한 그네 시가 허난설헌에게도 있었다.

16) 어수대(御水臺) ; 임금님이 마시던 우물의 대.

31. 기박한 운명을 한탄함　　自恨薄命

세상 사람 잘도 낚아 거문고 하래 놓고　　擧世好竿我操瑟
오늘에야 비로서 험한 세상 알았네.　　此日方知行路難
발 잘려[17] 부끄러워 아직 짝을 못 만나도　　刖足三慙猶未遇
그러나 순진함[18]을 형산[19]에 울부짖네.　　還將璞玉泣荊山

32. 임이 그려 주신 그림에 붙여　　贈畵人

솜씨가 절묘하여 살아 있는 신묘경　　手法自然神入妙
나는 새 뛰는 짐승 털까지 흩날리네.　　飛禽走獸落毫端
임이 나를 생각다가 그려 주신 난새로다　　煩君爲我靑鸞畵
오래두고 거울처럼 즐겁게 바라보리.　　長對明銅伴影懽

33. 용안대에 올라　　登龍安臺

이를 두고 장안의 일대 호걸 이란다　　云是長安一代豪
구름 같은 깃발에 파도는 잔잔하고.　　雲旗到處靜波濤

17) 발 잘려 ; 원문의 월족(刖足)을 말하며 벌로써 발을 잘렸다는 뜻. 여자가
　　발을 잘렸다 함은 순결을 잃었다는 뜻.
18) 순진함 ; 원문의 박옥(璞玉)을 말하며, 박옥은 갈지 않은 구슬 즉, 인공을
　　가하지 않음. 순결을 의미함.
19) 형산(荊山) ; 중국의 옥이나는 산 이름. 형산의 옥은 어진사람을 말함.

오늘 아침 임을 모셔 신선 애기 들으니　　　今朝陪話神仙事
동풍에 제비 날고 저녁해는 높이 떴네.　　　燕子東風西日高

34. 천층암에 올라서　　　　　登千層菴

천층산 위 천년사는 그윽히 도사리고　　　千層隱佇千年寺
상서로운 구름 속에 돌길이 나있네.　　　瑞氣祥雲石逕生
풍경소리 잦아지니 달빛이 희고　　　清磬響沉星月白
온 산은 단풍인데 가을소리 시끌하네.　　　萬山楓葉鬧秋聲

35. 옛날을 생각하다　　　　　憶　昔

임께서 임진계사[20] 전쟁터 나갔을 때　　　謫下當時壬癸辰
이몸의 서러움을 그 뉘에게 말했으리.　　　此生愁恨與誰伸
거문고 옆에 끼고 홀로 앉아 난곡[21] 타며　　　瑤琴獨彈孤鸞曲
구슬픈 마음으로 삼청 옥인을 바라보았네.　　　悵望三清憶玉人

20) 임진계사(壬辰癸巳) ; 임진(壬辰)왜란 때 즉 작자 29세와, 계사(癸巳) 즉
　　30세 때.
21) 난곡(鸞曲) ; 외짝을 슬퍼하는 노래를 의미.

36. 이별에 붙임 　　　　　贈 別

슬퍼도 참아야지 사세가 이런 것을　　　堪嗟時事已如此
반생토록 화장하며 임의 맘에 들렸는데.　半世功夫學畵油
내일 훌쩍 임이 떠난 뒤에는　　　　　明日浩然歸去後
어느 땅에 말을 매고 누구와 놀지 알리.　不知何地又覊遊

37. 월명암에 올라 　　　　　登月明菴

봄은 와도 고운 임은 먼 곳에 있고　　　春來人在遠
경치를 보노라니 간절한 맘 못 가누네.　對景意難平
난새 거울보며 아침에 단장하고　　　鸞鏡朝粧歇
거문고 옆에 끼고 달 아래서 울려라.　瑤琴月下鳴

꽃을 보면 새 설움이 다시 또 일고　　　看花新恨起
제비 우는 소리에 옛 생각 솟아라.　　　聽燕舊愁生
밤마다 임그리운 꿈만 꾸다가　　　　夜夜相思夢
오경시 울리는 인경에 놀라깬다.　　　還驚五漏聲

38. 신선놀이　　　　　　　　仙　遊

6수　　　　　　　　六首

(1)

천년 옛적 이름난 도솔천[22]이란 곳은	千載名兜率
올라보면 하늘 세계와 통하는 곳.	登臨上界通
환한 빛은 저녁 해에 더 빛나고	晴光生落日
높은 산 꼭대기는 연꽃이 널린듯.	秀嶽散芙蓉

(2)

용은 깊은 못 속에 숨기에 좋고	龍隱宜深澤
학은 늙은 소나무 가지에 깃들기 편하리라.	鶴巢便老松
생황소리 울려서 밤 산협에 퍼지면	笙歌窮峽夜
새벽 종소리 메아리 쳐도 모르네	不覺響晨鍾

(3)

삼산[23]은 선인 사는 그윽한 곳	三山仙境裡
푸른숲 그 속으로 절은 아득해.	蘭若翠微中
학은 구름 속 나뭇가지에 울고	鶴唳雲深樹
잔나비는 눈 쌓인 산 위에서 운다.	猿啼雪壓峰

---

22) 도솔천(兜率天) ; 도솔천. 미륵보살이 계시는 곳. 불교의 욕계육천(欲界六
天)의 하나인 욕계의 정토(淨土).

23) 삼산(三山) ; 신선이 산다는 삼산 즉 봉래산(蓬萊山). 방장산(方丈山), 영주
산(瀛洲山), 우리 나라에서는 금강산, 지리산, 한라산으로 말한다.

(4)

안개빛 자욱하여 새벽달이 희미하고	霞光迷曉月
상서로운 기운은 하늘 가득 서려있다.	瑞氣映盤空
속세를 등진 청우객[24]이여	世外靑牛客
적송자[25]를 찾아가서 인사한들 어떠리.	何妨禮赤松

(5)

술잔을 서로 권해 정담이 므르익고	樽酒相逢處
동풍이 건듯 부니 물색이 환하구나.	東風物色華
실버들 하느적 못가에 드리웠고	綠垂池畔柳
누각앞 꽃들은 붉게 터뜨렸네	紅綻檻前花

(6)

외로운 학은 물가로 돌아가고	孤鶴歸長浦
저녁 녘 모래밭에 남은 안개 내리네.	殘霞落晚沙
술잔 들어 얼굴은 불그레하니	臨盃還脈脈
내일은 손들이 하늘가로 가리라	明日各天涯

24) 청우객(靑牛客) ; 선인을 말함. 청우는 선인이 탄다고 하는 소.
25) 적송자(赤松子) ; 신선 적송자(赤松子), 중국 신농씨(神農氏) 때의 우사(雨師)였는데 뒤에 곤륜산에 들어가 신선이 되었다 함.

39. 새장의 학 　　　　籠　鶴

조롱[26] 속에 한번 갇혀 돌아갈 길 끊겼으니　　一鎖樊籠歸路隔
학의 고향 낭풍[27]은 곤륜산[28] 어느 곳에.　　崑崙何處閬風高
푸른 들에 해가 지고 창공은 끊겼는데　　　　靑田日暮蒼空斷
구령 밝은 달은 꿈속에서 괴롭구나.　　　　　緱嶺月明魂夢勞

야윈 모습 외짝으로 수심겨워 서 있는데　　瘦影無儔愁獨立
황혼의 갈가마귀 수풀 가득 지저귄다.　　　昏鴉自得滿林噪
털은 길고 병든 나래 다할 때를 재촉하며　　長毛病翼摧零盡
슬피 울며 해마다 깊은 못[29]을 생각하네　　哀唳年年憶九皋

26) 조롱(鳥籠) ; 새장. 본문의 번롱(樊籠)은 새장, 조롱(鳥籠) 또는 감옥.
27) 낭풍요지(閬風瑤地) ; 선인이 사는 곳 난풍(閬風)은 수풍원(修風苑). 요지
　　(瑤地)는 곤륜산에 있는 옥의 못. 선인이 사는 곳.
28) 곤륜산(崑崙山) ; 신선이 사는 산. 중국 서족에 있다는 영산. 서왕모(西王
　　母)가 산다고 했음.
29) 깊은 못 ; 원문의 구고(九皋)임. 고는 깊은 못.

7. 장정부인(張貞夫人)의 시(詩)·문(文)

시(詩)

1. 늙은 이를 읊노라   鶴髮 詩[1]

늙어서 병들어 누었는데	鶴髮臥病
자식은 만리에 갔구나.	行子萬里
만리 먼길 떠난 자식	行子萬里
언제나 돌아오려나.	曷月歸矣
늙어서 병이 깊은데	鶴髮抱病
서산에는 해가 저물고.	西山日迫
손모아 하늘에 빌지만	祝手于天
어찌 저리 하늘은 막막한고.	天何漠漠
늙은 몸 병을 이기려고	鶴髮扶病
일어서단 쓰러지네.	或起或踣
지금에 이 같으니	今尙如斯
더 늙어선 어찌하리.	絶裾何若

---

1) 학발시(鶴髮詩) ; 원주에 이 「학발시」 3장은 고모부가 부역을 나가는데 그
  의 80노모가 기절을 하였다가 소생하는 일이 몇 번 거듭해서 실성했다는 말
  을 듣고 슬퍼서 쓴 시라고 했다.

鶴髮三章 姑之夫行役 其八十之母 絕而復甦 幾至
減性余聞而哀之因作此詩

2. 성인을 사모하며 　　　　　聖 人 吟

성인의 시절에 나지 못하여 　　　　不生聖人時
성인의 얼굴은 보지 못하나 　　　　不見聖人面
성인의 말씀은 능히 들으며 　　　　聖人言可聞
성인의 마음을 제법 본다네. 　　　　聖人心可見

3. 찬바람 소리 　　　　　　　蕭 蕭 吟

창밖에선 가을비 쓸쓸히 내리는데 　　窓外雨蕭蕭
쓸쓸한 그 소리는 자연이라네 　　　　蕭蕭聲自然
자연의 그 소리를 내가 들으니 　　　　我聞自然聲
내 마음 또한 함께 자연이라네. 　　　我心亦自然

4. 내 몸을 소중히 　　　　　　敬 身 吟

이 몸은 부모께서 물려주신 몸 　　　　身是父母身
감히 어찌 이몸을 소중히 않을소냐. 　　敢不敬此身
이 몸에 욕된 일이 생긴다면은 　　　　此身如可辱
어버이를 욕되게 하는 것이네. 　　　　乃是辱親身

5. 손자 신급에게[2] 주는 시　　　贈孫新及

보자 하니 이 세상 드문 시로다　　　見爾別友詩
시 속에는 성현 말씀 배워 있으니　　　中有學聖語
내 마음 기쁘고 또 경사로와　　　余心喜復嘉
시 한 수 지어서 너에게 보내노라.　　　一筆持贈汝

6. 손자 성급에게 주는 시　　　贈孫聖及

새해 맞아 경계하는 글 쓴 것보니　　　新歲作戒文
네 뜻이 예사롭지 않음을 알겠더라.　　　汝志非今人
동자가 이미 배움에 뜻을 두니　　　童子已向學
분명코 참선비가 되어질 것이다.　　　可成儒者眞

7. 세상에 드문 일을 읊노라　　　稀又詩

옛부터 인생 칠십 오래 살기 드물댔는데　　　人生七十古來稀
세 살을 더 먹으니 아주 드문 일이요.　　　七十加三稀又稀
그 드문 중에 자식 또한 많으니[3]　　　稀又稀中多男子
드문 가운데 드물고 또 드물구나.　　　稀又稀中稀又稀

2) 신급(新及)과 성급(聖及)은 작자의 손자이며 이휘일(李徽逸) 호는 존재(存齋)의 아
들들. 신급의 소자(小子)는 은(檼)이요 성급의 소자는 재(栽)라고 원주에 썼다.

3) 작자 정부인 안동 장씨는 경당(敬堂) 장흥효(張興孝)의 따님이요 19세 때 석계
(石溪) 이시명(李時明)과 결혼하여 6남2녀를 낳아 길렀으니 가장 행복한 여인
이었다. 아들 존재 이휘일(李徽逸)과 갈암(葛岩) 이현일(李玄逸)도 저명한 성리
학자이다. 양반집 여자가 시,문을 전념해서는 안된다는 규범을 지키느라 시를
많이 남기지 않았다.

편지(書)

8. 아들 휘일에게 보내노라 　　　寄兒徽逸

　여섯째 아이편에 듣자니, 네가 술이 과해서 모양이 수척하다니 걱정이 되는구나. 네가 부모의 마음으로 네 마음을 삼아 안정하게 병조리를 하여 부모의 마음을 기쁘게 하면, 이것이 효도가 아니겠는냐?

　배우고 또 배워 천하에서 쓸모 있는 그릇이 되도록 하여라.

　무신 2월 2일 언서(諺書)로 보낸 편지 못 본듯 하기에 이 편지 보낸다.

　(이때 존재(이휘일)가 술을 너무 마셔 병환이 났으므로 부인(작자)께서 편지로써 이를 훈계 했다.)

　　因六兒聞汝飮
　多　形枯其憂可言
　汝以父母心爲心
　安靜調病　父母喜
　悅則孝矣　學以成
　天下之器　戊申二
　月二日諺書　不見
　信書此以送　(時
　存齋患引飮過多
　故夫人書以戒之)

8. 김연호재(金浩然齋)① 부인의 시(詩)

1. 봄의 회한   春 恨

복사꽃은 흩날리고 배꽃이 향기로운데	桃花亂落李花香
나비는 분분히 날아 작은 당을 싸고 도네	蝴蝶紛紛繞小堂
적막한 공산에 봄은 저절로 가는데	寂寞空山春自去
법천 고장 저녁 빛에 이별시름 길구나	法泉斜日別愁長

2. 형제가 함께 서모②의 '명(明)'   兄弟共次庶母明字絕
자운③을 따서 절구를 지음

적막한 밤 문 닫으니 물소리 들리고	寂寂門掩夜潮聲
뜰 가득히 꽃이 지고 하늘의 달은 밝구나	滿庭花落月空明
님 생각하느라 이 밤도 잠 못 이루고	思君此夜眠難着
날이 새도록 누각에 홀로 고요히 앉아 있네	漏盡高樓獨坐淸

---

1) 김호연재(金浩然齋) ; 1681~1722. 본관은 안동으로 김성달(金盛達 1642~
1696)의 따님이며 송요화(宋堯和 1682~1764)의 부인이며 문집으로 「호연
재시집」(浩然齋詩集)이 있다.
2) 서모(庶母) ; 서모란 아버지의 소실(小室)로 김호연재의 서모는 이씨임.
3) 여기서 '명(明)'자 운의 시는 이씨의 「태고정」(太古亭)이란 시를 가리킴.

3. 산에 사는 생활을 읊다　　　　山居卽事

초당에서 하루종일 사립문 닫고 있자니　　　草堂終日掩紫扃
긴 여름 산촌에는 모든 일이 맑았쿠나.　　　長夏山村事事淸
들 밖엔 무리 지어 나는 백로가 보이고　　　野外群飛看白鷺
숲에선 옥 굴리듯 꾀꼬리 소리 들리네　　　林間百囀聽黃鸝

농부들은 비 기다리며 농사를 걱정하고　　　田翁待雨憂農語
목동들은 저녁 노을에 송아지를 부르네　　　牧子乘曛呼犢聲
이 몸은 본래부터 안정됨이 취미려니　　　身世自專安靜趣
아이들 가르치고 독서하니 한정이네　　　教兒課讀亦閑情

4. 외로운 기러기　　　　孤　鴻

어디서 길을 잃고 외기러기 지나가며　　　何處孤鴻度我門
무리에서 떨어졌다 슬프게 울음 우네　　　數聲凄切怨離群
차가운 창가에서 집 생각하는 나그네는　　　寒窓獨宿思家客
한밤중에 잠 못 자고 애 태우고 있겠구나　　　中夜無眠欲斷魂

5. 오라버니에게 편지하여 쌀을 빌다　　　　簡仲氏乞米

해가 창에 뜨면 문득 또 근심 됨은　　　日出紗窓輒復憂
빈손이니 배채울 계책이 없으니　　　空拳求飽計無由
두 분 오빠께서는 선두미를 아끼지 마시고　　　兩兄莫惜船頭米
누이동생 끼니 시름 풀어주세요　　　送解妹兒爲腹愁

6. 국상④을 슬퍼하다　　　　國 哀

우리나라 불행하여 국상을 만났으니　　　東方不吊遭艱憂
온나라 뭇 백성들 쉬지 않고 통곡하네　　田野愚民哭未休
사기(四紀)⑤의 임금 은혜 어느 곳에 물을까　四紀君恩何處問
북궐(北闕)을 바라보니 슬픔은 끝이 없네　　回瞻北闕恨悠悠

7. 사왕⑥이 즉위하심을 듣고　　　聞嗣王卽位

이제 새 임금께서 왕위에 오르셨다 들었네　今聞新王卽王位
문무를 이어받아 법대로 되는구나　　　　文武相承自法程
오직 바라건대 임금께선 성덕을 밝히시어　唯願吾君明聖德
동방의 일월에 태평성대 이으소서　　　　東方日月繼昇平

8. 기뻐서 읊고 덕소⑦에게 주다　　喜吟贈德昭

네가 시축을 이루었다는 말 들리니　　聞爾詩成軸
능히 울적한 회포가 풀리는구나　　　惟能解鬱襟
문사(文辭)는 옛 법을 지켜야 하고　　文辭存古法
시어(詩語)는 새 음률에서 나와야 하지　詩語出新音

4) 국애(國哀) ; 숙종(肅宗)의 승하를 말함. 1721년.
5) 사기(四紀) ; 일기(一紀)는 12년이므로 사기(四紀)는 48년. 숙종(肅宗)의 재
　　위 기간은 46년임.
6) 사왕(嗣王) ; 왕위를 잇는다는 뜻, 경종(景宗)을 말함.

가을의 강물소리 절절이 나고	淅淅秋江響
새벽달은 곱고 곱게 떠오르는데	娟娟曉月臨
즐겁구나 나에게 조카있음이여	樂哉吾有侄
늙은이의 마음을 위로해 주는구나	應慰老來心

9. 법천의 새 집에서 제군의 운을 따서　法泉新舍次諸君韻

참으로 좋은 이 동산 기슭에	好是東山麓
터전을 닦으니 한 마을이 널찍하구나	開基一曲寬
긴 강은 주위를 둘러싸고 있고	長江襟外帶
여러 산들은 눈앞에서 반석이 되어주네	列岳眼中盤

멀리 보이는 너른 들은 초록색이고	遠色平郊綠
야트막한 개울 물소리는 차갑게 들리네	喧聲淺水寒
이곳에서 생애 보내기로 하였으니	生涯於此定
처자들이 서로 같이 기뻐하겠지	妻子共相歡
〈사흠의 운에 차운하다〉	〈右次思韻〉

초당집을 새로 지어 살림을 꾸렸으니	草堂新造得
문앞 뜰은 또한 널찍하네	門庭更敞寬
산 그림자는 구름 끝에 멀리 보이고	山影連雲望
강 빛은 햇빛에 비쳐서 바라 보이네	江光暎日看

7) 덕소(德昭) ; 작가의 당질(堂姪, 오촌조카)인 김진흠(金晉欽)

이슬에 젖어 새 풀은 더욱 푸르고　　　露沾新草綠
바람에 흔들린 노송은 한결 차갑네　　風動古松寒
이처럼 맑고 그윽한 정취를 즐기니　　樂此淸幽趣
속세의 인연엔 상관하지 않는다네　　塵緣自不干
　　　　〈진흠의 운에 차운하다〉　　〈右次晉韻〉

10. 신세 자탄　　　　　　自 歎

(1)

세월이 흐르니 해는 밤낮 서쪽을 향해가고　流光日夜向西轉
반생은 총총히 한바탕 꿈처럼 지나갔네　　半世忽忽一夢過
객지의 세상살이 백발을 재촉하고　　　　客土風霜催白髮
고향의 산과 구름은 물결속에 아득하네　　故鄕雲物憶滄波

(2)

해 전부터 시정(詩情)이 적어짐을 깨닫고　年來漸覺詩情少
늙어져서 편벽되게 이별 한이 많아지네　　老去偏知別恨多
평생을 돌아 봐도 성취한 것 없으니　　　點檢平生無所就
지금와서 궁색한 꼴 후회한들 무엇하리　　到今窮谷悔如何

(3)

백운으론 성품 삼고 물로는 정을 삼았는데　白雲爲性水爲精
벽에 걸린 화장 거울 공연히 부끄럽네　　粧鏡空羞壁上明
영혼은 안개비 짙은 소상강에 떠 있고　　魂泛瀟湘烟雨暗
정신은 개골산 물과 구름 맑은 곳에 놀았다.　神遊皆骨水雲淸

(4)

만리질풍에 마음은 오히려 굳세고	風驅萬里心猶壯
달빛은 삼경인데 저절로 놀라 깨네	月照三更夢自驚
이 몸 신세 지금와서 말 할 일이 못되고	身世至今無足說
귀밑엔 두 세 줄기 흰머리털 났다네	鬢邊華髮兩三莖

11. 느낀대로 읊다   謾 吟

가슴속 천고의 정을 씻어 내리고	滌蕩胸中千古情
꾀꼬리 소리 들으며 취한대로 누웠으니	陶然醉臥聽流鶯
서늘 바람 문에 드니 가을철이 가까운 듯	涼風入戶秋期近
흰 달은 뜰에 가득 밤 기운 맑구나	白月盈庭夜氣淸

파란물은 시원스레 담장 밖에 흘러가고	綠水冷冷籬外在
푸른산은 아득히 난간밖에 떠오르네	靑山隱隱檻前生
부귀공명 덧 없는 한바탕 꿈인데	功名祇是黃粱夢
무엇을 구구하게 세상 살며 다투랴	何事區區與世爭

12. 아들에게 당부한다   付家兒

(1)

하늘은 넓고 아득 땅은 크고 평탄	天浩浩而地蕩蕩
음양이 나누어져 해와 달이 생겼으며	陰陽分而成日月
사시사철 나누이고 밤낮이 분명하여	平分四時判晝夜

| 조물주 접지 속에 만물이 생겼구나 | 造化之中生萬物 |

(2)

삼라만상 모든 생물 제 분수 각각 있고	萬物森森各有宜
선악과 옳고 그름 스스로 구별 있다	善惡邪正自有別
봄 여름엔 움직여 짓고 가을 겨울엔 쉬며	春夏動作秋冬息
비와 이슬 바람과 서리는 계절을 따른단다	雨露風霜隨其節

(3)

곤충과 초목들은 기(氣)가 막혀 있고	昆虫草木得其塞
금수와 오랑캐는 정신이 흐리단다.	禽獸夷狄得其濁
오직 사람이 만물 중에 가장 귀하니	惟人最貴萬物中
오행(五行)⁸의 바른 기운 넘치게 받았구나⁹	五行正氣偏收得

---

8) 오행(五行) ; 만물을 생성하는 우주의 다섯 가지 원소로 금(金)·목(木)·수(水)·화(火)·토(土). 오행에는 서로 돕는 오행상생(五行相生) 즉 목생화(木生火), 화생토(火生土), 토생금(土生金), 금생수(金生水), 수생목(水生木)이 있고, 서로 물리치는 오행상극(五行相剋) 즉 토극수(土剋水), 수극화(水剋火), 화극금(火剋金), 금극목(金剋木), 목극토(木剋土)가 있다.

9) 오행(五行)의…받았구나 ; 이기론(理氣論)에서 기(氣)의 정통(正通)과 편색(偏塞)에 따라 인(人)과 물(物)이 나뉜다고 하는 이론에 근거를 둔 구절. 우주만물 중에서 기(氣)가 막힌 것[塞]은 곤충과 초목(草木)이 되고 기가 탁(濁)한 것은 금수(禽獸)와 이적(夷狄)이 된다. 기를 제대로 받은 존재가 사람이지만 바름[正]과 치우침[偏]에 따라 성인(聖人)과 범인(凡人)으로 나뉜다고 한다.

(4)

오행의 이치는 곧 오성(五性)[10]이니	五行之理卽五性
오성을 모두 묶어 풀이하면 예악(禮樂)이라	五性總論則禮樂
사람이 처음 날 땐 그 누가 착하지 않으리만	人生厥初孰不善
물욕으로 잘못하여 법칙을 잃는구나	物慾所誤失其則

(5)

옛날 성현 남긴 교훈 지금에 밝게 보니	古昔聖賢有遺訓
몸편코 배움 없다면 금수와 같다 했네	逸居無敎則禽犢
걷우면 살아 남고 방탕하면 모두 잃어	收之則存放之失
사람되는 도리는 부지런히 배우는것	爲人之道在勤學

(6)

어려서 부지런히 그치지 않는다면	幼時孜孜不使格
늙어서 이루어져 덕망있게 될것이니	老大成習却進德
지금의 너의 나이 열세 살 되었으나	如今汝秊十有三
열다섯 살 소년[11]처럼 키가 오척이다	年已成童長五尺

(7)

또한 너의 천품이 흐리지 않으므로	又爾天姿不甚濁
조두(俎豆)[12]와 옥석은 분별할 줄 아는구나	纔辯俎豆分玉石
내가 못나서 스스로 헤아리지 못하니	我以卑薄不自量
네가 부디 가업을 지켜주기 바라노라	望爾不墜家庭業

---

10) 오성(五性) ; 인(仁), 의(義), 예(禮), 지(智), 신(信)의 다섯가지 성정
11) 열다섯 살 소년: 원문의 성동(成童)은 열다섯 살 이상의 소년을 의미함.
12) 저두(俎豆) ; 도마와 접시라는 뜻으로 제기(祭器)를 말함.

(8)

반드시 뜻은 높고 자기만족 생각 말고	立志必高莫自足
행동은 단정하며 지조는 굳게 가져	行己端莊堅操執
얼굴빛은 바르게 마음은 삼가하며	容色整齊中心飭
몸가짐 위엄 있게 꼭 실천하고 익혀라	進退威儀必踐習

(9)

오직 큰 덕을 만대에 전할 일을 근심하고	惟聖大德憂萬代
중언부언 가르쳐서 후배들을 깨우쳐라	重言復言啓後覺
아침에 더 배우고 저녁에 익혀 게을리 말고	朝益暮習不暫怠
일찍 깨고 늦게 자면 걱정할 일 없으리라	夙興夜寐憂不及

(10)

세월은 화살 같이 머리사이로 굴러가고	流光如矢轉頭間
해와 시절은 쉬지 않고 달려간다	年與時馳不曾息
네가 공부할 때를 잃을까 걱정하다 보니	念爾失學愁無涯
나는 밤에도 잠을 이루지 못하겠구나	使我中宵眠不得

(11)

아! 네 어미는 귀신이 장난했는지	嗟呼汝母見神戲
반평생에 모든 계획 어긋나 버렸단다	半生身計多差失
나이 겨우 십오 세에 양친을 여의어서	年纔十五失雙親
고아가 되어서 피눈물을 흘렸구나	孤露人間長泣血

(12)

산골로 시집 오니 시가 친정 거리 멀어	于歸峽裏兩鄕隔

비바람에 양산®으로 돌아갈 꿈 끊어졌지	風雨梁山歸夢絕
평생에 스스로 속된 말 따르지 않았고	平生自無適俗韻
권세있는 가문과도 좋아하지 않았다	頗與高門多不悅

(13)

머리숙여 조심하며 노고를 달게 여겨	低眉小心甘勞苦
연기와 불꽃처럼 속타는걸 안 느꼈다	不覺烟焰腸內熱
분분한 세상 일과 서로 부딪쳐서	紛紛世事互相擊
근심 슬픔 빈한함이 잠시도 안그쳤다	憂戚貧寒不暫歇

(14)

세월은 어지러운 중에 변하고 바뀌어	星霜變易擾擾中
지금 보니 어느덧 백발이 생겼구나	只今居然生白髮
돌아 보니 몸에는 여러 병이 생기고	回瞻身上百病俱
다 떨어진 내 일생에 너하나 뿐이란다	落落生涯唯汝一

(15)

애환과 영욕이 모두 너에게 딸렸으니	悲歡榮辱付汝身
너 또한 어찌 홀로 슬프지 않겠느냐	汝亦何心獨不戚
너는 더욱 힘써서 마음을 풀지 말고	兒須勉勉不弛心
병든 어미 은근한 부탁 저버리지 말아라	莫負病母慇懃托

(16)

바람 앞에 낙엽은 언제 질지 기약없고	風前落葉不可期

---

13) 양산(梁山) ; 작자의 고향을 말하는 듯. 중국 지명에 양산(梁山)도 있는데
    외로운 사람들이 모이는 곳으로 쓰인다.

밧줄이 있다 해도 지는 해를 못 잡는다	有繩誰繫西山日
할말 길고 글은 짧아 다 말하지 못하누나	言長文短不能盡
오직 내 아들이 노력하기 부디 바랄 뿐이다	唯願吾兒且努力

13. 한가로운 정취　　　　　閑 情

(1)

세월은 어찌도 빨리 흐르는지	光陰何速速
만물기색이 또다시 삼양(三陽)[14]의 새해되어	物意復三陽
둥지 틀 새들은 깊은 동산을 알아 채리고	栖鳥知深苑
물에 노는 고기는 작은 못에서 즐기는구나	遊魚樂小塘

(2)

사립문 앞에는 속세의 인적이 적고	柴門塵迹少
불당(佛堂) 앞에는 염불하는 마음이 길어졌다	禪榻道心長
시와 술을 마음가는 대로 읊고 마시며	詩酒任隨意
세상에서 미쳤다 말해도 거리낌 없다네	不嫌世稱狂

(3)

긴나긴 밤 잠 청해도 오지를 않고	永夜眠難得
고즈녁이 앉아서 새벽종을 기다리네	悄悄待曉鐘
한 밤중에 달은 영롱히 비치고	玲瓏半夜月
새벽녘에 바람이 쓸쓸히 부네	蕭瑟五更風

14) 삼양(三陽) ; 삼양은 여러 가지 의미로 사용되지만 여기서는 '새해인사
　　말' 즉 삼양교태(三陽交泰)의 뜻으로 썼다.

(4)

세상 일 시름은 천 겹이나 쌓이고	世事愁千疊
이별의 슬픔은 만 첩이나 되는구나	離情恨萬重
돌이켜보니 이 세상에서 짝이 되는 것은	回瞻身外伴
다만 푸른 소나무 한 그루뿐이네.	只有一蒼松

(5)

취하여 자다가 늦게야 깨니	醉夢醒來晚
발 앞에 해는 떠서 낮으로 가는구나	簾前日影移
산 닭의 울음은 점심때를 알리고	山鷄鳴午響
숲속 새들은 봄빛을 희롱하네	幽鳥弄春輝

(6)

동자는 어린 학을 가두어 기르고	童子養新鶴
어린 아이는 옛 글을 읽네	稚兒讀古書
한가한 정취에 스스로 만족하니	閑情知自足
영화와 즐거움 나와는 상관없네	榮樂任相違

14. 취중에 지음　　　　　醉 作

취하고 보니 천지가 넓고	醉後乾坤濶
마음을 여니 만사가 평온하네	開心萬事平
초연히 자리 위에 누워서	悄然臥席上
모든 시름 잊으니 마음 즐겁네	唯樂暫忘情

15. 마음 상해서 　　　　　 自 傷

(1)

아깝구나 내가 일찍 품었던 마음　　可惜此吾心
호탕하기가 군자 마음 같앴다　　　蕩蕩君子心
겉과 속이 조금도 숨김 없음을　　　表裏無一隱
밝은 달이 이 마음 비춰주었네　　　明月照胸襟

(2)

맑고 맑기는 흐르는 물과 같고　　　清清若流水
깨끗하기는 흰 구름과 같아서　　　潔潔似白雲
화려한 물건은 즐겨하지 않았고　　不樂華麗物
뜻은 구름과 물 흐른 자취였네　　　志在雲水痕

(3)

세속의 무리들과 어울리지 않는 것은　弗與俗徒合
오히려 세상 사람 탓이 아니네　　　還爲世人非
안방의 여자 된 걸 속상해 하나　　自傷閨女身
푸른 하늘도 알아주지 못하네　　　蒼天不可知

(4)

그렇다고 어찌 할 일이 없을까　　奈何無所爲
다만 능히 제 분수 지킬 뿐이네　　但能各守志

16. 구름과 물의 노래　　　　雲水行

(1)

저 멀리 서북 쪽을 쳐다보자니	瞻彼西北方
높은 산이 우뚝 드높이 솟았는데	高山最巍巍
산머리에 찬 샘물이 흐르고 있어	山頭有寒泉
공중에 번득여 햇빛에 번쩍이네	翻空暎日輝

(2)

절벽 위에서 날아가듯 흐르다가	飛流絶壁上
눈이 펄펄 내리듯 흩어져 떨어지며	散落雪霏霏
돌에 부딪쳐서 우레가 생기고	激石作雷霆
바람을 끌어다가 차가운 기운을 일으키네	引風動寒威

(3)

흰 돌은 맑은 여울을 만들고	白石作澄潭
철철철 맑은 물이 넘쳐서	盈盈淸水肥
굽이굽이 돌아서 긴 강이 되어	一曲轉長江
동쪽으로 흘러서 몇 만리 가더냐	東流萬里幾

(4)

도도히 흐르며 잠시도 쉬지 않고	滔滔不暫息
멀리 푸른 바다로 향하여 가네	遙向碧海歸
푸른 바다 천 길 깊은 곳에는	碧海深千尺
푸른 용이 모든 조화를 감추고 있다네	蒼龍藏萬機

(5)

또 높은 산 위를 바라보니	又觀高山上
아득하게 흰 구름이 날고 있구나	隱隱白雲飛
흰 구름은 정처없이 떠도는 자연이라	白雲無定物
오고 가기를 제 마음대로 하는구나	來去自依依

(6)

아득하고 또다시 넓은 구름바다	悠悠復蕩蕩
모이고 흩어짐이 본래가 제덧대로니	聚散本無期
저멀리 초나라 하늘로 높이 날아갔다가	高飛杳楚天
또다시 진나라 숲을 향해 기대이누나	遙向秦樹倚

(7)

달 밝은 밤 쓸쓸한 세상에서	凄凄月明夜
해지고 막막한 어두운 밤에	漠漠日落時
담담한 그 모습은 물에 비추고	淡淡影水頭
교교히 밝은 빛은 솔가지에 걸렸네	皎皎籠松枝

(8)

바람 불면 흩어져 흔적이 없고	隨風散無痕
비 뿌릴땐 큰 모습 무서워지네	聚雨卽成儀
훨훨 날아 서쪽 동쪽 떠다니다가	浮浮西復東
곱게 곱게 흰빛이 다시 푸르네	妍妍白轉靑

(9)

있는듯 물체는 보이지 않고	謂有無見物

없다고 생각하니 오히려 형체 있네 謂無還有形
무심타 한다면 곧 무심하다가도 無心則無心
정이 있다 하면 정이 있는 것 같구나 有情似有情

 (10)

긴 강은 비록 맑고 멀지만 長江雖淸遠
꽃다운 홍취는 능히 일으키지 못하고 芳興不能迎
창해(滄海)가 비록 웅장하다 하여도 滄海雖雄壯
정서로운 향취는 못 지녔다네 序香不可停

만고에 옮기여 변하지 않는 것은 萬古無傳移
떠다니는 저 흰 구름뿐이네 晧晧彼浮雲

9. 임윤지당(任允摯堂)의 산문(散文)

임윤지당은 부녀자는 시(詩)를 배우지 않는다는 가정교육에 따라 산문만 썼고 그중에서도 성리학(性理學)에 조예가 깊은 논설을 많이 써서 그의 문집인 윤지당유고(允摯堂遺稿)에 35편의 각종 문체의 문장을 남겼다. 여기서는 그중에서 전기(傳記) 2편, 논(論) 6편, 설(說) 4편, 제문(祭文) 1편만 추려서 번역하였다.

1. 전기(傳記)의 글

1. 송씨 능상①의 며느리 한씨의 전기　　　宋氏能相婦

한지평(韓持平) 계진(啓震)의 딸 한씨(韓氏)는 송씨(宋氏)의 며느리이다.

어려서 어머니를 여의고 몹시 슬퍼하더니 시집가서 때때로 상자 속에 간직한 친정 어머니의 필적을 보고는 서러워 울어 눈물이 옷을 적셨다.

일찍이 시동생들 여러 형제와 남편과 더불어 지기(志氣)에 대해 이야기하다가 제각기 말하기를

"육곡(栗谷)의 도덕과 영귀(榮貴)를 부럽게 생각한다"

하고 그 남편도 이에 동감을 표시하다가 다른 사람들이 자리를 떴을 때 한씨부인(韓氏夫人)은 남편에게

韓持平啓震之女, 宋氏之婦也, 幼稚喪母, 哀毀惟篤, 及其嫁也, 或相其篋笥, 有其親之筆跡則, 輒不忍悲弟淚濕衣裳, 嘗有從兄弟與其夫, 論志曰, 吾慕栗谷之道德與其榮貴也, 其夫亦以爲是, 諸人

1) 송씨능상(宋氏能相) ; 송능상(宋能相 1710~1758) 조선 문신, 유학자 호는 운평(雲坪), 송우암의 현손(玄孫)

"여러 형님들 말을 어떻게 생각합니까?"하였더니 역시 "좋은 말이다" 하니 한씨부인은 빙그레 못마땅한듯 웃었다.

남편이 "왜 빙그레 웃기만 하오?"

한즉 대답하기를

"제 생각으로는 율곡다운 점은 도덕이 있는 까닭입니다. 가령 율곡을 빈천해서 심산이나 누항(陋巷)[2]에 살게 한다 하더라도 그의 도덕에 덜함이 있겠습니까. 그 덕이야말로 영귀하다 해서 그것이 무슨 보탬이 되오리까. 지금 여러 형님들이 다만 그 마음만 가지고 말하는 것은 역시 영귀한 것을 생각하는 것입니다. 부군이 그저 좋다고만 하는 것은 차라리 옳지 않습니다."

남편이 아내의 식견에 탄복하여 드디어 공부에 힘써 훌륭한 선비가 되었다.

또 시부모를 섬기는 데 부도(婦道)를 다하였다.

그 시어머니가 일찍이 몸소 누에고치 실을 자애로 켜고 있을 때 여러 며느리가 제가끔 대신하겠다 청했으나 허락지 않아 부득이 며느리들은 각기 자기들 방으로 돌아갔는데 유독 한씨부인만은 돌아가지 않고 불을 지피면서 일을 돕기에 민첩하고 조심성 있게 할 뿐 아니라 처음부터 끝까지 공경하고 공손한 태도를 버리지 않는 것은 시어머니의 노고를 아랫사람으로서 민망하게 생각하여 그 힘을 덜도록 힘을 합한데

出, 韓問其夫曰, 諸兄之言如何, 曰好, 韓哂之, 夫曰何哂,

對曰妾思之, 夫栗谷之所以爲栗谷者, 以其有道德也, 使栗谷貧賤而居於深山陋巷有何損乎, 其德哉, 雖榮貴有何加焉, 今夫諸兄但言其道德是誠慕德耳俱言其道德榮貴是非慕德也實則心慕貴矣, 夫子以爲好, 無乃不可乎,

夫於是服其識遂興起而修學, 以成儒也, 事舅姑盡婦道, 其姑嘗親執績, 諸婦請以身代之, 不許, 諸婦因各歸私室, 韓獨不敢歸, 吹火相其役, 踖踖

---

2) 누항(陋巷) ; 서울에서 멀리 떨어진 외지고 누추한 곳.

지나지 않았던 것이고 한씨부인 특유의 식행(識行)이 있어서 그런 것은 아니었을 뿐이다.

한씨부인은 또 글재주가 있었으나 그 친정 아버지가 세속의 구구한 말만 믿고 옛 경서와 사기(史記)를 가르치지 않아서 그 대의를 대강 깨달았던 것인데 불행히도 명이 짧아 일찍 죽으니 어찌 애석한 일이 아니랴.

한씨부인을 기려서 말하노라

"송씨 며느리 한씨부인은 착한 덕행에 심히 조심하는 한편 이미 어버이에게 효도를 다하고 또 학식에도 통달하여 남편으로 하여금 도덕을 닦고 학문에 힘쓰게 하였으니 옛사람이 학문과 덕망이 높은 여자라 하는 것은 한씨부인 을 가리켜 한 말이 아닌가 한다. 그러나 자기 명을 다 살지 못하고 그 끝을 보지 못하였으니 삶은 무엇이며 목숨을 앗는 것은 무엇인지 믿기 힘든 이치로다."

然敬恭而不懈, 盖悶其勞欲協爨以易其事也, 韓非特有識行而已, 亦有文才, 其父親以世俗區區之語 爲信而不敎書然往往涉書, 史略通大義焉, 不幸短命死, 豈不惜哉.

(讚曰, 宋氏婦韓, 令德孔飭 旣孝於親, 又達歟識引夫, 當道勵志爲學, 古稱女士非是之謂, 不椓其年未見其止, 生何奪, 何難諶者理.)

2. 최씨 홍씨 두 여인의 전기

崔洪二女

최(崔)·홍(洪) 두 여인은 삼가무인(三嘉武人) 홍씨(洪氏)의 아내와 딸이다.

무인 홍씨(洪氏)가 타인에게 죽음을 당하자 두 여인은 원수를 갚으려고 서로 더불어 말하기를

崔洪二女者, 三喜武人洪氏之妻及女也, 武人爲人所殺, 二女欲爲報仇相與語

"대저 사람이 짐승과 다른 바는 효성이 있으므로 해서이다. 아내가 남편 원수를 갚는 것은 절개요, 자식이 아버지 원수를 갚는 것은 효도이다. 이제 남편이 불행이 딴 사람에게 죽음을 당했으니 우리가 살기만 바라고 원수를 갚지 않는다면 무슨 낯으로 지하에 가서 남편을 대하랴. 또 어찌 얼굴을 들고 세상 사람들을 대하랴." 그렇게 결심하여 칼을 품고 원수의 집 주변을 엿보며 기회를 노린 지 수년 만에 원수를 만나게 되어 찔러 죽였다.

그리고 현청(縣廳)에 들어가 자수하고 그 살인 이유를 군수에게 낱낱이 고백하였더니 태수(太守)가 조정에 보고 하였다. 조정에서 그것을 의로운 일로 취급하여 즉시 살인 죄를 용서하는 동시에 복호(復戶)[3]토록 하고 아무런 표창이 없었으되 군자도 못하는 바를 효녀 일뿐 아니라 또 용기가 있다 할 것이니 비록 남자라도 하지 못할 것인즉, 시전(詩傳)에 말한 것처럼

"저 그 자식이 목숨을 버리면서까지 마음을 변하지 않는다"[4]는 말은 이 두 여인을 두고 한 말이다.

曰, 夫人之所以異於禽獸者, 以其有孝節耳, 妻之報夫讐節也, 子之報父讐孝也, 今夫子不幸, 而爲人所害, 吾等貪生, 而不報讐則, 將何以見夫子於地下, 且何以立於世乎, 於是挾劍, 而窺讐家數年, 乃得遇刺而殺之, 入縣告之故, 太守以聞, 朝廷義之赦殺人罪, 復其戶, 無所與君子 謂二女之事, 烈而孝且有勇焉, 雖男子不能及矣, 詩云, 彼其之子, 舍命不渝, 二女之謂歟.

---

3) 복호(復戶) ; 가문의 명예회복. 우리 고대에는 복호란, 충신, 효자, 절부(節婦)의 칭호를 받으면 복호하고 호세(戶稅)를 면제 했다.

4) 「시경」 정풍(鄭風) 고구(羔裘)편에 "저 그의 자식 목숨 버리며 의리를 바꾸지 않네"(彼其之子舍命不渝)라고 했다.

3. 예양⑤에 대하여 논한다.　　　　論 豫 讓

세상 사람들이 예양(豫讓)을 가리켜 의사(義士)라 하지만 내가 볼 때에는 참다운 의사(義士)는 아니다.

대저 효자는 아비가 비록 자애로운 정이 없다 하더라도 자식은 효(孝)로써 섬기고, 충신은 임금이 비록 예(禮)로써 대하지 않더라도 신하는 충(忠)으로써 섬겨야 할 것인데 예양(豫讓)은 그 주인의 원수를 갚을 생각을 하지 않고 도리어 지백(智白)⑥을 섬겼는데 이것은 범중행(范中行)이 예양을 일반 사람과 같은 모양으로 대한 까닭이리라.

조양자(趙襄子)가 지백(智白)을 죽이자 그제야 예양은 원수를 갚을 생각을 몇 차례 가졌는데 그것은 지백이 예양을 국사(國士)로 대접한 까닭이다.

즉 예양이 단지 예(禮)로써 대접 받고 안 받은데

世稱, 豫讓爲義士, 以吾觀之, 非眞義士也, 夫孝子, 父雖不慈, 子事以孝, 忠臣, 君雖不禮, 臣事以忠, 今豫讓 嘗事范中行氏, 智伯滅之, 讓不爲報仇, 反臣事智伯, 此中行遇豫讓衆人故也, 趙襄子殺智伯 讓爲之報仇 至再至三, 此智伯遇豫讓國士故

---

5) 예양(豫讓) ; 중국 전국시대 진(晉)나라 사람. 처음은 범중행(范中行)씨에게 봉사 하다가 별 볼일 없자 후한(後漢)의 지백(智白)에게 가서 크게 벼슬에 오르고 사랑을 받았는데 지백이 조양자(趙襄子)에게 살해 당하자 그 복수를 한다고 몸에 옷칠을 해서 문둥병자가 되고, 입에 숯을 물고 있어서 벙어리가 되도록 변신하며 기회를 엿보았으나 오히려 조양자에게 발각되어 자진 시켜 죽고 말았다. 「사기」(史記)에는 '예양탄탄'(豫讓吞炭)이란 항목으로 사기 86의 '자객예양전'(刺客豫讓傳)에 전한다.

6) 지백(智白) ; 후한(後漢) 때 등표(鄧彪)의 자. 후한 화제(和帝)의 태부(太傅)였다가 태위(太尉)로 승진, 관료의 청백리 모범이 되었다. 조양자에게 싸움에서 전사 당했다.

복수심을 가지게 된 것이고 충성으로써 보답하려 한 것은 아니었던 것이다.

만일 지백(智白)으로 하여금 예양 대접하기를 범중행(范中行)과 같이 하였다면 예양은 반드시 다시 조양자(趙襄子)를 섬겼을 것임이 뻔한 일이다.

이것이 예양의 예양된 일이 오히려 다행한 일이라 할 뿐이다. 또 예양이 이미 국사(國士) 대우(待遇)를 받고 있는 이상 그의 말은 지백(智白)이 다 들었을 터인즉, 지백(智白)이 땅을 구하기 위하여 한(韓)나라와 위(魏)나라를 상대로 싸움을 걸었을 때 예양은 어찌하여 그 잘못을 지적하고 죽음으로써 간(諫)하여 바로잡지 못했던가.

또 지백으로 하여금 의롭지 못한 일을 하지 않도록 못했던가. 그리고 지백이 진양(晉陽)을 공격했을 때 예양은 어찌하여 그의 임금이 사지에 빠지지 않도록 죽음으로써 간(諫)하지 않았던가. 그리고 나서 비수(匕首)를 품고 지백의 원수를 갚으려고 꾀한 것은 무슨 까닭인가.

슬프다, 예양이 이미 범중행(范中行)에 대하여 절조를 지키지 못하였고 또 지백을 구하지 못하고 마침내는 죽고야 말았으니 일개 필부(匹夫)로 밖에 생각지 않을 뿐인데 어찌하여 충의지사(忠義之士)라 할 수 있으랴.

也, 是則讓只爲其禮遇矣, 非以忠報之也, 若使智伯遇豫讓, 如中行 讓必復事趙襄子, 是讓之爲讓 特幸而已, 且讓旣受國士之遇, 則所言宜無不聽, 當智伯之求 地於韓魏也, 讓何不以死矯其非, 使智伯不行不義, 智伯之攻晉陽也, 讓又何不以死, 爭之以其君不陷於死地, 而顧區區挾匕首爲報讎計何哉, 嗚呼, 讓旣不能效節於中行, 又不能匡救於智伯, 而畢竟一死不過爲匹夫之諒, 而已則, 烏得爲忠與義也.

4. 보과⑦에 대한 이론

신하가 자기 몸만 아낀다면 충성을 다할 수 없고 임금의 인척이 자기 몸만 아낀다면 종묘(宗廟)와 사직(社稷)을 지켜 나갈 수 없는 법이다.

보과(輔果)가 친족(親族)을 작별한 경우가 이런 예이다. 지선자(智宣子)가 요(瑤)를 계승자로 삼으려 할 때 보과(輔果)가 부당하다고 간했으나 듣지 않으므로 문득 이름을 갈고 숨어서 지냈는데, 그 한 몸의 편함을 꾀하는 데는 어찌 그렇게 솜씨 좋았던가, 그러나 나라의 큰 일을 위하는 일에는 어찌 그렇게 졸렬 했던가?

나라의 외척(外戚)된 신하의 의리가 과연 이러한 것인가.

아아! 슬프다, 보과로 하여금 조금이라도 종묘사직의 중요함과 나라 외척에 대한 의리를 알 수 있게 되었다면 마땅히 맏아들⑧을 보좌해서 온 마음을 다하여 나라를 구해야 할 것이고 끝내 어찌할 수 없었다면 죽음을 각오하고 간하였더라면 저 사어(史魚)

論 輔 果

人臣, 愛身則不能盡其忠, 國戚, 愛身則不能保宗祀, 輔果之別族是也, 智宣子以瑤爲嗣, 果諫不聽, 輒變姓氏, 隱而避禍何其工, 於謀身而拙於謀國也, 戚臣之義, 果如是乎, 嗚呼, 使果小知宗祀之重, 共休戚之義, 則正當輔佐嗣子, 殫心匡救 終無奈何, 則繼之以死如史魚之尸諫, 則智伯雖

---

7) 보과(輔果) ; 중국 전국시대 진(晋)나라 대부(大夫), 본래는 지(智)씨로 처음 이름은 지과(智果)인데 지씨의 종중 대표인 지선자(智宣子)가 그 아들 요(瑤)를 계승 시키려 할 때 지과(智果)가 반대하다가 말을 듣지 않자 보(輔)씨로 성을 바꾸었는데 그 말대로 지(智)씨는 망하고 보과만 남았다는 고사가 있다. 이 글에서 지선자(智宣子)의 지씨는 지앵(智罃)의 가문으로 지(智)씨를 말한다.
8) 맏아들 ; 지씨네 장손 지요(智瑤)를 말하며 보과는 그가 지종(智宗)을 승계하면 망한다고 하였다.

시체로써 간한⁹ 것처럼 하였다면 지백(智伯)이 비록 고집이 세다 하나 어찌 그 충성에 감동되어 잘못을 고치지 않았으랴.

그리하였다면 지씨(智氏)의 종사는 멸망되지 않았을 것이 아니었던가. 그렇다면 보과가 비록 죽었다 하더라도 산것 보다 낫지 않았겠는가.

그렇지 않으면 만약에 지선자(智宣子)가 그 간언(諫言)을 쫓지 않았을 때에 종사의 제기(祭器)를 안고 도망하여 종사를 보존하도록 하는 것이 은(殷)나라 미자(微子)⑩가 한 일과 같다고 할진데 오히려 이름을 갈고 친족(親族)과 끊고 사는 것보다는 나을 것인데, 마침내는 임금을 배반하고 선조를 잊고 구구하게 한 몸만 아껴 화를 면한다는 것은 불효불충(不孝不忠)도 이만저만이 아니다.

예양(豫讓)과 같은 떠돌이 신하로서도 오히려 국사(國士)의 대우를 잊지 않아 몸을 죽여 가면서 그 임금의 은혜를 갚았거늘 귀한 국가의 인척 신하로서 도리어 이와 같으니 문득 자기 홀로 그 무슨 생각인가?

頑 安知不感其誠而改其過, 而智氏之祀不滅乎, 若然則, 果雖死不愈於生乎, 不然當宣子之不從其諫也, 抱祭器而逃, 以存其宗祀如殷之微子, 亦愈於變姓絶族而生矣, 而果乃背君忘先, 區區愛一身, 獨免於禍甚矣, 其不忠不孝也,

豫子羈旅之臣, 尙不忘國士之遇, 殺身報其君, 果以貴戚之臣, 而反如此抑獨何心哉.

---

9) 사어(史魚)가 시체로써 간했다 ; '사어시간'(史魚屍諫) 또는 '사어지직'(史魚之直)이란 말이 있다. (「논어」위영공(衛靈公)편)에 나오는 이야기다.

10) 미자(微子) ; 은(殷)나라 주왕(紂王)의 동모서형(同母庶兄)의 이야기인데「논어」의 '미자'(微子) 편, '미자거지'(微子去之)에 나온다.

5. 미생고가 식초를 구걸한⑪ 이야기　　論微生高乞醯

천지는 넓고 밝아 그 이치가 또렷하고 올바르다.

사람이 이 올바른 이치를 터득하며 사는데 그릇된 일이 있을 수 없으며, 만일에 그릇된 일이 조금이라도 생기게 된다면 이치는 허물어지고 만다.

그런 까닭에 군자는 반드시 이 점에 조심하고 삼가해서 공경으로써 안으로 자신을 다스리고 의(義)로써 타인에 대하여 바르게 행동하는 것은 바로 이 올바른 이치에 근거를 두고 있는 것이다.

저 미생고(微生高)란 사람이 「식초」를 구걸할 때 사람에게 아첨을 하며 자기를 굽히는 경우와 같은 것은 그릇됨은 적다 하겠으나 올바른 이치상으로 보면 크게 잘못된 일이니 마땅히 성인의 꾸짖음을 면할 수 없을 것이다.

대저 곧고 올바르다고 하는 것은 있고 없는 것을 서로 주고 받음을 통해서 오직 그 의리를 보여 주는 것이어늘 만일 있으면서 없다 하거나, 없으면서 줄 것이 있다 하거나, 마땅히 취할것이 아닌데도 취하거나, 주어서는 안되는데도 준다거나 하는 것 등은 다 올바른 일이라고는 할 수 없는데, 미생고(微生

天地浩化, 其理孔直, 人得此直理而生 , 不可有枉, 枉之毫釐生, 理遂滅, 故君子必愼焉, 敬以直內, 義以方外, 皆存此直理也, 如微生高乞醯, 媚人所枉者, 雖小言, 直則甚大, 宜其不免於聖人之誅也,

夫所謂直者, 有無取與, 惟視其義而已, 若以有爲無以無爲有與, 不當取而取, 不可與而與之, 皆不得爲直, 高安得爲直哉,

---

11) 미생고걸혜(微生高乞醯) ; 미생고(微生高)는 춘추전국시대 노(魯)나라 사람. 강직한 사람으로 세상의 본보기가 됨. 그가 사람이 와서 식초를 구걸하므로 없어서 이웃집에 가서 빌어다가 준 고사가 있어 공자는 찬양했다.(「논어」 '공야장'(公冶長) 편 참조)

高)의 행위가 어찌 올바르다 할 수 있으랴.

혹 누가 말하기를

"일에는 또한 난처한 경우가 있는 법이니 가령 평소 친절하게 지내던 사람이 부득이 필요한 데가 있어, 내게 말하면 꼭 주리라 믿고 와서 간곡히 그 정상을 말하는 경우, 이미 없다고 깨우쳐 준 바 있는데도 더욱 조르며 간청해 왔을 때에는 어찌할 것인가."

이런 경우 내 생각으로는 미생고도 반드시 이처럼 부득이한 일이 있었던 까닭으로 추측된다.

나는 군자독후(君子篤厚)[12]의 도에 해로움이 되지 않을까 의심되는데 그대의 말은 오히려 지나치지 않는가 생각된다.

이에 대하여 그렇다. 대저 군자가 마음에 두고 사물을 처리하는 것은 마땅히 성(誠)과 신(信)에 대하여 즉각적으로 가려내어 분별하는 일이고 조그만 일에 구차히 굴지 않는 까닭에 공자도 안연(顏淵)이 죽자 자로(子路)가 공자의 수레를 관곽(棺槨)[13]으로 하는 것이 좋겠다는 청을 한 것을 허락하지 않았는데 그 이유는 마땅히 주어질 것이 아닌데도 불구하

或曰 事亦有難
處者, 如親切之人
有不得已之須, 恃
我必與而懇告其
情, 旣喩其無 而
求之益固則 將奈
何, 以吾推之, 高
必有此等不得已
之故爾, 吾疑其不
害爲君子篤厚之
道, 子之言 無乃
過耶, 曰然, 夫君
子之存心處事, 當
直截誠信 不可以
一毫苟故, 孔子不
許 顏路之請車爲
槨, 盖以不當與
而苟與非誠心, 與
直道故也, 況可以
拘於顏私, 曲意徇

---

12) 군자독후(君子篤厚) ; 군자는 독실하고 친절하다는 숙어. 「순자」(荀子)의 '유효'(儒效)에 '독실군자'(篤實君子)라 했다.

13) 관곽(棺槨) ; 관을 담는 상자. 일명 겉관. 운구 할 때만 사용하는 관 넣는 관. 「논어」 '선진'(先進) 편에 "안연이 죽자 안로가 공자의 수레를 덧 관으로 하게 해달라 청했으나 공자는 거절했다."함

고 구차하게 주는 것은 정성된 마음이 아니고 올바른 길이 아니라고 생각하는 까닭이었다.

하물며 안면이 있어 사사로이 사귀어 온 정에 구애되어 자기 뜻을 굽혀 가면서 그대로 쫓는다는 것은 스스로 구차하고 올바르지 않은 허물에 빠지고 마는 경우이다.

군자는 독후(篤厚)하다 하지만 이런 허물을 범하였다는 말은 들어 보지 못하였다.

그러면 어떤 사람이 부모 형제의 병이 시각을 다툰다 하여 나에게 약을 달라 하였을 때 나에게 마침 약이 없고 이웃에 있다면 약을 구해 주는 일이 올바른 일을 해치는 것이라 하여 구해 주기를 마다 하겠는가?

그것은 그렇지 않다. 인명은 귀중한 것으로서 이웃에 약 구걸을 싫어하는 따위가 아니다. 중요한 것이 있는 곳에 위험스러운 일은 도리어 가볍고 사소하기 짝이 없다. 맹자가 계집종이 물에 빠졌을 때 손을 잡아 끌어 올리는 것을 응급적인 권도(權道)[14]라 한 것은 이런 경우의 예이다. 또 「식초」라는 하찮은 물건으로써 구걸할 정도까지 되지 못하는 것이며 또 사람의 보통 생각으로 보아 그렇게 탐낼 성격의 것이 아닌 바에야 미생고인들 어찌 그렇지 않으랴.

物, 自陷於苟且不直之科哉, 君子雖篤厚, 未聞有此道也, 日然則 人有以父兄之病, 告急乞藥 而吾之所無 而隣之所有也, 亦將以害直 而不求與之乎, 日否, 人命之重, 重於乞隣之嫌, 重之所在, 嫌反爲輕, 孟子以婢溺援手爲權也者, 盖此類也, 且醯之爲物, 微而無所關求乞之事, 又常情之所不欲則, 高何爲獨不然, 然而高以無所關之物, 不欲爲之事, 强爲人行之, 是其心必在於

---

14) 권도(權道) ; 전례에 없고, 규정에는 없으나 결과나 목적은 정도(正道)에 부합하도록 일을 처리하는 방법, 임기응변의 방편.

그런데 미생고는 하찮은 일을 가지고 하고 싶지 않은 일을 한 것은 생각건대 사람을 위해서 억지로 한 일일 것이요, 그 마음이 반드시 아름다운 것을 빼앗아다가 은혜와 의리를 사는 데 있었을 것으로서 모든 궁중(宮中)의 물건을 가져다가 다른 사람에게 주는 것과 같다 할 것이다. 그렇다면 그 올바르지 못한 것이 누가 더 심하다 할 것인가.

이 한 가지 일로 볼 때에 그 사람됨을 가히 알 수 있는 까닭에 공자(孔子)가 거절하기를 이같이 엄하게 하였던 것이다. 그러므로 군자는 이웃간에 구걸하는 일 중에 그 이치의 중요성을 생각해서 처사하는 법이다. 구걸하는 것과 주는 것은 실제에 있어서는 옳은 일면도 그 가운데에는 있겠으나 한 가지의 측면만 가지고 가부를 논할 수 없는 것이다.

"그러면 미생고를 옳다고 말할 사람은 없을 것인가."

공자(孔子)가 어느 때 말하기를

"사람 사는 데 있어 곧은 것은 속이는 데서 생기는 것이니 다행이도 미생고와 같은 처지를 면할 수 있다면 그 또한 다행한 일이라 할 것인저" 하였다.

掠美市恩, 有若取諸宮中而與之者然, 然則 其不直尤孰甚焉, 觀此一事, 其人可知故, 夫子斥之, 若是之嚴也, 是故君子於乞隣之中, 當權輕重處之 而乞之與之 又必以實則 直亦在其中, 亦未可以執一論也, 然則謂高直者不已左矣乎,

夫子他日又曰 人之生也, 直罔之生也, 幸而免, 若微生高, 其亦幸而免也夫.

6. 안자의 낙[15]에 대한 이론　　　論顔子所樂

어떤 사람이 나에게 묻기를

"공자가 안자(顔子)의 낙(樂)을 바꾸지 않음을 칭송하셨는데 안자(顔子)의 그 낙이란 대체 어떠한 것인가?"

대답하기를

"천명을 즐거워 하는 것이다."

그러면 하늘은 무엇인가 할 때에

"하늘이란 즉 이치이다. 내 성품 중에는 저절로 하나의 하늘이 있는데 안자가 낙으로 삼은 것은 바로 이것이었다."

맹자(孟子)는

"만물의 이치는 모두 나에게 갖추어져 있는데 몸을 도리켜 반성하여 성심을 다하면 그 낙이 그보다 더 큰 것이 없을 것이다."

무릇 모든 사람이 다 이 낙을 가지지 못하고 있으면서도 그것을 옳게 즐거워하지 못하는 것이요, 그

或問於余曰, 夫
子稱顔子不改其
樂, 顔子所樂者何
事歟,

曰樂天也, 天者
何,

天卽理也, 吾性
中自有一箇天, 顔
子所樂者此也,

孟子曰, 萬物皆
備於我, 反身而
誠, 樂莫大焉, 夫
衆人有此樂而失
之者也, 聖人性此
樂而盡之者也, 學
者知此樂而求之

---

15) 안자(顔子)의 낙(樂) ; 공자 제자인 안자 이름은 회(回)의 낙인데 공자는 안자를 보고 "회는 훌륭하다. 한 소쿠리 밥 한 표주박의 물을 먹고 마시며 거치른 곳에서 산다면 세상 사람들은 감당할 수 없을텐데 안회는 그 즐거움을 바구지 않으니 참 어질구나"
(回也 一簞食一瓢飮 在陋巷 人不堪憂 回也 不改其樂 賢哉, 「논어」"옹야"(雍也) 편 참조)하였다.
글 중에서 공자 자신도 "나물 먹고 물마시고 팔을 베고 누었어도 즐거움이 그 가운데 있다."(飯蔬食飮水 曲肱而枕之 樂亦其中) 「논어」'술이'(述而)고 하였다.

러나 성인은 본성이 이 낙을 지니고 있어 충분히 즐
거워하고 있는 사람이다.

학자란 이러한 참다운 낙을 알고 있는 까닭에 이
것을 구하는 사람이다. 그러나 낙은 학문을 거쳐서
얻는 것으로 배우지 않고서는 얻을 수 없는 것이다.

안자는

"순은 어떤 사람이며 나는 어떤 사람이냐"

라고 했는데 이와같이 하는 사람이 있으면 공자가
또한 그 사람됨을 칭찬하였을 것인즉

"그 사람됨이 한 가지 착한 일을 얻으면 늘 마음
에 두고 정성껏 지켜서 헛되이 하지 않아 그 학문을
좋아하는 정도가 이같이 독실한 까닭에 결국 3일 동
안 인(仁)을 어기지 않았을 뿐 아니라 이것을 그만
두려해도 그만두지 못했으니 그의 낙을 가히 짐작할
수 있다. 성인의 낙과의 사이가 지극히 접근되어 조
금만 더 인을 어기지 않으면 성인의 낙에 도달할 것
이다. 모든 사람이 낙을 영욕(榮辱)과 득실(得失)의
범주를 넘어서지 않을 것으로 보고 있는 것은 어찌
하늘과 땅이라든지 벌레와 고니새[白鳥]의 구별로만
돌렸으리오"

"그것은 그렇다. 그런데 당신이 안자의 집이 가난
하여 끼니를 굶는 일이 여러 차례였다고 말했는데
그렇다면 안자와 자로(子路)가 또한 어찌 가난한 중
에도 부모를 섬기지 못하는 것을 면할 수 있었던가,
모든 사람이 그 어버이를 섬기고 싶어 하는 것이 도

者也, 然樂由學而
後得, 非學不可以
得其樂也,

顔子之言曰, 舜
何人也, 予何人
也, 有爲者亦若
是, 夫子又稱其爲
人也, 得一善則
拳拳服膺而不失
之矣, 其好學之篤
如此, 故遂至於三
月不違仁, 而欲罷
不能, 其樂可知
也, 其去聖人之
樂, 特一息耳, 其
視衆人之樂, 不越
乎榮辱得喪之間
者, 奚翅霄壤蟲鵠
之別哉,

曰是則然矣 而
夫子謂顔子屢空,
然則 顔路亦安得
免菽水之空乎, 常
人亦必欲便養其
親, 以顔子之賢

리인데 안자와 같은 어진 분으로서 부모를 편하게 모실 수 없음을 걱정하지 않고 마음 편하게 지낼 수 있겠는가."

"그것은 그렇지 않다. 어찌 증자(曾子)의 갓은 바로 썼으나 갓끈이 끊어져 있고, 옷깃은 여몄으나 팔꿈치가 나타났었다는 애기를 듣지 못했던가. 그 가난함의 정도가 이와 같았는데도 어버이를 섬기는 데는 반드시 술과 고기를 갖추어 어버이의 뜻을 따라 즐겁게 해 드리려고 힘썼던 것인데 안자는 비록 가난하나 그 부모를 섬기는 데 있어 증자의 뜻과는 같지 못하여 변변치 못한 음식마져도 걸를 지경에 이르렀음을 어찌 알았으랴."

또 어버이를 섬기지 못해서 근심은 하였겠으나 진정으로 걱정한 것은 천리였던 것으로 이 또한 하늘을 즐기는 것이 어늘 어찌 근심이라 할 것인가. 또 어찌 그 낙을 고칠 것이라고 의심하랴.

나는 생각컨대 안자의 숙수(菽水)의 공(供)[16]을 쌓은 것은 바로 낙천(樂天)이었을 것으로 보는 바이다. 안회(顔回)는 낙천(樂天)이 그의 유일한 생활철학으로서 가난함을 잊고 지내는 까닭에 스스로 가난을 면해 보려고도 하지 않았으므로 마침내는 변변치 못한 음식이나마 많이 걸를 지경에 이른 것으로 본다.

不憂父母之不能便養 而泰然自樂乎, 曰是不然, 豈不聞 曾子正冠絶纓 捉衿肘見乎, 其貧若此 而事親則必有酒肉 務以養志, 顔子雖貧, 安知其養親, 不如曾子之養志, 而至於菽水之空乎, 且雖憂於不能養親, 其所憂者, 乃天理也, 則是亦樂天, 烏可謂之憂乎, 又烏可疑其改樂哉, 愚則以爲顔子之屢空便是樂天也, 何則惟其樂天, 而忘其貧故 不自知其貧, 而無意求免, 至於屢空, 然則以

---

16) 숙수지공(菽水之供) ; 콩죽과 물로서 연명하는 빈한한 처지로써도 부모에게 효도함 을 말함. 숙수지환(菽水之歡)이라고도 함.

그 끼니를 걸른 사실로써 낙천(樂天)으로 생각하는 것도 또한 당연하다고 볼 수 있지 않겠는가. 여기에 공자가 안자를 지극히 어질다고 칭찬한 이유가 있는 것이다. 공자와 안자의 낙은 다같이 하늘이다.

공자는

"나물로 반찬해서 밥을 먹고 팔을 베개 삼아 자는데 낙이 그 속에 있다."

하였고 안자도

"도시락밥에 표주박의 물을 마시면서 누추한 곳에서 지내도 그 낙을 고치지 않았으니 『있는 것』과 『고치지 않는 것』은 『힘 쓰는 것』과 『힘쓰지 않는 것』, 『지키는 것』과 『변화하는 것』의 차이일 뿐이지 낙이 둘이 있는 것은 아니다."

라고 하였다.

만일 수(壽)로써 본다면 머지않아 일찍 죽었지만 그 낙은 성인과 같았을 것인데 어찌해서 성인 아류에 그쳤을 것이랴. 이 점 또한 공자가 매우 아깝게 여기고 슬퍼했던 것이다.

성인은 본래 생이지지(生而知之)라 하여 배우지 않아도 능히 성인의 영역에 이르게 되는데 그대가 수(壽)로써 끌어들인다면 안자는 성인 아류에만 그치지 않았을 것이니 그렇다면 성인도 또한 배워서 성인이 되는 것인가. 이 점에 의혹을 가지는 바이다.

성인도 따지고 보면 우리와 같다. 뭇 사람도 성인과 마찬가지로 태극(太極)의 이치가 생의 본질, 즉

其屢空, 爲樂天不亦宜乎, 此孔子所以深賢之而稱之也, 孔顔之樂同是天矣, 而孔子則, 飯蔬曲肱 而樂在其中, 顔子則, 簞瓢陋巷 而不改其樂, 在與不改, 有勉不勉 守與化之間而已, 匪樂之有二也, 若假以壽則, 不日而化 而其樂與聖人同矣, 豈止於亞聖而已耶, 此又 孔子所以深惜之 而慟之也, 曰聖本生知, 非學所能至, 而子乃謂假之以壽, 顔子不止於亞聖, 然則聖亦可以學而至乎, 吾又竊惑焉, 曰聖人與我同類者也, 衆人與聖同得, 此太極

성(性)이 된다는 이론의 근거를 알게 될 것이다.

특히 기품(氣稟)이 물욕에 장애를 받고 앞을 가로막는 데는 지혜로운 사람, 어리석은 사람과 어진 사람과 어질지 않은 사람 등이 있을 것이나 타고난 바 본성은 같을 것이다.

그러므로 깨달은 사람은 내 성품과 요·순(堯·舜)의 성품이 같아서 구하면 반드시 얻게 될 것을 알고 있어 마치 나그네는 여관집 찾기나 주린 사람이 배불리 먹을 것을 구하는 것과 같아서 반드시 성인에 이르게 될 것을 기대하게 된다.

대저 성인의 말씀은 크고 변화하는 것에 지나지 않을 뿐이다.

맹자 말에 사람마다 모두 요·순이 될 수 있고 범인일 지라도 요·순이 될 수 있는데 하물며 안자와 같이 성인 아속의 바탕을 가진 분에 있어서랴.

비록 그렇다고는 하나 성인이 되려면 마땅히 먼저 안자의 즐기는 바를 구할 것이며 안자의 즐기는 바를 구하려면 마땅히 안자가 배우기를 좋아한 것을 먼저 배워야할 것인데 그 학문하는 방법은 예가 아니면 듣지말고, 예가 아니면 보지 말고, 예가 아니면 움직이지 말며, 예가 아니면 말하지 말라는 사물(四勿)[17]에 그칠 따름이다. 이 네 가지 금지는 마땅히

之理 以爲性耳, 特爲氣稟 所拘物欲 所蔽, 有知愚賢不肖之等然, 其所受之 本性則同矣, 是以覺者, 知吾性之與堯舜 同而求必得之, 如行者之尋家, 食者之求飽, 以期必至於聖, 夫聖之爲言不過大而化之, 之名而已,

孟子曰, 人皆可以爲堯舜, 凡人尙可以爲堯舜, 況顏子亞聖之資乎, 雖然欲爲聖, 當先求顏子之所樂, 欲求顏子之所樂 當先學顏子之好學, 如之何, 四勿

---

17) 사물(四勿) ; 예에 어긋나면 보지 말고, 듣지 말고, 말하지 말고, 행동하지 말라는 공자의 네가지 하지말라는 가르침.

박문약례(博文約禮)⑱로서 학문을 널리 알고 예절을 지키는 데서부터 시작되는 것이다.

而已, 四勿當自「博約」始.

7. 자로⑲를 논하노라 　　論 子 路

내가 자로(子路)에 과내서 생각해보니 석연치 않은 점이 있어 아무리 살피고 생각하여 보아도 그 뜻을 깨닫지 못하겠다.

공자의 말씀에

"위태로운 고장에는 들어가지 말아야 할 것이며, 어지러운 고장에서는 살지 말 것이요, 천하에 도가 있으면 나아가서 벼슬하며 사람 만나고 도가 없으면 숨어서 살 것이다."라고 하였다.

생각컨대 자로 같은 어진 분으로 어찌 이 뜻을 알지 못했을 것인가? 또 자로는 공자가 남자(南子)⑳의 방문을 기쁘게 생각하지 않았는데 그 까닭은 남자가

余於子路事, 竊有惑焉, 審思而莫曉其義也, 孔子曰, 危邦不入, 亂邦不居, 天下有道則見, 無道則隱, 夫以子路之賢 豈不識此義哉, 且子路不悅於夫子之見南子, 所以不悅者 以見惡人爲非

18) 박문약례(博文約禮) ; 학문을 널리 배워서 알고 예절을 두루 살펴서 지키는 일. 「논어」의 '안연' (顔淵) 편. 「博學於文 約之以禮」에서 나옴
19) 자로(子路) ; 공자의 제자, 자는 중유(仲由) 노(魯)나라 변(卞)의 사람. 용맹으로 공자 제자 중에서 유명한데 위(衛)나라에 가서 읍재(邑宰)를 지내다가 위의 영공(靈公)의 태자 괴외(蒯瞶)의 반란 때 죽었다. (「논어」)
20) 남자(南子) ; 위(衛)나라 영공(靈公)의 부인. 송(宋)나라 여자. 송의 자조(子朝)와 통간했다하여 위의 태자인 괴외(蒯瞶)가 싫어 함으로 남자가 영공에게 모함하였으므로 괴외가 송으로 도망갔다가 반란을 일으켜 위를 장악하고 남자를 죽였다. (「논어」및 「사기」)

춘추(春秋)시대 위령공(衛靈公)의 부인으로 여덕(女德)이 없던 사람으로 악인을 만나는 것은 의가 아니라고 생각한 까닭이다.

이것은 비록 성인의 도를 옳은 일도 모르고, 옳지 않은 일도 없다는 것도 알지 못한다고 하나 그 의에 대한 기본 정신만은 올바른 것이다.

그런데 자로는 위나라에 가서 벼슬을 하게 되었으니 악인을 국모(國母)로 모시게 되고 그 신하가 된 것인데 그것은 오히려 그 의리가 아님을 깨닫지 못한 것일 뿐만 아니라 먼저의 공자가 만나기를 기쁘게 생각지 않았던 것과 정반대의 행동을 한 것은 무슨 이유인가?

어찌 그럴 수가 있겠는가?

이것이 내가 이해할 수 없는 일의 그 하나요,

또 괴외(蒯瞶)가 그 당시 그의 어미를 죽이려고 하다가 그 아비에게 쫓겨나자 문득 나라의 힘을 의지하고 그 아비에게 반항한 것은 도무지 아비 없는 자식의 짓으로 오륜을 모독하고 오상(五常)을 어지럽히는 사람으로서 누가 이와 같은 사람이 다시 있을 것인가?

대체로 제 몸만 알고 옳지 않은 일을 하는 자를 군자는 받지 않는 법인데 자로는 일찍이 이 뜻을 공자에게 묻고 공자가 필힐(佛肸)²¹⁾의 부름에 가고자 하

義耳, 此雖不知聖人之道, 無可無不可, 而其義則正矣, 然而 子路仕於衛則, 以惡人爲國母, 而爲其臣子矣, 猶不覺其非義, 而一反於前日之 不悅何也, 以子路之賢 而胡爲其然乎, 吾所未曉者一也, 且蒯瞶欲殺母, 而見逐於父, 輒據國以拒其父, 都是無父之人, 爾賊倫亂常, 孰加於是, 夫親於其身爲不善者, 君子不入也, 子路嘗聞 此義於夫子, 疑夫子之欲往 佛肸之召, 而今反失身於無父之國 而

21) 필힐(佛肸) ; 진(晋)나라의 대부, 조간자(趙簡子)의 가신으로 있다가 반란을 일으킨 사람. 불의의 상징.

는 것을 의심 했었는데 이제 도리어 무부(無父)의 나라 즉 괴외(蒯聵)의 나라에 가서 벼슬하다가 마침내 그 난리에서 죽었으니 이것이 내가 이해할 수 없는 그 둘째이다.

또 자로가 일찌기 공자(孔子)에게 묻기를

"위나라 임금이 선생님을 대우하면서 정사(政事)를 하였는데 위군(衛君)이란 누구입니까?"

라고 하였더니 공자(孔子)가 위령공이라 하지 않고 이름을 불러 대답한 즉 자로가 말하기를

"잘못 보신 것이 아닐까요?"

하였는데 이 말인즉 만일 처음부터 위군(衛君)이 무부(無父)의 사람임을 알지 못했다면 자로같이 어진 사람으로서 어찌 그 잘못이 이처럼 심했으랴.

이것이 내가 이해할 수 없는 그 세 번째이다.

그런즉 자로가 위에 벼슬한 것을 과연 무엇으로 설명하랴! 만일 도를 행하기 위해서라면 요ㆍ순의 도는 효제(孝悌)밖에 없을 것인데 천하에 어찌 윤상(倫常)을 모독하고 어지럽혀 가면서 도를 행하는 일이 있을 수 있을 것인가? 또 나라를 다스릴 수 있을까?

내가 항상 보건대 세상 사람이 나가서 활동하고 물러나 몸을 숨기는 의리에는 어둡고 사리사욕과 벼슬에만 골몰하고 탐혹하여 결국은 패가망신하는 자가 허다하니 한심한 일이었다.

사람의 욕심이란 생명욕보다 더한 것이 없고 싫어하는 것은 죽는 것보다 더한 것이 없는데, 부귀와

卒死其亂 吾所未曉者二也, 且子路嘗問於夫子曰, 衛君待子而爲政, 衛君者輒也, 夫子答之以正名, 則疑其迂觀乎, 此言則, 若初不識衛君之爲無父之人者, 以子路之賢, 而何其謬之甚哉, 吾所未曉者三也, 然則子路之仕衛果何說也, 若以爲欲行其道則, 堯舜之道孝悌而已矣, 天下寧有, 賊倫亂常而行道乎, 其國之理乎哉, 余常見世人之昧, 於出處行藏之義, 而泪於利欲耽於爵祿, 終至於喪身亡家者, 而歎曰, 人之所欲, 無甚於生, 所惡, 無

내 육체와 정신과 어찌 바꿀 수 있으랴.

또 몸이 이미 보전할 수 없는즉 부귀가 무슨 소용이랴.

이미 자로에 대해서 상고 하였지만 탄식하건대 「시경」에

"이미 사리에 밝고 똑똑하고 도리에 맞게 몸을 온전히 가진다."[22]

하였거늘 자로 같은 어진 사람으로 무부(無父)의 임금을 섬기면서 불의의 녹(祿)을 먹었을 뿐 아니라 다시 마침내는 그처럼 화까지 입었으니 다른 사람이야 더 말할 것이 무엇이랴.

내가 듣기에는 자로는 의로운 일을 하는 데 용기가 있다 하였는데 소문이 실지 행동에 미치지 못할까 두렵고 또 듣는 바에 사람이 허물이 있다고 충고하면 기뻐한다 하였는데 이것은 친구간에 착한 일을 권하는 것이 친구간의 도리가 아니었던가?

그런데 자로의 경우, 친구로 든다면 안자(顏子)·증자(曾子)·염구(冉求)·민자건(閔子騫)·자유(子游)·자하(子夏) 등 제제다사(濟濟多士)가 있어 마땅히 행동상의 의리로써 충고하여 선도를 하였을 것인데 자로로 하여금 이렇게 처신(處身)하게 방치한 것은 무슨 까닭인가?

甚於死者, 雖富且貴豈可以吾身易哉, 且身旣不能保則, 富貴亦將安用乎, 旣而考子路之事則, 又歎曰, 詩云, 旣明且哲以保其身, 以子路之賢, 而事無父之君, 食不義之祿, 尙且如彼卒及於禍則, 他人何足責哉, 吾聞子路勇於爲義, 有聞未及行則惟恐, 有聞人告之有過則喜, 責善非朋友之道乎, 而其賢朋友, 如顏曾冉閔游夏之徒, 如彼其衆, 宜有以行藏之義, 忠告而善道之者, 然而若此

---

22) 「시경」 '대아' (大雅)의 증민(烝民)편에 "밝고 또 어질게 그의 몸을 보전하며 일찍부터 늦게까지 한사람만 섬기네"(旣明且哲以保其身, 夙夜匪解以事一人)라고 했다.

어찌 충고는 했는데도 자로가 알지 못하고도 안다 하고 스스로 옳다 하여 그 충고를 받아들이지 않았겠는가?

슬프다, 자로와 같은 현명한 사람으로 위에는 대성(大聖)의 스승을 모시고 그 아래로는 같은 문인의 동료들도 여러 어진 사람이 있는데도 불구하고 그 거취와 의를 좇는데 있어 죽음에 그 뚜렷한 명분을 세우지 못하고도 오히려 그 불찰을 깨닫지 못하고, 구구하게 감투(벼슬)를 벗지 않았다는 태도로 의를 위해서 옳게 일생을 마쳤다고 그가 자기 행동을 합리화 한 점에 대해서는 내가 심히 의혹을 품으면서 종시 석연한 이해가 가지 않는 것이다.

이 어찌 용기가 남음이 있어도 부족함을 아는 그가 그것을 보충하여 완성할 길이 없어 이렇게 되기까지 하였던가.

공자가 일찍이 말씀하시기를

"자로 같은 사람은 옳게 죽을 명분을 얻지 못할 줄 짐작은 하였으나 사실이고 보니 슬프도다."

라고 하였다.

者何哉, 豈告之而子路, 以不知爲知自以爲是自以爲是而不聽也歟, 噫, 以子路之賢, 有大聖之師, 衆賢之友, 而其出處乖義死不得所, 如此而尙不覺悟, 乃以區區不免冠, 爲正終之義, 此吾所以重以爲惑, 而終不能曉焉者也, 豈其勇有餘, 而知不足故無所取裁, 而以致此也歟, 夫子嘗曰, 若由也不得其死然, 今果然矣, 悲夫.

8. 사마온공[23]을 논함

사마온공(司馬溫公)은 송(宋)나라 때의 어진 정승이다.

그 평생 행실은 어떤 사람이든 상대해서 담화하지 않음이 없으니 그 어진 인품을 가히 알 수 있으며 이에 대해서는 다시 말할 필요가 없다.

그러나 그 견식은 오히려 츈추대의(春秋大義)와 괴리(乖離)되어 어긋나는 점이 있으니 그것은 무슨 이유인가?

어쩔수 없이 신종(神宗)의 이른바 실정에 어두웠던 처사의 까닭인가? 혹은 또한 가리어 숨겨진 바가 있으되 스스로 그 잘못된 점을 깨달지 못한 까닭인가?

어찌 그 같은 어진 사람으로 이와 같은 일이 있을 수 있을까. 내 항상 의혹을 품어 왔지만 스스로 그것을 풀 수 없어 여기에 내 듯을 하나의 논문으로 서술해 보려는 것이어니와 이르기를 하늘이 만물을 창조하였을 때 오직 사람이 가장 높은데 그것은 삼강(三綱)과 오륜(五倫)이 있는 까닭이다.

오륜에서는 군신관계가 순서의 순위에 있어 으뜸으로 하여 명분과 의리가 일정하여 절대로 범할 수 없게 되어 있어 천지의 떳떳한 법칙이요, 고금을 통

論司馬溫公

司馬溫公宋之賢相也, 其平生所行, 無不可對人言者, 則其賢可知耳, 復焉有可論也哉, 然 其見識尚有 乖於春秋大義者何哉, 無乃神宗所謂迂闊而然歟, 抑亦有所蔽 而不自覺其誤歟, 豈以斯人之賢而若是乎哉, 余常竊有惑焉 而不能自釋, 因以述吾意而爲之論曰, 天生萬物惟人最貴者, 以其有三綱五倫也, 五倫君臣居其首, 名義一定則, 截然不可犯, 此天地之常經, 古今之達義也, 故孔子, 作春秋,

---

23) 사마온공(司馬溫公) ; 이름은 사마광(司馬光 1019~1086) 중국 북송(北宋)의 대학자.「자치통감」(自治通鑑) 294권외 많은 저술을 남겼다.

한 의리로 되어 있다.

그러므로 공자가 「춘추」(春秋)를 저술할 때 이 점에 반드시 조심하여

"조순(趙盾)[24]이 적을 토벌치 않았다는 것을 서경에서는"

"조순이 그 임금을 죽였다."고 썼고,

진항(陳恒)[25]이 그 임금 간공(簡公)을 죽였을 때 반드시 목욕하고 그 의를 위하여 진항을 칠 것을 청하였다고 하였으니 어찌 엄격하고 중하게 취급한 것이 아니랴.

슬프다, 군신간의 의는 천지간에 그르칠 수 없어 간혹 이것을 범할 수 있는 경우가 있을지라도 임금이 하걸(夏桀)·은주(殷紂)[26] 같은 극악무도한 임금이 아니고서야, 또한 신하가 탕왕(湯王)·무왕(武王)처럼 하늘을 받들고 백성을 구하는 천명이 아니고서야 어찌 역적의 죄를 면할수 없거늘 하물며 어린 나이의 후한의 헌제(獻帝)로 환제(桓帝)·영제(靈帝)[27]

必致謹於此, 趙盾不討賊, 則書曰, 趙盾弑其君, 陳恒弑康公, 則必沐浴而請討其義, 豈不至嚴且重也歟,

嗚呼, 君臣之義無所逃於天地之間, 苟或有犯於此, 而君非桀紂之罪極惡, 盈臣非湯武之奉天救民, 則不得免纂逆之罪矣, 況獻帝以冲年承桓靈之無道, 而又爲卓賊之所制, 雖未有撥亂之才德, 亦未有失德之可言, 而彼

24) 조순(趙盾) ; 춘추전국시대 제(齊)나라 사람. 진나라 양공(襄公)때 그 임금을 시해하고 정경(正卿)자리에 오름. 불륜의 신하.
25) 진항(陳恒) ; 춘추전국시대 제(齊)나라 사람. 대부. 섬기던 간공(簡公)을 죽인 사람.(논어 헌문편)
26) 하걸, 은주(夏桀, 殷紂) ; 하나라 마지막 왕 걸왕과 은나라 마지막의 주왕. 두사람 모두 천리를 배반하고 포악무도하여 나라를 망친 군주.
27) 환제(桓帝) ; 이름 유지(劉志), 영제(靈帝)의 이름 유굉(劉宏), 헌제(獻帝)의 이름 유협(劉協) 등은 모두 후한(後漢)의 제왕. 환제는 장제(章帝)의 종손, 21년간 재위. 영제는 장제의 현손 두태후를 영립 22년 재위. 헌제는 영제의 중자. 동탁(董卓)이 천거.

의 무도한 임금의 뒤를 계승한 임금으로 동탁(董卓)[28]과 같은 난신적자(亂臣賊子)에 의해서 정사를 제 마음대로 천단(擅斷) 당하고 비록 아직 난을 다스릴 만한 재주와 덕행도 없고 덕을 잃었다고 말할 만한 사실도 없었던 군주였는데 조조(曹操)같은 자가 간웅(姦雄)의 방탕에다 동탁(董卓)의 흉완(凶頑)함을 이어받아 간사한 꾀를 부리고 제멋대로 난을 일으켜 역적 행위를 생각하고 임금을 협박하고, 국모(國母)를 죽인 일은 무릇 사람된 신하로 감히 차마 할 일이 못되고, 무슨 일이든지 제 마음대로 하지 않는 일이 없어 결국에는 왕위를 찬탈하기에 이르렀는데도 그의 자식과 더불어 세상에다 말하기를 "나는 주(周) 문왕(文王)과 같은 일을 하였다."하니 슬프다. 문왕은 대성(大聖)으로서 천하의 원통한 제도를 하소연하려는 사람이 주(紂)에게로 가지 않고 문왕에게 갔던 연고로 천하가 셋으로 나뉘었는데 그 둘을 예속시키면서 또 상·은(商殷)을 배반한 나라를 문왕 자기에게 복종케 하는 한편, 그들을 끌고 은(殷)을 섬겼으므로 공자가 문왕의 지극한 덕을 칭송하였던 것이다.

지금에 와서 조조는 간사한 잔꾀를 부려 천자를 협박하여 임금의 자리를 빼앗았으며 아직 이루지 못

曹操者, 以姦雄之資, 承卓之凶, 挾其譎詐 肆作亂逆, 危逼君父, 賊殺國母. 凡人臣之不敢爲, 不忍爲之事, 無所不爲, 而終至於篡奪 而與其子曰 吾爲文王, 嗚呼, 文王大聖也, 天下訟獄謳歌者, 不之紂而之文王, 故三分天下, 有其二而文王 又率商之叛國, 以服事殷, 故孔子稱, 其至德也,

今操挾詐術, 以脅天子, 而奪天位, 所未爲者, 特禪受一著, 而乃敢自擬文王, 若莽賊之自方於周公, 噫嘻, 痛矣,

---

28) 동탁(董卓) ; 후한(後漢) 사람. 성질이 포악, 영제때 장군. 영제가 죽자 군사를 이끌고 입성하여 어린 황제를 폐하고 헌제를 세우고 하태후를 죽이고 스스로 태사(太師)가 되어 정권을 농단함.

한 것은 임금의 자리를 하늘로부터 부여받지 아니했다는 사실이었다. 그러나 감히 스스로 칭하기를 문왕과 같다 하였고 또 전한(前漢) 말의 왕망(王莽)[29]과 같은 적신(賊臣)이 스스로 주공(周公)과 같다 하였으니 슬프고 통곡할 일이로다.

그 음흉하고 간사하고 흉하고 독한 죄는 위로는 하늘에 통하여 왕망(王莽)·동탁(董卓) 등보다 10배나 더하고 천년이 지난 뒤에도 오히려 사람으로 하여금 분하고 미워하는 마음, 그 고기를 씹어먹고 싶게 하도록 후세에 역사를 기록하는 사람은 마땅히 눈을 똑똑히 밝히고 겁 없고 용감스러운 기운을 가다듬어 크게 써서 조조의 찬역죄를 밝혀두어 그로 하여금 제왕의 계통에 참례치 못하도록 하고 만세의 난신적자(亂臣賊子)로 하여금 조금이라도 군신대의(君臣大義)가 뚜렷해서 가히 범할 수 없음을 알게 하고 있는 것이다.

그런데 사마온공(司馬溫公)의 항상 주장하는 바는 한제(漢帝)가 서울을 떠나 파천(播遷)하였던 까닭에 태조(太祖) 즉 조조(曹操)가 받들어 도왔고 여러 어려움을 해치고 조정을 세웠으니 그 명분이 족히 백성과 연결시켰다고 볼 수 있으며 또 말하기를 위(魏)는 도적들 틈에서 천하를 얻은 것이지 한실(漢室)을 처음부터 얻은 것은 아니다 하였고 또 말하기

其陰譎兇毒之罪, 上通于天, 十倍於莽卓諸賊, 千載之下, 尙令人憤疾, 欲食其肉, 後之操史筆者, 正宜明目張膽, 大書特書, 正其簒逆之罪, 使不得與於帝王之統, 俾萬世之亂臣賊子, 少知君臣大義之截然, 不可犯而異哉,

溫公之持論也, 其言曰, 漢氏播遷, 太祖奉迎, 而相之披刑棘, 以立朝廷, 其名義足以結民, 又曰, 魏取天下於盜, 非取之於漢室, 又曰, 魏武有大功於天下, 愚未知其所謂大功者, 果何指也, 使操能殫盡忠貞, 奉迎天王,

29) 왕망(王莽); 전한(前漢) 말의 신(新)의 가제(假帝). 한나라 애제(哀帝)를 멸하고 평제(平帝)를 독살하고 자칭 가제가 되었다.

를 위무제(魏武帝)인 조조(曹操)는 천하에 큰 공을 세웠다 하였는데 나는 그 소위 큰 공이란 것이 과연 무엇을 가리키는 것인지 모르겠다.

조조로 하여금 능히 충정을 다하여 천왕(天王)을 받들어서 도적을 깨끗이 소탕하고 왕실을 바로잡아 종사(宗社)를 편하게 해서 천하를 안정토록 하였다면 그야말로 큰 공을 세웠다 할 것이다. 조조가 마음을 태워 가며 노력하여 편안히 앉아 있지 못하고 한 군데 오래 앉아 있지 못했던 것은 왕실을 위하는 것이 아니고 임금의 자리를 찬탈할 음모의 꾀를 부리고자 그렇게 바쁘게 고심하였던 것이다.

이것은 말하자면 그의 한 몸을 위한 것뿐인데 무슨 공이 있다 하는 것인가. 그의 자손·부하·종속되어 있는 무리들은 두둔해서 이렇게 말해도 괜찮다 하겠거니와 어찌 사마온공같이 고명한 학자가 그렇게 말할 수 있으랴.

그 말이 저러할진대 만약 조조(曹操)를 중심으로 한 그 주변 사람들은 어떠하랴. 과연 사마온공의 말대로라면 자고로 국가를 위해서 난적을 평정한 사람은 비록 그 임금의 자리를 찬탈했다 하더라도 모든 도적들을 평정하였다 할 것이고 모반을 했다고 하지 않을 것이니 이 점이 내가 심히 이해하기 어려운 점이다.

掃淸盜賊, 匡救王室, 以安宗社, 而定四海則可謂云爾已矣, 今操之焦心努力, 不遑啓處者, 非爲王室也, 乃陰謀簒奪之計也, 特渠之私而已, 有何功之足稱哉, 在渠之子孫臣庶, 則猶可如此說, 豈溫公所可稱者哉, 而其言如彼, 有若爲操地者何也, 果如溫公之言, 自古爲國家平亂賊者, 雖簒奪其君, 皆將謂取諸盜, 而不謂之亂逆乎, 此吾所以重以爲惑者也, 且夫漢昭烈, 以漢室宗親, 兼有英雄之資, 信義著於天下, 必能攘除姦賊,

30) 소열, 유비(昭烈, 劉備) ; 묘호가 소열황제, 유비의 자는 현덕(玄德) 후한의 영제 때 황건적(黃巾賊)을 물리치고 공을 세움. 제갈량(諸葛亮)을 만난 후 한(漢)의 후계자로 됨. 성도(成都)에 도읍.

또 대저 한(漢) 소열(昭烈·劉備)[③]이 한(漢)나라 종친(宗親)으로서 영웅의 자질을 가지고 있고 신의가 천하에 알려져 있어 반드시 간사한 적을 쳐 없애고 대업을 바로잡아 한실(漢室)을 일으켰을 터인데 조조가 간사한 꾀를 가지고 먼저 세력 있는 자리에 앉아 있어 한(漢)나라 세력권의 반을 홀로 차지하고, 오(吳)나라는 또 강북(江北)의 전부를 점거한 까닭에 소열(昭烈)은 겨우 세 세력으로 삼립된 정족(鼎足)의 세력을 한 귀퉁이에서 유지할 수 있었는데 통일의 대업을 반도 이루지 못하고 중도에서 불행이 죽었으니 이는 천추를 두고 영웅 지사들이 주먹을 불끈 쥐고 통분하여 탄식하는 바이다.

대저 황제란 호칭은 중요하고 또 크다 할 것이고 「춘추」(春秋)의 의의도 지극히 엄격하고 뚜렷한 것인데 이제 사마온공(司馬溫公)은 정통으로 위(魏)나라와 제호(帝號)를 조조에게 줄 것을 허락하고 도리어 거짓 왕으로써 촉한을 보아 인정하고 정통이 아니라고 유씨(劉氏)를 취급하였으니 이 무슨 뜻인지 모르겠다.

어떤 이는 말하기를

"그 당시 국내 사정은 서로 천하를 다투고 있었고 삼국이 솥발처럼 세 세력이 존재 하기는 하였으나 위가 천하의 10분지 8을 차지하고 있었으니 작은 것과 큰 것에는 차등을 두어야 하겠다 생각하고, 정통, 비정통으로 논한다면 마땅히 「큰 것」에 돌아갈

光濟大業, 以興漢室, 而操以奸謀, 先據勢位, 竊漢威柄, 吞有天下之半, 吳又據有江左之全故, 昭烈僅能, 成鼎足之勢於一隅, 梁益而大業未半, 又不幸中途崩殂, 此, 千秋英雄志士, 所以扼腕咨嗟者也,

夫帝之爲號, 重且大矣, 春秋之義, 至爲嚴截, 而今溫公, 乃以正統 許魏帝號與曹, 而反以僭王, 視蜀漢閏位, 處劉氏, 此何意也,

或曰, 此時海內爭雄, 三國鼎足, 而魏有天下十之八, 小大有等, 論以正閏則, 正統宜歸於大矣, 此溫公所以仍晋史之舊, 而不得不與魏者

것이므로 사마온공이 진(晋)나라 역사의 옛 전례에
따라 부득불 위에 가담하게 된 것"

이라고 하지만 이것은 그렇지 않다. 「춘추」(春秋)
의 정의는 왕실이 비록 적다 하나 반드시 존경하고
숭배해야 하며 정통이 아닌 거짓 나라가 비록 크다
하나 반드시 물리쳐야 한다.

존경하고 숭배하고 물리치는 것은 오직 「의」의 견
지에서 보는 것 뿐이라. 어찌 가히 작고 큰 것으로
써 논하랴.

어떤 이의 말을 믿을진대 왕망(王莽)은 신(新)[31]나
라 왕이라 할 수 있는가.

진나라[東晋] 원제(元帝)는 진나라를 이어받는 것
이 정당치 않은데 어찌 원제는 그대로 두고 유독 소
열(昭烈)만을 물리치는 이유는 무엇인가.

설사 당시 촉나라가 없고 위가 천하를 전부 차지
하고 있었다면 찬탈이라 할 수 없고 아무에게도 속
해 있지 않은 곳을 통일하였다고 할 수 있겠지만 지
금 익주(益州)란 곳은 비록 땅이 기름진 곳은 아니
라 하나 한실(漢室)의 위장(胃臟)에 해당하는 중요한
곳이다. 비록 천하의 한복판에 자리잡고 있어 헌제
(獻帝)의 정통인 자리를 계승한다면 한실의 남긴 업
적이 끊이지 않을 것으로서 정통을 소열(昭烈)에게

也, 曰, 是不然, 春
秋之義, 王室雖微,
必尊之, 僭國雖大必
紬之, 尊之紬之 唯義
之視, 而已豈可以小
大論哉, 信斯言也,

王莽可使帝新, 而
胡不帝莽而獨帝操
乎, 元帝不當紹晋,
而胡爲與元, 而獨紬
昭烈乎, 籍使當時無
蜀, 而魏盡有天下
則, 不可以簒貶而一
統, 無所屬今益州
雖曰罷弊乃是漢室
之胃也, 雖不得中天
下, 而立正四海之民
然, 繼獻帝正位號,
而漢家遺業未嘗絶
也則, 正統不歸, 此
而將焉歸哉,

以諸葛孔明之賢,

---

31) 신(新) ; 전한(前漢) 말기 왕강이 세운 나라 이름. 왕망이 한(漢)의 평제(平帝)를
독살하고 세운 나라. 뒤에 후한의 광무제(劉秀)에게 멸망함.

돌리려 하지 않고 어디로 돌리려 하는가.

제갈공명(諸葛孔明)과 같은 어질고 또 지혜로운 사람으로서 그 말은 믿지 못할 바 없으니 믿고 초려(草廬)를 세 번째 찾은 날에 먼저 제실(帝室)의 위(胃)란 말로 소열(昭烈)임을 말했으며, 소열(昭烈)의 한실(漢室)의 후예가 됨은 남송(南宋)에서도 오히려 가히 반대해서 논의할 사람이 없었던 것으로 어찌 명확한 사실이 아닐 것인가. 그런데도 사마온공은 말하기를

"한(漢)에 있어서의 소열(昭烈)은 비록 중산정왕(中山靖王)[32]의 후예라 하나 족속이 소원하여 그 계보를 따질 수 없고 명성과 관직을 분별하여 밝혀 고증할 수 없는 까닭에 감히 광무와 진(晋) 원제(元帝)에 견줄 수 없다."

하였으니 소열(昭烈)로 하여금 한실(漢室)의 전통을 잇게 하는데 또 어찌 그렇게 인색하였던가.

가령 소열로 하여금 한(漢)의 후예라 하지 않는다면 어찌 제갈공명이 우리를 속일 것인가.

만일 족속이 멀어 한실을 이을 수 없다면 찬탈한 역적만 정통을 계승할 수 있다는 말인가.

사마온공이 소열을 한왕(漢王)이라 하고 조비(曹丕)를 제(帝)라 하였고 한나라가 위나라를 치면 한

且智其言, 宜無不信也, 而乃於草廬三顧之日, 首以帝室之胄, 稱昭烈, 則昭烈之爲漢氏之後, 而非如劉宋之猶有可議者, 豈不灼然明, 甚而溫公乃曰, 昭烈之於漢, 雖云中山靖王之後, 而族屬疎遠, 不能紀其世數, 名位是非難辯, 故, 不敢以光武, 及晋元帝爲比, 使得紹漢氏之遺統, 又何其儔也, 若以昭烈謂非漢裔則, 孔明豈欺我哉, 若謂族屬疎遠, 不可紹漢則, 簒奪之賊, 獨可以繼統耶, 其謂昭烈曰漢王, 而謂丕曰帝, 漢伐魏則, 曰漢

---

32) 중산정왕(中山靖王) ; 한(漢)의 경제(景帝) 9자. 봉명(封名)이 중산왕(中山王), 시호가 정(靖). 주색에 빠진 왕실 종친.

(漢) 승상 제갈양이 위나라에 들어와 침략하고 도적질하였다 하고, 위(魏)가 한을 침략하면 임금이 한을 징벌하였다 하니 내가 「자치통감」(自治通鑑)을 읽을 때 매양 이러한 곳은 차마 볼 수도 없고 보고 싶지도 않아 책을 집어던지고 탄식함을 금치 못하였던 것이다.

슬프도다, 사람의 의견이 비록 모두 같지 않다고 하나 사마온공(司馬溫公)과 같은 어진 사람으로서 어찌 이같이 사관(史觀)을 그르칠 수 있으랴.

슬프다, 전번에는 주자(朱子)[33]가 지은 자치통감강목(自治通鑑綱目)이 없었다면 춘추(春秋)의 의를 밝힐 수 없었는데 후세에 이르러 흉악한 역적의 마음을 품고 종사(宗社)를 탐내는 자가 이것을 구실삼아 뒤를 이어 발생케 된다면, 누가 그 허물을 지적할 것이며 궁극에 있어 앞으로 닥쳐 올 폐해(弊害)가 예외없이 이 이 지경에 이르지 않을까 탄식하는 바이다.

相諸葛亮入寇魏, 侵漢則, 曰帝伐漢, 余讀資治通鑑, 每於此等處, 不堪見不欲見, 不覺廢卷, 而歎也, 嗟乎, 人之意見雖曰不同, 以溫公之賢, 何如是乖繆也. 嗚呼, 向使無朱子之作綱目, 以明春秋之義則, 後世之包藏兇逆睥睨神器者, 藉此爲口實, 而將不勝其接跡, 誰當執其咎呀窮格, 未至之害 一至此哉.

---

33) 주자(朱子) ; 남송(南宋) 유학자 주희(朱熹 1139~1200)의 존칭. 자치통감, 사서주해, 소학등 많은 저술이 있음. 주자학의 비조.

9. 이기심성에 대한 논설

대저 「하늘」이란 무엇인가?

그 모양은 아득히 높고 높아 크기가 한량없고 그 마음은 항상 살아 움직여 어진 것으로 그지 없다.

「땅」이란 무엇인가? 하늘과 짝하여 조화를 이루는 것이며

「사람」이란 무엇인가? 하늘과 땅의 가운데에서 그 양자간에 살면서 만물의 우두머리로서 천(天)·지(地)·인(人) 삼재(三才)가 되는 것이다.

대저 천지는 지극히 크고 사람은 작고 멀리 떨어져 있어 이에 미치지 못하는 존재로 천지간에 위치하여 천·지·인 삼재(三才)에 참여하고 있는 까닭은 무엇인가.

그것은 사람이 능히 천지의 도를 몸에 받아서 그 덕을 합치는 데 참여하는 까닭이다.

혹자는 말하기를

"듣건대 천지가 만물을 만들어 내고 만물이 그 생을 누려 받게 되는 것은 음양이 움직이고 머물고 합하고 흩어지는 이치 아님이 없는데 그렇다면 만물은 본시 한 근원이다.

사람과 그 외의 동물을 비롯한 다른 모든 물체는 그 형색(形色)은 비록 다르나 그 도는 마땅히 같아 아무런 다른 점이 없을 것이다. 그런데 사람만이 유독 천지의 도를 행하여 그 덕을 합치는 데 참여할

理氣心性說

夫天者何也, 形而
巍巍, 以極其大, 心
而生生, 以極其仁者
也, 地者何也, 配乎
天以成造化者也, 人
者何也, 受天地之中,
以生乎兩間, 而冠萬
物, 爲三才者也, 夫
天地之至大也, 而人
以藐然之身, 處於其
間, 參爲三才, 何耶,
以其能體天地之道,
而與之合其德也, 或
曰, 聞天地之造萬物,
萬物之受其生, 莫非
陰陽動靜合散之理,
然則, 萬物本一源耳,
人與物, 形色雖殊,
而其道則, 宜若無別
矣, 人獨體天地之道,
而能與之合其德, 物
則莫之敢與焉, 其故,
何哉, 且天地造化之

수 있고 다른 물체는 이에 참여할 수 없는 이유는 무엇이며 또 천지조화의 도란 무엇인지 들려 줄 수 있겠는가?"

이에 답하여 말하기를

"천도(天道)란 신묘하여 헤아릴 수 없는 까닭에 당신의 말씀에도 「성(性)과 천도(天道)는 가히 얻어서 듣지 못할 것이니라 하셨으니 즉 스스로 사물의 이치를 연구하고 마음에 고유한 본연의 덕성(德性)을 다하여 천명함으로 해서 하늘을 아는 사람이 아니고서는 넉넉히 더불어 의논할 가치가 없다」고 하셨지만 비록 그렇다고는 하나 성현의 유훈(遺訓)은 방책을 베풀어 펴서 후학에게 계시하는 것이 해와 별처럼 밝으면 학자는 또 어찌 가히 신묘해서 헤아릴 수 없다는 이유로 알지 못하는 세계에 그대로 두어 그 이치를 연구할 것을 생각지 않을 수 있겠는가. 그러기에 나는 이로하여 먼저 조화의 도를, 그 다음에는 사람과 물체의 심(心)과 성(性)을 논할 것을 청해서 아는 이에게 가르침을 청하면 좋을 것으로 생각한다."

염계(濂溪)선생[34]은 말하기를

道可得聞乎, 曰天道神妙莫測, 故夫子之言, 性與天道不可得以聞焉, 則自非窮理盡性而知天者, 未足以與議於此也, 雖然聖賢遺訓, 布在方策開示來學, 昭如日星則, 學者又何, 可以神妙莫測 而置諸不可知之域, 而不思所以窮其理也哉, 愚請因是 而先言造化之道, 次論人物之心性, 以請敎於知者可乎, 濂溪先生之言, 曰無極而太極, 又曰無極之眞, 二五之精妙, 合而凝, 朱子曰, 太極二五, 本混融而無間, 盖天地之道無也

---

34) 염계(濂溪) ; 중국 송(宋)나라 성리학자 주돈이(周敦頤 1017~1073) 대유학자이며 태극도설 등으로 심성(心性)과 의리(義理)를 깊게 연구 고찰, 인성(人性)에 본성과 기질이 있다 함.염계학파를 이름

"무극(無極)이 즉 태극(太極)이라" 하였고 또 말하되

"무극의 진리는 음양오행의 정묘(精妙)가 합쳐서 조화되는 데 있는 것"

이라 하였다. 주자(朱子)의 말에도

"태극과 음양오행은 본래 혼연 융합되어 틈이 없는 것이라"

하였다. 대개 천지의 도란 다른 것이 아니고 음양오행(陰陽五行)의 기(氣)와 태극의 헛되지 않은 이치가 물체에 주어짐으로써 만물로 하여금 모두 그 생을 기르게 할 따름이다.

대개 이(理)란 기(氣)의 체(體)이며 기(氣)는 이(理)의 기(器)이다.

이것은 하나이면서 둘이고 둘이면서 하나인데 잘못 알고 있는 사람들이 많다. 주자(朱子)는 이 이(理)가 있은 후에 이 기(氣)가 있다고 가르쳤다.

즉 태극을 초월한 위치에 두고 형기(形氣)를 하나의 원안[圓圈]으로 보도록 가르쳤다. 모든 사물을 하나로 보는 것은 매우 불합리한 일이다.

그 기(氣)가 없으면 어떤 근거에 의해서 조화를 이룰 것인가, 태극은 음양의 이치에 지나지 않는 것이고 음양 이외의 별다른 이치가 있는 것은 아니다.

다만 음양의 자연현상을 이같이 이(理)라고 말하는 것에 지나지 않는다. 그 이(理)의 지극(至極)에 다시 더할 수 없는 것을 태극이라 하는 것이다. 이

焉, 以其陰陽五行之氣, 與夫太極無妄之理, 賦與於物, 而使萬物咸育 其生而已, 夫理者 氣之體也, 氣者 理之器也, 此一而二, 二而一者也, 人多誤認, 朱子有是理, 而後有 是氣之訓, 乃以太極爲超, 形氣一圓, 圈之物 甚不然也, 無其氣則, 理何從掛搭, 而成造化乎, 太極不過 陰陽之理, 非陰陽之外, 別有箇理耳, 只是陰陽之自然, 如此之謂理也, 其理之至極, 無加之謂太極也, 非理氣, 固無所自而非氣理, 又何從而有乎, 只卽, 氣而認取其意思而已可也, 無離合無分段無罅縫, 夫焉, 有先後彼此之可論哉

기(理氣)가 아니면 본래 유래와 근거가 없고 이기가 아니면 또 무엇으로 해서 있겠는가. 다만 기(氣)를 근거로 해서 그 뜻을 알아서 취 한다고 말하면 된다. 떨어지고 합함[離合]도 없고 사물의 구분도 없고 터지고 꿰매는 데도 없다면 어떻게 선후와 피차에 대해서 논할 수 있으랴.

주자[周濂溪]는 말하되

"태극은 움직이면 양(陽)이 생기고, 정지하면 음(陰)이 생기며 또 말하기를 양(陽)이 변하여 음(陰)이 되고 합하면 수·화·목·금·토(水火木金土)가 생긴다." 하였는데 이것으로 본다면 태극이 움직이기 때문에 뒤에 비로서 양(陽)이 발생하며 양이 변하고 음이 합한 연후에 오행이 발생케 되어 그 선후 조리가 명확해서 조금도 의심할 여지가 없다.

그런데 그대의 견해는 틀리지 않았는가?

혹자는 말하기를

"예로부터 도를 닦는 몸을 논하는 사람은 말이 매양 이 같은데 학자가 살아 가는 데 있어 말로써 뜻을 해치지 않는 것이 옳을 것이다.

주자(朱子)가 중용(中庸)을 풀이함에 있어 「천명(天命)을 성(性)이라 한다」는 것을 말하기를 하늘이 음양오행으로써 만물을 발생시킨다 하였고 기(氣)가 형체를 이루므로 해서 이(理) 또한 주어진다[賦] 하였으니 만일 말뿐으로 그친다면 이것은 기(氣)가 먼저 형체를 이룬 뒤에 이(理)가 비로서 물(物)에 주어

日, 周子曰, 太極動而生陽, 靜而生陰, 又曰陽變陰, 合而生水火木金土, 由是觀之則, 太極動而後陽始生, 靜而後陰乃生, 陽變陰合然後五行生, 其先後條理瞭然無疑, 子之見無乃誤耶, 日自古論道體者, 語每如此, 學者當活看不以辭害義可也, 朱子於中庸釋, 天命之謂性, 曰天以陰陽五行 化生萬物, 氣以成 形而理 亦賦焉, 如以辭而已則, 是爲氣先成 形而後, 理始賦於物可乎, 盖氣有形而易見, 理無爲而難窺, 朱子, 恐人之但知有氣, 而不知有理, 但知二五之流行, 不齊而不知 皆原於一太極 故欲其易曉,

진다 해도 옳겠는가.

대개 기(氣)는 형체가 있으므로 해서 쉽게 볼 수 있고 이(理)는 형체가 없는 까닭에 보기가 어려워서 주자(朱子)가 사람이 다만 기(氣) 있는 것만 알고 이(理) 있는 것을 모를까 염려하고 또 다만 음양오행의 흐름이 이 같지 않은 것만 알고 그것이 태극에 근원을 두고 있는 것을 알지 못할까 염려했던 까닭에 쉽게 이해하도록 하기 위하여 이같이 지시(指示)한 것이다.

주자(周子)의 의견도 이같을 뿐이다. 대개 그 미연(未然)에 근거를 두고 의견을 세상에 발표한 것은 이 이치가 가공적(架空的)이고 따로 독립해 있는 것이 아니고, 혹은 움직이고 혹은 정지하고 혹은 변하고 혹은 합해서 음양이란 이실(二實)과 오행이란 오수(五殊)[35]를 발생하고 또 처음 만물을 만들어 냈는데

대저 동(動)이 즉 양(陽)으로 그 동하는 이치(理致)가 바로 태극이라는 것으로서 태극은 동해서 양을 발생하고 정(靜)은 즉 음(陰)으로서 그 정의 이치가 즉 태극인 것이다.

이것을 태극이라 하며 정(靜)해서 음을 발생한다.

그리고 그 동정(動靜)함에 있어 또 반드시 점차적으로 동이 시작될 때 미양(微陽)이 처음 발생하다가

而指示之如此,

周子之意, 亦若是已矣, 盖原其末然, 而立言爾, 非謂此理懸空獨立, 而或動或靜, 或變或合, 而乃生二實五殊, 而又始化生萬物也, 夫動者是陽 而其所以動之理, 則太極也, 此之謂太極 動而生陽, 靜者是陰 而其所以靜之理, 則太極也, 此之謂太極, 靜而生陰也, 而其動靜也, 又必以漸故動之始也, 微陽肇生 至於動極陽盛而復消爲靜 靜之始也 微陰肇生至於靜極, 陰盛而還消爲動, 如此循環, 而無始無終, 所謂一動一靜, 互爲其根者然

35) 이실오수(二實五殊) ; 음양과 오행을 말함. 즉 음양의 두 실수와 5행의 다섯자리.

동극(動極)에 이르고 양(陽)이 성(盛)했다가 다시 사라져 정(靜)이 되니 정의 시작이다.

미음(微陰)이 처음 발생하다가 정극(靜極)에 이르면 음(陰)이 성하여 다시 사라지고 동(動)이 되는 이러한 순환이 돌고 돌아 처음도 없고 끝도 없게 되어 소위 일동일정(一動一靜)이 서로 그 근본이 되는 까닭이다.

또 대저 오행은 바탕은 땅[地]에서 갖추어 지고 기(氣)는 하늘에서 행하여지는 것으로서 이른바 일변일합(一變一合)해서 오행을 발생하는 것은 또한 다 그 미연(未然)에 근원을 두고 그 발생 순서를 말하는 것이며, 음양오행으로써 따로따로 음양과 오행의 작용을 하는 것은 아니다. 그런 까닭에 오행은 한 음양이요, 음양은 한 태극으로서 태극은 본시 무극이다.

대저 음양이 위치를 달리하고 동정이 때를 달리하면서 다 태극을 떠날 수 없어 사시(四時)가 그 차례를 달리하고 오행이 바탕을 달리하는 것이고, 다 태극과 떨어 질 수 없어 정조(精粗)의 본말(本末)과 오수(五殊)와 이실(二實)이 저와이[彼此]가 없고 남음과 모자람이 없는 것이다.

그리고 태극은 또 형체(形體)와 미비(微非)를 가히 표현해서 말할 수 없는 것으로서 이것을 무극이라 하는 이유도 바로 여기에 있다.

대저 태극의 동정(動靜) 있음은 이것이 바로 천도

也, 且夫五行者, 質具於地, 而氣行乎, 天者也, 所謂一變一合, 而生五行者, 亦皆原其未然, 而言其生之序, 非以陰陽五行, 分作兩項事也, 故曰, 五行一陰陽也, 陰陽一太極也, 太極本無極也, 夫陰陽異位, 動靜異時, 而皆不能離乎太極, 四時異序, 五行異質, 而皆莫能外乎太極, 精粗本末, 五殊二實, 無彼此, 無餘欠, 而太極者 又無形兆之可言. 此之謂無極已, 夫太極之有動靜, 是天道之流行, 所謂一陰一陽之謂道也, 合散屈伸, 乃陰陽之良能也, 生長收藏卽, 五行之性情也, 良能也, 性情也卽太極之

의 흘러 행하는 것으로서 이른바 일음일양(一陰一陽)의 도를 말하는 것이다.

모이고 흩어짐[合散]과 굽고 펴짐[屈伸]은 음양의 본연적으로 갖추어져 있는 재능이며 나고 자람[生長]과 줄어들고 감추어 없어짐[收藏]은 오행의 성정이다. 양능(良能)이나 성정(性情)은 즉 태극의 태극된 연유이며 태극이라는 것은 다 음양오행으로서 따로 떨어지지도 않고 함께 섞이지도 않음을 말하는 것이다.음양오행이 밖으로 별개의 태극이 따로 또 하나 있는 것이 아니고 초연히 위에 있어 음(陰)을 발생하고 양을 발생하며 또 오행을 발생하는 데 이것이 이른 바 도를 닦는 몸이라는 것이다.

그런 까닭에 정자(程子)[36]는

"도(道)는 그릇[器]이요, 그릇은 즉 도"라 하였고 또 말하기를 "동정(動靜)은 끝이 없고 음양은 처음이 없어 도를 아는 자 아니고는 누가 능히 알 수 있으랴."

만일 이기(理氣)로 하여금 본래 선후의 구별로 가히 말할 수 있다면 동정·음양뿐만 아니라 끝이 있는 것, 비로서 기(器)와 도(道)가 있는 것이 되어 이것이 즉 스스로 이합(二合)의 물상(物象)을 결정짓게

所以爲太極也, 而所謂太極者, 皆卽 夫陰陽五行, 而不離不雜 而爲言爾, 非陰陽五行之外, 別有一箇太極, 超然上面, 而生陰生陽, 而又生五行也, 此卽 所謂道體也, 故程子曰, 道卽器, 器卽道, 又曰動靜無端, 陰陽無始, 非知道者, 其孰能知之, 若令理氣, 原有先後之可言, 則動靜陰陽, 不翅爲有端 有始而器與道, 決是自二合一之物, 程子之言, 何以如此 而朱子又何以謂本混融, 而無問耶, 其不可執言, 而迷旨也, 明矣, 大抵, 乾道變化流行不

---

36) 정자(程子) ; 북송(北宋)의 대학자 정이(程頤)의 존칭(1133~1207) 염계의 문하. 처음으로 이기철학(理氣哲學) 주창. 이천선생(伊川先生)으로 통함.

되는데 정자(程子)의 말이 어찌 이와 같으며 주자(朱子)는 또 어찌하여 본시 혼융(混融)하여 품이 없다 말하였는지 그 뜻을 확실히 파악할 수 없어 애매하게 생각되는 점이 뚜렷하다.

대저 건도(乾道)는 쉴새 없이 변화하고 유행하여 조화를 이루는데 이 이치는 하늘에 있는 것으로서 하늘의 사덕(四德)이 되는 것이니 원·형·리·정(元亨利貞)이라 한다.

처음을 이루고 끝을 이루어 만물이 끊임없이 생겨서 다하지 않는 것이다. 이것이 물체에 부여되어 사람과 물체가 각각 그 부여된 이치를 얻어 꾸준히 오상(五常)의 성(性)을 쫓게 되는데 그것이 즉 인·의·예·지·신(仁義禮智信) 이다.

무릇 어떤 물체이든 이 천성이 있지 않음이 없이 태어났지만 기(氣)에 기울어 치우쳐[偏僻]지고 공정하며 잘 소통[疏通]함과 막혀서 답답해[擁塞]하는 차이가 있는 것은 인(人)과 물(物)이 천성이 같고 다른 구별이 있는 까닭이다.

소통(疏通)하고 공정함을 얻는다면 사람이 되는 까닭에 다섯 가지 성(性) 즉 [인·의·예·지·신]이 갖추어져서 만 가지 선(善)이 충족하게 되고 그 막히고[塞] 편협[偏]함을 얻은 자는 물(物)이 되는 까닭에 오상(五常)을 완전히 갖출 수 없어 육체에 통관(通貫)은 하지만 다같이 한 근원의 이치를 얻은

息, 而造化成, 此珵在天, 爲天之四德 曰 元亨利貞, 成始成終 生生不窮者也, 以之 賦於物而, 人物, 各 得所賦之理, 以爲健 順五常之性曰, 仁義 禮智信, 凡物, 莫不 有是性, 而由氣有 偏 正通塞之異 所以有, 人物性同異之別, 得 其通且正者, 爲人故, 五性具而萬善足, 得 其塞且偏者 爲物故, 不能全具乎五常, 而 通貫乎本體然, 而司 得此一源之理故, 亦 逞逞有天彝之可見, 若虎狼之父子, 烏鳥 之反哺, 蜂蟻之君臣, 豺獺之報本 雎鳩之 有別 是也,

此所謂天地之性, 而天下無性 外之物 者也, 曰凡物之生 有

까닭에 또한 가다가다 하늘의 떳떳함을 볼 수 있다.

예를 들면 호랑이나 이리들의 동물사회에 있어서 부자관계(父子關係)가 있다라든가, 까마귀의 반포(反哺)라든가, 벌과 개미 세계의 군신관계(君臣關係)라든가, 승냥이나 수달이 태어나온 그 근본을 잊지 않고 갚는 일이라든지 비둘기나 징경이의 암수간의 유별(有別)한 것이라든지 하는 것들이 이러한 사례이다.

이른바 천지의 성(性)이며 천하에 성 외의 물(物)이란 없는 것이다.

그렇다면 무릇 물(物)의 생유(生有)가 유만부동(類萬不同)해서 지각이 있어 능히 운동할 수 있는 자가 있는가 하면 지각이 없어 운동을 할 수 없는 자가 있는데, 지각이 있는 자는 성(性)이 같아 가히 볼 만한 끝이 혹 있지만 지각이 없는 자는 어떻게 해서 지각을 같이 얻을 수 있겠는가.

어찌 생을 누린 처음부터 본래 인성(人性)과 천명(天命)에 관하여 가히 말할 것이 없을 것인가. 생각건대 성(性)은 하나로서 기(氣)로 해서 거리끼는 바되어 몸은 온전하면서도 효능이 이르지 못하는 까닭인가.

아니다. 물(物)이 같지 않는 것은 즉 천명의 본연적(本然的) 상태이다.

그 기질에 따라 자연히 일성(一性)이 되는 것이니 이것이 각각 태극을 갖추고 있다. 즉 이것이 바로

萬不齊有有知覺能運動者, 有無知覺不能運動者, 其有知覺者, 其性之所同得, 或有可見之端, 其無知覺者, 從何處, 而識其同得耶, 豈其受生之初, 原無命性之可言歟, 抑性則一也, 而爲氣 所局體 全而用不達也歟, 曰否, 物之不齊 乃天命之本然也, 隨其氣質, 而自爲一性則, 此是各具太極也, 卽此是性卽 理之性也, 豈可外此討性, 而或謂之原無命性, 或疑其理 爲氣局耶,

盖凡生物之無血氣而無所知覺, 如草木之類者, 又得其形氣之偏塞之, 偏塞者故, 理之在是物者, 亦隨其形氣, 而自爲一物

성(性)이다. 즉 이(理)의 성(性)인 것이다. 어찌 이 성(性)을 다스리는 외에 혹은 명성(命性)이 본시 없는 것이라고 가히 말하며 혹은 이(理)가 기(氣)의 꺼리는 바 된다고 어찌 가히 의심하랴.

무릇 생물은 혈기 없고 지각하는 바 없어 초목(草木)의 무리와 같은 것은 또 형기(形氣)가 치우쳐 막힘이[偏塞] 있고 편색한 자인 까닭에 이(理)의 이 물체에 있는 자는 또한 그 형기에 따라 스스로 일물(一物)의 이(理)가 되어 비록 천명의 성(性)을 다시 논하는 것이 옳지 않은 것 같으나 그러나 그 피어나고 마르고 열리고 떨어져 나가고[榮枯開落]함이 다 때의 순서에 좇아 각각 자연의 도가 있는데 또한 어찌 가히 이 성(性)이 없다고 말할 수 있을 것인가.

지금 가령 태양이 중천에 올라 창을 활짝 열어 놓으면 그 태양광선이 비치는 폭이 클 것이지만 창틈으로 비친다면 광선의 비치는 것도 또한 적을 것이다. 그러나 크든 작든 태양의 광선 아님이 없거늘 사람과 물(物)의 성(性)이 무엇이 이와 다르다고 하랴.

대저 동(動)함이 없이 변하는 것이 하늘[天]이고 하는 바 없이 이루어지는 것이 명(命)이다. 하늘이 생각없이 자연이 이 같이 되는 것이 천심(天心)이고 하늘이 명하지 않았는데도 자연이 이 같이 되는 것이 즉 천명(天命)이다. 하늘이 어찌 생물에만 명(命)을 주기 위하여 물(物)에게 명했을 것인가. 자연적으로 그랬을 뿐이다. 초목이 모두 고르지 않음과

之理, 雖若不可復論天命之性然, 其榮悴開落, 皆能循其序而各有自然之道, 亦何可謂無此性乎,

今夫太陽中天, 八窓洞開則, 其光輝之照入者大矣, 隙窓而照入則, 其光輝亦小矣, 然莫非太陽之光也, 人物之性 何以異乎茲哉, 夫莫之動 而變者天也, 無攸爲而成者命也, 天無心而自然如此者, 即天之心也, 天不命 而自然如此者 即天之命也, 天豈有心於生物而生物 天豈有爲於命物, 而命物歟, 自然而然爾, 草木之不齊飛走之異稟, 莫非天命之自然者, 則豈有無性之物哉,

若有無性之物, 則

날고 달리는 동물의 그 성품을 달리 하는 것이 천명(天命)의 자연 아님이 없는데 어찌 무성(無性)의 물(物)이 있다 하리오.

만일 무성의 물이 있다면 조화의 도(道)는 그친 지 이미 오래일 것이다. 대개 이(理)가 열려 통함과 막힘[通塞]과 편협함과 온전함[偏全]에 대해서 가히 말할 것이 없는데 기(氣)는 통색과 편전이 없을 수 없는 까닭에 열려 통함과 온전한[通全] 사람은 본연(本然)의 성이 될 것이고 편협하고 막힌[偏塞] 자는 기(氣)가 이(理)를 구속함으로 해서 편벽이 따르게 되어 오행이 각각 한 개의 본연의 성(性)으로 되는 것이다.

대저 하늘이 만물을 생(生)함에 있어 반드시 그 법칙이 있어 형기(形氣)가 이미 다르면 법칙도 각각 같지 않은 것은 또한 당연한 이치인데 또 어찌 가히 몸은 온전한데 효능이 이르지 않는다고 말할 것인가.

이(理)로써 생의 시초를 말한다면 인(人)과 물(物)이 같은 근원인 까닭에 만물의 통체(統體)가 일 태극인 것이다. 기(氣)로써 생의 후(後)를 관찰한다면 물건마다 각각 그 성(性)이 하나인 까닭에 만물이 각각 한 태극을 갖추게 되는데 이것이 이른바 그마다 성명(性命)을 바르게 가진다는 것이다.

내 또 열거해서 말해 보기로 하겠다. 지금 백우(白羽)와 백설(白雪)과 백옥(白玉)을 열거해서 논할 때,

造化之道熄已久矣, 盖理無通塞偏全之可言, 而氣則不能無通塞偏全故, 其隨在通全者, 理全其體, 而仁義禮智信, 爲本然之性, 其隨在偏塞者, 則爲氣所梏 理隨而偏而五行 各一爲本然之性, 夫天之生物必有其則形氣 旣殊則 則各不同 , 亦理所當然者也, 又何可謂體全 而用不達乎, 以理而語 其生之始, 則人與物同一源故, 曰萬物統體一太極以氣而觀其生之後則, 物物各一其性 故曰萬物各具一太極, 此之謂各正性命也,

吾且試言之, 今擧, 白羽與 白雪 白玉, 而論之則, 白而輕者, 羽之氣質矣, 而其爲

희고 가벼운 것은 「깃」의 기질로서 그 성(性)은 바람을 좋아하는데 있고 희고 단단치 못한 것은 「눈」의 기질로서 그 성(性)은 지극히 차가우며, 옥(玉)에 이르러서는 기(氣)는 맑고 질(質)은 순수하고 성(性)은 따사롭고 윤택하고 아름답다. 옥이란 물체는 군자와 비슷한 점이 있는 까닭에 군자는 항상 몸에 옥을 지니고 있으니 이것은 그 성(性)이 같지 않은 때문이고 본래 기질이 다른 데에 연유하여 스스로 한 개의 성(性)을 이루고 있기 때문이다.

잘 달리며 건장한 것은 말[馬]의 본성이요, 밭을 갈면서도 순한 것은 소[牛]의 본성이며 짖어서 지키는 것은 개의 성이며 울면서 새벽을 알리는 것은 닭의 성이니 이와 같은 것은 또 다 기질이 같지 않는 데 연유하며 그 성질도 또한 각각 다른 점이 있다.

중후(重厚)해서 옮기지 못하는 것은 산의 성질이요, 흐르고 흘러서 쉬지 않는 것은 물의 성질이다.

이 두가지는 기질이 더욱 서로 같지 않은 까닭에 그 성질도 또한 크게 서로 다르다.

아름답구나! 물의 본성이여! 하늘의 운행[天道流行]하는 것과 비슷한 까닭에 공자가 냇물을 바라보고

"가는 자 이와 같도다."

하였다.

저 밤낮을 가리지 않는 물을 버리지 않고 중후한

性也好風, 白而不堅者, 雪之氣質矣, 而其爲性也至寒, 至於玉, 氣淸而質粹, 性溫而且潤 美哉, 玉之爲物也, 有似乎君子故, 君子玉不去身, 此其性之不同者, 固皆由乎氣質之殊 而自爲一性也, 馳而健者 馬之性也, 耕而順者, 牛之性也 吠而守者 犬之性也 鳴而報曉者 鷄之性也 若此者, 又皆緣乎氣質之不齊, 而其爲性也, 亦各有異矣, 厚重不遷者, 山之性也, 流行不息者, 水之性也, 此兩物者, 其氣質 尤不相近故, 其爲性也, 亦甚懸殊, 美哉水之爲性也, 有似乎天道流行 故孔子觀川而, 曰逝者如斯, 夫不捨

산을 버리면서 산의 성질을 논하는 것이 흐르는 물을 버리면서 물의 성질을 논하는 것은 그것이 인·의·예·지(仁義禮智)를 버리면서 사람의 성질을 논하는 것과 무엇이 다르랴.

목(木)의 산성(酸性), 금(金)의 신성(辛性), 토(土)의 감성(甘性), 화(火)의 조갈성(燥性) 및 부자(附子)의 더운 성질, 대황(大黃)의 찬 성질 또한 다 그런 것으로 서로 빌리거나 업신여기면서[假借] 뺏는 일[陵奪]을 할 수 없는 것인즉, 그 산성·감성·열한(熱寒)은 그들 본연의 성질이 아니고 무엇이랴.

만일 말하기를 인의예지(仁義禮智)는 즉 인(人)이나 물(物)이 모두 같은 성이다. 그런데 물이 인의(仁義)의 성(性)을 갖추지 않은 것은 기(氣)의 거리끼는 바가 되어 효능이 제대로 이르지 못할 뿐이고 본연의 체(體)가 아니다. 라고 한다면 그것은 큰 잘못이다.

이것은 이(理)는 하나이고 기(氣)가 다른 것, 즉 이일분수(理一分殊) 넉 자에 착안(着眼)하면 저절로 분명해질 것이다. 이(理)가 하나란 이치만 본래의 이치이고 분수(分殊)가 다르다는 이치만이 홀로 이치가 아니겠는가?

분수(分殊)란 것도 마땅히 이(理)자에 속하는 것이 당연할 것인데 지금 사람들은 흔히 기(氣)자에 속하여 기(氣)하나로 생각하는 것이 이(理)라고 보고 있다.

晝夜, 今若舍厚重, 而論性於山, 舍流行, 而論性於水, 是何異於舍仁義禮智, 而論人性哉, 木之酸, 金之辛, 土之甘, 火之燥, 與夫附子熱, 大黃寒, 亦莫非皆然, 而不相假借, 不相陵奪, 則其酸, 其辛, 其甘, 其苦 其熱, 其寒, 非渠本然之性, 而何若 曰仁義禮智, 卽人物所同之性也, 而物之不見, 有仁義之性者, 爲氣所局 而用不達而已, 非本然之體也 云爾則, 大不然, 此於理一 分殊四字 上著眼, 却自分明, 理一之理, 固理也 而分殊之理 獨非理乎, 分殊字亦 當屬理字, 今人, 多屬氣字, 看以爲一者理也,

「분」(分)이란 즉 기(氣)이다. 체(體)가 완전하면 효능이 이르지 않는다는 말은 잘못이다.

내가 말하기를 사람과 물(物)이 그 성(性)이 같지 않으며 갖추어지지 않음이 없는 것이 태극의 명(命)이라는 것은 이미 들었다.

북송(北宋)의 학자인 횡거(橫渠) 정재(鄭載) 선생은 말하기를

"백성은 나와 동포이니 대개 사람은 다같이 천지의 통정(通正)한 기(氣)를 받았기 때문이다." 하였으니 성(性)이 이미 같으므로 형(形)이 또한 다르지 않으니 같은 동포의 형제라고 말한 것이다.

이 말을 보건대 사람의 재품(材品)은 마땅히 같지 않음이 없는데 그러나 옛날부터 지금까지 성인과 어리석은 자의 같지 않음이 있으니 어찌된 일인가?

그것은 순선(純善)하여 악이 없는 것은 성(性)으로서 본래가 한 이치로 사람의 똑같은 바이나 어둡고[昏], 밝고[明], 굳세고[强], 나약함[弱]이 고르지 못한 것이 바탕 즉 재(才)인 것이다. 기질로 말미암아 사람은 다르다.

대개 이(理)에 정밀[精]하고 조잡[粗]한 것이 없는데 기(氣)로 해서 맑고 흐림[淸濁]이 있는 것은 성(聖)과 우(愚)의 구분이 있어 그 기품이 맑고 순수한 까닭에 성(性)의 전체에 있어 주의를 기울여 속속들이 잘 밝히고 또 감심(感心)으로 덕을 닦는 일을 크게 써서 극명하게 상제(上帝)를 돕는 것은 이는 성

分者氣也, 至有體全用 不達之語, 誤矣 曰人之與物 其性之不齊, 而莫不具太極者,旣聞命矣, 橫渠張子曰, 民吾同胞, 盖謂人則, 共受天地通正之氣, 性旣同而形亦不殊若, 共胞之兄弟云也, 觀於此言則, 人之材品, 宜無不同者矣然而, 從古以來, 有聖愚之不同者, 何耶, 曰純善而無惡者, 性也本乎一理, 人所同也, 昏明强弱之不齊者, 才也,, 由於氣質人所異也, 盖理無精粗而 由氣有淸濁, 所以有聖愚之分, 以其氣稟淸粹故, 於其性之全體大用 克明且誠德 配上帝, 此聖人也, 以其氣稟駁濁故, 愚暗而不識天命

인이다.

성인은 그 기품이 흐린 것을 싫어한다. 우매(愚昧)해서 천명(天命)의 지선(至善)함이 자기에게 있음을 모르고 마음이 물역(物役)이 되어 그 본성을 잃는 것은 어리석은 사람이다. 비록 그렇기는 하나 그 성이 본래의 근본인즉 성우(聖愚)가 마찬가지이다. 그런 까닭에 사람은 다같이 요순(堯舜)이 될 수 있다 한다.

대저 요순의 요순다운 점은 그 성이 지극히 착하고 덕이 지극히 큰 데 있다. 사람이 능히 요순 지선(至善)의 성을 아는 까닭에 또한 각자가 내게 있어 힘써 배워서 같게 되도록 노력하는 것으로써 그 다른 점을 고치면 기(氣)에 청탁이 없어 다 선(善)에 도달하여 그 성(性)의 본연을 회복케 될 것이다. 이른바 성공에 이르는 길은 하나인 것이다 라고 말한다.

그러면 대성(大聖)과 하우(下愚)는 놔두고 논하지 않는다 치고 중인(衆人)의 명암(明暗)·선악(善惡)이 혹 서로 갑절, 다섯 갑절 되는 경우가 이루 헤아릴 수 없는 까닭은 무엇인가?

이에 말하기를

이 또한 기질이 같지 않은 데 연유하는 것이다. 기(氣)의 근본은 두터움[厚] 하나뿐이다. 두터움 이 하나라는 것은 천지호연(天地浩然)의 기(氣)요, 온 우주

至善之在己, 心爲物役, 喪其本性 此愚人也, 雖然其性之大本, 則聖愚一也, 故曰 人皆可以爲堯舜, 夫堯舜所以爲堯舜, 以其性之至善, 而德之至大也, 人能知堯舜至善之性, 亦在於我 而力學之以充 其同而變其殊則, 氣無淸濁 皆可至乎善, 而復其性之本然矣, 此所謂及其成功則一者也, 曰大聖之與下愚, 姑舍不論, 衆人之明暗善惡, 或相倍 蓰千萬者, 且何故也, 曰此亦由氣質不齊爾, 氣之本湛一 而已湛一者, 天地浩然之氣, 彌六合者也, 聖人至於塗, 人未嘗不同, 得此湛一之本, 則宜無彼此之殊, 而但衆

에 두루 널려 있는 것이다. 성인이 진흙 구렁이에 있다 해도 사람이 일찍이 같을 수가 없으나 두터움이 하나라는 근본을 생각한다면 마땅히 피차의 차이가 없을 것이고, 다만 중인의 기질의 맑음과 흐림[淸濁]은 자연 다소 도타움과 엷음[厚薄]이 있어 그 받은 바 천품에 따를 것이고, 사람 이외의 물(物)의 경우만 하더라도 또 얕고 깊음[淺深]과 크고 작음[大小]가 있는 까닭에 밝음과 어두움[明暗] 착함과 악함[善惡]이 갑절 이상 몇 갑절 되는 것이 무수한 것이다.

그런데 청탁(淸濁)이 뒤섞여 번거로운 것도 또한 기(氣)의 말류(末流)인 탓이요, 기(氣)의 본성은 아닌 까닭에 말하기를 성인도 나와 한 무리이고 진실로 다른 사람이 한 가지를 할수 있다면 나는 천 가지를 잘하며 덕(德)이 기(氣)보다 나으면 두터움 하나의 근본원리가 나에게 다시 완전케 되어 성인과 같지 않음이 없을 것이다.

사람의 재덕(才德)은 자품(資稟)의 고하로 해서 나타나는 것이지만 덕은 근본이고 재(才)는 끝이다. 천품의 자질이 높다면 덕이 있고 또 재가 있는 것은 당연한데 과연 천품의 자질이 우둔하고 하급이라면 그 근본이 없을 것이고 보니 어찌 끝에 대해서 논할 것이 있으며 과거와 장래에 있어 그 덕이 없어 재예(才藝)가 극히 뛰어난 자가 왕왕 있는 것은 무슨 까닭인가.

이 같은 자는 기질의 편벽(偏僻)됨이 근본을 가리

人之氣質淸濁, 自有多少厚薄, 而隨其所稟, 外物所累, 又有淺深大小故, 所以明暗善惡, 有倍徙千蓰者也,

然而 淸濁雜糅, 乃氣之末流 然爾, 非氣之本然也, 故曰 聖人與我同類, 苟能人一已才德, 勝其氣則, 湛一之本, 復全於我而無不齊矣, 曰人之才德, 皆由乎, 資稟之高下而然, 德者本也, 才者末也, 天資果高歟 則有德而 又必有才固也, 果魯下歟, 則旣無其本, 焉有末之可論而, 往古來今, 無其德, 而才藝之極其美者, 往往有之者, 何也, 曰如此者, 氣質之偏 蔽於本, 而透乎末也,

고 끝으로만 통해 있는 까닭이다.

　대개 소위 재(才), 즉 바탕이라는 것에 세 가지 종류가 있다. 첫째는 내면으로 덕성이 있고 재조(才操)가 통치 않음이 없는 자로서 주공(周公)[37]의 재(才)의 아름다움과 같은 것이 이것이다. 이것은 성인이 위로도 투철하고 아래로도 투철한 큰 재로, 이른바 덕이 있는 자는 반드시 재가 있는 경우를 말하는 것이고, 둘째는 하늘이 준 바탕 [天資]이 뛰어나서[超逸] 재기가 출중(出衆)하여 조자건(曺子建)[38]처럼 일곱 걸음에 시(詩) 한 수(首)씩 짓는 경우라든지 유목지(劉穆之)[39]와 같이 선악을 나누어 정하는 빠른 솜씨와 예민한 두뇌를 가진 경우가 이것인데, 이는 기질이 근본을 가리고 있고 그 끝에만 통하는 사람으로서, 소위 재주는 있으되 반드시 덕이 있는 사람은 아니다. 셋째로 또 그 다음은 상신(商辛)과 같은 재주와 힘이 사람에 지나친 사람으로, 비록 어리석지는 않은 것 같으나 그 귀결을 생각하면 진실로 어

盖所謂才者其略有
三, 有德誠於內 而才
無不通者, 如周公之
才之美是也, 此聖人
徹上徹下之大才, 所
謂有德者必有才者
也, 有天資超軼, 才
氣出類, 如曹子建之
七步成韻, 劉穆之之
敏於剖決是也, 此氣
質之蔽於本 而透於
末者, 所謂有才者,
不必有德者也, 又其
次則, 如商辛之才力
過人, 雖似不愚, 而
考其歸則誠愚也,
　此夫子所謂, 下愚
不移者也, 奚可以一

---

37) 주공(周公) ; 주문왕(周文王)의 아들 주무왕의 아우 문왕, 무왕을 도와 주(紂)를 치고 주(周)나라 왕실에 크게 기여. 특히 제도와 예악을 세워 문화 발전에 기여함.

38) 조자건(曺子建) ; 삼국시대 위나라 문신이며 문장가인 조식(曹植)의 자(字). (192~232)

39) 유목지(劉穆之) ; 남송(南宋)의 공신. 시호가 문선(文宣). 무제(武帝)에 충성하여 나라를 도움. 내조외군(內朝外軍)하여 벼슬은 상서우복시(尙書右僕寺)

40) 상신(商辛) ; 은나라 패주. 주왕(紂王)의 이름. 달기(妲己)의 요염에 빠져 은나라를 망친 군주.

리석은 사람의 경우이다.

이는 공부자(孔夫子)의 이른바 몹시 어리석은 사람의 기질은 변하지 않는다는 경우다. 어찌 가히 한 가지로써 말할 수 있으랴

내가 듣기에는 마음은 성(性)의 성곽이라 하였는데 사람과 사물의 생겨남은 대개 이「마음」으로써 이「성품」을 갖추지 않음이 없다 하였는데, 내 생각으로는 날으는 짐승과 풀·나무의 마음이 어떠한지 알지 못하지만 그 갖춘 바 성품은 저같이 치우친 듯, 막힌 듯하고, 성인(聖人)과 보통 사람의 마음은 또 어떠한지 모르지만 그 갖춘 바 성품은 저같이 같지 않을 수가 있는가. 그 까닭을 들려 주기 바란다.

그것은 좋은 물음이다. 대저 소위 마음이란 오직 두터운 정신이다. 두터운 정신이란 즉 천지에 생겨나는 사물의 마음이다. 사람이나 천지 사이에서 나서 다같이 이 정신을 얻어 가지는 것은 생겨나는 물건의 마음이다. 이 마음이 되면 그 마음이 갖추는 이치도 당연히 같지 않을 것이고, 다만 어는 새나 짐승의 기운이 치우쳐 있고 또 막혀 있으므로 해서 그 마음이 텅비고 가로막혀 천지의 마음을 온전히 할 수 없는 까닭에, 비록 혈기로 인해서 대략 지각은 있으나 갖추는 성품도 이에 자연히 수반되지 않을수 없어서 치우침으로 어둡게 하고 초목은 혈기는 부여되어 있으나 지각을 갖지 곳하고 있다.

소위 이 초목의 마음이란 속에 존재하는 것에 불

律論哉, 日吾聞心者, 性之郛郭, 人物之生, 盖莫不以 是心具是性則, 愚未知禽獸 草木之心如何, 而其所具之性 如彼其偏塞, 聖人凡人之心 又如何而其所具之性, 如彼其不齊乎, 願聞其所以然, 日善哉 問夫所謂心者, 湛一之神明也 湛一之神明者, 卽天地生物之心也, 人物之生於兩間者, 同得此生物之心, 以爲心則, 其心所具之理, 宜無不同, 而只是禽獸 得氣之偏且塞, 而其心黃其竅窒, 無以全其天地之心 故雖因血氣, 而略有知覺, 而所具之性, 自不得不隨而偏暗, 草木則並與血氣而無之, 所謂心者

과한 것이고 맥리(脈理)는 약간 찾아볼 수가 있어 생기가 유통하고 있을 뿐이다. 그러므로 흥하고 망함 외에 별로 마음을 다스릴 곳도 없고 갖춘 바 성품도 막히고 또 막혀서 치우침의 한 글자에 그치고 있어서 족히 말할 바가 못된다.

사람의 마음의 경우라면 천지에 생겨난 물건의 마음을 얻어 비록 만물과 더불어 한 몸이라 하나 오직 그 바른 성품과 막히고, 치우침의 기운이 판별되어 사람과 사물의 큰 나누임의 세계가 되는 까닭에 전체에 침투하여 막히는 바가 없다.

그 마음이 통하고 곧고 널리 통달하고 아무런 잡념이 없이 마음이 신령에 통하여 환히 통함으로 확실히 깨달아 갖춘 바의 이치가 융합하고 찬연히 만물이 다 갖추어져 진실로 성인과 보통 사람의 구별이 없게 된다.

다만 바르게 통한 속에서도 또 능히 흐린 것을 차버리는 충분한 기운으로 바탕을 이룬 극단의 경우와 혼돈하는 일이 없지 않으므로, 마음의 본래의 모습은 기질로 해서 가리워짐을 면치 못한다. 그 성질의 마음에 구현되는 것은 또한 능히 관련되지 않을 수 없어 드디어 현명하게 알아내는 것과 같지 않음의 여러 가지가 있게 된다. 그러나 그 본체의 뚜렷함은 일찍이 그친 일이 없으므로 착함을 반복하는 것은 즉 천지의 마음이요, 성격은 바로 나에게 있게 될 것이다.

不過裏面, 脈理微有可尋, 而生氣流通而已, 故榮悴開謝之外, 別無討心處, 而其所具之性, 塞之又塞, 偏之一字, 又不足言也, 至若人之心則, 其得天地生物之心, 雖曰與萬物一體, 而唯其正通之稟 與偏塞之氣, 判而爲人物之大界分, 故湛一全體, 無所窒碍, 而其心空直圓通, 虛靈洞澈, 而所具之理, 渾然粲然 萬物皆備, 固無聖凡之別, 而但正通之中, 又不能無駁濁之雜於遊, 氣成質之際故, 心之本體, 不免爲氣質所掩, 而其性之具於心者, 亦不能不爲其所累, 遂至於智愚賢不肖之有萬不齊, 然其本體之

그러므로 기질의 성은 군자의 성이 못된다고 말한다. 대저 성인의 마음이란 그 받은 바의 기(氣)가 지극히 맑고 탁함이 없으며 지극히 깨끗해서 꺾임이 없게 되므로 그 정신이 생동하여 하늘과 더불어 일치케 되고 여러 착함이 한 가지로 족하게 될 것이다.

그러나 그것은 또한 마음과 성품으로 인해서 능하게 될 따름이니 어찌 하늘로부터 받은 것을 털끝만큼이라도 사람의 무리에게 가함으로 해서 그렇게 된 것이라고 할 것인가.

그러므로 사람은 다 가히 요순(堯舜)이 될 수 있는 것이라고 하고 또 정자(程子)는 선악이 다 성이라 말하였으니 대저 성품은 하늘이 나에게 명한 바요, 내가 덕으로 삼는 바이다.

그런즉 요순과 공자 같은 성인도 성을 가진 분이요, 걸주(桀紂)와 도척(盜跖) 같은 사람도 성을 가지고 있는 자라 하겠는데 그런 경우는 악한 성품을 지니고 있다고 볼 수 있다. 성품에 의해서 그 행위도 다를 바 없다. 선(善)은 본디 아름다운 것이나 악 또한 능히 없을 수 없는 것으로 「주역」(周易)에 말하기를 "선(善)을 이어받아 성품을 이룬다"고 하였으며 맹자는 "인성(人性)은 다 선하다"하였고, 그대 또한 "순선(純善)은 악함이 없다" 하였으니 그렇다면 정자(程子)의 선·악이 모든 성품이라고 한 말은 그릇되지 않았는가. 이것이 내가 의혹을 품고 있는 바이다.

明, 有未嘗息故, 善反之則, 天地之心 與性卽在我矣, 故曰 氣質之性, 君子不性焉 若夫聖人之心, 則其所稟之氣, 至淸而無濁, 至粹而無駁, 故其神明活化, 與天爲一而萬善俱足焉, 然亦因心因性而已, 豈所受於天者, 加毫末於衆人而然哉, 故曰人皆可以爲堯舜也, 曰程子言 善惡皆性, 夫性者, 天之所以命於我, 而吾之所以 爲德者也, 然則, 堯舜孔子之聖, 性之者也, 桀紂盜跖之惡 亦生之者也, 所性而行則無以異焉, 善固美矣, 惡亦不能無者, 而易曰 繼善成性, 孟子曰, 人性皆善, 子亦曰 純善無惡, 然則,

「시전」(詩傳)에 있지 않던가.

"하늘이 백성들을 낳으시고 사물에 법칙있게 하셨네. 백성들은 법도를 지니고 아름다운 덕을 좋아하네"[41]

여기 아름다운 덕이란 다름아닌 인의예지(仁義禮智)이다.

그리고 법도를 지킨다는 것은 본래 있는, 예를 들면 마음을 굳게 지켜 변함이 없는 것과 같은 것으로서 이것이 그 선(善)이라는 것으로서 생(生)과 더불어 함께 살며 또한 성품의 근본이다.

악이란 것은 외형으로 나타난 후에 있게 되는 것이다.

기질의 성품을 말하는 것이지만 이것을 천명(天命)이라 이르는 것인데 본래의 성품과는 크게 다르다.

무릇 성품 중에는 다만 인의예지 네 가지가 있을 뿐 어찌 악한 사람의 경우가 일찍이 끼일 수 있겠는가? 그러나 천하에는 성품 이외의 사물이란 있을 수 없고 본래는 비록 다 선하나 이미 기(氣)가 가림으로 해서 악에 유입하게 되는 것을 성품의 근본이 아니라고 하면 어떤가.

만일 성품이 아니면 이 악(惡)은 어디로부터 생긴다 할 것인가. 그러므로 선악이 다 성품이라고 하는

程子之善惡皆性云者, 非歟, 吾竊惑焉 曰詩不云乎,「天生蒸民, 有物有則 民之秉彝, 好是懿德」懿德者, 仁義禮智是也 , 而秉彝云者, 固有之 若操執, 然是其善者, 與生俱生 而性之本也, 惡者形而後有者也, 謂之氣質之性則可謂是天命, 固有之性則大不是性 中只有箇仁義禮智四者, 而曷嘗有惡者 來然天下無性外之物, 本雖皆善, 旣爲氣所掩, 而流於惡則 謂之非性之本 則可若曰非性則, 此惡從何而生哉, 故曰善惡皆性云爾, 非謂性中元 有此兩物相對而生也, 盖

---

41) 시경(詩經) ; 대아(大雅)편 7의 정민(烝民)장

것이고 성품 중에는 원래 선·악 양물이 있어서 상대해서 발생한다는 것을 말하는 것은 아니다.

대개 하늘이 사람을 내린 이러 사람이 이 마음의 성품을 가지지 않는 사람이 없고, 또한 이 외곽적 형(形)을 가지지 않는 사람이 없는데, 그 중에 마음의 체(體)와 용(用)을 뜻하는 허령의대(虛靈之臺)[42]라는 것이 있어 성을 싣고서 만사에 응하고 있다. 이름하여 "마음의 성의 부곽"(性之郭郭)이라 하고 그 용(用)인즉 정(情)인 것이다.

마음의 눈에는 둘이 있으니 인심(人心)과 도심(道心)이 그것이다.

정(情)의 눈에는 일곱이 있으니 희(喜)·노(怒)·애(哀)·락(樂)·애(愛)·오(惡)·욕(欲)이 그것이다. 이미 귀[耳]·눈[目]·입[口]·코[鼻]·손[手]·발[足]·사지의 형(形)이 있고 또 소리[聲]·빛[色]·냄새[臭]·맛[味]의 외물(外物)이 있어 감각기관과 사지에 능히 작용하고 이미 감각기관과 사지에 작용함에 백체(百體)의 기관(器管)에 접촉하면 또 능히 그 속에서 움직이지 않을 수 없으므로 칠정(七情)이 발동하게 된다.

여기에 인도(人道)의 명분이 서게 되는데 사람의

自天降生民以來, 人莫不有是性, 亦莫不有是形, 而中有虛靈之臺, 載此性而應萬事, 名之日 心所謂性之郭郭, 而其用則情也, 心之目二, 日人心也, 道心也, 情之目七, 日喜也, 怒也, 哀也, 樂也, 愛也, 惡也, 欲也, 既有, 耳目口鼻手足四肢之形, 而又有聲色臭味之外物, 不能不來交於前物, 既來交乎前, 而觸其百體之官則, 又不能不動於中, 而七情發焉, 於是乎 人道之名立焉 而人心私而難公, 道心微而難著, 故道心之發, 每爲人心所掩, 而性命

---

42) 허령지대(虛靈之臺) ; 사심없이 영묘한 마음으로 통하지 않음이 없는 마음의 경지. 허는 빔(空), 영은 신의 경지 허령지불매(虛靈之不昧)라고도 함.

마음은 사사로워서 한결 같기가 어렵고, 도심(道心)은 숨겨져 작아서 나타나기 어려우므로 도심의 발생은 매양 인심의 가리워지는 바 되고, 성명(性命)의 바름은 가려져서 밝지 못하다.

사람이 능히 이것을 알아서 살피고 살피며 선택을 자세히 하고 옳게 해서 반드시 도심(道心)으로 하여금 항상 마음의 중심이 되도록 하고, 인심(人心)으로 대하(臺下)의 신하가 되게 하여 그 동정출입(動靜出入)이 그때그때 도심의 명령을 들어서 한다면 사(私)를 떠나서 공(公)을 위하고, 작은 것을 열어 공명하게 한다면 마음을 바르게 하고 몸을 닦게 될 것이고, 일을 하는 데 있어 그 당위성(當爲性)을 얻을 것이고, 사물에 접해서는 사물의 그 할 바를 얻고, 행해서 집을 다스림에 있어서는 집이 다스려지지 않음이 없고, 나아가서 나라를 다스림에 있어서는 나라가 다스려지지 않음이 없다. 그리하여 천하에 광대하게 미치게 되면 천하가 태평하게 될 것이다.

세심하게 몸가짐을 하면 침묵하더라도 잘못되지 않음이 없을 것이고, 예절과 법도가 크게 이루어지면 천하 만물이 감화되지 않음이 없으니 이른바 천지에 있어 만물을 기르는 것이 이것이다.

이것은 학문의 지극한 공로요, 성인이 능히 해야 할 일로서 탕무(湯武)[43] 와 요순으로 돌아가는 일이

之正, 蔽而不明, 人能知此, 而察之審擇之精守之固, 必使道心常 爲靈臺之君 而以人心, 爲臺下之臣, 其動靜出入, 每聽命于道心則, 反私爲公闡微致明, 心正而身修矣, 以之應事 而事得其宜, 接物而物獲其所用之 齊家而家無不齊, 用之治國而國無不治, 以及乎天下而天下平矣, 細而周旋, 語默莫不中 節大而天下萬物 莫不感化, 所謂位天地育萬物者是也,

此, 學問之極功, 聖人之能事, 而湯武之反之堯舜, 孔子之性之 其揆一也, 而俱爲百世之宗師者也,

---

43) 탕무(湯武) ; 중국 은나라를 세운 탕왕(湯王)과 주나라를 세운 무왕(武王)을 합쳐 부른 말. 두사람 모두 포악한 군주를 징벌하고 천하를 빼앗았다.

요, 공자의 성품을 헤아리는데 그 도(道)를 같이 하여 함께 백세(百世)의 종사(宗師)가 되는 것이다. 만일 인심(人心)이 임금이 되고 도심(道心)이 신하의 입장에 있다면 하늘이 날로 쇠미해져서 적을 제어할 수 없게 되어 드디어 천리(天理)가 크게 멸함에 이르러 한 쪼각 마음이 도리어 사람의 욕심의 소굴이 되고 만다. 그것은 비유해 말하면 나라의 임금이 미약해져서 적신(賊臣)이 강성(强盛)하게 되면 나라를 보존할 수 없는 것과 무엇이 다르겠는가.

이는 걸주(桀紂)와 도척(盜跖)이 포악한 성품으로 해서 천고에 부끄러운 사람이 된 것과 무엇이 다르랴.

그것을 성인의 선과 더불어 비교하여 논할 수 있겠는가?

맹자 말씀에

"닭이 울면 일어나서 부지런히 선(善)을 하는 자는 순(舜)을 따르는 사람들이요, 닭이 울면 일어나서 이(利)를 위하여 바쁘게 돌아다니는 자는 도척(盜跖)의 무리들이다."

대체로 선(善)은 하늘의 이치대로 공명하고 바른 것이고 이(利)는 인욕사사(人欲私事)이다. 그 사이에서 시작하여 털끝만큼도 용납할 수 없는 것으로 서로 현격한 거리로 끝마쳐 천양의 차이처럼 큰 격차가 되는 고로, 노력해서 성인이 되도록 생각하고 광인(狂人)이 되겠다는 생각은 하지 말라. 성인과 광인의 구분은 다만 다투어 생각하고 안하는 데 달려

如或人心, 爲主而道心, 聽命則 天君日微, 莫能制賊, 遂至於天理蕩滅, 而一片靈臺 反爲人欲之窟據, 譬若 國君微弱賊臣强盛, 其國能有保存者乎, 何以異於是哉, 此桀紂盜跖 所以所其昏暴之性, 而爲千古之僇人者也, 其可與聖人之所性於善, 比而論之乎,

孟子曰, 鷄鳴而起, 孳孳爲善者, 舜之徒也, 鷄鳴而起, 孳孳爲利者, 蹠之徒也, 夫善者 天理之公也, 利者人欲之私也, 始焉其間, 不能容髮, 而卒之相繆之, 遠不侔乎霄壤, 故曰 克念作聖, 罔念作狂, 聖狂之分, 只爭念不念而已.

있을 뿐이다.

슬프다, 과연 두려운 일이 아니랴. 고자(告子)[44]는 춘추전국시대의 사상가로 사람의 성(性)에 대해 말하기를 본래 선악이 없고 환경의 지배에 따라 선과 악이 결정된다는 설을 맹자에게 주장한 사람이다. 그는 생(生)을 성(性)이라 한다고 했으며, 정자(程子)도 또한 생을 성이라 했는데 어찌 같은 말 속에 다른 뜻이 존재할 수 있겠는가?

고자의 성(性)은 기(氣)다. 그러므로 그 말은 「생의 기」를 말한 것이고 정자(程子)의 성(性)은 이(理)다. 그로므로 그 말은 허(虛)와 기(氣)를 합쳐서 말한 것이다.

어째서 그렇다는 것을 아는가?

고자(告子)는 기(氣)만 보고 이(理)를 알지 못하는 까닭에 인(人)과 물(物)의 지각이 있어 능히 운동할 수 있는 것을 보고 말하기를, 이것이 즉 내 성(性)이라 하여 이 말을 한 것인데 그 대략을 상고해 보면 무릇 마음의 소유욕은 즉 성(性)의 고유한 것으로, 먹고 싶으면 먹고 색을 가까이 하고 싶으면 색을 가까이 하여, 좋고 싫고 선하고 악한 것을 그 소성(所性)에 맡김이 옳다고 하였다.

요순(堯舜)은 천성이 본시 착하므로 소성(所性)이

嗚呼, 其可懼也哉, 告子之言曰, 生之謂性, 程子之言亦曰, 生之謂性, 何也, 同之中, 抑有所異者存乎, 曰告子之性, 氣也, 故其說也, 以生之氣而言, 程子之性, 理也, 故其說也, 合虛與氣而言, 何以知其然也,

告子, 見氣而, 不知理故, 視人物之有知覺能運動 而曰, 玆乃吾性也, 因以發此說爾, 考其意盖曰, 凡心之所欲, 卽性之所固有者, 欲食則食, 欲色則色, 好惡善惡, 任其所性可也, 堯舜天性 本善故, 所性而爲聖人, 桀紂天性 本

<hr>
44) 고자(告子) ; 일명 불해(不害). 중국전국시대의 사상가요, 맹자의 성선설에 대하여 무선, 무악설 즉 인간의 성은 선도 악도 아니라는 이론.

성인으로 되었고 걸주는 천성이 본래 악함으로 악인이 된 것이다.

천성의 성이 사람을 용납함이 없는데 하필이면 인의(仁義)라 하리오. 인의(仁義)가 밖에 있는 자, 즉 인의를 모르는 자는 식(食)과 색(色)의 성이 고유한 것만도 같지 못하다. 이는 순자(荀子)[45]와 양자(揚子)[46]의 설과 더불어 대략 유사하여 족히 분별해서 말할 것이 못되지만 하늘을 소위 성(性)이라 한 것은 만물에 대해서 이 이치를 얻어서 사는 자를 말한다.

그러므로 정자(程子)는 일찍이 성(性)이, 즉 이(理)란 두자로 성(性)은 하늘에 있고 명(命)은 사람에 있다 하였다.

성(性)이라 하고 또 말하기를 사람은 살면서 정(靜)하다 하였는데 이상의 말들은 용납되지 않았다.

말이 용납되지 않은 것은 사람이 나기 이전에는 성자(性字)를 내려서 붙일 수 없었으며 그 소위 생(生)이라는 성(性)도 이와 같이 된 것이다.

이것은 사람이 헛되이 성에 대해서 함부로 말할까 염려 해서이다.

그 이유는 정자(程子)가 고자(告子)의 사람의 순수성과 지선(至善)의 성을 알지 못하고 벌레 꿈틀거리

惡故, 所性而爲惡人, 天生之性無容人, 爲何必 曰仁義而已哉, 仁義在外者, 不如食色之性 固有也, 此與荀揚之說, 略相似而無足辯也, 夫所謂性者, 就萬物之得此理, 以爲生者言也,

是以程子嘗以 性卽理三字, 爲言而曰 在天曰命 在人, 曰性, 又曰 人生而靜, 以上不容說, 不容說云者, 言人生以前不得下性字, 其謂生之謂性者, 以此也, 恐人之懸空言性也, 蓋程子以告子, 不識人之有粹然, 至善之性而認其蠢然者 爲性

---

45) 순자(荀子) ; 이름은 순황(荀況). 춘추전국시대의 학자로 인간의 성악설(性惡說)을 주장한 사람.

46) 양자(揚子) ; 양웅(揚雄)의 존칭. 전한(前漢)때 학자(BC 53-18)

는 모양으로 움직이는 것을 성(性)이라 했음을 인정한 까닭에 이름과 성(性)의 뜻을 이렇게 변명하려는데 성과 기는 본래 서로 떨어져 있는 것이 아니다.

그러므로 또 말하기를 성(性)이 즉 기(氣), 기가 즉 성이라고 하는 말인즉 비록 비슷하나 그 뜻인즉 북쪽의 연(燕)나라와 남쪽의 월(越)나라 사이처럼 거리가 멀게 된다고 한다.

이(理)와 기(氣)가 서로 떨어지지 않는다는 것은 이미 가르침을 들어 알고 있지만 천지가 아직 생기기 전에는 이 이치가 어디서 어떻게 나타나게 되었는가.

굳은지고! 이 무슨 말인가. 공자가 이미 말하기를 이 기가 서로 떨어지지 않는다는 것을 말한 것은 그대도 잘 알고 있으면서 도리어 이런 의문을 가졌으니 이것은 오히려 아직 잘 모르고 있다는 증거이다.

대개 천지란 이른바 별것이 아니고 그 형체는 음양의 기요, 그 주재하는 것은 음양의 이치이다.

만일에 이 이치가 없으면 그것으로 끝나겠거니와 이미 있다고 시인한다면 어찌 천지가 없이 이 이치가 허공에 걸리고 의지해서 붙을 데가 없이 나타난 때가 있다 하리오.

만일 공자가 한 개의 천지 밖에 생각지 않는다면, 나 또한 함구불언(緘口不言) 하겠지만 그렇지 않고 천지의 여는 것과 닫는 것이 다함이 없다면 하늘과 사람은 하나에 그치고 이치도 대소가 없다고 볼 것

故, 發明名性之義 如此 而性與氣, 本不相離 故又曰 性卽氣, 氣卽性, 其辭則 雖若相似, 而其義則 不啻燕越也, 曰理氣之不相離, 旣聞命矣, 天地未生之前, 此理依著於何處耶, 曰惡, 是何言也, 子旣曰, 理氣之不相離則, 已知之 而還有此疑, 是猶未嘗知也,

夫所謂天地者, 亦非別件也, 其形體, 陰陽之氣也, 其主宰, 陰陽之理也, 若曰無此理則 已旣曰有焉則, 安有無天地, 而此理懸空無依著之時, 子若曰, 一天地而已則, 吾亦銜默不容舌, 不然而曰, 開闔不窮則 天人一耳, 理無大小以已 作天

이다.

　이미 하늘이 있다고 함으로써 돌이켜 살펴보면 그것은 거의가 징험(徵驗)한 바이다.

　대체로 사람 마음이 적적한 느낌을 갖게 되는 것은 음양의 동정(動靜) 때문이다.

　잠자는 일이 있는 것도 또한 음양의 동정의 탓 때문이다.

　사람이 적적하게 느껴지는 것과 깨고 잠들고 하는 것은 순환이 다함이 없고 성(性)이 일정하게 붙일 곳이 없는 것과 마찬가지 인즉 천지의 이치 또한 어찌 이의 예외 일 수 있으랴.

　전에 있던 천지가 이미 없어지고 지금 이 천지가 아직 개벽되기 전에, 즉 태극의 정(靜)으로 해서 음(陰)이 발생할 때는 이 이치는 음에 있고 정(靜)이 극(極)에 달해서 다시 동(動)이 시작되면 이는 천지가 장차 열리게 되는데 이것이 태극(太極)이 동(動)하여 양(陽)을 발생하는 때가 되는데 이 이치는 양(陽)에 있다.

　혹은 음, 혹은 양, 혹은 개(開), 혹은 합(闔)해서 음양(陰陽)과 개합(開闔)을 헤아릴 수 없는 까닭에 신이 무방(無方)하여 무체(無體)하기 쉽다고 하였다.

　나는 그 전의 천지가 더 그 이상은 몇 번이나 열리고 닫혔었는지 모른다. 그리고 이 천지의 장래는, 즉 크고 열리고 또 열려서 크게 되어 장차 무궁무진한 지경에 이르게 될 것이다.

而反以察之則, 殆可驗矣, 大率, 人心之有寂感 乃陰陽之動靜也, 其有寤寐亦陰陽之動靜也, 而卽一天地開闔之理也, 人之寂感寤寐, 循環不窮而性無不寓則, 天地之理 亦豈外此乎, 前天地旣滅, 而此天地未闢之前, 卽太極之靜, 而生陰之時, 此理在陰, 靜極復動, 此天地將開則, 是太極之動 而生陽之時, 此理在陽, 或陰或陽或開或闔, 而兩在不測, 故曰, 神無方而易無體, 前天地以二, 吾不識其幾開闔, 此天地以往則, 渾而闢闢而渾 將至於無窮無盡,

夫焉, 有理無依著之時乎哉, 其惟不可

대체 어찌 이(理)가 의거해서 나타날 때가 없을 리 있으랴?

생각건대 가히 알 수 없는 것은 땅속이다. 대개 하늘과 땅을 포함해서 땅이 그 속에 있는데 형상이 닭의 알과 같아 땅의 상하가 동일한 하늘이다.

그런즉 일월성신(日月星辰)은 하늘과 더불어 순환하는데 그 광채와 장엄하게 늘어선 것이 또한 이러한 세계인가?

산천·초목·만물·만상도 또 다 이런 세계인가?

이러한 의미로 미루어 생각하면 상하를 통하는 것은 동일한 천지이다. 음양태극(陰陽太極)의 도는 피차의 구별이 없는 것 같이 서양 사람의 육릉(六稜), 즉 육각(六角) 세계란 말도 또한 혹 이런 이치가 아닌가 한다.

옛사람은 육합(六合) 외에 존재한다고 말하였지만 물론 지금은 생각하면 생각할수록 더욱 이해하기 힘들어 차라리 생각지 않는 것만 못하다 할 것이다. 대체로 그렇기는 하나 여러 사람의 말이 가위 중구난방격으로 혼란 복잡하여, 여러 성인에 대하여 분석해 보면 주자의 「지저」(地底)를 보면 수지설(水之說)이 가히 이 농쟁의 단안이 될 것으로 본다.

得以知者, 地底也, 盖天包地, 而地在中, 其形似鷄子, 地之上下, 同一天也, 然則日月星辰, 與天循環其照曜, 森列亦如此世界乎, 山川草木萬物萬象, 又皆如此世界乎, 以意推之則, 通上下同一天地耳, 陰陽太極之道, 似無彼此之別, 而洋人之六稜世界之說, 亦或有是理歟,

古人云, 六合之外存 而勿論今也, 愈思而愈惑不如, 勿思已矣 夫雖然 衆言淆亂, 折諸聖則, 朱子 地底皆水之說, 可爲此訟之, 斷案也歟.

10. 인심(人心)·도심(道心)·사단(四端) ·칠정(七情)에 대한 논설

人心道心四端七 情說

혹 말하기를, 제순(帝舜)이 우(禹)에게 그 위(位)를 물려주면서 말하기를

"사람의 마음은 오직 위태롭고 도의 마음은 오직 적으니 있는 마음과 힘을 다하여 정성을 그 속에 주입시키라"

고 하였는데 대체로 한 개의 마음으로써 사람의 마음과 도의 마음을 두고 이르는 것은 무엇인가?

마음과 몸이 둘이라고 한 것이 아니고 그 발하는 것에 두 가지 양상이 있다는 것을 지적한 것이다. 대개 사람은 오행의 가장 뛰어난 기(氣)를 품고 태어났으므로 그 성(性)도 가장 귀한 것이다. 그러나 성은 마음이 아니면 의지할 곳이 없어 이(理)가 이(理)됨을 얻지 못하는 까닭에 말하기를

"사람이 능히 도를 널리 펴는 것이지 도가 사람을 널리 펴는 것은 아니다"

라고 하지만 도는 즉

"널리 성을 가리켜서 말함이고 사람은 마음을 가리켜 이르는 말이다"

즉 천지생물(天地生物)의 마음이 한 군데로 귀착되는 정신이다.

곧 이 하나로 집중 정돈되는 정신이 사람에게 내

或曰, 帝舜之告禹 曰, 人心惟危 道心 惟微, 惟精惟一 允 執厥中, 夫以一心 而謂有人心, 道心者 何也 曰, 非謂心體 有二也, 乃指其所發 者, 有兩樣耳, 盖人 得五行之秀氣以生, 而其性最貴 然性非 心, 無所掛搭, 而理 不得爲理 故曰 人 能弘道, 非道弘人道 卽性之謂也, 人卽心 之謂也, 然則所謂心 者, 果何也, 卽天地 生物之心, 而湛一之 神明也, 卽此湛一之 神明 降於人, 而爲 虛靈之體, 載此性而 爲一身之主, 萬事之

려져서 잡념이 없고 마음이 신기하고 영묘한 세계로 통하는 몸이 되어서 이 성(性)을 중심으로 한 몸의 주인이 되고 만사의 근본이 되는 것인데 이것이 이른바 도심(道心)이라는 것이다. 그러나 사람은 이런 형체를 가지지 않음이 없는 까닭에 또 인심(人心)의 마음이 능히 없지 않아 겉모양과 기운의 사사로운 속에 살고 있는 것이다.

도심이란 성명(性命)의 바른 데에 근원을 두고 있는 것으로서 비록 성인일지라도 이미 이 혈육의 몸을 가진 바에야 인심이 없을 수 없고 비록 악인일지라도 이와 마찬가지이다.

태극의 이치는 도심이 없을 수 없는 것이지만 악인의 도심이라고 말하는 것은 사람의 당연한 도리와 사단(四端)을 잡고 있을 때 혹 가다가 발견될 수 있을 정도에 불과할 따름이다.

성인의 인심이라고 말하는 것은 비록 형기(形氣)로 인하여 발생하기는 하나 마음에 좋아서 하고자 하는 바를 하려 하는데 그 규범의 선을 넘지 않는 것으로서 인심이 또한 도심인 것이다.

보통 사람의 마음과 같은 경우에 이르면 형기에서 발생하는 것이 항상 많고 성명에 근원을 두고 있는 자는 항상 적은데 이것은 도심은 깊이 가려져 있어서 나타나기 어렵고 인심은 아무 거리낌이 없이 멋대로 하기 쉬워 막아 제지하기 어려운 것으로, 이것이 인심은 오직 위태롭고 도심은 오직 힘이 적다는

本, 所謂道心者是也, 然而 人莫不有是形故, 又不能無人心 人心者, 生於形氣之私者也, 道心者, 原於性命之正者也, 雖聖人旣有 此血肉之體則, 不能無人心雖惡人同得此, 太極之理則, 不能無道心 然惡人之道心云者, 不過秉彝四端之時, 或發見者而已, 聖人之人心云者, 雖因形氣而發, 從心所欲不踰矩, 而人心亦道心也, 至若常人之心則, 生於形氣者常多, 原於性命者常少, 而道心深蔽而難著, 人心易肆而難制, 此之謂人心惟危, 道心惟微者也, 心發而爲情, 人能察其心之所發, 而審善

것을 말함이다.

마음이 피어나서 정이 되어 사람이 능히 그 마음의 피어나서 발하는 바를 살피고 선악의 어떠한가를 조심스럽게 살피어 선을 택하는데 고집하고, 악을 알면 이것을 단연 버리고 항상 도심으로 하여금 기둥이 되게 하고 인심으로 하여금 명령을 듣도록 하게 한다면 위태로운 자가 편안하게 되고 미미한 자가 힘차게 나타나게 되어 동정(動靜)에 있어 자연히 과불급(過不及)의 차가 없게 될 것이다. 이것이 이른바 마음이 아주 자세하고 한결같이 마땅하여 모자람이 없는 도를 지키는 일이다.

"이른바 사단(四端)은 또한 이 마음의 발하는 까닭인즉 그 정이 됨은 하나이다. 어째서 따로 사단(四端)이라 하는가?"

"사단(四端)은 인의예지(仁義禮智) 네가지 성 중 감동이 직접으로나오는 것을 가리켜 말하는 것이고 칠정(七情)은 성명(性命)과 형기(形氣)가 합쳐서 발생하는 바를 말한 것이며 칠정 이외에 따로 사단이 있다는 것을 이르는 것은 아니다. 단순히 말로써 뜻을 해치지 않는 것이 좋을 것이다."

그러면 성이 발하고 마음이 발한다는 말이 있는데 그것은 무엇을 의미하는가.

"그렇지 않다, 무릇 성(性)이란 마음이 갖추어진 이치요, 마음이란 성이 속해 있는 기관으로서 둘이면서 하나이란 말이다. 그러므로 이것이라고 지적해

惡之幾, 擇其善而固執之, 知其惡而決去之, 常使道心爲主, 而人心聽命焉 則危者 安微者顯, 而動靜云爲自無, 過不及之差矣, 此之謂, 精一執中者也, 曰所謂四端者, 亦此心之所發 則其爲情一也, 而何以別謂之四端乎, 曰四端者, 指其仁義禮智四性中, 感動直出者而爲言, 七情者, 合性命與形氣之所發者, 而摠名之耳, 非謂七情之外, 別有四端, 不以辭, 害義, 可也, 曰然則, 有性發心發之說何耶, 曰不然 夫性也者, 心之所具之理, 心也者, 性之所寓之器二而一者也 故其虛

서 표시할 수는 없지만 작용은 극히 영묘불가사의(靈妙不可思議)한 것이요, 변화 불칙한 것이 마음이다. 그리고, 영묘불가사의한 정신의 변화를 헤아릴 수 있는 것은 이(理)이다."

이(理)가 하는 것 없는 데 마음이 하는 것이 있다면 이(理)는 그 자취가 없게 되고 마음의 자취만 있고 이(理)가 발하지도 않으려니와 마음이 능히 발하지 않는데 어찌 성질과 기질의 혼융(混融)이 있을 것이며 성만 홀로 발하고 마음만 홀로 피어날 이치가 있을 것인가.

이 비록 이에 대한 선현(先賢)의 이론이 있으나 내가 감히 믿을 수가 없고 후일의 아는 사람[知者]을 기다려 알아볼까 한다.

靈神明, 變化不測者, 心也 而所以能虛靈神明, 變化不測者, 理也, 理無爲而心有爲, 理無迹而心有迹 非理無所發, 非心不能發, 安有以理氣之混融者, 而有性獨發心獨發之理乎哉, 此雖有先賢之論, 吾斯之未敢信也, 聊識以待知者.

11. 예(禮)와 악(樂)에 대한 논설　　禮樂說

전(傳)에서 말하기를
"천자가 아니면 예의를 의논하지 말라"
하였고 또
"비록 높은 자리에 있다 하여도 그 덕이 없으면, 감히 예(禮)와 악(樂)을 함부로 마련하지 못한다."
하였는데,

傳曰,「非天子不議禮, 又曰, 雖有其位, 苟無其德不敢作禮樂焉」,

大哉, 禮樂之爲義也, 夫禮者, 天理之節

크도다! 예악의 그 의미여! 대저 예란 천리의 예절에 관한 문장이요, 인사의 거동으로서 사람의 도를 세우는 까닭이며, 악이란 풍류의 가락을 조화시키고 그 장엄한 것을 부드럽게 펴서 사람으로 하여금 날로 선한 마음으로 감화케 해서 어느 틈에 사람의 도를 이루게 하는지 깨닫지 못하는 사이에 이루게 하는 것이다. 예는 대개 경(敬)을 주로 하고 악(樂)은 화(和)를 위주로 하는 것이니 예는 엄(嚴)을 위주로 하고 악은 서(舒)를 주로 한다. 화(和)와 경(敬)이 중도(中道)의 덕이 되는 근거가 되는 연유가 됨으로 예악은 가히 한쪽으로 치우치게 사용 해서는 안된다.

예가 너무 기승부려 엄숙에 지나치면 사람 마음의 이반(離反)을 가져오기 쉽고, 악이 너무 번성하면 지나치게 화(和)에 흘러서 멋대로 하는 데 이르기 쉽다.

그래서 공자는 논어에서 말하기를

"예(禮)에 화(和)를 쓰는 것을 귀중하게 여기므로 선왕의 도가 이를 아름답게 여겼으므로 작은 것이나 큰 것이 모두 이것으로 연유가 되는 것이니, 행하지 않는 것은 화(和)를 알면서도 화가.예로써 이루어지지 않는 까닭에 또한 가히 행하지 못하는 것이다." 하였는데 과연 적절한 말이다.

대개 예(禮)인즉 사람의 심지를 거둬서 사람의 신

文, 人事之儀則, 所以立人道者也, 樂者 和其節舒其嚴 而使人日遷善 而不知所以成人道者也, 盖禮主敬而樂主和, 禮主嚴而樂主舒, 和敬得中道之所由行也 故禮樂不可偏用, 禮勝則過於嚴, 而易至於離, 樂勝則流於和, 而易至於肆,

是以有子曰,「禮之用和爲貴, 先王之道斯爲美, 小大由之, 有所不行, 知和而和, 不以禮節之, 亦不可行也」, 切哉言也,

盖禮則 收人心志, 束人筋骨, 人情之所苦者也, 樂則 悅人耳目, 和人志氣, 人情之所喜

체를 속박하는 것으로 사람의 정을 괴롭게 하는 것이다. 악(樂)인즉 사람의 이목을 즐겁게 해서 사람의 지기를 화(和)하게 하는 것으로 사람의 정을 기쁘게 하는 것이다. 그러므로 경(敬)에서 화(和)에 이르게 하기는 쉬워도 경(敬)에 들어가기는 어려워 여기에 예(禮)가 또한 화(和)를 귀중히 여기는 까닭이 있는 것이며, 그리고 예(禮)가 또한 악(樂)의 근본이 되는 이치이다.

대개 사람이 금수(禽獸)와 다른 까닭은 예절이 있으므로 해서이다. 선왕이 그런 것을 알고 천리를 자상하게 살피고 인사를 통찰해서 예절을 제정하여 천하에 반교(頒敎)함으로써 후세에 이르러 관혼상제로부터 향음(鄕飮)·향사(鄕射) 및 빈객과의 연회에 이르기까지 예절이 있지 않음이 없는 것이다. 대개 사람이 사는 데 있어 삼백삼천이 예(禮) 아님이 없다. 관혼상제는 또 예의 근본이 된다.

후세에 이르러 사대부집이 예의를 소중히 여기지 않는 일이 많아지면서 이처럼 소중한 것을 모르는 사람들은 말하기를 지금 세상에 태어나서 세속대로 살면 그만인데 가히 예의니 악이니 하는 것이 무엇이랴. 간편하게 살면서 구속적인 것을 싫어하는 자가 도도히 탁류를 이루고 있는 것은 다 이런 부류로서 지신의 걸음을 재촉하여 자진해서 금수의 영역에 들어가는 것을 깨닫지 못하고 있으니 한심하고 탄식

者也, 故自敬至和易, 由和入敬難, 此所以 禮以和爲貴也, 然而禮又樂之本也, 夫人之所以異於禽獸者, 以其有禮節也, 先王知其然也, 審天理察人事, 而制爲禮節, 以垂敎於天下後世 自冠婚喪祭, 以至鄕飮鄕射 及賓客燕會, 無不有禮節焉, 夫三百三千莫非禮也, 而冠昏喪祭 又其禮之本也,

至于後世, 士大夫家, 多不識禮義之重如此, 而日生乎今之世從俗可也, 何必日, 禮而樂, 簡便惡檢制者 滔滔皆是宜乎 駸駸入禽獸之域, 而

할 일이다. 악(樂)의 도에 이르러서는 없어진지 이
미 오래되어 상고할 길조차 없다.

그런데 공경하지 않음이 없는 것은 예의 체(體)요,
그 용(用)의 순환의 질서 및 종용(從容)한 품위이다.
또 악(樂)의 화(和)이다.

악(樂)이 도(道)됨은 이것으로 대략 찾아볼 수 있
는 것이다. 공자는 말하기를

"사람이 어질지 못하면 예(禮)는 어찌하며 악(樂)
은 어찌할까?"

했다. 정자(程子)는 말하기를

"어질지 못하면 질서가 없어 화(和)하지 못하는데
「서」(序)와 「화」(和)는 예악(禮樂)을 이르는 것인 동
시에 「인」(仁) 또 「덕」(德)을 이르는 것것이다."

대개 예악(禮樂)이라 하는 것은 대저 옥백(玉帛)[47]과
종과 북을 말하는 것이다.

덕이 있은 후에 예악이 발흥케 된다. 진실로 덕
이 없으면 비록 옥백이 서로 교환되고 종과 북이
소리를 낸다 하더라도 족히 예악이라 할 수는 없는
것이다.

대개 경(敬)과 덕(德)이 모임에 있어 능히 공경하
면 반드시 나를 덕 있게 하나니 그런고로 경(敬)은
예(禮)의 중추의 몸체가 되고 화(和)는 즐거운 낙

莫之覺也,

吁可歎也已. 至
於樂之道, 廢已久
矣, 今不可詳也,

然而無不敬者,
禮之體也, 而其用
之循序, 而從容舒
泰者, 樂之和也,
樂之爲道卽, 此而
又略可見矣, 子曰,
人而不仁如禮何,
人而不仁如樂何,
程子曰, 不仁則無
序而不和, 序與和
禮樂之謂, 而仁又
德之謂也,

夫禮樂云者, 豈
玉帛鍾鼓云乎哉,
有德而後, 禮樂作
焉, 苟無其德則,
雖玉帛交錯 鍾鼓
鏗鏘, 不足謂之禮

---

47) 옥백(玉帛) ; 옥은 구슬. 백은 비단. 이것으로 옛날 지방 제후가 천제를 뵈올
때나 서로 동맹할 때 선물로 사용했다.

(樂)의 모임이 된다.

　능히 공경하고 능히 화(和)하면 예악이 갖추어지고 덕성이 이루어질 것이다.

　자공(子貢)이 말하기를

　"예(禮)를 보고 그 정치를 알 수 있고 악(樂)을 듣고 그 덕성을 알 수 있다."

　하였고 공자는

　"순(舜)임금의 음악인 소(韶)[48]는 진선진미(盡善盡美)하다."

　하였다. 주자(朱子)는 이에 대한 해석에

　"선(善)은 성용(聲容)의 실(實)이요, 실(實)은 덕(德)을 이름이다."

　라고 하였는데 그러므로 예악을 일으키는 데 있어서 덕성을 높이는 길보다 더 큰 것은 없을 것이다.

樂矣, 夫敬德之聚也, 能敬必有德 吾故曰, 敬者禮之樞也, 和者樂之會也, 能敬能和, 禮樂備, 而德性成矣,

子貢曰, 見其禮而知其政, 聞其樂而知其德, 孔子曰, 韶盡美矣, 又盡善也, 朱子釋之曰, 善者聲容之實, 實謂德也, 故與禮樂莫大乎尊德性.

12. 난리를 다스리는 인재를 얻는 이론　治亂在得人說

　무릇 이른바 잘 다스려지는 나라는 어지러운 세상에서 임금을 보좌하여 잘 다스리는 사람을 얻는 데 있다.

夫所謂 治亂在於得人者, 盖自唐虞三代以來,

---

48) 소(韶) ; 소는 순(舜)임금의 음악. 무(武)는 주(周)나라 무왕(武王)의 음악. 공자는 소(韶)는 가장 아름답고 가장 좋다(盡善盡美)고 했으나 무(武)는 가장 아름답기는 하나 가장 좋지는 못하다고 했다.(논어 팔일(八佾)편)

이것은 대개 당우(唐虞)⁴⁹ 3대 이후 비록 성군(聖君)이 위에 있고 또 재주와 슬기가 아주 뛰어난 신하가 아래에 있어 보좌(輔佐)한 연후에 능히 나라를 다스릴 수 있었는데 그 까닭은 무엇인가?

혼자 총명한 것은 능히 한편 말만 들어 신용할 수 없고, 혼자 밝은 것은 능히 두루 살필 수 없는 까닭에 밝은 임금과 어진 신하가 서로 사람을 만나게 되어 위아래가 서로 돕고 이용하게 된 연후에 비로서 천위(天位)를 한결 같이 보전할 수 있고, 천직(天職)을 다스리되 천민(天民)을 편안하게 하는 것은 즉 자연의 이치이다.

내 또한 시험삼아 개략을 들어 말하면, 무릇 저 당요(唐堯)와 같은 지혜와 덕이 뛰어난 성인으로도 사악(四岳)⁵⁰이 있는 데다가 또 순(舜)을 밭두둑 속⁵¹에서 기용(起用)하여 큰 정치를 섭정(攝政)케 한 뒤에야 천하가 이에 크게 다스려졌던 것이다.

우(虞)나라 순(舜)이 천하의 임금이 된데도 또 반

雖聖君在上, 又必有俊, 乂之臣在 下而輔佐之然後, 乃能成其治此, 其故何哉 獨聽不能以偏聽, 獨明不能以偏視, 故明良相得, 上下相濟然後, 可以共天位, 治天職以安天民者, 乃自然之理也, 吾且試擧, 其槩而言之,

夫以唐堯之至聖, 而有四岳, 又擧舜於畎畝之中, 使攝大政, 而後天下乃大治, 虞舜之有天下也, 又必有, 皐夔

---

49) 당우(唐虞) ; 중국의 도당씨(陶唐氏)와 유우씨(有虞氏). 곧 중국상고시대 사상의 이 상적 태평시대인 요순(堯舜)시대를 말함.

50) 사악(四岳) ; 요(堯) 시대에 사방제후(四方諸侯)의 우두머리. 또는 사악제후의 일을 나누어 맡은 희화(羲和)의 네 아들 즉 희중(羲仲), 희숙(羲叔), 화중(和仲), 화숙(和叔).

51) 밭두둑 속 ; 농부의 자리. 즉 순(舜)은 밭갈이 하다 기용되어 나중에 성군이 되었다.(舜於畎畝之中)-맹자.

드시 고요(皐陶)[52]· 기(夔)[53] · 직(稷) · 기(棄)[54] · 설(契)[55] 등 스물 두 사람이 있어 천하가 크게 다스려졌고 하우씨(夏禹氏)[56]가 황제의 자리를 순(舜)으로부터 양위받게 되자 또한 순(舜)의 신하를 기용하여 다스렸으며 또 어진 임금은 능히 아버지의 신하와 아버지의 정사를 바꾸고 곧 고치지 않는다 하니 삼가 우(禹)의 치적을 승계(承繼)한 것이 다스림을 잘못되지 않게 하였다.

하우씨(夏禹氏)의 왕의 덕이 쇠퇴하여 걸(桀)의 시대에 이르러 폭군이 위에 있고 어진 사람은 초야(草野)에 묻혀 천하가 크게 어지러울 때 하늘은 성탕(成湯)[57]에게 명하여 이윤(伊尹)[58]을 유신(有莘)[59]의 들에서 얻고, 걸(桀)을 내치고 백성을 구한 연후에 천하가 그제야 크게 다스려졌으며 그후 상(商)의 고종(高宗) 때에 또 부열(傅說)[60]을 얻어 다스리다가 다시

稷契等, 二十二人而天下亦大治, 及夏禹氏受禪, 亦臣舜之臣而致治啓, 又賢能不改父之臣, 與父之政, 敬承繼禹之績, 而亦不墜厥治焉,

夏德衰而至桀之世, 暴君在上, 賢人在野 天下大亂, 天命成湯, 得伊尹於有莘之野, 放桀以救民然後, 天下乃大治, 其後商之高宗, 又

---

52) 고요(皐陶) ; 순(舜)임금의 신하의 한 사람. 법의 이치에 달통하여 법을 세워 형벌을 제정하고 또 감옥을 만들었다. 22인의 명신.
53) 기(夔) ; 순(舜)임금의 신하. 이하 22인의 명신.
54) 직 · 기(稷 · 棄) ; 순(舜)임금의 신하들.
55) 설(契) ; 순(舜)임금의 신하로 상(商)나라의 시조가 됨.
56) 하우씨(夏禹氏) ; 옛날 중국의 하나라 임금.
57) 성탕(成湯) ; 은(殷)나라의 최초 황제.
58) 이윤(伊尹) ; 중국 은나라 탕왕의 어진 신하.
59) 유신(有莘) ; 중국 고대 지명(地名). 또는 나라 이름. 이윤(伊尹)이 등용전에 밭갈이 하던 땅.
60) 부열(傅說) ; 은(殷)나라의 고종(高宗)의 어진 신하.

은덕(殷德)이 이미 쇠하여 주(紂)의 몸에 미치자 어진 신하를 살육하고 간신을 임용하며 무도한 짓을 자행하게 되니 천하는 또 크게 어지러웠다.

여기에 문왕(文王)·무왕(武王)이 일어나서 하늘의 명령을 받아 또 스승인 상보(尙父) 태공망을 얻어 주(紂)를 토벌하고 천하를 편케 하여 천하는 또 크게 다스려졌다.

무왕(武王)은
"내게 난세의 충신 열 사람이 있다."
하였는데 난세에 충신이 치신(治臣)이다. 그것은 대개 주공(周公)·소공(召公)·태공(太公)·필공(畢公) 등 훌륭한 어진 신하들을 두고 한 말이다.

아아! 옛적 성스런 황제와 밝으신 임금의 천하국가(天下國家)를 위함에 있어 가장 덕행이 높은 성인이 임금으로 오히려 반드시 현좌(賢佐)할 신하를 얻은 연후에 다스리게 되기를 이같이 하였는데 후세인 즉 용렬한 임금과 하찮은 비부(鄙夫)로써 나라를 위하여 다스리고자 함으로 어려운 것이다.

하물며 폭군에 간신으로써 능히 다스리게 될 때 망하지 않겠는가.

무릇 요(堯)·순(舜)·우(禹)와 같은 덕행이 높은 성인으로 주고 받아 서로 전하는 것은 마음이 아주 자세하고 한결같은 심법(心法)에 불과할 것이며, 그 어질고 능히 재주가 있고 착한 신하가 있어 또한 다

得傅說而致治, 殷德旣衰, 而及紂之身, 戮賢任奸, 力行無道, 天下又大亂, 文武作而受天之命, 又得師尙父, 而滅紂以安天下, 天下又大治,

武王曰, 予有亂臣十人, 亂臣者治臣也, 盖周公 召公 太公 畢公等, 大賢聖之臣是爾,

嗚呼, 古昔聖帝明王之 爲天下國家也, 以大聖之君, 而猶必得賢佐然後, 致治如此, 後世則, 以庸君與鄙夫, 爲國而欲其治, 難矣, 況乎, 以暴君與妄臣, 爲國而能治不亡乎,

夫以堯舜禹之大聖, 其所以授受相

마음이 자세하고 한결같은 심법을 가지고 스스로 다스렸던 까닭이다.

이것으로써 임금에게 권하여 고하면 어진 임금과 현명하게 보좌하는 신하는 서로 사랑하고 아끼고 도와서 다스리게 되는 것이 어찌 이에서 예외일 수 있겠는가. 이것이 이윤(伊尹)이 말한 바

"다 한가지의 덕이 있는 것이다."

라고 하는 것이다.

아아! 슬프다. 쇠퇴한 주(周) 이후에는 천하가 다시는 이 뜻을 모르고 모두 한 가지 덕을 가진다는 말이 무슨 일인지를 알지 못하고 자기의 소견에 편벽되이 일임하고, 사람이 자기에게 거짓과 아첨으로 섬기는 것을 좋아하며 오직 그 사람의 말이라면 어기지 못하니 망하는 것이 당연하였다.

잘 다스리는 날들은 항상 적고 어지러운 날만 항상 많을 것은 뻔한 일로서 한심스럽고 탄식할 뿐이구나.

傳者, 不過乎精一之心法, 而其賢能俊乂之臣, 亦皆以此而自治, 以此而告君則, 聖君賢輔所以相須, 而致治者 又豈外於此哉此伊尹所謂咸有一德者也,

嗚呼, 衰周以降天下不復知此義, 不知咸有一德之爲何事, 偏任已見, 好人佞已, 唯其言而莫予違, 宜乎治日常少, 而亂日常多矣, 吁可歎也已.

13. 죽은 아들 재준⁽⁶¹⁾의 제문

祭亡兒在竣文

네가 나를 버리고 어디로 가서 한 해가 되도록 돌아오지 않느냐.

내 나이 40이 지나 비로서 너를 아들로 삼았으나 네가 처음 나면서부터 너를 안아 길러 네가 일찍이 나를 낳아준 어버이로 생각지 않은 일이 없었고 나 또한 너를 내가 낳은 자식처럼 생각지 않는 적이 없었다.

네가 젖을 떨어지면서 나에게서 먹고 나에게서 자고 가지고 놀던 노리개 등속이 아직도 모두 내게 장치되어 있으며 놀던 것도 반드시 내가 거처하는 방이 아니었더냐.

나는 미망인의 몸으로 너를 믿고 살아 왔고 네가 성장해서 아내를 맞이하고 자녀를 두게 되어 내 마음과 눈을 위로도 하고 기쁘게 하였으며 너 또한 지성으로 나를 효도로써 섬겼고 평소에 매양 내 뜻을 먼저 알고, 하려고 하는 내 마음을 이어 받들어 주어 나 또한 이것으로 마음이 위로되는 바 많았다.

거의 죽기 얼마 전에 너의 학업이 더욱 성취되어 가고 기운도 더욱 충실한 것을 보고 다시 슬하에 자녀가 많이 차례차례 번성해서, 우리 집안이 크게 번창한다 하여 일가(一家)와 가문이 밤낮으로 축복

汝棄我而安往, 匝一歲而不返乎, 余年過四十, 始以汝爲子然, 自始生之初, 卽抱汝育汝, 汝未嘗不 以余爲親生, 我亦未嘗不 以汝爲所生,

汝自免乳卽, 食於我 而宿於我, 玩戲之具 皆藏置於我所, 遊居之所 亦必於我室, 余以未亡之身, 恃汝爲生, 及汝長而有室, 有子有女, 慰悅吾心眼, 而汝又 以誠孝事我, 平居每事先意承奉, 余又以此, 慰心庶幾,未死之前,見汝學益成就, 氣益充實, 而男女詵詵, 次第長成以昌大爾, 門戶日灸,

---

61) 재준(在竣) ; 윤지당의 양자이다. 윤지당 임씨는 일찍 과부가 되었다. 그러므로 신재준(申在竣)을 강보에 싸서 데려다 키웠다.

이 되어서 진실로 이것이 나에게는 한도를 넘어 너무 지나친 과분한 일이 아닌가고 생각하였더니, 네가 이에 하루 아침에 죽으매 내가 원해 오던 것이 다 수포로 돌아가고 말았구나. 흰 머리의 외롭고 쓸쓸한 몸이 의지할 곳이 없게 되었으니 이 무슨 일이랴.

심하도다, 나의 우둔함이여, 내 그전에 너를 애지중지(愛之重之)하였던 마음으로 너를 앞세우고 보니 마땅히 경각이라도 지탱해서 살고 싶을 까닭이 없고 이제 내 너를 잃고 외로이 세상에 살아 남아 있는 것이 오래로되 둔하고 어두워서 시장기가 있으면 먹고, 곤하면 자는 것이 다른 사람과 다를 바 없는데 어찌 혈기 쇠퇴하고 정신이 닳아 없어져 참으로 무엇이 슬픈지조차 알 수 없게 것은 이 모두가 인력으로 어찌할 수 없는 바에야 하늘에 부쳐 오직 그 명을 스스로 끊는 것이 옳지 않으랴.

통곡 통곡하노라. 너의 어질고 효도로운 성품과 용모와 기상이 화락(和樂)하고 단아(端雅)한 행실과 문장·지식의 정통함과 지조(志操)의 단결(端潔)함으로써 어찌 하늘에 허물을 돌릴 것이냐. 이 반드시 모진 목숨이 마땅히 먼저 죽었어야 할 터인데 구차히 살아 남아 있어 노여움을 상하로부터 받아 귀신과 땅귀신이 너를 빼앗는 것이 그렇게 빠르게 하였고 나의 궁색한 생각이 더욱 너를 빨리 죽

祝願亶在於此, 此非踰涯過分之事, 而汝乃一朝隕沒, 所願皆瓦解, 白首煢獨, 無所依倚, 此何事也,

甚矣 吾之頑也, 以余平昔, 愛重汝之心, 喪汝, 而宜無頃刻支存之理, 而今余失汝, 而子然獨於世者, 如此之久而, 頑然冥然, 飢而食, 困而眠, 無異於人, 豈以血氣衰鑠 神精耗竭, 不能眞知悲哀而然歟, 抑爲莫可奈何 則付之於天, 唯其命之, 自盡而然歟,

痛矣, 痛矣, 以汝仁孝之性, 愷悌之行, 文識之疎通, 志操之端潔, 奚辜于天, 是必頑命, 宜死苟生, 獲怒于上下, 神祇奪汝之速, 而益余之窮

게 하였구나!

속담에 말하기를 세월이 약이라 하더라만 지금 나의 뼈아픈 슬픔은 갈수록 더욱 심하여 이 모름지기 차생에서 이런 슬픔은 다시 더 없을 것이구나!

슬프고 슬프다, 사람에 있어 이 무슨 얄궂은 일이던가, 인생은 참으로 순식간이라 하지만 하물며 나는 늙어 병든 몸으로 빈사(瀕死)의 지경에 있는데다가 또 작년 봄에 내 둘째 형님의 상(喪)을 당하고 겨울에는 둘째 형님의 아들인 어린 조카를 잃어 지극한 정의 슬픔을 하나 같이 참기 어려웠거늘 하물며 다시 또 세 번째의 슬픈 정경을 당했음이랴.

내 기력이 안으로 꺼져 가고 밖으로 쇠해가 날이 갈수록 더욱 숨이 끊어지려 하니 내 비록 어둡고 미욱하다 하나 목석이 아닐진대 어찌 능히 오래 지탱하리오. 그러나 하루가 3년같이 지긋지긋하여 다만 원하는 바는 하루 속히 너에게로 돌아가 지하에서나 단란히 만나 다음 세상에서 모자간 인연을 계속하고자 하는 것뿐이다.

슬프다, 세월은 흐르는 물과 같이 3년이 어느덧 박도하고 보니 너의 상식상(上食床)인 궤연(几筵)62)을 또한 걷게 되고 사당에 들어가게 될 것이다. 이제

也, 諺云歲月爲藥, 而今我之痛酷, 愈往愈甚, 此須無此生. 乃無此悲已矣,

嗚呼, 痛哉, 此何人, 斯人生, 眞如白駒之隙, 而短今我老病 瀕死之中, 又於昨春喪吾仲氏, 冬又喪, 仲氏之小子, 至情之痛, 一猶難忍, 況於三乎, 內銷外鑠, 日益奄奄則吾雖至頑, 旣非木石, 安能久哉, 然而一日如三秋, 但願速歸與爾, 團會於地下, 以續此世母子 未盡之緣而已也,

嗚呼 三年已迫, 汝之筵几 亦將撤而廟矣, 從今以往, 雖欲一哭汝, 少洩胸中之痛,

---

62) 궤연(几筵) ; 상가(喪家)에서 2년간 상식(上食)할 때 쓰던 상식상. 대상(大祥) 즉 거상 만 2년후 철상할 때 이 상을 걷운다.

부터는 비록 곡(哭)을 히여 가슴속 슬픈 심회를 풀어보려 하여도 선왕(先王)의 예(禮)를 마련하신 것이 한도가 있으니 그것인들 어찌할 수 있으랴.

슬프도다, 내가 너의 평일에 좋아하던 물건을 보면 아침 저녁 밥상에 갖추어 반드시 너에게 먹게 하기를 너의 살아 있을 때와 같이 하였지만, 이로부터는 그것조차 하지 못하게 되었으니 슬프고 애처롭도다. 내 장차 어느 곳에 마음을 붙여 남은 여생을 살아가야 하느냐.

내가 철상하기 전에 참석하여 조석으로 와서 곡하면서 조금이라도 이 원통한 마음을 풀어볼까 하나 눈이 어두운 증세가 점점 심하여 거의 눈을 잃다시피 되었으니, 혹 장님이 되어 성인의 가르침에 죄를 얻을까 두렵기도 하고, 또 다음날에 황천에 가서 네 얼굴 알아보지 못할까 두려워서 이런 두려움으로 일이 뜻대로 되지 못하고 보니, 이 또 더욱 슬프고 가슴 아픈 일이로다.

내 이제 너의 몸가짐 태도를 볼 수 없게 되었으니 행여나 꿈에나 너의 혼이라도 와서 너와 서로 만나 보았으면 오히려 마음에 위로가 될까 하고 그 정(情) 또한 아득하여 흐릴 것이니 네 능히 자주 현몽(現夢)하여 조금이라도 늙은 어미의 슬프고 원통한 애달픈 심정의 만분의 일이라도 풀어다오, 슬프고 아프도다. 받아주기 바란다.

先王制禮有限, 又何可得乎,

嗚呼, 余見爾平日所嗜之物則, 因饋奠而必以餉汝意, 若汝生存者然, 從今以往, 此又不可得矣,

悲哉, 哀哉, 吾將寓心於何處, 而遣餘日哉, 余欲趂此, 未撤之前, 朝夕來哭 以小解此痛寃之心, 而眼暗滋甚, 幾乎盲廢, 故恐或至於喪明, 得罪聖訓, 而且異日泉臺, 不識爾顔, 是懼不得如意, 此又尤可悲也,

痛矣, 痛矣 吾今不可得, 以見汝之儀容, 尙幸夢魂與爾相交, 猶可爲慰於心, 其情亦憾矣, 汝能頻頻現夢, 以小紓老母 悲寃之萬一耶, 嗚呼, 痛哉, 尙饗.

10. 신부용당(申芙蓉堂) 일명 산효각(山曉閣)의 시(詩)

1. 농가의 즐거움　　　　　田 家 樂

여종은 아침에 저자에 다녀오고　　　　小婢朝爲市
일꾼은 땔감을 베어 지고 돌아오네.　　一力負薪歸
서남쪽 밭에 심은 삼은 우거지고　　　西南種枲樹
나 또한 양잠하여 실을 뽑는다네.　　　吾亦養蠶絲

2. 매미소리　　　　　　　蟬 聲

녹음 속에 우는 매미소리　　　　綠樹蟬聲鳴
나날이 맑고 신묘해 가네.　　　　日日淸且巧
나 홀로 그 소리 듣고 즐기니　　吾獨聞樂聲
어느 누가 이 기쁨 알기나 하랴.　世人誰知好

3. 외가의 두 오라버니①를 보내며　　送李二兄

들에는 곡식이 누렇게 익어 가고	田野租黍黃
뜰 안의 대추와 밤은 영글어 가는데.	園圃棗栗熟
오늘은 서운하게 떠나 보내고	今日悠然別
서글피 바라보자니 마음 아프네.	悵望愁思劇

보령으로 가는 길은 길고도 먼데	保寧道路長
해가 져서 수풀은 어두어가네	日暮廻林薄
물어 보자 언제쯤 돌아올건가	借問幾時還
험한 길을 무사히 도착하시라.	險道善得達

4. 가을날　　秋　日

하늘에는 흰 구름 뭉게 뭉게	連天白雲多
멀리 들길에는 행인이 오가네.	遠野行人歸
푸른 강에는 돛단배 삐딱하고	蒼江舟楫斜
바람 결에 백로는 날아 오르네.	風吹白鷺飛

---

1) 외가의 두오라버니: 부용당의 어머니는 통덕랑(通德郎) 이휘(李徽 본관은 星山)의 딸이므로 이씨 성의 두 형[李二兄]이란 외가의 오라버니를 가리킴.

5. 초승달 밤

밤 고요하니 샘물 소리 더욱 요란하고
초승달은 아직 높이 솟지 않았네.
가을바람에 산열매 영글어 가고
넓은 들에 조와 기장 누렇게 익네

初 月 夜

夜靜泉聲多
初月明未央
秋風山果熟
廣野禾黍黃

6. 늦가을

강산에는 가을 나무 비단의 장막이요
물가에는 노을 속에 기러기 내려 앉네.
산 경치는 울긋 불긋 찬란하고
강빛은 맑고 푸르네.

暮 秋

山水秋兮錦帳
下鴻羽兮烟汀
山光兮粲粲
江色兮蒼蒼

7. 봄바람 저물어 가네

푸른 물결 타고 고깃배 지나가는데
물결이 빠르니 멈추지 못하는구나.
강을 건너 풀밭섬에 가려고 하나
나루에는 어느새 봄바람 저무네.

春 風 暮

蒼波魚艇去
水急不能住
欲渡向芳州
渡口春風暮

8. 첫여름   初 夏

구름은 풀 나무 솟듯 피어오르고   雲生如草木
달은 떠서 온 산이 다시 밝구나.   月出山更明
수풀 속에선 새 한 마리 울고 있고   林間一鳥鳴
땅위에는 사람 모습 보이네.   地上人影生

9. 봄을 읊음   春 詞

하늘 문이 봄을 열어 주니   天門開春
초목은 쑥쑥 자라네.   草木生長
형제들은 안락하고   兄弟安樂
부모님도 고당에 편안 하시네.   親在高堂

이미 하늘이 복을 주셨으니   旣天錫福
반드시 영생 복록 누리리라.   必受永樂
이 좋은 태평천하에서   太平天下
만백성 모두가 안락하네.   萬民安閣

푸른 봄은 만물의 근원이니   靑春冥冥
초목들은 기뻐하며.   草木訢訢
만세를 축원하니   祝日萬世
부모님은 편안하시네.   父母安安

10. 가을밤　　　　　　　秋　夜

푸른 하늘엔 흰 구름이 뭉게 뭉게	靑天多白雲
밤 하늘엔 은하수 또렷하다.	河漢星歷歷
내가 걷는 옷엔 이슬이 맺히고	我行衣有露
숲속에 숨은새는 높은 나무에 올라있네.	幽鳥上高木

11. 두릉태수[2]에게 쌀을 구걸했으나 오지 않았다

乞米杜陵太守不至行

농가에 양식이 없어서	田家無粮食
고을 창고의 곡식을 빌리려고.	乞米萬縣庫
종과 말을 심부름 보냈으나	送奴與馬往
앞강을 건너지 못한다누나.	不解前江渡
나날이 비는 와서 장마지고	日日積雨多
바람까지 부니 길은 끊어졌다.	風吹隔道路
닷새가 지나도록 사람이 으지 않으니	五日人不至
서글피 쳐다보는 사이에 해는 저무네.	悵望遂薄暮

2) 두릉태수(杜陵太守) ; 두릉은 두보(杜甫)를 가리키므로 여기서 두릉태수는
　특정지역의 태수를 지칭하기보다는 '글을 잘 하는 관장'이라는 존칭으르
　쓴 것 같다.

12. 꿈에 금강산을 유람하다　　　　夢遊金剛山

(1)

금강산을 보려고 간절히 원했는데	願我見金剛
한번도 가보지 못하고 있다가.	一見不可得
꿈에서 금강산을 유람하게 되니	夢遊金剛山
푸른 바다에 하늘은 푸르렀다.	滄海正空綠

(2)

저 멀리 배 타고 저어 갔었고	杳杳乘舟去
향기로운 바람은 비단치마를 흩날렸네.	香風吹羅衣
예쁜 꽃은 만발하여 찬란히 펄럭이고	瑤花粉旖旎
고운 무늬 새는 아래 위로 날고 있었네.	彩鳥高下飛

(3)

산봉우리에 네 신선 있었는데	峰上有四仙
푸른 머리카락이 길게 드리웠었다.	綠髮長蒼蒼
산 위에 올라서 해돋이 보건대	登山見日出
햇빛은 부상(扶桑)③에서 날고 있었네.	日光飛扶桑

(4)

오르고 또 올라 청학대(靑鶴臺)에 이르니	登登靑鶴臺
고요하고 적적하여 사람하나 볼 수 없네.	寂寂不見人
돌문이 홀연히 크게 열리고	石門忽大開
표연하게 신선이 나타났었네.	飄飄見神仙

3) 부상(扶桑) ; 해가 잠자고 떠 오른다는 곳. 해지는 곳은 함지(咸池)

(5)

몸을 뒤치며 꿈을 깨어 일어나 보니	翻身夢覺省
동창엔 달이 이미 기울어 있고.	東窓月已傾
찬 하늘엔 새벽 구름 걷히어 가는데	天寒曉雲收
푸른 강에선 노 젓는 소리 들리는구나.	蒼江棹椎聲

13. 친정 셋째 오라버니[4]를 남주로 보내며

贈別舍三兄南州

(1)

팔월인데 벌써 다듬이소리 부산하고	八月寒砧多
섬돌에선 귀뚜라미 울어댄다.	階際蟋蟀鳴
높은 나무에서 매미우는 소리 일어나고	高樹蟬聲起
들판에서는 새 쫓는 소리가 들린다.	曠野驅鳥聲

(2)

푸른 하늘엔 북풍이 높고	碧落北風高
남주에는 가을 파도가 차겠지.	南州秋濤寒
저녁 무렵 큰 배는 떠나는데	夕陽大船去
뱃노래는 맑고 또 구성지구나	棹歌淸且閒

4) 친정 셋째 오라버니 : 부용당의 셋째 오라버니인 진택(震澤) 신광하(申光河)
를 말함.

(3)

오빠들을 이별하여 남주(南州)로 보내는데	兄主離別送南州
멀리 외로운 배를 바라보니 강을 건너가네.	遠望孤舟淸江渡
산기슭은 멀고 나무는 창창한데	山根悠悠樹蒼蒼
소슬한 가을바람 나무 밑을 스치는구나.	秋風蕭瑟吹木下

(4)

깊은 숲의 까막까치는 남쪽으로 날아가고	深林烏鵲南飛去
밤 깊도록 홀로 앉아 나 혼자 생각하네.	夜深獨坐我自知
달빛 아래 배회하며 마음은 괴롭고	月下徘徊思心苦
오빠 또한 홀로 앉아 이 동생을 생각하리.	兄亦獨坐應思我

(5)

중추 팔월이 좋은 때에	仲秋八月時
북풍은 오동나무 끝에 불고.	北風吹高梧
기러기 떼는 남쪽으로 날아가는데	鴈群南飛去
아득한 심사를 편지로나 써 보낼까.	蒼茫欲寄書

(6)

남과 북 사이가 백리도 못 되는데	南北未百里
유유히 두 강물이 가로놓였네.	悠悠二江長
오빠 계신 남주는 가을달 밝고	南州秋月明
산하의 나뭇잎은 아직도 푸르겠지	山河樹葉蒼.

(7)

푸른 하늘엔 수멀수멀 구름이 일어나고	碧落雲初起

은하수는 잠깐 사이 동쪽으로 기울었네.　　銀河暫東傾
창 아래 아직도 홀로 앉아 있노라니　　　　窓下猶自坐
밤은 벌써 반이 지나 새벽닭이 우는구나.　　夜半鷄鳴聲

14. 외가 오라버니를 보내며　　　送別李外兄

술상 놓고 외형과 이별하는데　　　置酒與君別
꽃은 피고 제비는 날아다니네.　　　花發燕子飛
멀리 한양길 바라다보니　　　　　　遙望漢陽路
봄바람은 그대옷을 날리는구나.　　春風吹君衣
산길 돌아 오백리를　　　　　　　　山下五百里
그대 탄 말 아득히 가네.　　　　　　君馬去依依

15. 봄노래　　　春　詞

천지가 처음 열리고 봄이 비로소 시작되니　　天地初開春始立
하늘이 구름 모이듯 복을 주셨네.　　　　　　天以福賜若雲集
복이 있는 곳에 어찌 기운이 그칠까　　　　　福之所處耶氣戢
우리 가족 복덕이 하늘 뜻에 맞추소서.　　　願余族兮德與天合

11. 서영수합(徐令壽閤)의 시(詩)

1. 큰 아들①이 중국에 사신감을 배웅하면서

寄長兒赴燕行中

계해년　　　　　癸亥

(1)

손 잡으니 서로 이별 차마 어려워　　　握手不忍別
아득한 생각이 끝이 없구나.　　　　　悠悠意不窮
머리 들어 가야 할 먼지길 바라보니　　擧頭望行塵
쓸쓸히 가을 바람 불고 있구나.　　　　蕭蕭起秋風

(2)

너를 보내 향하는 곳 그 어디인고　　　送汝向何處
구름 너머 삼천리 중국의 연경(燕京)②　　燕雲三千里
나라 일로 말 달리니 귀하그 무거워　　征鞭去珍重
어미 마음 간절한들 소용 있으리.　　　何用戀兒子

---

1) 큰아들 ; 서영수합의 큰 아들은 홍석주(洪奭周 1774~1842). 조선 문신 임.
2) 연경(燕京) ; 지금의 북경(北京). 청나라 때 서울.
3) 원주의 계해(癸亥)년은 1803년 즉 작자의 51세 때이다. 영수합고(令壽閤稿) 에는 이 작품이 첫머리에 나온 것으로 보아 첫번째 작품인듯 하다. 서영수 합은 시를 늦게 배워 익혔다.

(3)

나라 일은 모두가 기약이 있는 것	王事皆有期
집 생각 어미 생각 아예 말고서.	勿爲戀家鄕
나날이 훌륭하단 소식 전하면	令聞日以彰
내 곁에 있음 보다 더 빛나리.	勝似在我傍

(4)

싸늘한 겨울 바람 벌써 닥치니	凉風忽巳至
나그네 길 춥지 않게 옷차림하고.	遊子衣無寒
내사 네 생각만 그칠 날 없으리니	念此勞我懷
자주자주 편안 소식 전하여 다오.	種種報平安

(5)

성인들이 남겨놓은 교훈 있으니	先聖有遺訓
항상 그 몸을 소중히 하며.	莫若敬其身
모든 일 조심하되 살 얼음 건너듯	常存履氷戒
일신은 편안하고 학덕은 새로워라.	身安德日新

2. 두보(杜甫)의 「봄물」에 차운함   次杜春水
무진년④   戊辰

이슬에 젖어 꽃은 자취 없고	露濕花無跡
강물은 흘러 돌에 흔적이 남네.	江流石有痕

4) 원주의 무진(戊辰)은 1808년 즉 작자 56세 때임

불은 조수(潮水)는 버드나무 언덕으로 넘치고 　添潮通柳岸
출렁이는 달빛은 형문(荊門)⑤에 닿았네. 　漾月到荊門

자던 백로는 새로운 물가를 바라보고 　眠鷺看新渚
돌아오는 기러기는 옛 동산을 묻네. 　歸鴻問故園
애달픈 마음으로 봄의 포구를 바라보니 　傷心春浦望
바람이 일어서 푸른 물결 요란하네. 　風起碧波喧

3. 농서⑥의 늦은 봄 　　　隴西暮春

꾀꼬리 울음에 신록은 싱그럽고 　鶯啼綠樹報新晴
향긋한 풀 무성하니 봄은 다시 살아나네 　芳草萋萋春復生
버들 숲에 아침 안개 더욱 푸르르고 　柳帶朝烟還杳翠
꽃잎에 비 맞으니 더욱 환하네. 　花含宿雨更分明

물 위에 구름 가도 그림자 없고 　行雲過水看無跡
성긴 대밭 봄바람에 대잎소리 들린다. 　疎竹迎風聽有聲
높은 누각 겨우 올라 아득히 바라보니 　强上高樓窮遠目
고향의 봄 생각에 가슴 복받치누나. 　此時難爲故園情

5) 형문(荊門) ; 일반적인 뜻은 '광대 싸리 문 곧 시비(柴扉)이고 지명으로는
　중국 호북성(湖北省)에 있는 현의 이름.
6) 농서(隴西) ; 황해도 서흥(瑞興)의 옛 이름. 작자 서영수합의 고향. 서영수
　합은 황해도 서흥의 서씨(徐氏) 집안에서 태어나 서울의 홍씨(洪氏) 집안에
　출가하여 현모양처의 작가로 다복한 인생을 살았지만 출가외인의 벽을 넘
　어 평생 고향을 못잊어 자기는 떠돌이 나그네라고 하였다. 시 전편에 공향
　생각이 흐른다.

4. 두보의 「초생달」시에 화답[7]함   和杜初月

철새는 아직 깃들 곳 찾지 못해	羈鳥棲未定
나뭇가지 어디서도 쉬지 못하네.	難爲一枝安
숲 사이 초생달 그림자 지더니	林月初生影
구름 끝에 가늘게 비끼어 걸리었네.	纖纖掛雲端

흐르는 달빛이 소매 속에 스며드니	流光入懷袖
때는 밤중이라 쌀쌀하기 짝이 없네.	中宵覺微寒
길손의 시름은 밤으로 더 길어서	遠客愁夕永
솔 밑으로 비춘 달만 하염없이 쳐다보네	坐看松陰團

5. 도연명 시에 차운함   次陶淵明韻

(1)

병이 많아 오래도록 베개에 누워 있고	多病尙伏枕
늙어 가니 세상 일과 멀어져가네	老去世情疎
오래된 나그네 돌아가지 못하누나	久客歸未得
성남(城南)의 바루 저게 내집이 있는데도.	城南有吾盧

(2)

귀향길 늦다고 한하지 말자	不恨歸來遲

---

7) 화답[和] ; 특히 서영수합의 시에는 중국 당(唐), 송(宋)을 위시한 명가들의
시에 화답[和], 운따라[韻], 차운[次] 등의 작품이 많은데 그 차운한 원시(原
詩)를 일일이 보이지는 못한다.

거문고와 책으로 흥을 돋우며.	興到弄琴書
관사(官舍)는 절간처럼 고요하고	官舍始禪室
문앞에는 관리들의 큰 수레가 없구나.	門無大人車

(3)

때 맞추어 오는 비는 만물을 적시는데	時雨潤物細
좋은 맛은 밭나물이 더욱 있구나.	好味在園蔬
지팡이를 휘두르며 언덕으로 오르는데	携杖登平原
어린애도 서로 함께 동무하누나.	稚子相與俱

(4)

머리 들어 푸른 산을 바라보자니	舉頭望青山
푸른 산이 그림의 한 폭과 같구나.	青山如畵圖
지극한 기쁨이 여기에 있으니	至樂在此中
이 밖에 다시 무엇 바라겠는가.	此外更何如

6. 두보시 「개임」에 화답함　　和杜晴

처마 끝엔 묵은 안개 걷히고	簷端宿霧捲
영 넘으로 흰 구름은 돌아가누나.	嶺外白雲歸
방이 조용하니 책상의 책이 윤이 나고	室靜庆書潤
숲이 떠들썩하니 자던 새가 날아가네.	林喧睡鳥飛

| 밭의 아욱에 아직 습기가 남아 있고 | 園蔡有餘濕 |
| 들의 보리는 새로이 살쪄 오르네. | 野麥添新肥 |

달은 문 앞의 버드나무 위로 오르고   月上門前柳
짙은 그늘은 초록빛 아지랭이를 머금었네.   濃陰合翠微

7. 두 아들®을 떠나 보내며   送別兩兒

(1)

아침 해는 높은 누각 위에 솟아서   朝日上高樓
내 집 앞 수풀을 비춰주는데.   照我堂前林
먼 길 떠날 길손은 걱정스런 잠을 깨고   遠客罷愁眠
큰 나무들은 짙은 그늘 드리웠구나.   喬木垂濃陰

(2)

깊은 숲 새들은 서로 어울려   幽禽相和鳴
정답게 소리 맞춰 노래하는데.   關關共好音
지금 바야흐로 두 아들을 보내려니   此時將送人
먼 길은 예나 지금이나 가로 놓이네.   長塗橫古今

(3)

보내는 정 내 어찌 옅으리오만   離情我不淺
이별의 쓰라림 너희 더욱 깊으리.   別懷爾更深
맑은 가을 서로 얼굴 마주 하지만   會面在淸秋
어찌하여 상한 마음은 더욱 솟는가?   何必復傷心

8) 두 아들 ; 홍석주(洪奭周 1774~1842) 호는 연천(淵泉)과 둘째 아들 홍길주
(洪吉周 1786~1841)를 말한다.

8. 삼(三)·오(五)·칠(七)언시　　三五七言

긴 여름	夏日長
맑은 숲	槐陰淸

아들 타고 간	明朝送行子
말만 쓸쓸히	歸馬蕭蕭鳴

보낸 맘 어떠냐고	借問別意更何如
숲과 구름 알리라.	隴樹嶺雲摠含情

9. 두보의 「은하수」에 차운함　　次杜天河

이별의 회포가 더욱 안타까와	別懷更惻惻
일어나 보니 은하수가 밝구나.	起視長河明
운모창(雲母窓)⁹ 앞으로 흐르다가	雲母牕前瀉
수정렴(水晶簾)¹⁰ 밖에서 맑아졌네.	水晶簾外淸

흐르는 빛은 먼 길손을 따르고	流光伴遠客
드리운 그림자는 높은 성에 걸렸네.	垂影掛層城
흡사히 난초 돛대를 돌리는 것 같고	彷彿回蘭檝
푸른 파도가 일어나는 것 같구나.	依稀碧浪生

9) 운모창(雲母窓) ; 운모지를 바른 창. 규수방에 달아놓은 고급 창문.
10) 수정렴(水晶簾) ; 수정으로 엮은 규수방의 발.

10. 두 아들이 여행중 보낸 시에 차운함

次兩兒路中寄示

앞산에서 저무는 저녁 해를 바라보니   前山看向夕
고개 위에 황혼이 부산 하리라.   嶺上暮雲忙
덧없이 흐르는 세월이 저무니   冉冉流水晩
아득하게 가는 길이 길고 멀겠지.   迢迢行路長

뜰안 풀은 정을 품어 더 푸르고   含情庭草綠
들꽃들은 이별이 아쉬워 향기 뿜네.   惜別野花香
너희들을 고향 멀리 보내어 놓고   送汝鄕山遠
발길을 돌리니 더욱 아득하구나.   回頭更杳茫

11. 셋째 아들[11] 시에 차운함   次季兒韻

(1)

서늘한 바람이 문풍지를 울리니   凉風入戶鳴
날씨는 밤낮으로 맑아오네.   天氣日夜淸
흐르는 세월에 흰 머리털 늘어나고   流光任白髮
세모(歲暮)에 온갖 느낌이 일어나누나.   歲暮百感生

---

11) 셋째 아들 ; 서영합의 셋째 아들은 홍현주(洪顯周 1793~1865)요, 조선 문
   신 홍인모의 아들이며 정조의 부마인 영명위(永明尉) 즉 숙선옹주(淑善翁
   主)의 남편이다.

(2)

기러기 소리는 구름 밖으로 멀고 　　　雁聲雲外遠
멀리 가는 나그네는 정을 어찌하리. 　　遠客難爲情
어찌 농산(隴山)에 술이 없겠는가만 　　豈無隴山酒
잔을 가득 채워도 기쁘지 않네 　　　滿酌不成欣

(3)

거문고를 가져다 뜯고자 해도 　　　　試取鳴琴彈
이별곡을 그 어찌 들을 수 있을까? 　　別曲那可聞
문에 기대어 행길을 바라보며 　　　　倚門望行塵
우두커니 서 있으니 황혼이 짙는구나. 　佇入到黃昏

(4)

근심에 뒤적이며 잠 못 이루니 　　　　輾轉愁不寐
문득 이 밤이 긴 것을 깨닫는다. 　　　頓覺今宵永
서리 내려서 옷소매가 차가웁고 　　　霜落衣袂冷
은하수도 더한층 빤짝 비치네. 　　　　星河更耿耿

(5)

고개 돌려 고향 쪽을 바라보자니 　　　回首望鄕處
눈이 미치는 곳은 진루(秦樓)의 구름이네. 　目極秦樓雲
진루의 밝은 달 그 아래에는 　　　　秦樓明月下
난새와 학도 뭇 사람과 달랐으리. 　　鸞鶴殊凡羣

12) 진루(秦樓) ; 진나라 누각이라는 말로 원래는 기녀의 누각을 의미하나 여기서는 신선한 음악을 뜻하는 듯. 진나라 목공(穆公)의 딸 농옥(弄玉)과 소사(蕭史)가 봉황타고 승천한 고사가 있다.

12. 운을 불러 여러 가지를 읊음 呼韻雜詠

동헌 뜰에 아전들이 물러간 뒤에 公庭吏散後
달은 동쪽 누각 위로 떠오르네. 東樓月上初
하얗게 귀밑에 서리를 비춰 주고 皎皎添鬢雪
또렷해서 책상의 책이 가깝구나. 的的近床書

물결에 비추니 모래와 함께 희고 委波沙俱白
나무 위로 나와서 구름 함께 비었네 出樹雲共虛
어찌 맑은 빛을 몰아낼 수 있으랴 何當逐淸輝
먼저 성남의 나의 집을 비추는 것을. 先照城南廬

13. 청담을 생각함 憶 淸 潭

연못가에 내 집이 있었으니 潭上有吾廬
멀리 떨어진 신선이 사는 곳 같았네. 迢遞似仙居
암벽은 서로 영롱한 빛이요 巖壁相玲瓏
삼나무 소나무는 드문드문 둘러섰더라. 杉松遶扶疎

흥이 겨워 큰 바위 위에 앉아 乘興坐磐石
멋대로 작은 고기를 세어 보았지. 隨意數細魚
거문고를 안고 돌아오는 길에 달을 희롱하니 抱琴還弄月
흰 구름은 책상가에 가득 찼더라. 白雲滿床書

14. 아이들에게 주다 　　　贈 兒 輩

집 앞에 옥수(玉樹)¹³⁾를 심어 놓고　　堂前種玉樹
책상 머리엔 빙호(氷壺)¹⁴⁾를 걸어 놓으니.　床頭掛氷壺
생각은 달이 하늘에 가득함 같고　　襟期月滿天
문장은 봉황이 오동나무에 깃들임 같네.　文章鳳棲梧

뜰에서 추창(趨蹌)¹⁵⁾하니 학이 무리를 이루고　趨庭鶴成羣
하늘 높이 기러기가 서로 부르누나.　摩霄鴈相呼
문에 기대어 행길을 바라보노라면　倚門望行塵
봄 풍경이 마치 그림과 같구나.　春光似畵圖

15. 서울로 보내며 　　　送別京行

일어나 보니 긴 강은 번득이고　　起視長河爛
닭이 울어 이미 날이 밝았네.　　鷄鳴已曙天
수레를 늘어진 버들 아래로 몰아　驅車垂柳下
떨어진 꽃곁에 말을 멈추어 세우네.　駐馬落花邊

13) 옥수(玉樹) ; 아름다운 나무란 뜻으로 재능이 뛰어난 인재를 말한다.
14) 빙호(氷壺) ; 어름단지란 뜻으로 마음이 맑고 깨끗함을 말함. 빙호추월(氷壺秋月)이라는 말은 청렴결백함을 뜻하는 말.
15) 추창(趨蹌) ; 빠르고 예의 바르게 문전에서 자제가 걷는다는 뜻인데 여기서는 공자의 추정(趨庭)을 말한다.즉 공자의 아들 이(鯉)가 마당으로 달려서 지나갈 때(鯉趨而過庭) 공자가 불러 세우고 시(詩)와 예(禮)를 공부하라고 타일렀다(논어, 계씨편).

이슬은 향기도는 들 풀에 맺히고	露滴芳郊草
구름은 푸른 나무에 연기처럼 내린다.	雲添碧樹烟
돌아올 기약이 머지 않다 하니	歸期知不遠
그 때 둘러 앉아 즐거워 하리라.	歡樂在團圓

16. 한가로운 속에 여러 가지 느낌　　閑中雜詠

(1)

때때로 나그네 집에 꿈꾸는 정은	時時旅舘夢
아득히 멀고 먼 고향 산천.	杳杳到鄕山
오막사리는 몸을 들일만했고	屋宇堪容膝
어린 손자 웃는 얼굴 삼삼할세.	兒孫供笑顔

(2)

천집 만 집 붉은 담 위에 솟았고	千家紫陌上
궁궐들은 오색구름 속에 솟았다네.	雙闕綵雲間
늙어가며 입고 먹을 일을 위하다 보니	老去爲溫飽
오래 살며 돌아가지 못하는구나.	棲遲未得還

(3)

나그네 높은 집에 바람소리 그쳤고	高閣風聲歇
짧은 처마 밑에 새들의 꿈이 깊었구나.	短簾鳥夢深
뭇 별들은 북두성에 둘러 싸 있고	衆星依北斗
초생달은 동쪽 숲속에서 떠오르네.	纖月出東林

(4)

눈앞에 나무들은 안개빛에 젖었고	近樹烟光濕
푸른 섬돌엔 풀빛이 스미었네.	綠階草色侵
맑은 달은 아직 둥글지를 않아서	清輝不肯滿
한쪽가를 비추며 고향생각 돋우네	偏照故園心

(5)

달 옆으로 구름은 한가로이 흐르고	桂宇閑雲過
붉은 화로에 가는 불씨 꺼져가누나.	丹爐細火消
문득 귀밑 머리 엷어짐에 놀라고 보니	忽驚雙鬢薄
더욱 삼신산이 아득히 보이는 느낌일세.	益覺三山遙

(6)

만약 금경(金莖)⑯에 이슬을 내리지 않았더라면	不賜金莖露
어찌 일찍이 사신의 붉은 부절(符節)⑰이 있으리오.	何曾絳節朝
밤중에 호연한 마음 펴남을 한탄함은	中宵發浩歎
홀로 서서 적삼을 바람에 나부끼니 말이다.	獨立風衫飄

(7)

천길 여름 나무 못가에 둘려있고	千章夏木遶池臺
산비는 오려는 듯 구름 안걷혔네.	山雨欲來雲未開

---

16) 금경(金莖) ; 수로반(水露盤)을 받쳐 놓는 구리 기둥(銅柱). 원래 신선의
    이슬을 받을 때 쓰였으나 여기서는 황제나 임금이 사절이나 신하에게 내
    리는 술잔 받침. 즉 하사품, 특별 은총
17) 부절(符節) ; 붉은 부절. 원문의 강절(絳節)이며 한(漢)나라 때 사자(使者)
    가 들고 가던 붉은 색 부절(符節). 여기서는 사신의 사령장

궁성의 아름다운 기운은 어느 곳에서
알 수 있으랴
멀리 남쪽 하늘 바라보니 외로운
기러기만 돌아가네.

鳳城佳氣知何處

遙望南天一鴈廻

17. 셋째 아이 서울로 돌아가는 시에 차운함   次韻送季兒還京

은하수가 점점 기울어지니 새벽 구름이 짙고	星河漸落曉雲多
뭇 나무의 아침 안개는 푸른 파도와 같구나.	萬樹烟霞似綠波
닭이 우니 한양 갈 손을 깨워보내야지	鷄鳴將送漢陽客
이 이별이 해마다 몇 번이나 거듭했던가	此別年年幾度過

18. 당나라 시인 가도의 「은자불우」 란 시에 차운함   次唐訪隱者不遇

두메라 솔숲 길에 찾는 손이 드무니	竹巷松蹊客到稀
잔나비 우는 저녁 싸리문을 닫았네.	猿啼日暮掩荊扉
뜬구름 그 자취야 어디가서 찾으리	浮雲蹤跡無尋處
홀로 청산 지나오니 바람만 옷에 찼네.	獨過靑山風滿衣

산 깊고 물 첩첩 사람 흔적 드문데	山深水疊人烟稀
오로지 흰 구름만 대나무 문에 걸렸네.	但見閑雲擁竹扉

이름일랑 애당초 오후[18]에 넣을세라　　　　聲名不入五侯宅
어느 곳 높은 언덕에서 옷소매 떨치는지.　　何處高剛遠振衣

19. 큰 아들이 갈 때 기다리면서
　　두보시의 운자를 쓰다　　　　待長兒之行用杜韻

지는 햇빛이 산길로 들어오니　　　　　　　　返照入山徑
층이 진 그늘은 가로 뉘어 고르지 않구나.　層陰橫不齊
둥지 속 새끼 꾀꼬리 푸른 잎을 희롱하고　　巢鶯戲碧葉
어린 제비는 진흙을 물고 있네.　　　　　　　乳燕含靑泥

지팡이 짚고서서 가는 마차 바라보니　　　　倚杖望行蓋
바람결에 말발굽 소리 들리네　　　　　　　　臨風聽馬蹄
한없이 보는 중에 해가 아주 기우니　　　　看看日將夕
정원 나무엔 외줄기 연기만 드리웠네.　　　園樹孤烟低

20. 셋째가 구호[19]에서 유람하면서
　　부쳐 보낸 시에 차운함　　　次季兒游鷗湖寄示韻

동호(東湖)의 옛 별장이 남성(南城)에 가까워　　東湖舊墅近南城

---

18) 오후(五侯) ; 벼슬길, 오후는 다섯 등급의 작위, 즉 공작·후작·백작·자
　　작·남작의 제후
19) 구호(鷗湖) ; 압구정(鴨鷗亭) 근처의 한강을 말함. 동호(東湖)라고도 하였다.

아침 저녁 오가는데 십리 길이 평편했다.	朝暮來還十里平
유람객은 흥이 나면 달빛을 타고 가고	游子興深乘月去
어부는 물길 익어 거슬러 잘도 젓네.	漁人路熟溯江行

모랫가 갈매기는 안개 속에서 자고	沙邊鷗鷺依烟宿
물 속의 어룡(魚龍)은 파도를 일으켰지.	水底魚龍蹴浪生
풍진에 머물면서 돌아오지 못하니	留滯風塵歸未得
늙으막에 고향 생각 더한층 간절하네.	白頭添作故園情

21. 왕유[20]의 「위천전가」시에 차운함 次王維渭川田家

밭 언덕에 마을 연기는 피어 오르고	隴頭村煙起
소를 끌고 산 밑으로 내려오누나.	將牛下山歸
돌아오니 날은 벌써 저물어	歸來日已夕
담쟁이 사이로 싸리문 가득 달 비치네.	蘿月滿荊扉

숲이 무성하니 새소리 요란하고	林茂鳥聲亂
들이 넓으니 사람 자취 드무네.	野闊人影稀
어부와 농부는 함께 짝이 되었고	漁樵共爲伴
사슴과 고라니는 서로 와서 의지하네.	麋鹿來相依

앉아서 소나무 그늘 옮아 감을 보자하니	坐看松陰移
어둑한 나무에는 비올 기운이 서리네.	暝樹轉霏微

---

20) 왕유(王維) ; 중국 당(唐)나라 대시인이며 화가.

22. 겨울밤 함께 지음   冬夜共賦

남은 등불 반짝이며 추워서 못견디는 밤   疎燈耿耿不勝寒
누각엔 바람 가득 밤 빛은 깊었네.   風滿高樓夜色闌
만리 먼 하늘에 외로이 걸린 달은   長空萬里孤懸月
나그네 창문가에 쓸쓸히 비쳐드네.   斜照羈窓影未安

23. 돌아가는 기러기를 읊음   詠 歸 鴈

변방 북쪽에서 서리에 놀라 날아   塞北驚霜飛
하늘 남쪽으로 달빛띠고 날아가네   天南帶月去
나그네 창가에서 잠을 깨웠으니   喚起旅窓眠
고향 보낼 편지는 어디에 매어 둘까?   鄕書繫何處

만리 남쪽으로 돌아가는 기러기   萬里南歸鴈
어느 때에 농산(隴山)을 지나가나?   幾時度隴去
너와 함께 고향에 돌아가고 싶고나   欲與爾同歸
가면 먼저 고향 산천 오르겠네.   先登望鄕處

24. 돌아가는 기러기   歸 鴈

나그네 신세로 빠른 가을 놀람은   旅舘驚秋早
하늘 멀리 기러기 돌아가는 소리구나   天邊聽鴈歸

21) 농산(隴山) ; 황해도 서흥(瑞興)이며 작자인 서영수합의 고향.

바람을 차며 변방 멀리 넘어가고　　　　　搏風超塞遠
기후 따라 양자강을 향해서 날아가네.　　　隨氣向江飛

뻗은 나래는 구름길에 가로놓였고　　　　　正翮橫雲路
차디 차게 우는 소리 밤 사립을 움직이네.　寒聲動夜扉
쓸쓸한 울음은 나뭇잎을 떨어뜨리고　　　　蕭蕭鳴落木
별과 달은 푸른 하늘에 숨어 버리네.　　　　星月碧空稀

25. 왕유[22]의 시에 차운하며 회포를　　　遣懷次右丞韻
풀다

(1)

가을 하늘 바라보니 한없이 넓어서　　　　秋天望不極
앉아서 달 기다리다 밤이 깊었네.　　　　　待月坐夜深
맥맥히 이어지는 아들 보내는 심정이여　　脉脉送兒情
유유히 떠오르는 고향 그리는 마음이여.　　悠悠思鄕心

(2)

모진 서리는 넝쿨 풀을 시들리고　　　　　嚴霜委蔓草
가을 바람 휘몰아쳐 수풀을 털었구나.　　　涼颸動疎林
지팡이에 의지하니 기러기는 변방을 날고　依杖雁橫塞
발을 걷고 바라보니 구름은 산 위로 나오네.捲簾雲出岑

---

22) 왕유(王維) ; 당나라 때 시인이며 화가(699~759)인데 그가 상서우승(尙
　　書右丞)을 지냈기 때문에 원제에서 우승(右丞)이라 했다.

(3)

늙은 학은 잠들어 비로서 조용하고	老鶴睡初靜
저녁 까마귀는 그 옛집을 찾아 드네.	昏鴉舊巢尋
기나긴 감회에 새로운 시 많았고	永懷多新詩
맑은 노래는 거문고와 화답하네.	淸韻和鳴琴

26. 이태백 시에 차운함　　次 李 白

숲속에서 찬 바람이 어지러이 불어대고	散亂寒聲在樹間
숲속에서 울던 새들 석양되니 돌아가네.	風林啼鳥夕陽還
맑은 밤에 혼자서서 고향 쪽 바라보니	淸宵獨立望鄕處
빈 뜰에는 서리 가득 산에는 달빛 가득.	霜滿空庭月滿山

27. 운을 불러 지음　　呼 韻

새 우는 속에 산촌의 날은 저물고	鳥啼山日暮
안개 자욱해 들역 나무는 푸르구나.	煙含野樹碧
관청 길엔 눈 쌓일까 걱정 하지만	官路愁積雪
하루종일 찾는 손님 별로 없다네.	盡日少人客

눈나려 나무마다 꽃을 피우고	雪開萬樹花
달은 한밤중에 학(鶴)을 비추네.	月照三更鶴
발을 걷고 먼 산을 바라보노라니	捲簾望遠山
차디찬 겨울 구름은 점점 엷어져가네.	漸看寒雲薄

28. 두보의 운을 따라　　　　　　拈 杜 韻

달밝은 긴 겨울밤 지팡이 짚고 새니	倚杖良宵永
정원은 눈 온 뒤에 새벽이 밝아 온다.	庭園雪後開
하늘은 개어 구름 스스로 흩어져 가고	天晴雲自散
숲은 고요하여 새들도 돌아오누나.	林靜鳥還來

밝게 비추는 한밤중 둥근 달에	皎皎三更月
한그루 매화나무 정정도 하구나.	亭亭獨樹梅
두 귀밑머리 세는 것을 시름 않고	不愁雙鬢白
굳이 새봄 돌아옴을 기뻐하리라.	强喜一陽廻

29. 문득 생각나서　　　　　　偶 吟

지팡이에 의지하여 먼 하늘 바라보니	倚杖望長天
서산에는 어느덧 해가 지누나.	冉冉下山日
들녘에는 찬 연기가 깔리었는데	野外寒煙斜
구름 사이로 고운 달은 떠오르고 있네.	雲間纖月出

30. 셋째가 보내온 시에 차운함　　　　次季兒寄示韻

(1)

꿈에 지란(芝蘭)이 핀 방에 들어갔더니	夢入芝蘭室
또한 옥수(玉樹)의 곁인가 의심하누나.	還疑玉樹傍

흐르는 구름은 가며 쉬지 않으니　　　流雲行不息
백발에 마음속은 점점 급하네.　　　　白髮意逾忙

(2)

늙은 나무라 바람이 메아리치고　　　老木風生響
차가운 겨울 별이 눈이 빛을 더하네.　寒星雪有光
오랜 이별을 걱정함이 아니라　　　　不嫌久離別
오직 몸가짐을 조심하기 바랄 뿐이다.　唯願愼行藏

(3)

너를 그리다 또한 잠을 못 이루고　　　戀爾還無寐
파란 등불은 긴긴 밤을 타고 있구나.　靑燈永夜焚
배회하며 북극성 쳐다보다가　　　　徘徊瞻北極
애달프게 남녘 구름 바라본단다.　　　怊悵望南雲

(4)

들녘 저자에선 닭소리 요란할 때　　　野店鷄聲亂
관아(官衙)에선 새벽 인사 나누겠지　官樓角語分
은근히 몇 글자 적어 보내니　　　　慇懃書數紙
힘써 우리 임금께[23] 보답하여라.　　努力報吾君

(5)

높은 누각 혼자 올라 먼 하늘 바라보니　獨上高樓望遠天

---

23) 임금께 ; 여기 임금은 정조대왕(正祖大王), 서영수합의 계자(季子)인 세째
　　아들 홍현주(洪顯周)는 정조의 딸 숙선옹주(淑善翁主)와 결혼한 영명위(永
　　明尉)이다.

찬바람은 불어서 들에 연기 없어졌네.　　　　　寒風吹散野無煙
길손은 어디서 저녁 구름 바라보나　　　　　　行人何處看雲暮
나그네는 오늘밤 달빛을 먼저 보네　　　　　　客子今宵得月先

(6)

무리 새들은 시골 숲 속에서 떠들고　　　　　　鳥雀聲喧隴樹裏
은하수는 서울 변두리에서 그림자 져도　　　　　星河影落漢城邊
이곳에서는 서리와 눈이 내려 섣달을 재촉하니 殊方霜雪催窮臘
백발노인은 고향 생각에 앞이 캄캄하구나　　　白髮鄉思重黯然

31. 또 셋째의 시에 차운함　　　　　　又次季兒韻

텅 빈 차가운 산 저 너머에　　　　　　搖落寒山外
쓸쓸히 눈 덮인 산봉우리 마주 대하네.　　蕭蕭對雪岑
마을 연기는 저무는 빛을 담뿍 띠었고　　村煙含暮景
들녘의 나무 엉성한 그늘을 만드는구나.　野樹作疎陰
고운 달에 처음 그림자 지더니　　　　　纖月初生影
밝은 빛이 벌써 수풀에 찼네.　　　　　　明輝已滿林
흰 머리 더하는 건 상관없으나　　　　　非關添白髮
그래도 붉은 마음을 비춰야 하겠지.　　　還得照丹心

지팡이 짚고 나서니 흰 서릿빛 차가웁고　　倚杖霜華冷
책을 펴니 촛불 그림자 더욱 깊구나.　　　披書燭影深
새장의 새는 얼어 시린 날개를 뒤척이고　幽禽翻凍翮
여윈 학은 맑은 울음 화답하누나.　　　　癯鶴和清吟

장막 속에서 남은 꿈에 놀라 깨어나면　　　　帳裏驚殘夢
바람결에 다듬이 소리 들려 온단다.　　　　　風邊送遠砧
호기(豪氣)에 찬 마음 보검에 의지하고　　　　豪情依寶劍
마구 솟는 흥취에 거문고를 쓰다듬네.　　　　逸興拂瑤琴

이별한 사람에겐 들리게 하지마라　　　　　　莫使離人聽
부질없이 이별의 한 다치게 하리라.　　　　　空將別恨侵
차(茶)를 끓이며 하염없이 잠 못 이루면　　　烹茶閑不寐
외마디 호각소리 홀연히 새벽을 고하누나.　　孤角忽晨音

32. 왕유의 시에 차운함　　　　　　　　　次右丞韻

그윽한 나무 숲에 바람 심한데　　　　　　　幽樹晚多風
쓸쓸히 그 누군가 말을 매누나.　　　　　　　蕭蕭誰繫馬
한가로운 구름은 멋대로 왔다가 가고　　　　閒雲任去來
나는 새 스스로 오르락 내리락 하네.　　　　飛鳥自上下

벌써 조 기장 익었다 알려오니　　　　　　　已報禾黍熟
짧은 낫을 손에 잡고 나가 걷우네.　　　　　短鎌手自把
들판의 늙은이 서로 부르는 소리는　　　　　野老行相呼
필경 나루를 묻는 사람 아닌가.　　　　　　　不是問津者

술잔을 채워 수없이 마시니　　　　　　　　　引滿無行次
거나하게 느릅나무 사당에 취하는구나.　　　陶然醉楡社

33. 납일에 두보의 시에 차운함 　　臘日次杜

해가 져 관가(官家)는 고요한데	日入官樓靜
안개에 파묻혀 어리어 들 나무들 가지런하다.	烟籠野樹齊
한강 남쪽 구름 낀 봉우리 아득히 멀고	漢南雲峀遠
고향땅 농산의 눈 오는 하늘이 아득하다.	隴外雪天迷
절기로는 푸른 봄이 닥쳐오건만	歲律靑陽逼
고향 생각에 흰 머리 절로 숙이네.	鄕思白首低
떠도는 철새의 쓸쓸한 꿈속은	蕭蕭羈鳥夢
한밤중 몇 번이나 놀라 깨었나.	中夜幾驚捿

34. 운을 불러 지음 　　呼 韻

발을 걷고 밤안개 보다가	捲簾看宿霧
누각에 오르니 어느덧 개인 아침 되었네.	倚檻已晴朝
숲이 깨끗하니 안개 빛은 어슴프레하고	林淨烟光薄
산이 차가우니 눈 내릴 기색이 완연하구나.	山寒雪意驕
누구 네가 짧은 옷을 시름하며	誰家愁短褐
어느 곳에서 가벼운 털옷을 그리는가.	何處戀輕貂
아득히 하늘 끝을 바라보면	沼遞望天末
구름조차 얼어붙어 꼼짝 않누나.	流雲凍不搖

35. 이백의 「자견」 시에 차운함　　次李白自遣

동풍에 봄 눈 녹으니　　　　　　東風解殘雪
깊은 골짝 돌에 이끼 솟아나네.　　幽石露苔衣
달이 뜨니 온갖 골짜기 고요하고　月上萬壑靜
수풀 사이엔 자는 새조차 드물구나.　林間宿鳥稀

36. 맹호연의 「청금」 시에 차운함　　次孟浩然聽琴

진대(晋代)에는 광재(狂才)가 많았으니　　　晋代多淸狂
그 중 뛰어난 자 「죽림칠현」(竹林七賢)이었네.　賢豪稱竹林
깊은 마음은 산수(山水)에 두고　　　　　　幽意在山水
몸에는 언제나 거문고 지녔네.　　　　　　隨身有鳴琴

바람을 대하고 맑은 소리를 울리노라면　　臨風發淸商
그 여운(餘韻) 어쩌다가 부침(浮沈)도 하지만.　餘音或浮沈
귀로 듣긴 더욱 더 번잡치 않으니　　　　入耳更不煩
속세의 가슴 속을 씻어볼 작정이지.　　　聊將洗塵心

37. 운을 불러 짓다　　呼韻

창문 너머로 대 잎 소리 듣노라니　　隔牕聽幽竹
맑은 바람 솔잎 스치듯 일어나네.　　諛諛淸風發
꿈은 호숫가의 봄철에 들어있으나　夢入湖上春
문득 강변 누대의 달을 생각한다.　却憶江樓月

38. 두보의 「야정」 시에 차운함 　　次杜野亭

호젓한 산관(山館)에 금서(琴書) 갖추고　　寥寥山館貯琴書
긴 대나무 푸른 솔로 집을 정했으니.　　脩竹蒼松爲卜居
문 밖 버들에 안개끼면 가던 말 매어 놓고　　門柳烟迷行繫馬
강변에 해 저물면 앉은 채 물고기를 잊는다네.⁽²⁴⁾　　江天日暮坐忘魚

구름에 돛단배 바다 넓어 아득하고　　雲帆水闊神俱遠
농주잔이 너그러워 예의를 잃을레라.　　野酒杯寬禮欲疎
마음속의 이 같은 심정 알고자 한다면　　要識胸中一般意
호미 한번 대지않은 뜰 풀을 보시구려.　　試看庭草不曾鋤

39. 사신 갔던 큰 아들이 연경에서　　使自燕還用杜韻
　　　돌아왔으므로 두보시의 운을 씀

비린 바닷물 천년 두고 다시 맑지 못하니　　腥海千年不再淸
성사(星槎)⁽²⁵⁾ 타고 날을 듯 몇 성(城)을 지났는가.　　星槎飛過幾重城
교외 여린 버들은 연기 속에 가늘고　　官郊嫩柳烟中細
역로(驛路)엔 가는 먼지 비온 뒤에 이누나.　　驛路輕塵雨後生

24) 물고기를 잊는다 ; 원시의 망어(忘魚)는 호상낙(豪上樂)이란 말이 있는데
　　물속의 고기와 사람이 서로 모르는 척 놀고 있다는 말(「장자」(莊子) 추수
　　(秋水)장)
25) 성사(星槎) ; 임금의 사절(使節)을 성사(星使)라 하고 성사가 타고 멀리가
　　는 배를 말함.

깃발에 해 비쳐 봄빛이 찬란하고　　　　日射旌旗春色
북소리 바람 타고 새벽 빛 맑았구나　　　風鳴鼓角曙光晴
만나는 이 모두 다 동향(同鄕) 나그네　　相逢盡是同鄕客
절친한 사람⁽²⁶⁾끼리 어찌 성명 물을 건가.　靑眼何須問姓名

40. 구름을 읊음　　　　　　　詠 雲

산기운이 질펀터니 늦게야 구름되어　　山氣溶溶晚作雲
숲이 물빛 되어 분간키 어렵구나.　　　林容水色摠難分
봄 하늘에 날아들어 저녁 안개 비추면서　飛入春空落霞映
어울어져 은빛 바다 푸른 물결 이루었네.　渾成銀海碧波文

41. 왕유의 시에 차운함　　　　　次右丞韻

석양에 숲의 그림자 어지럽히고　　　　夕陽亂樹影
지는 노을은 산빛에 비추이누나.　　　　落霞映山色
고운 꾀꼬리는 맑은 소리로 울어대고　　嬌鶯囀淸音
둥지에서 제비는 가벼운 날개로 날아보네.　巢燕翻輕翼

짐짓 망향대(望鄕臺)에 오르노라면　　　擬上望鄕臺
허술한 누대는 기울기도 하였구나.　　　古臺多傾側
가던사람 돌아오지 않고　　　　　　　行人歸未得
세월은 흐르되 쉬지를 않네.　　　　　流光去不息

26) 절친한 사람 ; 원문의 청안(靑眼)은 친한 사람의 눈초리, 백안(白眼)의 반대.

농사와 길쌈에 적응 못해서   耕織無所適

평생 소식 조차 부끄럽기만 하구나.   終年愧素食

42. 맹호연²⁷⁾의 시에 차운함   次孟浩然

한가롭게 꽃은 한잎 두잎 날리고   閑花片片飛

외로이 연기는 띄엄띄엄 솟아 오르네.   孤煙點點上

지팡이 짚고서서 평평한 들녘을 바라보면   倚杖望平原

눈 닿는 데까지 한적함과 광활함을 즐긴다네.   極目愛閒敞

수풀에 바람은 불어서 끊이지 않고   林風吹不斷

깊은 숲에서 저녁 때 까지 불어 울리네   幽樹晚生響.

오랜 나그네는 봄이 가니 놀라며   久客驚春徂

하염없이 좋은 경치를 그리워할 뿐.   無心戀清賞

서글프다! 고향은 멀기만 한데   怊悵鄕山遠

아득히 꿈길에서 마음만 고달프다.   悠悠勞夢想

43. 아우가 양주목사가 되었다는   聞舍弟牧楊州
소식을 듣고

문 밖에 나가 서울을 바라보고   出門望京洛

---

27) 맹호연(孟浩然) ; 이름 호(浩). 중국 성당(盛唐) 시인(689~740) 왕유와
  함께 자연 시인으로 유명.

또다시 양주 쪽에 고개를 돌리니.　　　　回首復東州
산 빛은 정녕 그림 같고　　　　　　　　山色渾如畫
바람 소리는 흡사 가을이구나.　　　　　風聲直似秋

산봉우리에서 솟는 구름을 보며　　　　看雲雲出岫
빈 누각에 비치는 달빛을 밟는다.　　　步月月虛樓
수풀의 새 홀연 놀라서 깨어나　　　　林鳥忽驚宿
울며 날면서 무엇을 찾는고.　　　　　飛鳴何所求

44. 운을 불러 짓다　　　　　　　　呼 韻

고향 생각에 여전히 잠 못 이룸은　　　鄕思仍不寐
객사(客舍)에 달이 떠오를 때이네.　　旅館月來時
아득히 높은 누각에 기대어 서서　　　迢遞憑高閣
이리저리 걸으며 곡지(曲池)⁽²⁸⁾를 굽어보네.　徘徊頫曲池

맑은 마음은 저절로 비치어 밝고　　　澄明心自照
호젓하여 그림자가 뒤를 따르네.　　　虛寂影相隨
자던 새 자주 놀라 깨어 나는데　　　宿鳥頻驚夢
개인 수풀에는 새벽 빛이 엿보이네.　晴林曙色窺

28) 곡지(曲池) ; 굽은 연못이란 뜻이지만 곡수청지(曲水淸池) 즉 문인들이 맑
　　은 연못에 모여 술잔을 뜨려놓고 시 짓는 곡수유상(曲水流觴)을 의미한다

45. 두보의 시에 차운함　　　　次 杜

(1)

발을 걷으니 바람은 소매에 가득 차고	捲簾風滿袖
베개에 기대니 달은 침상에 비껴 드네.	倚枕月橫床
밤이 고요하니 새 소리조차 멈추고	夜靜禽聲歇
빈뜰에는 나무 그림자만 길게 뻗었네.	堦虛樹影長

(2)

장미꽃은 먼저 저절로 지고	薔薇先自落
작약은 뒤늦게 향기를 뿜누나.	芍藥晚生香
점차 향기로운 풀이 늦어짐은 알겠으나	漸覺芳菲晚
살구알이 노래짐은 도리어 가엽구나	還憐杏子黃

(3)

새벽 산보하니 별이 처음으로 떨어지고	散步星初落
가슴을 헤쳐도 밤은 춥지를 않네.	披襟夜不寒
외로운 구름은 하늘가를 지나가고	孤雲度天末
이즈러진 달은 숲 끝에 걸려 있네.	缺月掛林端

(4)

산이 고요하니 새 소리조차 멈추었고	山靜鳥聲歇
누각 높으니 인사말조차 안들리네	樓高角語闌
몸조차 잊고 그대로 앉아 잠들면	忘形仍坐寐
적막하여 꿈은 더욱 편안하구나.	虛寂夢逾安

46. 대해를 바라보며   觀 大 海

당상에다 물을 부어 놓고[29]	酌水拗堂上
개자를 띄우고 바다로 생각하니.	泛芥認爲海
푸른 바다 원 빛깔은 나지 않아도	蒼蒼非正色
동녘 바다가 바로 여기에 있는듯 하네.	東溟元斯在

47. 명산을 찾아   訪 名 山
다른 작품을 모방하다   擬作

(1)

인생은 일정한 주거가 없고	人生無定居
네 계절은 서로 바뀌어 가니.	四時迭相代
내가 속세의 그물을 넘으려 하여	我欲超塵網
깊은 생각에 오래도록 잠 못 이루네.	靈襟久不昧

(3)

칼을 차고 일어나 긴 휘파람 불면	彈劍起長嘯
그 소리는 우주를 떨쳐 울리리.	聲震宇宙內
성품이 본래 명산을 사랑하기에	性本愛名山
숭산(崇山)[30] 대산(岱山)[31]에 정신을 달리네.	馳神嵩與岱

29) 물을 부어 놓고 ; 원시의 작수(酌水)로 맑게 삶을 뜻함. 「진서」(晋書)에 오
    은(吳隱)이 물을 부어 놓고 맑게 삶을 권면했다.(吳隱酌水以麗淸)고 있음.
30) 숭산(崇山) ; 중국 순(舜)임금 때 환두(驩兜)가 내쫓겼다던 산.
31) 대산(岱山) ; 대악(岱嶽) 즉 태산. 중국의 선산(仙山)의 하나.

(3)

삼주(三州)는 지척(咫尺)에 보고	三州咫尺視
봉래(蓬萊)는 눈앞에 있구나.	蓬萊眼前在
낡은 절벽은 우뚝이 서 있고	古壁昂然立
푸른 낭떠러지는 높게 마주 솟았네.	蒼厓屹相對

(4)

해와 달은 그 꼭대기에서 빛나서	日月耀其顚
밝은 빛은 더러운 기운을 씻어 버리네.	昭明洗氛穢
안개 노을이 그곳에 어리어 있어	烟霞繞其面
아리따운 온갖 모양 다 만드누나.	窈窕生百態

(5)

지초(芝草)[32]를 따면 그 빛깔 쓸 만하고	采芝光堪摘
난초를 품으면 그 향기 찰 만하다.	懷蘭香堪佩
노한 폭포 까마득한 바위에서 울어	怒瀑鳴危石
날으는 구슬 부숴지는 듯 뿜어내네.	飛珠噴如碎

(6)

선인을 만약 다시 본다면	仙人如復見
한 지팡이에 거칠 것이 없을 것인데.	一筇無所礙
아득한 흰 구름 저 속에	窅窅白雲裏
이따금 개짖는 소리 들려 오누나.	依俙聞犬吠

---

32) 지초(芝草) ; 영지(靈芝)를 말함.

48. 겨울밤 글을 읽으며 　　　　冬夜讀書

해맑고 절절한 거문고 소리 　　　　　　清切琴聲轉
창백한 칼기운 적막한데. 　　　　　　　蒼茫劍氣虛
매화나무 사흘 내린 눈에 기울고 　　　　梅橫三夜雪
달은 침상 위의 책 비추는구나. 　　　　月照一牀書
약한 불에 차(茶) 끓임이 더디고 　　　　細火烹茶緩
엷은 향기는 술 데울 때 피어나네. 　　　微香煖酒餘
흐린 등불은 낡은 벽에 걸려 있는데 　　疎燈掛古壁
어슴푸레 새벽 빛이 다가서누나. 　　　耿耿曉光徐

49. 비 속에 두보의 시에 차운함 　　　雨中次杜

자욱히 봉우리마다 비가 내리고 　　　　漠漠千峰雨
우렁우렁 골짜기마다 우뢰 소리. 　　　　殷殷萬壑雷
바람에 발 흔들려 멎지를 않고 　　　　　風簾搖不定
수풀의 새들 가다가 도루 오는구나. 　　林鳥去還來

초각은 아침인데 아직 젖었고 　　　　　草閣朝猶濕
창문은 새벽 되어도 열지를 않네. 　　　山窓曉未開
짙은 구름이 먼 저 나무에 자욱하니 　　濃雲迷遠樹
망향대(望鄕臺)에 오르지는 부디 말아라. 　休上望鄕臺

50. 매미 소리 들으며　　　　　聽 蟬

높은 누각 발 걷으니 매미 소리 들리는데　　捲簾高閣聽鳴蟬
그 소리는 맑은 시냇가 푸른 숲에서 들려오네.　鳴在淸溪綠樹邊
비온 뒤에 우는 소리에 산 빛이 더욱 푸르르고　雨後一聲山色碧
가을 바람 불리며 나는 석양에 서 있네.　　　西風人倚夕陽天

51. 날씨 개다　　　　　　　新 晴

촌 비둘기 곳곳에서 날씨 갰다 울어대고　　村鳩處處喚新晴
비온 뒤 맑은 시내 방안에 들려오네.　　　雨後淸溪入戶鳴
들녘 수풀은 물처럼 푸르른데　　　　　　野色林容碧如水
지는 노을조차 저녁 산에 비끼네.　　　　落霞猶自暮山橫

52. 바둑 구경　　　　　　　觀 棋 局

(1)

숨어 사니 져자와 관청이 멀고　　　　　幽居遠市朝
안개·노을 끼어서 깊은 골짜기　　　　　烟霞鏁深谷
손이 와도 속세 이야기는 하지도 않고　　客來無俗談
한가로이 바둑판만 마주대하네.　　　　閑漫對棋局

(2)

검고 흰 돌 종횡으로 벌여 놓고　　　　　黑白縱復橫

따악 딱 구슬을 던져 놓누나.	丁丁碎珠玉
진정(秦庭)³³에는 사슴 · 말 뛰어 다니고	秦庭走鹿馬
농상(隴上)³⁴에는 홍곡(鴻鵠)새가 날아다니네.	隴上飛鴻鵠

(3)

뭇 영웅 다투어 서로를 쫓아	羣雄爭相逐
뒤집고 뒤집히기 달팽이 뿔³⁵ 같네	翻覆似蠻觸
잡패도(雜覇道)조차 섞어 한갓 분분하니	雜覇徒紛紛
대업(大業)은 결국 누구 것일까?	大業竟誰屬

(4)

북망산(北芒山)에서 용은 구름을 일으키어	芒山龍作雲
어느덧 상서로운 기운 밝아오네.	冉冉護瑞旭
옥좌(玉座)는 돌아갈 데가 있으니	神器有所歸
그 사람 농(隴)을 얻고 또 촉(蜀)³⁶을 바라네.	得隴又望蜀

(5)

흥망성쇠 한 바둑판에 명백하건만	興亡了一枰
어찌 항상 안달복달 속을 썩이나.	何事常刺促

---

33) 진정(秦庭) ; 중국 진나라 조정. 여기서는 진정지곡(秦庭之哭) 즉 초나라 신포서(申包胥)가 진나라 조정에 가서 원병을 구해 오던 고사인듯.

34) 농상(隴上) ; 밭 언덕이란 뜻이나 여기서는 진(秦)과 농(隴)이 서로 협서성(陜西省)에 있는 요소라는 의미로 쓴 듯.

35) 달팽이 뿔 ; 원시의 만촉(蠻觸)으로 달팽이의 오른쪽 뿔 촉과 왼쪽 뿔 만이 서로 하찮은 일로 싸운다는 의미. 만씨(蠻氏)와 촉씨(觸氏)의 싸움.

36) 촉(蜀) ; 위의 촉씨(觸氏)를 말함.

날 저물어 서로 일어나 작별할 때도　　　　日入相告起
남은 흥취 그래도 만족 못하네.　　　　　　餘興殊未足

53. 7월 16일, 이관정®에 올라　　七月旣望登
　　달 구경하며　　　　　　　　　以觀亭賞月

쓸쓸히 누각에 밤은 차가운데　　　　　　蕭蕭閣夜冷
아득히 수풀에 바람이 이누나.　　　　　　穆穆林風生
명월(明月)은 한밤에 휘엉청 밝고　　　　朗月三更滿
가을 하늘은 만리에 맑디맑았네.　　　　　秋空萬里淸

연못 가는 오로지 풀빛인데　　　　　　　池邊唯草色
난간 너머에는 흐르는 샘 소리뿐.　　　　檻外自泉聲
바라보니 고향은 멀기만 하니　　　　　　望裏鄕山遠
옛 나그네 그 마음 어이 견딜까.　　　　　那堪久客情

54. 반딧불　　　　　　　　　　　螢　火

서늘한 바람에 불린 반딧불　　　　　　　凉颷撲螢起
공교로이 서실 안에 들어와 나네　　　　　巧入書窓飛
비 맞은 몸뚱이는 조그마지고　　　　　　帶雨形沾小
바람에 나부끼어 불빛이 흐리구나.　　　　飜風影度稀

37) 이관정(以觀亭) ; 황해도 서흥에 있던 활 쏘던 정자.

별빛처럼 이따금 빛을 내더니 　　　　疎星先借色
꺼져가는 등불 마냥 늦게야 반짝이네. 　殘燭晚生輝
나그네의 그윽한 그 심정 아는지 　　　憐客多幽趣
빙빙 돌며 곧 돌아가지 않네. 　　　　盤旋未卽歸

55. 소중양일® 에 두보의 시에 차운함　　小重陽次杜

(1)

집집마다 계서숙®(鷄黍熟) 끓여 놓고 　　家家鷄黍熟
곳곳에 시골 늙은이 뛰어 다니네. 　　　處處走村翁
중양절(重陽節)에 함께 취하였으니 　　共醉重陽節
서로 백발이나 마주 보세나. 　　　　　相看華髮同

(2)

서리 온 나무 너머 바람이 울고 　　　　風鳴霜樹外
국화꽃 속에는 빗발조차 가늘구나. 　　　雨細菊花中
하루종일 높은 누각에 의지해 서서 　　盡日憑高閣
고향 산 바라보며 하염없었네. 　　　　鄕山望不窮

---

38) 소중양(小重陽) ; 음력 9월10일을 말함. 중양절(重陽節)이 음력 9월9일이
　　고 소중양은 다음날임.
39) 계서숙(鷄黍熟) ; 닭잡아 국 끓이고 기장밥해 대접함. 즉 손님을 진수 성
　　찬으로 대접함.

(3)

맑은 바람 댓잎[竹葉]에 불어오는데	淸風吹竹葉
어느 곳에서 산옹(山翁)은 취해 있는가?	何處醉山翁
좋은 달은 오늘밤에 가득차 오르는데	好月今宵滿
가을의 풀꽃들은 지난 해와 다름없네.	寒葩舊歲同

(4)

새는 석양빛에 울며 날고	鳥啼夕陽裏
기러기는 저녁에 구름 속을 건넌다.	鴈度暮雲中
문득 고향 생각 간절하여	頓覺鄕思切
누각에 올라 눈길 아득 바라본다.	登樓眼欲窮

56. 두보의 시에 차운함　　　　　次　杜

(1)

지사(志士)는 언덕과 골짜기를 생각하고	志士懷邱壑
굶주린 까마귀는 저물 녘 섬돌을 쪼는구나.	飢鳥啄晚除
바람 불면 짧은 머리카락을 시름하고	風來愁短髮
해가 지니 읽던 책을 덮어 버리네.	日入掩殘書

(2)

높은 베개에 기대기도 부족한데	未足爲高枕
어찌 오래 견뎌 살 수 있겠는가.	安能耐久居
지친 새 차가운 나무에서 우니	倦鳥鳴寒樹

가을 벌판엔 잎이 떨어져 가네.　　　　　秋原葉落初

(3)

뜰 소나무 저녁 때 바람소리 많아　　　　庭松晚多響
주렴 밖은 그늘져서 시원해졌네.　　　　簾外轉淸陰
게으른 계집종이 등불을 불어 끄고　　　嬾婢吹燈滅
숨은 손은 앉아서 밤 깊어 가네.　　　　幽人坐夜深

(4)

별은 북극성 멀리 떨어지고　　　　　　星垂北極遠
달은 서산 봉우리 지나 잠겨 버리네.　　月度西峰沉
자던 새 추위에 놀라 깨어나　　　　　樓鳥驚寒夢
날면서 울면서 숲속을 싸고도네.　　　飛鳴繞樹林

(5)

이미 국화 철이 지나갔으니　　　　　巳度黃花節
사람도 철이지나 백발을 어이하리오.　其如白髮何
달이 기우니 처마 그림자 짧고　　　　月斜簷影短
바람이 부니 나무 소리 요란하구나.　　風入樹聲多

(6)

넓은 들판에 외로운 연기 흩어지고　　野闊孤烟散
긴 하늘엔 외기러기 지나가누나.　　　天長一鴈過
홑옷에 추위를 두려워하는데　　　　單衫怕寒意
귀뚜라미는 고운 비단옷을 재촉하네.　蟋蟀催纖羅

57. 동헌에서 군사 점검하는 시에   次東軒點兵韻
차운함

(1)

삼왕(三王)[40]은 오로지 덕(德)이 좋으셨고   三王惟好德
오제(五帝)[41]는 군사를 쓰지 않았네   五帝不觀共
치란(治亂)은 드러난 자취가 없고   治亂無形象
안위(安危)는 밝은 정치에 달려 있었네.   安危在聖明

(2)

새 봄이 만물에 돌아주니   陽春回萬物
이슬 비는 뭇 생명에 사무쳐 적셔주네.   雨露浹群生
옛 도(道)는 다시보기 어려워져 가니   古道更難見
덕으로 다스리는 그런 세상 꿈꿔보네   空懷遺世情

(3)

짧은 옷에 흐트러진 쑥머리 병사   短褐與蓬鬢
수도방위 군사라고 모두 이르네.   皆稱都護兵
나이·고향 기억조차 하지 못하니   年鄕還不記
어찌 성명 석자 분명하리오.   名姓豈分明

---

40) 삼왕(三王) ; 삼대의 성왕(聖王) 즉 하(夏)의 우왕(禹王), 은(殷)의 탕왕(湯王)
주(周)의 문왕(文王)과 무왕(武王), 삼황(三皇)도 있으나 여기서는 아닌 듯.
41) 오제(五帝) ; 삼황 오제 때의 다섯 황제 즉 복희(伏羲), 신농(神農), 황제(黃
帝), 요(堯), 순(舜).

(4)

성은 을랑 받아본 적 아여 없으니	未得霈恩澤
그 어찌 삶과 죽음 맡기겠는가.	安能託死生
이들을 데리고서 어디로 가려는지	持斯欲何往
아득한 사람의 정 감복키 어렵네.	難服遠人情

58. 맏아들이 기약대로 오지 않아 두보의 시에 차운하여 섭섭한 심정을 읊음.
長兒失期不來次杜韻寄示悵望之懷

돌아 옴이 어찌 그리 더디다더냐	歸來何太晚
부질없이 국화 때를 어겨 버렸네	空負菊花期
늙어서 짧아진 머리⑫로 기다리니	短髮倚閭處
나그네 하늘처럼 낙엽이 지고 있네.	旅天落木時

어미 까마귀는 제 새끼를 급히 부르는데	慈烏喚雛急
어린 새끼는 둥지에 돌아옴이 늦기만 하네.⑬	乳烏返巢遲
아득히 성너머로 구름 저무는 걸 바라보며	遙望城雲暮
어찌하여 여기에 오래도록 서 있는지.	何爲久在玆

42) 늙어서 짧아진 머리 ; 원문의 단발(短髮)인데 머리 늙으며 기다리는 심정을 말함. 두보(杜甫)의 시에 "흰머리 털 늙어서 더 짧아졌네"(白頭搔更短)이라는 시구가 있다.
43) 이 대목은 반포보은(返哺報恩)하는 새끼 까마귀가 먹이를 물고 어미 까마귀 있는 둥지로 돌아오는 것을 말하고 있다.

59. 육방옹[44]의 「백제박주」 시를 본따서 지음

擬放翁白帝泊舟

안개가 그치니 강변 풀이 푸르르고 汀草綠煙歇
비온 뒤에 강가의 꽃 더욱 붉구나. 渚花紅雨餘
강물이 잔잔하니 갈매기들 조용하고 江平鷗戲穩
산이 넓으니 기러기 떼 드물구나. 山闊鴈行疎

휘장을 걷으니 모래가 밝은 곳에 卷幔沙明處
배를 저으니 달이 비로서 뜨네. 移船月上初
떠도는 이몸은 늙어만 가니 飄零身已老
흰 구름 속 고향집에 머리 돌리네. 回首白雲廬

60. 왕유의 「전원낙」을 본따서 지음

擬右丞田園樂

(1)

밝은 달, 맑은 바람 방안에 돌고 明月淸風入室
푸른 산, 푸른 물을 이웃 삼아서. 靑山綠水爲隣
흥 나면 짧은 피리 길게 부는 일 興來短笛長嘯
희황상인(羲皇上人)[45] 바로 이 아닌가. 莫是羲皇上人

44) 육방옹(陸放翁) ; 송(宋)의 시인. 육유(陸游)의 호. (1125-1205)
45) 희황상인(羲皇上人) ; 중국 태고시대의 전설적인 사람. 복희씨(伏羲氏) 이
    전의 세속을 버리고 고상한 뜻으로 산 사람.

(2)

숲 사이에 조는 학 마주 보면서	林間睡鶴相對
꽃 속에 둥지 튼 꾀꼬리 쌍쌍이구나.	花裏巢鶯自雙
달 솟을 때 대난간에 기대 보면서	有月時依竹檻
바람 자니 소나무 밑 창문 안닫네.	無風未掩松窓

(3)

맑은 시내 비추는 경치 보다가	坐愛淸溪映帶
나서서 그윽한 샛길 걷고 있노라면.	行尋幽徑橫斜
숲 너머 저쪽에서 문득 개짖는 소리	林外忽聞犬吠
산속에 또 뉘집이 있나 보구나.	山中更有誰家

(4)

봄눈 녹는 동각(東閣)에는 매화가 따뜻하고	雪殘東閣梅暖
서리 내린 서쪽 숲엔 대나무 차갑네.	霜落西林竹寒
주렴 울리면 달은 봉호(蓬戶)⁴⁶에 들어오고	捲簾月入蓬戶
지팡이로 걸으면 바람은 갈관(葛冠)⁴⁷에 불어오네.	倚杖風吹葛冠

(5)

외로운 연기 한 줄기 남쪽 마을	孤煙一抹南村
긴 대나무 천 그루 가꿔진 북쪽 언덕.	脩竹千竿北原

46) 봉호(蓬戶) ; 쑥으로 엮은 창호란 뜻으로 빈자나 은자가 사는 집의 문.
47) 갈관(葛冠) ; 칡으로 엮은 갓. 즉 빈자나 은자가 쓰는 갓. 흔히 갈건(葛巾)
   이라 함.

| 깊은 골목엔 더욱 찾는 이 없고 | 深巷更無客到 |
| 흰구름은 겹대문을 깊이 싸막네 | 白雲深鎖重門 |

(6)

향기로운 풀은 가랑비에 겨우 젖고	芳草纔沾細雨
저녁 안개는 가벼운 연기와 섞여졌네.	落霞時和輕煙
꽃은 산창(山窓)의 낮잠을 지긋이 누르고	花壓山窓午夢
새는 돌침상 아침잠을 엿보는구나.	鳥窺石榻朝眠

(7)

동산엔 성긴 매화 푸른 대나무	園裏疎梅翠竹
연못가엔 야윈 학 푸른 소나무.	池邊瘦鶴蒼松
탁주는 그래도 자작(自酌)이 좋고	濁酒還宜自酌
향갱(香秔坑)⁴⁸은 시골 절구로 찧어야 좋지	香秔不厭村舂

61. 산수도에 붙이다.　　　　題山水圖

(1)

집안에서 비바람 이니 깜짝 놀라고	忽驚屋裏起風雨
화선지의 동우(棟宇)⁴⁹보고 정말처럼 의심하네	更疑紙上瞻棟宇
은빛 바다 구슬 봉우리 눈 가득히 기이한데	銀海玉峰滿眼奇
신공(神工)이 황홀하기 귀신 도끼 휘두른 듯.	神工恍如運鬼斧

48) 향갱(香秔) ; 메벼, 향기로운 멥쌀, 밭에 심는 벼.
49) 동우(棟宇) ; 집의 마룻대의 추녀 끝을 말하나 곧 집 전체를 뜻함. 주역(周易)에 성인이 상동(上棟) 하우(下宇)로 풍우를 막는다고 했다.

(2)

푸른 대 보라 지초(芝草)엔 사슴 고라니 놀고	翠竹紫芝麋鹿遊
붉은 계수 푸른 솔엔 학(鶴)과 난새 춤춘다.	丹桂蒼松鸞鶴舞
안개 흩는 폭포 물에 물고기 놀고	飛珠散霞魚兒戲
폭포소리 바위 튕겨 전모(電母)⁵⁰가 노하겠네.	驚瀑噴石電母怒

(3)

동굴 속엔 일월조차 때때로 어둡고	洞裏日月時晦冥
골짜기는 안개 노을 삼키고 토하네.	谷口烟霞乍呑吐
청동(青童)은 약 캐러 서쪽 엄자산(崦嵫山)을 넘고	青童採藥度西崦
옥녀(玉女)는 진주 캐러 남포(南浦)에 섰네	玉女拾珠依南浦

(4)

선경(仙境)에 오래 살기 어렵다 말마시오.	莫道靈境難久居
내 이곳에 비녀의 끈을 풀어 놓으리.	吾將此地解簪組
순식간에 세 섬[島]을 다 밟으려 하지만	須臾踏盡三島外
명아주 지팡이로 어찌 쑥문을 나가겠는가.	藜杖何曾出蓬戶

62. 봄날의 농촌집　　春日田家

모방해서 짓다.　　擬作

(1)

들에는 속세의 어지러운 일이 없으니	野外無塵事

---

50) 전모(電母) ; 번개(雷)를 말함.

한가로이 살며 자손과 노네.　　　　　閑居弄子孫
책을 뒤적이면 해가 긴 것을 알고　　　檢書知日永
베옷을 입으니 봄이 따뜻함을 알겠구나.　衣葛識春暄

(2)

뽕나무 우거지고 삼밭 기름지고　　　　藹藹桑麻潤
조는 치렁치렁 기장이 무성하구나.　　　離離禾黍繁
때때로 약포(藥圃)에 가기도 하고　　　有時行藥圃
저녁 때는 해바라기 동산도 살펴 보네.　向夕眎葵園

(3)

들의 수양버들 연기 어려 가늘었고　　　野柳含煙細
바위의 꽃은 비에 젖어 어둑하구나.　　　巖花帶雨昏
길손은 왔다간 북쪽 마을로 지나가고　　　訪人過北里
술든 사람은 남쪽 마을에 갔네.　　　　携酒到南村

(4)

숲속 고요하니 구름 오히려 젖었고　　　林靜雲猶濕
물이 깨끗하니 바람조차 잔잔하네.　　　水澄風不喧
비둘기는 떼지어 초가집에서 울고　　　群鳩鳴草屋
강아지 한마리 사립문에서 짖는구나.　　一犬吠紫門

(5)

잠간 황량(黃粱)의 베개[51]에 취할 것이니　　且醉黃粱枕

51) 황량의 베개[黃粱枕] ; 한단지몽(邯鄲之夢)과 같은 말. 당나라 노생(盧生)이 한단
　　(邯鄲)의 주막에서 도사 여옹(呂翁)에게서 베개를 빌려 낮잠을 잤는데 꿈속에서
　　부귀영화를 잘 누리다가 깨어보니 기장밥이 아직 다 익지 않았다는 고사.

백일(白日)의 혼(魂)일랑은 부르지 마오.	莫招白日魂
인생의 귀한 것은 만족을 아는 것.	人生貴知足
궁핍과 현달(顯達)은 따져 뭘 하리.	窮達更何論

63. 호숫가에서　　　　　　　　　　湖 上
모방해서 짓다.　　　　　　　　　　　擬作

그대 어느 곳으로 가려 하는가	問君欲向何處
추풍에 술을 싣고 오호(五湖)로 간다네.	載酒秋風五湖
천석꾼 집과 곡식 헌신짝처럼 버리고	弊屣千鍾萬戶
물과 달 빙호(氷壺)에 가슴 씻으리.	淸襟水月氷壺

64. 사람을 배웅하고　　　　　　　　送 人
모방해서 짓다.　　　　　　　　　　　擬作

푸른 산 저물녘에 손을 보내고	送客蒼山暮
흰 구름 누운 곳에 돌아와 보니.	歸來白雲臥
낡은 벽엔 거문고 걸려 우는데	古壁有鳴琴
솔바람 지나가며 나는 소리네.	松風時自過

65. 두보의 시에 차운함　　　　　　　次 杜

| 사방은 한결같이 적막한 속에 | 四郊同寂寞 |

만상엔 벌써 그늘져 어슥하네.　　　　　萬象已窮陰
매화 핀 샛문에는 봄빛이 남아있고　　　梅閤猶春色
소나무 창가엔 나그네 마음 절로이네.　松窓自客心

고향은 몇 겹이나 멀고 멀건만　　　　故城幾重遠
가물가물 촛불에 밤은 깊는다.　　　　殘燭五更深
주렴 밖엔 바람 소리 어지러운데　　　簾外風聲亂
쓸쓸하게 떨기나무 읊조리누나.　　　蕭蕭灌木吟

66. 육유(陸游)의 「저녁비」에 차운함　　次陸夕雨

오동나무에 빗방울 떨어지는 밤　　　疎雨梧桐夜
찬 바람은 사립문을 마구 흔드네.　　凉風動野扉
갈매기떼 물결 따라 가 버리고　　　羣鷗逐浪去
새들은 숲속으로 돌아오누나.　　　衆鳥趨林歸

바람은 쓸쓸히 가랑잎을 울리고　　　蕭瑟鳴秋葉
빗물은 주룩주룩 나그네 옷 적시네.　霏微灑客衣
타향에서 해저무니 깜짝 놀라면　　　殊方驚歲晚
시름이 간절하여 마음조차 달라지네.　愁切素心違

67. 육유(陸游)의 「야의」에 차운함　　次陸夜意

타던 촛불 추위에 불꽃조차 일지 않고　殘燭寒無焰
은하수는 맑아서 엉기지도 않는구나.　長河澹不凝

시서(詩書)에는 좋은 대목 많기도 하지만	詩書多所好
쇠하고 병든 몸이 다시 어찌 하겠는가.	衰病復何能

학(鶴)은 창강(滄江)의 눈 그리워하고	鶴戀滄江雪
매화 가지는 우물에 뻗어 얼음 맺혔네.	梅橫露井氷
관재(官齋)의 밤 방금 조용해지자	官齋夜初靜
숲위엔 달이 차츰 솟아 오르네.	林月漸東升

68. 두보의 시에 차운함　　　次　杜

신미년(1811)　　　辛未

(1)

바람 불어 주렴이 멎지 않으니	風簾搖不定
초각에 시원한 그늘 옮겨왔구나.	草閣移淸陰
늦 국화 지는 것을 보고 있다가	漸看黃花晚
또 흰머리 많아지니 놀라워하네.	還驚白髮深

(2)

외로운 성엔 달 아직 지지 않는데	孤城月未落
먼 물가에는 안개 방금 잦아들었네.	遠水煙初沈
서리 맞은 잎은 가을이 빠르다 울며	霜葉鳴秋早
늦가을 바람소리 옛 숲에 가득하구나.	寒聲滿故林

(3)

바람 불어 주렴은 저절로 말리고	有風簾自捲

달을 맞는 창문은 항상 열려 있네.　　　　　　　對月戶常開
맑은 소리는 대숲에서 들려오고　　　　　　　　清響聽園竹
그윽한 향기 샛문 매화에서 피어나네.　　　　　幽香間閤梅

　(4)

흥취는 좋은 밤에 일어나는데　　　　　　　　　興因良夜發
편지는 고향에서 날아오누나.　　　　　　　　　書自故鄕來
지팡이 짚고 녹는 눈 불쌍히 여기니　　　　　　倚杖憐殘雪
차가운 빛 벽의 이끼를 비추는구나.　　　　　　寒光照壁苔

　(5)

하늘엔 밝은 달이 거울처럼 걸려서　　　　　　　空中掛明鏡
더러운 공기는 저절로 씻겨지네　　　　　　　　氛祲自全消
옥로(玉露)는 한밤중에 가득 내리고　　　　　　玉露三更滿
은하수는 만리 밖에 아득하구나.　　　　　　　　銀河萬里遙

　(6)

경연노인(耕烟老人)[52]은 흑룡강에서 늙었고　　耕烟龍亦老
약을 찧는 토끼[53]는 오히려 교만하구나.　　　　搗藥兎還驕
잠 못 이루고 앉아서 날이 밝으면　　　　　　　不寐坐天旭
새는 매화나무 샛문에 아침이라 우짖는다.　　　鳥喧梅閤朝

52) 경연노인(耕烟老人) ; 중국 청나라 대재(戴梓)의 호. 시를 잘 짓고 나라에
　　공이 컸는데 모함으로 흑룡강에 귀양가서 늙었다. 그래서 원문에 '耕烟龍
　　亦老'라 한 것 같다.
53) 약 찧는 토끼 ; 달나라 계수나무 밑에서 토끼가 방아 찧는 다는 전설.

(7)

봄눈 속에 매화나무 천 그루	殘雲梅千樹
흰 옷 입은 학은 여러 떼 지었네.	縞衣鶴數羣
높이 걸린 옥루(玉樓)의 달은	高懸玉樓月
푸른 구름을 깨끗이 씻어 버렸네.	淨掃碧空雲

(8)

흩어진 책상자에 맑은 바람이 들고	散帙淸風入
향을 피워 고요한 밤 깊어만 가네.	焚香靜夜分
고향땅^⑭ 돌아가는 기러기 소리	隴頭有歸鴈
멀리 떠난 길손은 차마 못 듣네.	遠客不堪聞

69. 두보의 시에 차운하여, 서제(庶弟)가 볼일로 아우의 임지(任地)인 양주(楊洲)에 가는 것을 배웅하며
次杜韻送庶弟有用適舍弟楊洲任所

골짜기의 새들은 찬 가지에서 우짖고	谷鳥啼寒樹
숲의 바람 이별의 자리에 불어오누나.	林風吹別筵
외로운 구름은 진수(秦樹)^⑮ 밖에 떠 있고	孤雲秦樹外
남은 눈은 농산(隴山)^⑯가에 깔려 있네.	殘雪隴山邊

---

54) 고향땅 ; 원문의 농두(隴頭)는 농서(隴西)인 황해도 서흥으로 작자의 고향이다.
55) 진수(秦樹) ; 중국 진나라 땅 나무란 뜻인데 농산(隴山)에 맞추기 위해 쓴 어휘. 중국 이상은(李商隱) 시에 "嵩雲秦樹久離居"라 했다.
56) 농산(隴山) ; 작자의 고향인 황해도 서흥의 산.

어지러운 닭소리에 놀라 일어나	喚起鷄聲亂
떠난다는 인사 말이 어수선 하네.	催歸角語傅
척령새 우는 들판^⑤ 어디메던가	鴒原何處是
하루를 지내기가 흡사 한 해 같구나.	度日强如年

70. 입춘에 두보의 시에 차운함　　　立春次杜

서글피 떠난 사람 그리노라면	惆悵戀行客
쓸쓸히 꿈길조차 불안하구나.	蕭條夢未安
조각구름은 나무 끝에 흘러가고	片雲行樹杪
외로운 달은 구름 가에 걸려 있네.	孤月掛雲端

문득 양원(梁園)^⑱의 눈[雪]을 생각해 내곤	忽憶梁園雪
또 아가위 꽃잎 추위 탈까 걱정하네.	還愁棣萼寒
좋은 날 밤에라도 오게 된다면	佳辰廻子夜
또 단란하게 만나기를 기다리네.	且待會團團

---

57) 척령새 우는 들판 ; 원문의 영원(鴒原)은 형제가 단란하게 함께 사는 것을
　　비유한 말.

58) 양원(梁園) ; 중국 한대(漢代)의 양(梁)나라의 효왕(孝王)이 빈객을 초대하
　　고 즐기던 공원. 두보(杜甫)의 시에 "醉舞梁園夜 行歌泗水春"이라 했다.

71. 운을 맞춰서　　呼　韻

(1)

구름은 푸른 산과 합해 있고	雲氣翠微合
연기 낀 빛은 동산 나무에 어려 있네.	烟光園樹籠
쇠잔한 매화는 빙설(氷雪)을 겪었고	殘梅歷氷雪
외로운 달은 오동나무에 오르는구나.	孤月上梧桐

(2)

촛불을 잡고 아직 잠 못 이루어	秉燭還無寐
주렴 열면 도리어 바람이 이네.	開簾却有風
앉아서 온갖 모양 변하는 걸 보노라면	坐看百態變
어느 곳에서 그 신공(神功)를 물어 보리오.	何處問神功

(3)

한 조각 하늘가에 뜬 달은	一片天邊月
아득히 객창(客窓)까지 비쳐오누나.	亭亭到客窓
숲 사이엔 야학(野鶴)⁵⁹이 둥지를 틀고	林間巢野鶴
담장 너머엔 촌 삽살개 짖는다.	墻外吠村尨

(4)

문득 보니 모래밭 눈처럼 희고	忽見沙如雪
물은 강에 가득차 있는 듯.	還疑水滿江
고향 생각 밤과 함께 길기만 하여	鄕思同夜永
끝없이 차디찬 등잔과 마주 앉았네.	脉脉對寒釭

59) 야학(野鶴) ; 들에 사는 학. 즉 두루미. 벼슬하지 않는 야인을 뜻함

(5)

아득히 먼 하늘을 쳐다보자면	迢遞瞻天宇
비고 밝아 먼지조차 씻어 버렸네.	空明掃祾埃
빙륜(氷輪)⁶⁰을 수레처럼 탈 수 없으니	氷輪不可御
그 누가 구름 비단을 재단 하겠나.	雲錦誰能裁

(6)

부질없이 세속 버릴 마음 뿐이지	空抱絕塵意
뛰어난 재주 없어 한스럽구나.	恨無超世才
점차 북두칠성 찬란해지니	漸看星斗爛
지팡이 의지하고 홀로 서성거린다.	倚杖獨徘徊

(7)

해 짧으니 창주(滄洲)⁶¹도 날이 저물고	歲短滄洲暮
길이 끊치니 다시 물줄기를 거슬러 찾네.	途窮更溯源
은하수는 만리에 멀기만 하고	長河萬里遠
옛날 벽은 천길 높기만 하다.	古壁千尋尊

(8)

넓디넓어 어떻게 건너겠으며	浩浩何能涉
아득히 멀고 멀어 닿을 수 없네.	迢迢不可捫
돌아와 흩어진 책 거두어보니	歸來收散帙
문채(文采) 따뜻하기 구슬 같아라.	文采玉如溫

---

60) 빙륜(氷輪) ; 달의 다른 이름. 빙경(氷鏡).
61) 창주(滄洲) ; 신선이 사는 고을. 여기서는 시골의 푸른 물가. 은자가 사는 물가.

(9)

동산 숲은 아직도 눈속에 찬데	園林殘雪裏
어느 곳에서 아름다운 꽃 찾아볼까.	何處覓嬋娟
돌아갈 뜻 흐르는 물과 같아서	歸意同流水
벼슬 뜻 이미 벌써 벗어 버렸네.	宦情巳蛻蟬

(10)

청춘은 들으니 구십 춘광⁶²이요	靑春聞九十
흰 머리 스스로 삼천발⁶³이던가.	白髮自三千
학을 타고 오르는 양주(楊洲)길⁶⁴에	乘鶴楊洲路
어찌 또 돈까지 갖고 가랴.	寧須復帶錢

(11)

조정과 져자가 먼 곳에 살곳 정하고	卜居遠朝市
약초 심고 또 띠풀을 베네.	種藥又誅茅
술이 있어 꽃 앞에서 취하여도	酒有花前醉
문에는 유하(柳下)⁶⁵를 찾는이 없네.	門無柳下敲

---

62) 구십춘광(九十春光) ; 봄 빛은 3개월간 90일임을 뜻함. 또 90은 나이의 90세도 있음.

63) 삼천장(三千丈) ; 이백(李白)의 추포가(秋浦歌)에 "白髮三千丈, 緣愁似個長"이라 했다.

64) 양주길(楊洲路) ; 양주몽(楊洲夢)을 말하며 중국 당나라 두목(杜牧)이 번화가 양주를 유람하던 꿈같던 일을 시로 엮은 일이 있으나, 여기서는 학을 타고 신선이 된다는 뜻으로 썼다.

65) 유하(柳下) ; 여러 가지 뜻이 있으나 여기서는 '그늘을 빌어 쉬어감을 청한다' 는 "柳下借陰"을 말하는 듯.

(12)

책은 언제나 방에 가득차고	圖書常滿室
생선과 채소는 부엌에 남아도네.	魚菜更餘庖
지극한 기쁨 본디부터 이에 있으니	至樂元斯在
속되다고 비웃는 것 꺼리지 않네.	不嫌俗子嘲

(13)

기러기 어디에서 나타났는지	鴻鴈來何處
하늘가에 두 세 마리 보이는구나.	天邊見兩三
구름빛깔 담담하기 물과 같은데	雲光澹如水
산빛은 쪽빛보다 더욱 푸르네.	山色碧於藍

(14)

숲이 무성하니 새들도 오히려 조용하고	林茂鳥還靜
물이 맑아 물고기조차 욕심 없구나.	水淸魚不貪
작은 동산에 비가 때때로 오면	小園時雨過
손수 심을 것은 의남초(宜男草)⑯로구나.	手自種宜男

---

66) 의남초(宜男草) ; 훤초(萱草) 또는 망우초(忘憂草)의 다른 이름으로 부인이
지니면 아들을 많이 낳는다고 하는 약초. 훤당(萱堂) 참조.

72. 동운(東韻)에서 함운(咸韻)⁶⁷까지, 제목을 붙이고 운을 정하여 각각 율시 한 수씩을 지음
自東至咸命題定韻各賦一律

조. 기장 우거져 옛 궁터를 둘렀고　　　　　禾黎離離繞故宮

천년의 왕의 기상 찬 연기에 부질없네.　　　千年王氣冷煙空

주민은 언덕 위 나무에다 눈물 지고　　　　居民隕涕珠邱樹

지나는 길손은 궁전의 바람에 가슴 아파라.　過客傷心玉殿風

허물어져 외로운 옛성터 석양속에　　　　　寥落孤城殘照裏

창망히 저무는 구름속 고목들.　　　　　　蒼茫古木暮雲中

67) 동운.함운(東韻. 咸韻) ; 동(東)[dong]음 범위의 운과 함(咸)[xian]음 범위
의 운을 말하며, 시는 운이 중요하며 특히 한시(漢詩)는 운이 절대적인데,
운에는 두운(頭韻), 요운(腰韻)도 있지만 주로 각운(脚韻)을 쓰며 음의 높
낮이가 일정한 평성(平聲)과 음의 앞뒤의 높낮이가 변하는 측성(仄聲) 즉
평측(平仄)을 잘 조화시켜서 압운(押韻)하게 된다. 그 운자를 놓는 자리는
오언절구(五言絕句)의 경우는 승(承)과 결(結)의 구말자(句末字)에 하고, 7
언절구는 기(起)와 승과 결의 끝자에 운을 놓으며, 율시(律詩)의 경우는 오
언은 기련(起聯)의 제2구 끝자와 함련(頷聯) 제2구 끝자, 경련(頸聯) 제2
구 끝자 및 미련(尾聯) 제2구 끝자에 압운하고, 7언율시의 경우는 기련
(起聯)의 제1구와 제2구 끝자에 그리고 함련(頷聯)의 제2구 경련(頸聯)의
제2구와 미련(尾聯)의 제2구 끝자에 압운하는 것이 보통이다.
여기의 동운(東韻)과 함운(咸韻)은 상평성(上平聲)에 동(東)[dong]을 비롯
하여 15성(聲), 하평성(下平聲)에 함(咸)[xian]을 끝으로 15성의 성운(聲韻)
범위를 말하는·것이니 실제로 사용하는 문자는 굉장히 많은 것이다. 뿐만
아니라 측성(仄聲) 계열이 도한 다양하여 상성(上聲)이 29종, 거성(去聲)이
30종, 입성(入聲)이 17종이 있어 사성(四聲)의 평측자(平仄字)는 106음에
이른다.그러므로 사성이 명확치 않은 우리나라에서는 한시를 압운하여 짓
는 일이 아주 어렵다. 그래서 다산(茶山) 정약용(丁若鏞)은 엄격한 의미에서
우리나라 사람의 어음(語音)으로 한시는 짓기 어렵다고 하였다.

노래하고 춤추던 곳 이리 여우 발자취
날으는 티끌은 햇빛 비쳐 붉기만 하네.
〈이 시는 만월대를 회상하고 읊었음〉

歌臺舞榭狐狸迹
但見飛塵映日紅
〈右 滿月臺懷古〉

돌로 누각을 만들고 구슬로 봉우리를 만들어
누가 은하수를 소나무에 거꾸로 걸었나!
백 길 날으는 물에 무지개 다투고
천 길 곧장 떨어져 비는 절구에 쏟아지네

石爲樓閣玉爲峰
誰遣銀河倒掛松
百丈飛流虹轉鬪
千尋直下雨催舂

아침엔 안개 낀 풀이 개이다 막 젖더니
저녁엔 구름낀 숲에 쏟아져 푸르게 겹싸이네
달과 놀던 선인은 다시 보기 어려운데
피리불어 어느 곳에서 잠든 용을 깨우나.
〈이 시는 박연폭포를 보고 읊었음〉

朝看烟草晴初濕
晚灑雲林翠且重
弄月仙人難復見
吹簫何處起眠龍
〈右 朴淵觀瀑〉

날씨가 따뜻하니 관재(官齋)에 낮잠 오래고
아지랭이 어지러운 곳 수양버들 꽃이 피네.
금방 가랑비에 노란 새잎 젖었더니
잠간 살랑 바람에 푸른 잎 늘어졌네.

日暖官齋午睡遲
烟花撩亂柳花時
纔經細雨黃初濕
乍拂微風綠滿垂

어린 잎엔 제비 날면 꼭 어울리고
긴 가지에 꾀꼬리 울면 정말 사랑스럽네.
다리 옆 언덕가의 무수한 나무는
또 시원한 그늘을 어느 곳에 옮겨가나!

嫩葉正宜翻紫燕
長條偏愛囀金鸝
橋邊陌上無窮樹
更作淸陰何處移

〈이 시는 긴 숲을 이룬 버들 경치를 읊었음〉　　〈右 長林柳色〉
내 나이 어려서 처음 그 문에 들어갈 때　　　　我年鬌齔入門初
담장 구석 새 매화는 꽃을 피웠었네.　　　　　墻角新梅正欲舒
어린 꽃술은 붉은 난간 근처 가로 드리웠고　　嫩蕊橫垂朱檻近
야윈 가지는 푸른 섬돌을 반쯤 쓸었지.　　　　瘦枝半拂碧堦疎

상서(尙書)댁이 호화롭다 알고 있었는데　　　豪華曾識尙書宅
담백하기 처사(處士)집과 다름없었네.　　　　淡泊還同處士廬
전래하는 풍광(風光)이 이제는 쇠퇴했지만　　傳道風光今已老
남은 꽃은 여전히 몇 가지에 피어 있었네.　　殘花猶發數條餘
〈이 시는 현서⑱댁에 있는 봄 매화를 읊은 것〉　〈右 賢西宅春梅〉

맑은 한강 물가에다 집을 지어 몇 년인데　　卜築幾年淸漢濱
오늘 올라 바라보니 마음 더욱 새롭구나.　　登臨此日意逾新
나루터 모래 밭은 꽃피어 눈빛 같고　　　　沙明渡口花如雪
이슬은 낚시터를 적셔 풀조차 봄이네.　　　露濕磯頭草自春

물가 누각 밤에 열고 좋은 달 맞이하고　　水閣夜開迎好月
버들 대문 닫아 놓고 속세를 끊었구나　　柳門晝掩絕囂塵
긴 노래 한 곡조가 갈매기 희롱하니　　　長歌一曲飜鷗戲
으례히 연하(煙霞) 옛 주인을 알아보는 듯.　應識煙霞舊主人
〈이 시는 꿈속의 봄경치를 읊은 것〉　　　〈右 夙夢賞春〉

---

68) 현서(賢西) ; 판서를 지낸 사람임은 알겠으나 누구인지는 미상.

구절 명아주 지팡이로 밭이랑 세노라니　　　九節藜筇數畝園
새파란 들빛에 황혼이 드네.　　　　　　　　蒼蒼野色向黃昏
돛배하나 안개 낀 포구로 돌아가고　　　　　孤帆一片歸煙浦
피리부는 두세 소리 강마을서 들리누나.　　短笛三聲自水村

뭉게뭉게 구름은 바위에 기대 자는데　　　　晶晶行雲倚巖宿
훨훨 나는 새는 산을 내리며 뒤척이네.　　　翩翩飛鳥下山翻
찬 바람 우뢰치듯 골짜기를 울리니　　　　　冷風忽似雷鳴壑
공북루(拱北樓)⑩ 앞 온갖 나무 수선을 떠누나.　拱北樓前萬樹喧
〈이 시는 연주⑩ 북쪽 동산에서 바라보는 서정을 읊은 것〉

〈右 延州北園晩望〉

73. 「학을 양주에 보내며」라는 시에 차운함

次送鶴楊洲韻

학을 타고 신선되니 어찌 돈을 가진다냐　　乘鶴寧須更帶錢
창주(滄洲)⑪로 함께 못 갈까 두려워할 뿐.　　滄洲惟恐未同還
돌아갈 맘 도리어 구름 속의 새 같은데　　　歸心却似雲中鳥
어찌하여 새장에다 백한(白鷳)⑫을 가두랴.　　何事樊籠鎖白鷳

69) 공북루(拱北樓) ; 누각 이름으로 여기서는 평북 운산(雲山)에 있는 공북루
　　인 듯. 해주와 청주와 광산에도 있다.
70) 연주(延州) ; 평북 영변(寧邊)의 옛 이름. 뒤에 운산(雲山)으로 편입되었다함.
71) 창주(滄洲) ; 신선이 사는 곳. 또는 은자(隱者)가 사는 곳:
72) 백한(白鷳) ; 꿩 비슷한 흰빛 메추리. 거처가 일정하지 않음이 특징.

돌아갈 땐 묘자리 산 살 돈이 필요 없고	歸來不用買山錢
묘군(卯君)⑬이 같은 날에 돌아가길 바랄 뿐	但願卯君同日還
길들이던 학을 먼저 보내 주는 것은	聊將馴鶴先相贈
가을 바람 백한(白鷳) 타고 오름과 같으리.	何似秋風放白鷳

74. 차운 次 韻

임신년(1812, 60세 시작) 壬申

(1)

지는 꽃, 그윽한 풀 누대에 흩어져도	落花幽草散池臺
향기를 사랑하여 쓸기조차 아니하네.	自愛芳菲不掃開
고운 새 다정히도 들보 위에 우짖는데	嬌鳥多情樑上語
한가히 나는 구름 웬 뜻으로 해 곁으로 날아오나.	閑雲何意日邊來

(2)

청풍은 어쩐일로 산밑 대를 생각하며	清風忽憶山陰竹
봄비에 때때로 율리(栗里)⑭ 잔에 술 따르네.	春雨時斟栗里杯
바둑돌 흩었다간 또다시 고루면서	散落珠碁還復整
작은 서재 하루 종일 흥이 돋질 아니하네.	小齋終日興悠哉

---

73) 묘군(卯君) ; 묘년(卯年)에 출생한 사람. 공자의 제자인 자로(子路)를 이르
  는 말.
74) 율리(栗里) ; 중국 강서성(江西省)에 있는 도연명(陶淵明)의 옛 고향 주구
  (酒具)가 많이 난다고 함.

(3)

향기로운 꽃돌은 작은 길을 가리고	芳菲翳小徑
푸른 풀은 우거져 깊은 당(堂)에 비치네.	蒼翠映深堂
주렴 문은 대낮에도 내려서 고요한데	簾戸晝還靜
동산 숲은 한밤에도 더욱 서늘쿠나.	園林夜更凉

(4)

담장에 비춘 달은 가을 정취 돋우고	秋思碧蘿月
봄 술은 노을빛 술잔에 차 있네.	春酒紫霞觴
강호(江湖)의 흥취는 일지 않는데	未引江湖興
흰 머리털 길어짐을 다만 시름할 뿐이네.	秪愁白髮長

75. 아우에게 줌　　　　贈舍弟

나의 노쇠함이야 어찌 다 말 하리만	吾衰那足道
네가 늙는 것이 또한 마음 걸린다.	君老亦關情
지팡이 짚고 나서면 가을 바람 차고	倚杖金風冷
창을 열면 옥 같은 이슬 맑기도 하네.	開軒玉露淸

비록 거문고 피리소리 없다고 해도	雖無絲管沸
오히려 술과 차(茶)는 갖추어 있네.	還有酒茶幷
한가로이 느티나무 그늘에서 잠자니	閑睡槐陰下
어찌 명리(名利)의 싸움만을 할 것인가.	何如名利爭

76. 정 자를 중첩하여　　　　疊 情 字

시서(詩書)는 오직 소일거리　　　詩書惟遣興
바둑은 더욱 시름을 잊네.　　　棋局更忘情
비온 뒤 숲속 안개는 짙푸르고　　雨過林烟碧
바람 부니 누각의 밤 맑기도 하다.　風來閣夜淸

연못의 누각에는 달빛 가득한데　　潭樓蘿月遍
강가의 누대에는 물과 구름이 어울렸네.　江樹水雲幷
늙어서 고향으로 돌아가리니　　　白首歸田計
황금이 이에 무슨 소용 있으랴.　　黃金不用爭

77. 차 운　　　　　　　次 韻

(1)

서리 내린 하늘은 잎 떨어져 넓고　搖落霜天闊
쓸쓸히 만상(萬象)은 텅 비었네.　蕭蕭萬象空
예쁜 꽃 먼저 색깔 바래고　　　　穠花先謝色
그윽한 나무엔 저녁 바람만 부네.　幽樹晩多風

(2)

묻노니 수레 타던 벼슬길 나그네야　借問乘軒客
어째서 낚시 하는 노인이 되었는가?　何如垂釣翁
세상사 생각하며 또한 잠 못 이루고　感時還不寐
누워서 잎 지는 떨기나무 읊어보네.　吟臥對寒叢

(3)

귀뚜라미 초가을에 시절을 울부지니	蟋蟀鳴秋早
차가운 소리 몇 곳에서 들었던가.	寒聲幾處聞
침상에 기대니 전갈 벌레 꼬이고	倚床自足蠍
창문을 여자니 모기가 싫구나.	開戶却嫌蚊

(4)

뉘엿뉘엿 날은 저물어	冉冉風光晩
쓸쓸하게 계절은 덧없이 나뉘이네.	蕭蕭氣象分
잠 못 이루면 시름하는 밤이 길어	不眠愁夕永
이리저리 책상자 속 글을 뒤적이네.	漫檢篋中文

(5)

저무는 하늘에 비가 오려나	暮天將欲雨
한바탕 소낙비를 어느때 들었던가.	一霖幾時聞
앓는 몸을 높은 베개에 기대면서	吟病倚高枕
잠 들려고 하나 모기가 걱정이네.	欲眠愁毒蚊

(6)

그 모기 등불에 어지러이 날아 들어	翻飛燈火亂
곧장 새벽까지 밤을 새웠네.	直到曙光分
쉬파리가 제 무슨 죄가 있으리	蒼蠅獨何罪
나쁜 죄상 구씨(歐氏)⑥ 글에 실려 있었네.	惡籍載歐文

75) 구씨(歐氏) ; 송(宋)나라 구양수(歐陽修)의 「추성부(秋聲賦)」가 있는데 그 가운데 쉬파리 얘기가 있음.

78. 표민의 시축 중에 차운함　　次表民軸中韻

(1)

누런 먼지 길마다 가득하니　　　　　黃塵滿阡陌
소갈병(消渴病)⁷⁶ 역시 고치기 어렵네.　病渴亦難醫
심어 놓은 콩은 겨우 새치 쯤이고　　種豆纔三寸
뽕나무는 자라서 이제 몇 가지 났구나.　種桑今幾枝

(2)

호미 메고 마음껏 바라보는 곳　　　荷鋤極望處
비 오기 기다리며 괴롭게 신음하는 때라.　待雨苦吟時
만약 한바탕 퍼붓는다면　　　　　如得一霄注
만물이 모두 다 자랄 수 있건만.　　群生庶可滋

(3)

어찌 쇠잔한 병을 고칠 수 있을까　　詎能療衰病
한적한 생활 속에 저절로 고쳐지리.　閑適自多醫
야윈 학은 창해(滄海) 가기 꿈구고　瘦鶴夢滄海
갇힌 새는 옛 가지를 그리워하네.　　幽禽戀故枝

(4)

담쟁이 풀 처마에 구름이 일어나고　蘿軒雲起處
모래 강변에 달이 어릴 때.　　　　沙岸月籠時
무슨 일로 속세 그물에 걸려 버렸나　何事嬰塵網
살갗조차 다시는 윤택하지 못하리.　肌膚不復滋

76) 소갈병(消渴病) ; 당뇨병의 일종. 목마르는 병.

(5)

선인은 병조차 앓지 않으니	仙人不曾病
상계(上界)엔 본래부터 의사가 없네.	上界本無醫
학은 천 자[尺] 대나무 위에서 울고	鶴鳴千尺竹
봉황은 만 년 묵은 가지를 쪼고 있네.	鳳啄萬年枝

(6)

계궁(桂宮)에서 토끼가 약을 찧고 있는 밤	搗藥桂宮夜
은포(銀浦)^⑰에서 진주를 줍고 있는 때.	拾珠銀浦時
금경(金莖)^⑱엔 이슬 아직 마르지 않았는데	金莖露未竭
한 잔 진액(津液) 어찌 아까와하나.	何惜一杯滋

79. 차 운　　　　次　韻

일찍부터 강호에 살고자 바랐는데	夙昔江湖願
어느덧 몇 해가 지나갔는가.	悠悠度幾秋
난간에 기대서니 바람은 화살 같고	憑軒風似箭
지팡이 짚고 나서니 달은 갈고리 같네.	倚杖月如鉤

계절은 사람을 기다리지 않고	節物不相待
안개 노을 제멋대로 흘러가버리네.	烟霞任自流
벌써 소나무 조차 늙어 버렸는데	已云松桂晚
고향갈 꿈 어찌 이리 길기만 할까.	歸夢一何脩

77) 은포(銀浦) ; 은포(銀鋪)인 듯. 은으로 장식한 호화스러운 문.
78) 금경(金莖) ; 이슬을 받는 승로반(承露盤) 바침의 구리 바침대. 승로는 신
　　선의 이슬 또는 임금이 내리는 술.

12. 강정일당(姜靜一堂)의 시(詩)·문(文)

시(詩)

1. 시어머님 지일당 시에 화답함.　　　敬次尊姑只一堂韻
정사년(1797)①　　　　　　　　丁巳

윤리도덕을 도탑게 함을 배워주시고	下學須敦倫
아래에 자애롭고 위를 편안케 하라 하신	慈幼且安老
이 길을 고삐 잡고 곧바로 가면	直轡從此行
이것이 인생의 탄탄대로 입니다.	自是坦坦道

원 시　　　　　　　　　　原 韻②

봄이 오니 꽃은 바야흐로 무성하고	春來花正盛
세월 흐르니 사람은 점점 늙더라.	歲去人漸老
탄식해 본들 어찌 하리오	歎息將何爲
다만 착한 도를 배울 뿐이네.	只要一善道

1) 정사년 ; 강정일당은 생존 연대가 1772~1832이니 26세때의 작품이다. 여기
　작품배열은 작자의 연령순으로 되어 가다가 29 '주경'(主敬)쿠터는 연대 미
　상으로 이어지고 있다.
2) 이 원음은 시어머님인 지일당이 지은 시이다.

2. 첫 공부

무오(1798) 27세 때

서른살에 처음으로 공부하자니
동서남북 방향조차 분간 못하네.
지금 와서 힘주어 공부한다면
옛사람 한가지로 되기나 하려는지.

始 課

戊午

三十始課讀
於學迷西東
及今須努力
庶期古人同

3. 종아리 맞는 아이 보고

네 능히 삼가고 조심했던들
잘못해서 벌이 그토록 따르리.
지금부터는 잘못된 것 뉘우쳐
정성다해 몸 마음 바르게 하라.

見書童被撻

爾能謹而愼
過罪何處從
自今便有悔
誠心復正容

4. 산골 집

산속에 고요한 군자의 오막살이
밝은 창 향해 앉아 글읽는 풍경
먼데서 손님이 찾아 이르니
사립문 안에서 늙은 개 짖어대네.

山 家

山中君子宅
讀書對明牕
有客從遠至
柴門吠老尨

5. 스스로 격려하다 　　　自 勵

좋은 세월 어영부영	休令好日月
헛되이 보내지 말라	游浪斷送虛
배우지 않는 사람 살펴보면	宜鑑不學者
궁색하게 사는 것을 한탄 하누나.	枯落歎窮廬

6. 착한 성품 　　　性 善

사람 성품 본래가 모두 착한 법	人性本皆善
극진히 노력하면 성인이 되네.	盡之爲聖人
어질고자 애쓰는데 어진 사람 있으니	欲仁仁在此
이치 밝혀 정성들여 몸을 가꾸세.	明理以誠身

7. 낭군에게 　　　呈夫子

저는 재주와 덕이 없어 부끄럽지만	妾愧無才德
어려서는 바느질 배워 오면서	德 幼年學線針
좋은 재주 익히려고 힘을 썼지요	眞工須自勉
집안의 살림에는 관심 없었오.	衣食莫關心

8. 낭군이 길 떠나니 삼가 드리오 敬呈夫子行駕

새벽은 맑은데 님 떠나니 눈물짓네 　　　　　　淸晨灑泣送君子
가며 가며 물과 산 지나면서 집 생각 나겠지요. 去去湖山應不忘
떠나시는 걸음에 한 말씀 드리오니 　　　　　臨行惟有一言告
세상일은 돌고돌아 푸른 하늘 같다고. 　　　　世事循環如彼蒼

9. 섣달 그믐 밤에 除夕感吟

좋은 세월 할 일 없이 그저 보내고 　　　　　無爲虛送好光陰
내일이면 어느덧 쉰한살 되네. 　　　　　　五十一年明日是
밤중에 슬퍼한들 무슨 소용 있으랴 　　　　中宵悲歎將何益
이 마음 닦으면서 여생을 살 수밖에. 　　　且向餘生修厥己

10. 앓고 나서 病 後

임오년(1822) 51세 때 壬午

위독했던 병세가 요행 나았네 　　　　　　一疾幾危今幸差
맑은 가을 문을 여니 내마음 시원하다. 　　淸秋開戶余心快
병치료 하는데 어찌 인삼, 탕약뿐이랴 　　調濟豈專蔘朮功
이제부턴 몸과 마음 정성드릴 일이라네. 伊來體認誠明界

11. 문득 생각나서　　　偶 吟

내 몸 다스리지 못한지 삼년이 되니　　　我乏三年艾
고질병 못 고쳐 괴롭기만 하네.　　　沈疴苦未醫
지금에 몸조리 애쓰지 않는다면　　　及今猶不蓄
훗날에 어찌 뉘우침이 적을것이랴.　　　他日悔何追

12. 중용을 읽고　　　讀 中 庸

중용 한 편 읽고 나서 성현 말씀 생각하니　　　一編思聖傳
천년 두고 이어 주심이 크고 많구나　　　千載繼開多
몸을 바로 세우고 치우침이 없으며　　　體立無偏倚
행실에는 조금도 그르침이 없네.　　　用行不謬差

삼가고 조심하는데 마음을 기울이면　　　始能存戒愼
중용의 큰 덕을 끝끝내 이룰 것이요　　　終可致中和
도(道)를 잘알면 삼덕(三德)³⁾을 통할 것이니　　　達道闕三德
참되도다 그 이치를 뉘라서 더할 것인가.　　　誠哉理孰加

---

3) 삼덕(三德) ; 정직(正直)과 강한 것을 다스리는[剛克] 및 부드러움을 다스리
는 [柔克]. 또는 지(智), 인(仁), 용(勇)의 세가지 덕

13. 두 종손부에게

示從孫謹鎭婦

崔氏 · 權氏

여자는 곧고 정성이 으뜸
순종의 도에 힘쓸 것이다.
이것이 부도의 본분이니
그대들은 이에 힘써 주소서.

貞慤首矣
順從務焉
是婦道也
爾須勉旃

14. 밤에 앉아서

夜 坐

계미년(1823)

癸未

긴긴 밤은 소리없어 고요하고
빈 뜰에는 달빛만이 밝아서 희구나.
마음은 맑기가 씻은 듯하고
가슴 트이어 그 성정 보이네.

夜久群動息
庭空皓月明
方寸淸如洗
豁然見性情

15. 탄원

坦 園

갑신년(1824)

甲申

탄원[4]은 그윽하고 또 고요한 곳

坦園幽且靜

4) 탄원(坦園) ; 정일당의 남편 윤광연(尹光演)의 호이며 이들이 사는 집 당호.

덕이 높은 사람 살기에 적합하네.　　　　　端合至人居
홀로 천고(千古)의 옛 경서(經書)을 더듬어　獨探千古籍
읽으며
두세 개 서까래로 얽은 집에 고고하게 누웠네.　高臥數椽廬

16. 해석 김상공 재찬께서 보내주신 새 책력을 받고 사례를 드림.

남편을 대신하여 지음. 병술년(1826)

謝海石金相公載瓚 惠贶新曆

代夫子作 丙戌

명협(蓂荚)[5]에 볕이 드니 은혜가 이웃에 미치어　蓂荚陽生惠及隣
신촌 집에도 이제는 겨울 봄을 알 수 있겠네.　山家從此記冬春
다만 걱정은 때와 달이 유유히 흐르는 속에　只憂時月悠悠過
좋은 교훈 외우며 날로 새로워지는 일.　誦服良箴企日新

5) 명협(蓂荚) ; 중국 요(堯)임금 때에 났었다는 풀의 이름으로서 초하룻날부터 한 잎씩 났다가 열엿샛날부터 그믐날까지 한 잎씩 떨어졌다 하여 달력풀 또는 책력풀이라 함.

17. 청한자 이관하 어른의 회갑 잔치에 드림.
남편 대신 지음.

奉獻靑翰子李觀夏 尊大人回甲壽席

代夫子作

덕(德)을 북산 아래에 기르시고	養德北山
숨은 빛에 도(道) 더욱 높았네.	潛光道益尊
학의 우는 소리는 맑고 화목한 아들들이요.	鶴聲淸和子
대숲 마냥 푸르고 생기있는 손자들일세.	筠影綠生孫
호신⁶은 바야흐로 회갑이 되셔서	弧矢方回甲
손과 벗이 함께 와서 잔을 권하네.	賓朋共侑樽
남은 음덕은 아직 다할 줄 모르는데	餘庥曾未艾
네 필 말수레⁷는 문에서 기다리누나.	車駟佇容門

6) 호신(弧辰) ; 생일. 원문은 호시(弧矢)로 되어 있음. 호시의 원뜻은 나무로
만든 활과 살 즉 분명하게 맞는다는 뜻.
7) 네필 말수레 ; 원문의 차사(車駟)로 고관이 타는 네 필 말이 끄는 수레.

18. 박중로(병은)에게 주노라 　　　贈朴仲輅(秉殷)
남편을 대신하여 지음. 　　　　　　代夫子作

뜻과 행실이 비록 높고 부지런타 한들	志行雖貴勤
학문의 성공길은 바름을 탐구하는 일.	門路須尋正
오래 견뎌야 성공하는 것이니	可久終戒功
산을 위해 우물 파는 노력이 필요하지.	爲山與鑿井

19. 동갑들에게 　　　　　　示同庚[8]諸友
남편을 대신하여 　　　　　　　代夫子作

나이 오십되어도 미욱하긴 여전하니	五旬荒鈍只依前
후회가 산 같은들 누가 깎아 줄것인가.	尤悔如山孰可鑴
벗님네야 이제라도 서로 도와서	諸子從今相依助
학문 닦고 수양하여 여생 보내세.	願資麗澤送餘年

8) 동갑 ; 원문의 동경(同庚). 즉 같은 해에 출생한 동갑을 말함.

20. 탄원의 삼장　　　　　　　坦園三章

남편 대신 지음.　　　　　　代夫子作

(1)

숲속에 묻혀 살며 골짝물 마셔도	林居谷飮
책을 가졌으니 스스로 만족해	抱書自好
옛날 어진이에 마음을 두고	前修有心
그 깊은 속을 엿보고 사네.	庶幾窺奧

여러 가지 의심은 가리워 막혔으니	群疑蔀塞
누구를 좇아가서 그것을 밝힐까.	孰從往叩
이 중용(中庸)의 바른 길 밟으면	履玆中正
길은 탄탄하고 평평할 것이라네.	坦平其道

(2)

날은 우연(虞淵)⁹에 기울고	景仄虞淵
어름과 눈은 울퉁불퉁 고르지 않네.	氷雪嵯峨
말에게 기름진 곡식을 먹였으나	秣馬脂轄
앞길은 멀고 아득하다네.	前路云遐

말 모는 하인은 약해 힘들어 하기에	僕弱難馭
걸어서 높은 곳에 오르니 탄식뿐	登頓于嗟
게다가 날이 저무니	遭此晚暮
걱정 근심 어떠하랴.	憂傷如何

---

9) 우연(虞淵); 옛날 태양이 져서 든다고 생각한 곳, 또는 황혼.

(3)

새는 지저귀며 무리를 구하고	鳥嚶求群
고기는 헤엄치며 떼지어 노는 법	魚泳逐隊
때는 좋아 바야흐로 화창한 봄철	節舒陽和
즐거움이 저절로 그 속에 있다네.	其樂自在

어찌 쓸쓸히 홀로 살면서	胡爲索居
끝까지 벗들을 멀리하리요	終罕朋輩
삼익^⑩의 벗과 서로 만나서	願言三盆
부지런히 내 허물 고치며 살리라.	勤箴吾過

21. 삼가 큰 어른의 군탄^⑪시에 운을 달아

남편 대신 지음.

謹次丈席涒灘詩韻
代夫子作

영릉(寧陵)^⑫에서 우시던 송부자(宋夫子)^⑬를	寧陵追泣宋夫子
밤중에 당시의 시를 보고 슬퍼하네.	中夜悲歌當日詩
뒷사람은 엄숙히 춘추(春秋) 뜻을 되새기며	後生莊誦春秋義
흐느껴 우는 눈물 백발에 방울지네.	感淚頻添白髮垂

---

10) 삼익(三盆) ; 이로운 벗 세 가지 즉 정직, 성실, 다식한 세가지 벗.
11) 군탄(涒灘) ; 십이지(十二支)의 신(申)의 다른 말. 1680년에 경신대출척(庚申大黜陟) 사건이 있었다.
12) 영릉(寧陵) ; 효종대왕능(孝宗大王陵)
13) 송부자(宋夫子) ; 여기서는 우암(尤庵) 송시열(宋時烈)을 말함.

22. 여러 아이들을 격려함   勉諸童

너희는 반드시 부지런히 글을 읽어	汝須勤讀書
젊은 시절을 헛되게 하지 마라.	毋失少壯時
어찌 한갓 쓰고 외우기만 하랴	豈徒記誦已
마땅히 도를 닦아 성현(聖賢)되기 기약하라.	宜與聖賢期

23. 섣달 그믐날 밤에   除夜偶作

옛 성인(聖人)이 이 진리 전해주니	古聖傳斯道
사람들 모두 함께 이를 배우네.	人人所共由
밝은 마음⑭ 찬물에 비추이고	心月印寒水
맑은 빛은 천추(千秋)에 빛나더라.	清光炯千秋

공경하는 그 한가지 서로 배워서	相傳一敬字
열쇠는 누가 능히 뽑을 것인가.	關鍵孰能抽
따오기는 멀리 날아도 공연히 헛수고	鶩遠徒虛勞
힘써 가까운 것부터 구해 얻을 것.	力進須近求

종신토록 스스로 힘써 배우되	終身宜自
도를 바라보면서 잠시도 쉬지 말아라.	望道敢遲留

14) 밝은 마음[心月] ; 도를 깨닫는 마음.

24. 안수재준갑과 고신의 정식에게

남편 대신 지음.

贈安秀才駿甲 兼示高信義廷植

代夫子作

성현의 길은 대로 같아서	聖道如大路
예로부터 사람은 이 길을 걸었네.	古今之所由
학문은 따로 이루어 지는 것 아니며	學問非別致
찾아 구해야 향상 하는 것.	向上須探求

책 속에 가르쳐 이끄는 방법 있으니	卷中指南術
옛 사람은 또렷하게 일러 주었네.	歷歷在前脩
힘써 고삐를 바짝 휘어잡고	勉哉駕直轡
도닦는 세계에서 함께 즐기세.	道域偕優遊

25. 남편에게   呈 夫 子

옛날에 간재(艮齋)[15] 따라 배우던 날엔	昔從艮齋日
도를 구할뿐 다른 뜻은 없었으니	求道斷無他
지금 삼십 년이 지났으므로	于今三十載
학문의 깊이 과연 어느 지경이나요.	造詣果如何

15) 간재(艮齋) ; 간재란 호는 여러 사람이 있으나 여기서는 홍의영(洪儀泳 1750~1815 조선 문신이오 학자)을 말하는 듯하다. 정일당(靜一堂)의 남편인 탄재(坦齋) 윤광연(尹光演)은 1778년생이다.

26. 정월 초하루 낭군에게 드림.　　元朝敬呈夫子

경인년(1830) 59세 때　　庚寅

사람이 진실로 도를 듣지 못하면	人苟未聞道
죽지 않아도 또한 경사로울 것 없네.	不死亦非慶
오직 공자의 가르침 잘 새겨서	惟將夫子訓
일심으로 정성과 공경을 다해야 하리	一心盡誠敬

27. 뜰의 풀을 뽑으며　　除庭草

조그만 호미로 거친 풀 다스리고 나니	小鋤理荒穢
상쾌한 비 내려서 먼지를 씻어내네.	快雨灑塵埃
염옹(濂翁)[16]의 뜻에 따라 부끄러움 씻었더니	縱愧濂翁意
산촌 새싹들은 옛 길에 돋아 나오네.	山芽舊逕開

28. 성규(誠圭) 조카에게　　示誠圭姪

선생이 네 효행 이미 알고	先生知爾孝
너로 형의 뒤를 잇게[承繼] 하였으니	以爾承兄後

16) 염옹(濂翁) ; 송(宋)나라 대학자인 염계 주돈이(濂溪 周敦頤 1017~1073)
를 말한 것임. 북송(北宋)의 대유(大儒)로 송학(宋學)의 비조(鼻祖)임.

바라건대, 네가 선생 섬기되	願爾事先生
한결같이 부모 섬기듯 하여라.	一如事父母

29. 공경이 으뜸　　　　主 敬
이하 연조 미상　　　　以下年條未考

만가지 이치는 천지(天地)에 근원되니	萬理原天地
일심으로 성정을 통섭(統攝)해야 하네.	一心統性情
만일 공경함을 주장삼지 않는다면	若非敬爲主
어찌 군자의 먼 길을 떠날 수 있으리요.	安能駕遠程

30. 가을 매미소리 들으며　　　聽 秋 蟬

나무마다 가을 기색 맞이했는데	萬木迎秋氣
저녁무렵 매미들이 어지러이 우는구나.	蟬聲亂夕陽
골똘히 물성을 깊이 느껴 노래하니	沈吟感物性
나는 혼자 숲길을 걸으며 듣네.	林下獨彷徨

31. 공자를 우러러 보며 　　　　　仰孔夫子

크도다 공부자의 덕이시여!　　　　　大哉夫子德
푸른 바다같이 넓어 끝이 없구나.　　滄海浩無邊
슬프다! 표주박으로 바닷물을 헤아리겠나[17]　嗟爾測蠡者
어찌 백줄기 냇물을 받아드릴 줄 알랴.　安知納百川

32. 손님이 오다 　　　　　　　　客　來

먼 곳에서 남편을 사모하여　　　　　遠人慕夫子
북관도에서 왔노라 하네.　　　　　　云自北關來
가난하여 손님 끼니 못 하고　　　　家貧曷飮食
오직 술 석 잔 대접하네.　　　　　　唯有酒三盃

33. 탄원 앞길은 활짝 열렸네 　　坦園前路通乎康莊

슬프다, 도가 없는 말세에 나서　　　哀哉叔季世
몇 사람이나 길 잃고 헤매었더냐.　　幾人逐迷程
그러나 탄탄대로 우리집 길은　　　　坦坦吾家路
원하오니 고삐 바로 잡고 곧게 갑시다.　願言直轡行

17) 표주박으로 바닷물을 헤아리려는 사람: 본문의 측여(測蠡)는 여측(蠡測)을
　　말하며 '조그만 꾀로 큰일을 헤아리려 한다' 는 뜻임.

34. 문득 생각나서　　　　　偶 吟

결심하고 불변함은 선생의 뜻	斷斷先生志
그것은 옛 성인을 배우고자 함이로세.	唯期學古聖
배워서 알게 되면 반드시 실천하고	有知行必踐
사물(事物) 이치 맞도록 몸을 먼저 가꾼다네.	應物身先正

산문[文]

(1) 편지글(書)

35. 강취여[1] 일회에게 보내는 글　　　與姜就如日會書
낭군을 대신하여 지음.　　　　　　　　代夫子作

　그대의 동생께서 오시는 편에 고마운 편지를 보내 주어 펼쳐 읽었으며 살피건대 가을철에 정양하시는 옥체를 절도 있게 조리하신다니 위로하며 감사드립니다. 그런데 들으니 그동안 친상을 당하시고, 겸하여 자녀를 잃은 슬픔을 당하셨다니 그 놀라고 슬퍼하심을 어찌 다 말하리까. 저는 모시고 지내는 몸이 아직 별고 없으나, 아내의 병환이 갈수록 점점 고질이 되어 가니 답답하기 이루 말씀드릴 수 없습니다.

　아드님은 잘 자란다니 다행이며 아드님 교육의 간절하심은 과연 옳은 방향을 잃지 않으실 줄 믿고 있습니다. 모름지기 때때로 힘써 가르쳐 놓고

令季氏來訪 袖傳
惠札 披讀之餘 從
審新凉 靜履瑟衛
慰荷無比 第聞間遭
功服之喪 兼以夭慘
警愕何喩 弟省狀姑
依 而身恙室病 去
益沈痼 悶不可狀
　聞胤兒善長可幸
而蒙養之功 果不失
義方否 須及時勉誨
無至扞格之患如何

1) 강취여 일회(姜就如 日會) ; 친정 동생인듯.

말을 듣지 않는다는 막힘의 원당이 없도록 하심이 어떠실는지. 그대의 삼종씨[2] 참봉(參奉) 황회(皇會)와 운회(雲會)) 형제분은 본시 효도와 우애가 돈독하셔서 범인보다 월등 다르신 것으로 알려지고 있는 만큼 사람을 위해서 절도가 도리에 벗어나지 않으실 것이니, 멀리서 돈을 들여 스승될 사람을 구하지 마시고 아드님으로 하여금 낮과 밤으로 직접 형제들 사이에서 글읽고 교양을 받도록 하면 어찌 가깝고 편하며 글쓰는 데도 절실한 일이 아니겠습니까. 가을에 저의 집을 지나시다 오셔 주실 기회가 있다 하오니 삼가 받들어 그날을 기다리고 있겠습니다. 나머지는 손이 깔깔해서 글을 빌리며 이만 예를 다 갖추지 못합니다.

무신 7월 19일 아우 아무는 쓰다.

令三從氏(參奉星會及雲會)昆季 素知孝友敦睦 迥殊凡人則 爲人大節不出 此箇道理 不必遠求師資 而使胤兒 日夕薰習 於其間則 豈非便近而切實乎 抄秋有歷 枉之期云 奉企奉企 餘手澁倩書不備義

戊辰七月十九日 弟某拜.

---

2) 삼종씨(三從氏) ; 8촌 형제.

36. 종중에 드리는 글

남편을 대신하여 지음.

與宗中書

代夫子作

　추위가 다가오는 이때에 생각하옵건대 여러분 존체 만강 하옵신지 엎드려 생각하니 궁금하기 이를 데 없습니다. 종하(宗下)로서 저는 신병이 가을을 지냈어도 아직 쾌하지 못하여 민망한 말씀 어찌 이루 여쭈리까.

　아뢰옵고자 하는 바는 저의 종파에서 꾸민 파보[3]는 선조의 사적과 자손들의 이름을 빠짐없이 밝혀 둔 지가 여러 해 지났는데 갑자년에 은진[4]에 산다는 종친 윤행이라고 부르는 사람이 와서 보고 족보를 다시 더 보완할 것을 자기에게 위임해 달라고 누차 자원하기에 믿고 의심치 않았더니 얼마 아니하여 수단[5] 한 책과 서문과 약간의 명단을 가지고 갔습니다.

　몇 달 뒤에 갖다주고 비로소 들은즉 사사로이 자기가 족보책을 발간 했다기에 그 소위 발간했다는 책을 뒤늦게 본즉 선조들의 사당 순서 서열이 문란하고 적자와 서자의 구분이 뒤죽박죽이 되었고 그밖에 주석의 잘못된 것이 이루 말할 수 없었

霜寒比緊 伏惟僉
軆候萬衛 伏溯無任
區區 宗下身恙經秋
尙不得夬蘇 私悶何
狀

就白 宗下家 曾修
本派譜牒 祖先事蹟
及子孫名錄 十分詳
細 經始有年矣 甲
子歲 云居恩津宗人
名允行者 來見屢次
自願於修單之任故
信而無疑矣 未幾持
單本序文與若于單
子而去 屢月後始聞
之則 私自印出故
推見其所謂印本則
昭穆紊亂 嫡庶混淆

---

3) 파보(派譜) ; 한 종파에서 만든 족보.
4) 은진(恩津) ; 충남에 있는 지명.
5) 수단(修單) ; 족보를 만들기 위해 만든 명부의 원고.

습니다. 이것은 그가 시골의 무식한 자에 불과하
면서 함부로 일을 맡을 마음을 품고 이런 망칙한
행동을 저질렀으니 이번 족보 편찬 간행의 일에도
또 이 자가 와서 참여하여 속임을 당하는 폐단이
있지 않을까 두렵습니다. 만일 그렇거든 종중에서
엄하게 물리치고 받아 들이지 않을 뿐 아니라, 또
먼저의 죄책까지 물어 징계하기를 바라고 바라는
바입니다. 먼젓번 일이 걱정되어 감히 그런 자가
있지 않을까 하여 이 글을 드리면서 아뢰올 따름
입니다. 나머지는 예를 갖추지 못하고 줄이며 오
직 종중 어른의 보살핌 계시기를 바랍니다.

갑술 9월 15일 종중 아랫사람[6]
아무가 절하며 드림.

其他註誤 無所不至
此不過果 以鄕曲無
識者 濫生冒托之心
有此罔測之擧 今番
譜役 又恐此人來參
致有見欺之弊 若然
則 宗中嚴斥勿受 且
懲前罪 至仰至仰 先
事之慮 有不敢不然
者 委此書告耳 餘不
備 伏惟僉下察.

甲戌 菊月 望日
宗下 某拜.

---

6) 종하(宗下) ; 아랫사람이 종중에 대하여 자기를 낮추어 하는 말.

37. 종중의 택림씨에게 드리는 글
남편을 대신하여 짓다

與豊川宗人澤霖
代夫子作

해가 바뀐 지 반년이 되도록 소식이 없어 이 어려운 감회를 어찌 다 말씀 드리겠습니까. 기후가 점점 더워 가는데 정양하시는 몸이 기동도 잘 하시며 댁내 여러분들이 한결같이 편안하신지요. 멀리 있어 걱정되는 바가 이것저것 많음을 용납치 못합니다. 종말(宗末)[7]은 신병이 자주 발작하여 나을 기약이 아득하여 제 스스로 생각하기에도 가엾고 딱할 뿐입니다. 매양 여러 종씨께서 서로 사랑하고 아껴 주시는 정의를 생각해서라도 한 번 찾아뵙고 조용히 정담을 나누어 보며, 겸하여 명승지에 유람할 계획도 의논해 볼까 생각하고, 처음에 올봄으로 예정해서 길을 떠날까 하였더니 몸도 병들고 말도 병들어, 필경 계획이 틀려 버렸기에 다시 가을이나 겨울 쯤으로 시기를 늦췄습니다. 중추의 과거 시험 때에 그곳 소년이 만일 상경하는 편이 있거든 서로 안부를 알리도록 함이 어떠하겠습니까?

관아의 마파발이 잠시 섰다가 빼앗아 가듯 하는 바람에 나머지는 갖추지 못하고 이만 줄이오니 엎드려 바라건대 밝게 살피소서.

갑신 5월 20일 종말 아무가 절하며 드립니다.

歲換適半 信息仍阻 悵仰懷思 曷惟其已 此際漸熱 靜中動用 諸節一向晏重 遠溯不容區區 宗末 宿病頻作 振刷無期 自顧悶憐 每念 僉宗氏相愛之誼 一次委進 穩叙情話兼 作名區壯遊之擧 初擬今春發程矣 身恙馬瘏 此計竟違 更以秋冬間退期而仲秋科時 那中少年如有入洛之便 相報動靜如何 餘官褫甚遽姑此 不備伏 惟亮照.

甲申 端月 念日 宗末 某拜

---

7) 종말(宗末) ; 종중 어른에 대하여 항렬이 아래인 자기를 낮추어서 쓰는 말.

38. 외숙부 권오재 중당께 드리는 위로의 글월

연대 고증 못함. 갑자(1800) 늦가을인 듯.

上舅氏權烏齋
中棠慰書

年條未考 疑甲子季秋

인편은 드물고 길은 멀어서 오랫동안 소식을 전해 들을 기회가 없어서 항상 사모하는 정으로 울적하게 지내다가 작년 겨울 취여(就如)가 돌아오는 편에 회답을 받자옵고 비로소 숙모님 돌아가신 소식을 듣고, 놀라고 슬픈 말씀 어찌 다 아뢰오리까. 연세가 아주 그렇게 늙으시지는 않았고 평시에 근력도 또한 건장하시므로 제 생각에 반드시 장수하실 것으로 생각하여 왔습니다만, 어찌 이제 갑자기 흉한 소식을 듣자올 줄 뜻하였사오리까. 삼가 생각하기에 숙부께서 기운이 꺾이시고, 비통해 하시는 마음에서 반드시 참으시기 어려웠을 줄 생각됩니다.

아이들은 아직 어려서 믿을 곳을 잃고 부르짖는 형상이 눈으로 보는 것 같습니다. 더욱이 비참한 정상을 먹고 쉬는 동안이라도 차마 잊어버릴 수 없음을 깨닫게 하는 바입니다. 마땅히 일부러 사람을 보내어 삼가 조상하고 위로해 드리며 안부를 살펴 드려서 숙부님과 생질간의 애틋한 정을 펴 드릴까 하였으나 요사이 신병이 남아서 거의 편안한 날을 보냄이 없다시피 계속되고 또 형편이 미

便稀路遠 音候漠然 常用慕鬱 昨冬就如 回伏承覆札 始聞叔母主 下世之報 驚慟何言 春秋殊不至篤老 平時筋力亦云康旺 私情冀望 必躋遐壽之域 豈意今者 遽承凶音耶 伏想 叔主摧折悲痛之懷 必難寬抑 兒小失恃 呼號之狀 有若目睹 尤覺慘毒不忍忘食息之間矣

雖欲專人 唁候以伸舅甥至切之情 而近來殘疾殆無暇日 且拘於形勢之不逮 若視越人每切自訟 而 不勝悲念之忱

치지 못하여 매양 월(越)나라 사람들이 송사[8]나 하며 넘겨다 보듯이 멀리서 바라보고만 있으니 슬프고 안타까운 심회를 견디기 어렵습니다.

첫여름에 치흥(致興)으로부터 둘째 외숙부의 부음을 뒤따라 듣고 보니, 정말 참혹하고 서글픈 일이 계속됩니다. 건장한 체질과 두텁고 완전하신 성질을 갖추고 계시어, 숙부님의 사랑과 어지신 덕을 입으시는 보람도 없이 이러한 뜻밖의 변을 만 일년만에 연거푸 당하셨으니 알지 못할 것은 사람의 생사요, 또한 모르는 것이 그 이치인가 봅니다. 화를 거듭 당하시는 가혹함이 어찌 여기까지 이르렀습니까? 해마다 당하시는 화변이고 보니 약간은 넉넉하신 살림이시지만 미리 비축해 두신 물자도 없으셨을 것이고 하물며 동떨어져 있는 외로운 곳에서 시종 장례의 절차를 어찌 때마추어 치르셨습니까?

쉴 사이 없이 당하시는 상사를 치르신 뒤에 모든 백 가지 일을 반드시 거느려 다스림이 없었을 터이고, 또 숙부님께서 자주 이런 차마 못 당하실 경우를 당하시게 되오니 자기 존체를 보전하심도 아마 제대로 못하셨을 것이라 생각됩니다.

夏初因致興繼聞第二從喪報 慘矣慘矣 以渠强壯完厚之質 以叔主慈諒深仁之德 未蒙其澤 有此夢外之變 疊出於一朞之內 不知者壽也 亦理也 召禍之荐酷 胡至於斯 連年遭變 雖家計之稍饒者 似無宿庀之需

而況絕峽窮家初終襄禮 其何以及期 拮据喪威之餘 凡百必無統緒 且叔主頻見

此不忍見之境 自愛保重之道 應失其宜 念至於斯

---

8) 월(越)나라 사람 송사 ; 원문의 '약시월인매절자송' (若視越人每切自訟) 즉 월나라 사람이 송사하든 말든 상관없다는 의미로 '약월인시진인지비척' (若越人視秦人之肥瘠)이란 말로서 월나라 사람은 진나라 사람이 살찌거나 마르거나 아무 상관 없다는 뜻.

생각이 이에 이르고 보니 마디마디 슬픔이 맺혀 눈물을 빚어내게 합니다. 생질녀는 신병이 점점 오래되어 가오며 바깥 어른도 또한 숙환으로 오랫동안 결례를 하고 있으며 그밖에 살림살이는 날이 갈수록 곤란해지는 중 달포 전에는 아이를 잃었으니 부모 모시고 있는 정리를 어찌 다 했다 들어서 아뢰오리까. 열심히 노력하는 심회를 다 말씀드리려면 한이 없겠고, 글도 끝이 없을 것 같으오니 여기서 줄이옵고 오로지 존체 강령하시기를 엎드려 빌어 마지 않습니다.

節節悲結 而釀淚矣 甥女身病漸痼 外庭亦以宿症 長時欠愆 其他計活之艱 去而益甚

月前遭兒慽 侍下情理何忍提達 疊疊所懷 殊不止此而書不盡 伏祝氣體萬安 不備白.

39. 낭군께 올리는 글월
경인(1830) 겨울

上夫子書
庚寅冬

엎드려 문안 드리오니 병환 중에 계신 몸 어제보다 어떠하신지요. 회(懷 懷德?)로부터 돌아오신 뒤 지으신 글에 좇아 말씀드리고자 하였사오나 비단 병은 다소 나았다 하지만 정신이 아득하고 눈이 어두운 가운데 길에서 흔들리시고, 객고를 겪으신 끝에 옥체가 고단하셔서 혹 병환이 나시지나 않았을까, 또는 평상시처럼 손님이 많아 법썩거리고 해서 마음이 어수선하여 병이 나시지나 않았을까, 하고

伏問 夜間愼候 比昨何如 自懷選次後 竊欲從頌有所仰達 而非但賤疾纔甦 神精眩瞀 竊慮撼頓之餘 致有勞損

且鎭日客撓 未

여쭐 틈이 없을 것을 염려했습니다. 오늘 아침은 신병도 조금 나았고 손님도 이미 헤어졌기에 마침 술상이 있어 어른께 아침 인사 드린 뒤에 상을 드리고 즉시 말씀 드리려 하였는데, 해가 이미 점심때가 되었는데도 아직 「세숫물 떠오라」하는 명령이 없으셔서 삼가 생각하기를 몸이 아직 피로하신 탓으로 아직 병환이 회복되지 못하셨나 보다 하고 염려되옵던 일 많았습니다. 가만히 듣건대 이번의 스승을 찾아 공부하려는 행차에서 스승께서 예가 아니면 보지말며[勿視], 듣지 말며[勿聽], 말하지 말며[勿言], 행동하지 말라[勿動]하는 글귀를 받아 오셨다니 장차 이것을 새겨서 서실에 걸어 놓으시면 기쁘고, 다행일 것으로 다행히 생각되옵니다.

이 네 구절은 공부자(孔夫子)가 안자(顔子)에게 답한 것으로서 안자가 일평생 성인을 섬기겠다고 명심하고 있던 귀절입니다. 또 시할아버지 어른께서 일찍이 이것을 쓰셔서 스스로 힘쓰시며 제자들을 가르치신 바이오니, 엎드려 바라옵건대 낭군께서는 공자와 안자로부터 전해 받은 것의 소중함을 우러러 생각하시고 선대 할아버지께서 가르쳐 주신 계율(戒律)의 뜻을 지극히 생각하시어 이번 스승께서 힘써 격려해 주시는 참뜻을 파악하셔서 밤낮을 게을리 마시고 항상 눈을 이것에 두시도록 하옵기 바랍니다.

대저 내 몸이란 내 마음이 좋아하는 것이지만

暇稟質 今朝則身恙稍間 賓客已散 適有酒饌恭俟晨謁後 仍爲進饋 隨卽拜陳矣 日已晌午 尙無沃盥之命 伏想體內愆和 猶未復常 伏慮萬萬

竊聞 今番師門之行 受來 非禮勿視聽言動字 將以刻揭書室 伏切喜幸

此四句 孔聖所以答顔子 而顔子所以終身請事 進於聖人者也

且王舅府君 嘗書此自勉以敎後人 伏願夫子 仰孔顔傳受之重 念先世箴戒之至 承師門勉勵之意 日夜靡懈常目在是

夫已者 吾心所

천리(天理)에는 맞지 않는 것을 이름이고 예(禮)란 천리의 예절에 맞는 절도 있는 문장입니다. 그러므로 반드시 무엇이 예인가 무엇이 예가 아닌가를 먼저 밝힌 연후에 용단을 내려 나[己]의 사사로움[私]을 분간하고 그대로 천리를 쫓으면 가히 도에 이를 것입니다. 감히 이것으로써 부디 힘쓰시기를 바라면서 나머지는 뵈올 때 다시 계속해서 말씀드리기로 하고 이만 줄입니다.

好 不合天理之謂
禮者天理之節文
必先明其何者禮
何者非禮然後 勇
斷已私 一從天理
則 可至於道矣

敢以此仰勉 餘
在拜時續稟 不備.

40. 스승과 제자간의 문답의 글
남편대신 짓다.

師門往復別紙
代夫子作

심의(深衣)⁹⁾는 길흉에 통용되는 옷인즉 초상 때 호곡에도 또한 마땅히 심의를 입어야 하는지요?

강재(剛齋)¹⁰⁾가 대답해 말하기를 "심의는 초상 때 호곡에는 부적당할 듯하다. 그 정확한 근거가 없으니 확실하게 말 할 수는 없다."

성담(性潭)이 답해 말하기를 "심의를 입는 것은

深衣 通吉凶之服
則 吊哭亦當服深衣
耶.

剛齋 答曰 深衣
吊哭恐似不穩 未見
明據 何敢質言 性

---

9) 심의(深衣) ; 높은 선비의 웃옷. 흰 천으로 만들고 소매는 넓고 검은 비단으로 가를 둘렀다. 치마는 열 두 폭으로 되었다.

10) 강재(剛齋) ; 송치규(宋穉圭 1759~1838)의 호. 조선조 문신 대학자이며 강정일당의 남편인 윤광연(尹光演)의 스승이었다. 성리학자. 성담(性潭)은 송환기(宋煥箕)(1728~1807) 조선조 문신. 성리학자.

무릇 길흉에 무엇이 불가하리오."

이 글은 계해년(1803)에 쓰다.

계신공구(戒愼恐懼)⑪는 주자(朱子)가 말하는 상
존경외(常存敬畏)⑫를 말함인데 바로 동정(動靜)과
통하는 말이다.

또 존양성찰(存養省察)⑬로 말한다면 계구(戒懼)
로서, 이것은 오로지 정(靜)에 속하는 것 같은데
어떻게 보고 이에 서로 적합함을 알 수 있을까요?

강재(剛齋)가 답해 말하기를 "계구는 신독(愼
獨)⑭에 대하여 말하는 것인즉 본시 정(靜)에 속하
는 것이며, 장귀(章句)⑮중에 항상 이 두 글자가
있는 것은 진실로 지금까지 설명한 바와 같으므로
사계⑯선생(沙溪先生)은 동정(動靜)을 겸해서 보고
있고, 주자는 동정은 나눌 수 없지 못한 가운데 또
나눌 수 있다고 생각하고 있다.

潭 答曰 深衣之著
凡於吉凶 何所不可
右癸亥.

戒愼恐懼 朱子謂
常存敬畏則 是通動
靜言也 又以存養省
察 言則戒懼 似是
專屬靜 如何看得而
適從耶.

剛齋 答曰 戒懼對
愼獨 言則固屬靜
而章句中常存二字
誠如來示 故 沙溪
先生 兼動靜看 而
吾先子 以爲不可不

11) 계신공구(戒愼恐懼) ; 말뜻은 경계하고 조심하고, 두려워한다는 말. 그러나 여
기서는 군자의 도를 말한다. 「중용」(中庸)에 「君子戒愼乎 其所不睹」라 하고
또 「사기」(史記)의 '악서'(樂書)에 「戰戰恐懼 善守善終哉」라 했다.

12) 상존경외(常存敬畏) ; 항상 두렵고 경건한 마음을 가진다는 주자(朱子)의 교훈.

13) 존양성찰(存養省察) ; 말뜻은 존양은 본심을 잃지 않고 착한 성품을 기름, 성
찰은 나를 살피며 스스로 경계함. 여기서는 정신 수양의 도를 말함. 주자(朱
子)의 「중용장귀」(中庸章句)에 「次言存養 省察之要」라 함.

14) 신독(愼獨) ; 홀로 있을 때에 더욱 삼간다는 뜻. 「대학」(大學)의 「君子愼其獨
也」에서 나온 말.

15) 장귀(章句) ; 여기서는 주자(朱子)의 장귀(章句), 장귀란 경전(經典)의 말들을
풀이한 것.

16) 사계(沙溪) ; 김장생(金長生)의 호. 조선조(1548~1631)의 대학자.

늙어서 모름지기 자세한 것은 체험으로 해서 바야흐로 볼 수 있는 것이다."

이것은 무진년(1808)에 쓰다.

제주(題主)[18]에 통덕랑[18]의 처(通德郞之妻)를 혹은 공인(恭人)[19]이라 쓰고 혹은 유인(孺人)[20]이라고 쓰니, 어떤 것이 옳은 것인지 도를 일입니다.

강재가 대답해 말하기를 "부인의 제주는 남편의 실제 직책을 좇을 일인데 그것은 남편이 있으므로 해서 이름지어지는 것이지만 그러나 누구나 다 공인이라고 쓰는 것은 속세의 잘못인 것 같다."

이 글은 기사년(1809)에 쓰다.

초반(抄飯)[21]은 "도암(陶庵)[22]에 의하면 3년 안이면 행한다 하였는데 세상에는 일초(一抄)만 하는 사람이 있고 삼초(三抄)[23]를 하는 사람이 있는데 어

分中 又有不可分
者 須仔細體驗方可
見得 右戊辰.

題主 通德郎之妻
或書恭人 或書孺人
未知何者爲得.

剛齋 答曰 婦人題
主 從夫實職則 以有
郎階而書恭人 似是
俗例之誤也 右己巳.

抄飯 依陶庵說 三
年內則行之 而世有
一抄者 有三抄者 何
者爲得敢 乞下敎.

---

18) 제주(題主) ; 사람이 죽었을 때 위패에 그의 직함을 쓰는 것. 옛날에는 그 남편의 관직에 따라 숙부인(淑夫人), 정부인(貞夫人)등으로도 썼다.

18) 통덕랑(通德郎) ; 조선시대 정5품의 문관 벼슬의 품계.

19) 공인(恭人) ; 문무관의 부인(정·종 5품의 품계). 명(明)·청대(淸代)의 4품관의 부인에게 하사한 벼슬.

20) 유인(孺人) ; ①대부(大夫)의 처(妻) ②정(正)·종(從) 9품의 문무관(文武官)의 아내에게 내리는 벼슬. ③벼슬 없는 사람의 아내를 통칭. 또는 그 신주(神主)에 쓰는 존칭.

21) 초반(抄飯) ; 제사 때 합개(闔蓋)하기 전에 반수(飯水)에 숟가락으로 밥을 떠서 물에 넣는 것. 대개 세 번 떠 넣고 물에 말고는 합개한다.

22) 도암(陶庵) ; 이재(李縡)의 호. 조선조(1680~1746) 학자. 문신. 성리학자.

23) 삼초(三抄) ; 세 번 반초하는 것. 일초, 이초, 삼초가 있음. 초는 전항 참조.

느 것이 옳은지 감히 가르쳐 주기를 바랍니다."

강재가 대답해 말하기를 "초반은 예기에 말한 바 없고, 내 집에서도 일찍이 행한 일이 없는 까닭에 일초, 삼초의 득실을 어찌 감히 확언하겠는가."

이 글은 기사년(1809)에 쓰다.

상식(上食)[24]에 혹 죽으로 지내는 경우가 있는데 숟가락 취급은 어떻게 하는거지요?

강제가 대답해 말하기를 "상식에 죽을 쓰면 숟가락을 죽그릇 위에 올려놓고 숟가락 자루는 서편 쪽으로 하는 것이 무방할 것이다."

이 글은 신미년(1811)에 쓰다.

剛齋 答曰 抄飯 禮所不言 而鄙家未 嘗行之 一抄三抄之 得失 何敢質言

右己巳

上食 或以粥則 扱 匕 何以爲之耶.

剛齋 答曰 上食用 粥則 置匕于粥器上 而西柄無妨耶

右辛未.

---

24) 상식(上食) ; 초상 때부터 대상 때까지 아침, 저녁으로 빈소의 상 위에 조석을 차려 놓는 것.

(2) 기문(記文)

41. 선조 영은공 묘기문
남편을 대신하여 짓다.

先祖永隱公塋墓記
代夫子作

선조 돈녕부 도정(敦寧府都正) 증이조판서(贈吏曹判書) 영은공(永隱公)·선조비(先祖妣) 증정부인 김씨(贈貞夫人金氏)·선조비 증정부인 김씨, 세 분을 합장한 묘는 경기도 안성군 동쪽 10리의 가사면(加士面) 구사곡(九士谷) 분토산(粉土山) 동쪽 기슭에 서북쪽을 향해서 모셔져 있다.

풍수가 소가 누운 형상이라 하였고 주민들이 하는 말에 의하면 윤모(尹某)의 묘가 있었는데 실전(失傳)된 지 44년이나 된다고 하였다.

정종 무오(正宗戊午) 공의 후실의 친가후손 김여순(金麗淳)이 내 남편 광연(光演)에게 와서 말하기를 "

강일문(姜一文)이란 자가 공의 묘비를 깨어 부수고 묻어 버렸으며 묘전(墓田)은 묵어서 관둔전(官屯田)이 되었다."

고 하므로 광연이 가서 그 묻은 곳을 파니 과연 부서진 빗돌 사, 오 쪽이 있었다. 그것을 합쳐서 본즉 벼슬 이름·휘(諱)및 배위(配位) 성씨가 틀림이 없었다.

先祖 敦寧府都正 贈吏曹判書永隱公 先祖妣 贈貞夫人金氏 先祖妣 贈貞夫人金氏 三位合祔塋墓 在於京畿 安城郡 東十里 加士面 九士谷 粉土山 東麓 辛坐之原 術士稱 臥牛形 居民 傳謂尹某陵 而失傳者 四十有四年矣.

正宗 戊午公之後配 親家後孫 金麗淳來告于光演 曰有姜一文者 碎公墓碑而埋之 墓田陳告爲官屯云 光演往掘其埋處 果有碎碑四五段 合而觀之則 官啣 姓諱

다시 그것을 농대(礱臺)[25]에 넣어 보아도 또한 틀림이 없었다. 이에 광연은 비로서 다시 풀을 깎고 제사를 드렸다. 또 공의 묘 아래에 세 고총이 있는데 여러 학자의 가승(家乘)을 상고해 보니 공 이하 참판공(參判公·諱傳行掌令), 진사공(進士公·諱克賢贈掌樂正), 승지공(承旨公·諱在華 洗馬止縣令) 등 3대의 묘가 다 위의 사실과 같다고 한다.

이것이야 말로 의심의 여지가 없는 것이지마는 아직 지석(誌石) 등 모든 묘에 관한 기록을 조사해 보지 못한 까닭에 감히 확실하다고 단언할 수는 없으나 후일에 밝혀질 날을 기다릴 뿐이다.

(세제의 예는 매년 시월 첫 길일로 정했다.)

　　　　　　　　　　　10세손 광연 근지

及配位姓氏不差 納諸礱臺 亦不差 於是光演始改莎 而亨祀之 且公墓下 有三塚 考諸家乘 公以下參判公(諱傳行掌令) 進士公(諱克賢贈掌樂正) 承旨公(諱在華洗馬止縣令) 三世墓皆曰上同 此固無疑 而姑不驗諸壙誌 故未敢質言 以俟後日焉

(歲祭之禮定以每年十月初吉日) 十世孫光演謹識

---

25) 농대(礱臺) ; 비석 등 돌을 가는 틀.

※ 이 글은 남편 윤광연의 이름으로 되어있지만 남편은 오랜 병으로 글을 거이 안 지었다. 말년에 강재(剛齋) 송치규(宋穉圭)의 문하에 들어가 공부한 것도 부인 정일당이 우겨서 한 일이 었다.

42. 만성재 현판에 쓴 기문

홍(洪)처사 종선(宗善)의 호.

남편 대신하여 짓다.

晚醒齋記

洪處士宗善號

代夫子作

우리 유교의 학문이 경(敬)으로써 중심을 삼고 존경스러워 마음을 깨우치는 성심(醒心)으로써 요체로 삼아 항상 스스로 깨끗했다가 끌어 거두어 들이고 자는 것 같다가도 불러 일으키고 취한 것 같다가도 맑아지고 물이 그치니 물결이 조용하고 거울이 밝으매 먼지가 닦여진 것 같음은 삼가 홀로 경(敬)을 오로지 중심으로 한 공부를 하기 위한 것이 아니겠는가?

사람이 태어나 사는 동안 기질이 본래 맑고 흐림과 말끔하고 섞임의 차이가 있는 것인즉 맑으며 말끔한 것은 선하기에 쉽고, 흐리고 섞인 것은 성질을 돌이키기 어려운 까닭에 우주를 빛나게 하고 맑게 하는 것은 상지(上智)가 바로 이것이고, 종신토록 어둡고 미혹한 것은 하우(下愚)가 이것이다.

그러므로 옛날에 성현들은 한 개의 경(敬)자를 끄집어 내어 어진 가문의 열쇠로 삼은 것은 요컨대 스스로 깨어 사람을 깨게 하는 데 있을 뿐이다.

吾儒之學 以敬爲主 而敬以醒心 爲要 常自灑濯而提掇之 如寐而喚起 如醉而解醒 水止波靜 鏡明塵去 其非謹獨主一之工夫乎

人之生也 氣質固有 淸濁粹駁之異則 淸粹者 易於爲善 濁駁者 難於復性故 光澈宇宙 上智是也 昏惑終身 下愚是也 是以古昔聖賢拈出一敬字 作爲德門之鑰匙 要在自醒而醒

---

26) 경(敬) ; 근신함. 경건함. 「家語, 周語」에 「敬者 禮之本也」라 했음.

27) 상지(上智) ; 상지(上知). 최고의 지혜 대지(大智). 「논어」(論語)에 「唯上知與下愚不移」라 함.

28) 하우(下愚) ; 가장 미련한 것. (上知의 반대).

지금 남양홍자(南陽洪子)[29]는 그 성품이 고요 단정하고 그 행실이 효도와 우애에 두터워 학문에는 뚜렷한 업적이 있고 스스로 수양하여 도탑게도 힘써 거처하는 서재에 액자를 걸었으니 가로되「만성」(晩醒)이라 했다.

나에게 글로 기문을 써줄 것을 청하기에 나 또한 어둡고 막혀서 어찌할 바를 모르는 몸으로 생각건대 어찌 감히「성심」(醒心)의 뜻을 해석해서 기록할 수 있으랴. 대개 듣건대 여러 선생과 학자들은 경(敬)자로 올바른 이념을 삼아 백 가지 그릇됨을 물리치고 사물의 동정을 꿰뚫어 시종일관했다. 나중에는 마음에 환히 비추어서 주인은 항상 마음이 쇄락하다 하겠으나 나는 명년이면 50세가 되어 사람이 백옥(伯玉)[30]처럼 생각하나 앎이 없으면서도 그것을 바로잡으려는 뜻을 못내고,「홍자」(洪子)는 연륜이 높고 덕이 차서 가위 때묻지 않은 백성이며 선각자라 할 수 있는데 대저 어찌 특히 만성이라 할까보냐?

간곡하신 청탁을 서운케 해드릴 수 없어서 여기 잠깐「경」(敬)에 대한 이야기를 인용하여 바치는 바이오니 참고하소서.

人而已 今南陽洪子
恬靜其性 孝友其行
學有門路 篤於自修
所居小齋 扁曰晩醒
　求余文以記之 余
亦蒙瞀 而迷方者也
顧何敢剖釋乎 醒心
之義也 盖聞諸先生
長者 以爲敬字 正
一念而勝百邪 貫動
靜 而徹始終 及其
至也 靈臺洞照 主
人常醒醒 余明年爲
五十歲 人思如伯玉
知非而莫可企 及洪
子則年尊德邵 固可
謂天民先覺者也 夫
奚特晩醒云乎哉
　難孤勤托姑取持
敬之說 奉贈而自勉
焉.

---

29) 남양홍자(南陽洪子) ; 만성재(晩醒齋)를 저 남양의 은둔거사 제갈공명에 비유해서 한 말임.

30) 백옥(伯玉) ; 자(字)가 백옥인 문인은 많으나 여기서는 중국 당나라 진자앙(陳子昂)을 말함.

43. 탄원에 붙이는 글

坦園記

탄원(坦園)이란 무엇인가. 탄재(坦齋)의 정원이다. 어째서 탄원이라 말하게 되었는가. 원(園)을 옛날 서원(徐園)이라 하였는데 그 원주가 서씨(徐氏)였던 까닭이다. 또 서원(西園)이라고도 하는데 그것은 위치가 한양 서쪽에 있으므로 해서이다. 지금은 탄재낭군이 살고 있으니 어찌 탄원이라 하지 않겠는가. 정공(鄭公)의 고향은 고양(高陽)의 마을이다. 소식(蘇軾)이, 「제」(提)요, 구양수(歐陽修)가 「정」(亭)이라 함과 같이 그 사람에 따라 이름을 붙이는 것이고 보니 원(園)을 탄원이라 부르는 것도 또한 당연한 일이 아니겠는가. 「탄」이란 호는 누가 지었는가. 강재(剛齋) 송선생(宋先生)이 지어 준 것이며 탄의 뜻은 어디서 유래한 것인가? 군자는 평탄하고 넓은 데에 근거를 두고 있는 것이란 뜻이다.

일찍이 탄원을 찾은즉 땅은 돌이 많으며 나뭇가지는 늘어져 있고 집은 좁으나 높다랗게 자리잡고 있는 것은 「부앙대」(俯仰臺)와 「중화단」(中和壇)이 있고 높고 쭈빗하게 우뚝 서 있는 것은 모두 누각들이었다. 조그마한 길은 향기를 띠고 그윽하면서 굽어 있고 조그마한 뫼는 시냇가를 따라 꺾어져 있어 원(園)은 가히 평탄하다고 이를 수는 없지만 그러나 주인은 탄탄한 마음으로 평탄한 길을

坦園者何 坦齋之園也 何云乎坦園 園舊稱徐園 以園主徐姓也 又曰西園於漢師屬西也 今也坦齋夫子居之 曷不坦園云乎 鄭公之鄉高陽之里 蘇之堤歐之亭 隨其人而名焉 園稱坦園 不其宜乎 坦之號孰與之剛齋宋先生與之 坦之義 何居焉 君子坦蕩蕩爾 嘗試觀乎坦園則 其土确其樹樛 其屋隘 有隆然 高者 俯仰臺中和壇也 有崒然峙者 起墩文皇也 薰珮逕幽 而曲小崛溪側 而折 園不可謂坦矣

然而主人以坦坦

걸으며 거칠고 궁벽한 산길을 험하다 아니하고 구멍 같은 방에 가시로 엮은 창문을 내면서도 좁다고 하지 않고 진 귀한 것을 경계하고 마부에게 말을 몰지 않게 하고 자기가 직접 고삐를 잡고 「인」(仁)과 「의」(義)의 경지로 달리려하며 돌더미와 늘어진 나뭇가지와 협소함과 높은 것, 우뚝솟은 것, 혹은 깊고 그윽한 것 또는 곁에 있는 것 등을 다니면서도 탄탄한 길이 아님이 없다고 생각하고 있다. 쌓아올린 돌 무더기는 산이라 할 수 있고 샘물을 끌어 못으로 하여 꽃을 심고 과일나무를 가꾸고 채소의 씨를 뿌리고 약풀을 매니 가히 한가로운 속에서도 경제를 유의한다 할 것이다.

거문고와 술과 책읽기로 낙을 삼으며 때로 산촌의 벗과 들의 나그네와 더불어 유유히 거닐며 여유만만한 생활을 하니 높은 벼슬도 안중에 없고 관록도 초개처럼 가볍게 여기니 이는 탄원 주인의 참 즐거움인 것이다. 저 살찐 말을 타고 가벼운 비단옷을 입고 마음과 몸이 건장하게 잘 놀며 희희낙락 하던 자가 하루 아침에 풍파를 만나 엎어지고 넘어져 몰락한다면 어찌 한 정원 속에 놀며, 쉬면서 탄탄한 땅을 잃지 않는 처지만큼 할 것이랴! 「주역」에 말하기를 「밟는 길이 탄탄하다」했고 또 말하기를 「언덕의 정원을 꾸민다」 하였는데, 탄원 주인이야말로 그와 같이 실천하고 있다 하겠다.

心 行坦坦道 荒谿窮谷 不爲嶮圭竇蓽戶 不爲阨方 將戒珍駕馭 直轡乎驅乎仁義之域 其視确者 槮者 隘者 隆然而崒然者 或幽而或側者 無往而非坦塗也 疊石可以爲山 引泉可以爲池 栽花接果 種菜鋤藥 可以爲閑中經濟 琴酒圖書之間 日與山朋野客 逍遙自適 皆可以傲公卿 輕爵祿 是則坦園主人之眞樂也 彼乘肥衣輕躡 康莊 而遨嬉者 一遇風波 顚踣不振 豈若棲遲一園之中 而不失坦坦之地哉

易曰履道坦坦 又曰賁于邱園 坦園主人以之.

(3) 발문(跋文)

44. 족보의 발문을 쓰다

남편을 대신하여 짓다

書世牒後

代夫子作

이것은 우리 「파평윤씨」(坡平尹氏) 직계 족보로서 시조 「태사공」(太師公)으로부터 불초 저에게 이르기까지 무릇 28세가 이어온 세계보(世系譜)이다. 친족 및 적서 남녀는 다 옛 족보에 의해서 기록되어 있다.

지난날에 제가 바야흐로 「회천」(懷川)에 가서 「강재송부자」(剛齋宋夫子)에게 폐백을 드리고 청해서 학자에게 상고해 주시는 고견을 듣는 것이 편할 것 같아 종숙(宗叔) 건철(健喆)로 하여금 떠날 때 써 보냈던 것인데 돌아온 뒤에 비로서 곱게 꾸민 표지인 장지로 책을 매고, 기원(綺園) 유공(俞公) 한지(漢芝)에 청하여 표지에 전서로써 써 주도록 청하였다.

슬프다. 조상이 번창하게 성장한 것은 충효근검으로 해서이고 자손이 부진해서 몰락한 것은 우둔하고 경솔하고 도리에 벗어나 거만했던 까닭이다.

此則 我家坡平尹氏直派世系 而自始祖太師公 至不肖身 凡二十八世 傍親及嫡庶男女 皆因舊譜而記之 前月 不肖 將行懷川 請贄于剛齋宋夫子 爲便師門考見 倩宗叔健喆氏 臨行書出 歸後始粧紙爲冊 請綺園俞公漢芝篆于卷 噫祖先之成立者 忠孝勤儉也 子孫之覆墜者 頑率

---

31) 강제송부자(剛齋宋夫子) ; 송치규(宋穉圭) 전출
32) 기원유한지(綺園俞漢芝) ; 조선조 서예가(1760~?)

진실로 그 성립을 떳떳하게 하고 그 쓸어짐을 경계하려면 학문을 버리고서 무엇으로써 할 수 있을 것인가?

제 나이 지금 31세로 용모와 학식이 떨어지고 어리석어 도를 듣는 것이 심히 늦어 자나깨나 두려워하고 있는데 이것은 오직 조상의 경계를 욕되게 할까 해서 그러하는 것이니 대략 그 경위를 이 책에 갖추어 적어서 뒷사람으로 하여금 이것을 보게 하는 것은 저를 꾸짖어 주기를 바라는 것인즉 많은 채찍질이 있어 주기를 바란다.

숭정 181년 9월 19일

불초 손 아무가 삼가 쓰다.

邪傲也 苟欲法其成立 而戒其覆墜 捨學何以哉 不肖年今三十一矣 姿識庸下 聞道甚晩 夙夜憂懼 唯是忝先之戒 而略具其狀于此卷 俾後人之覽此者 有所痛懲于不肖夜.

　崇禎百八十一年
九月十九日
　不肖孫某勤識

45. 외할머니 행장의 발문

남편을 대신하여 쓰다.

書外王考妣遺事後

代夫子作

이는 나의 돌아가신 외조모님의 행장(遺事)의 개략이다. 기사년에 내 선비께서 연세가 71세였는데 2월부터 편찮아 누우시고 여름에 걸쳐 점점 병환이 더하셔서 언문으로 이것을 초하여 불초 저에게 한문으로 번역할 것을 분부하시고 이 해 9월에 마침내 어머니의 상사를 당하였다.

아아, 슬프도다. 경오·심미 양년에 할아버지·할머니·아버지·어머니·오빠와 맏올케 3대 여섯 분의 상례를 치르고 또 이 3대의 유사를 수집하는 일로 해서, 또는 그동안 오빠의 양자 들이는 관계로 해서 일이 다단하여 바빠서 번역할 겨를이 없이 지내다가

지난달 그믐께 글들을 뒤적거리던중 어머니 글씨를 찾고 보니 지금까지 6년 동안에 솜씨 흔적이 옛날처럼 살아 있는 것을 보고 눈물이 앞을 가려 어쩔줄을 몰랐으며 어머니가 남기신 명령대로 질질 끌며 실행하지 못한 일 불효한 생각이 사무쳤다. 삼가 이와 같이 한문을 번역하노라.

갑술 9월 12일

불초 자식이 울면서 쓰노라

右我外王考妣遺事略也 歲己巳先妣年七十有一矣 自二月寢疾跨夏漸瓵 以諺書草此 托于不肖爲眞翻 是年九月竟見背 嗚呼痛矣 庚午辛未兩歲 行先祖考妣 先考妣 伯兄伯嫂三世六位縕禮 仍又蒐撫三世遺事 間又立伯兄後事故 多端末能翻謄 去月晦 披閱文字 得先妣遺墨 迄今六年 手澤如新 垂淚罔極 遺命之遷延未行 不孝大矣 謹以眞翻如右

甲戌九月十二日

不肖子某泣血謹書.

(4) 묘지명(墓誌銘)

46. 유인 김씨의 묘지명
남편을 대신하여 짓다.

孺人金氏墓誌銘
代夫子作

임수(林叟) 김공(金公)은 일찍이 남촌에 살며 나와 이웃해 있었고, 아울러 세 아들을 가르쳐, 내게 글자를 와서 묻도록 한 까닭에 이것으로 해서 공의 성질이 곧고 의를 좋아하는 줄을 익히 알 수 있게 되었고, 또 그의 엄격한 심덕을 알게 되었다. 공의 부인은 김씨요, 그 선조는 김해인이다. 조선조에 들어와 휘를 시영(始榮)이라 하는 분은 무인과거에 급제하고 벼슬은 형조판서(刑曹判書)이었고, 휘가 이행(履行)이라 하는 분은 벼슬이 수사(水使)로 「유인」(孺人)의 11대조에 해당하시다. 휘약(若)은 7대조이고 고조의 휘는 병도(秉道)로 무부사(武府使)이며 증조는 휘가 계(啓)이고 할아버지는 휘가 응해(應海)로 첨중추(僉中樞)요 아버지는 휘가 광시(光時)로 증참판(贈參判)이며 어머니는 전주 이씨로서 학생 시휘(時暉)의 따님이시다.

영종 갑술 12월 24일에 유인이 출생하였는데 어려서 덕성이 있고 너그럽고 단정하며 출가해서는 시어머니를 지극히 효로서 받들고 남편 공경하기를 틀림없이 하며 음식에 있어서는 맛있는 요리

林叟金公 嘗僑居南郭 與余爲隣 並而詔三子 來問字於余 由是習於公之質直好義 而又以知壺範之懿也 公之配曰金氏 其先金海人也 入我朝有諱始榮 登武科 官刑曹判書 諱履行 官水使 寔孺人十一世 若七世祖也 高祖 諱秉道 武府使 曾祖 諱啓 祖 諱應海 僉中樞 考諱光時 贈參判 妣全州李氏 學生時暉女

英宗 甲戌 十二月二十四日 孺人生

로 시부모를 봉양하고, 춥고 더운 일의 어른 보살
핌도 일찍이 조금도 게을리 하지 않았으며, 편치
않은 때를 당하면 손수 약을 달였고 여러 밤을 옷
을 벗지 않았다.

　시어머니가 그 정성에 감동하여 일찍이 말하기
를 "내 아들 손자들이 다 신부처럼 행동하기를 원
하노라" 하였다. 남편이 혹 허물이 있으면 조용하
게 사리를 잘 판단, 조리를 따져 이끌어 도리어 마
땅하게 하고, 근심과 슬픈 일이 있으면 문득 이치
로써 비유의 말을 해서 슬픔을 덜어 주고 어머니
가 늙어 외로울 때 유인을 의지하지 않고 어디에
의지하였으리오.

　유인이 받들어 공양을 다하고 상례의 일을 마침
에 유감없이 하였다. 한 동생이 일찍 죽고 어린 아
들이 하나 있었는데 성장해서 제사를 받들게 하고
집안 다스리는 법도가 근면, 민첩하여 일찍 일어
나서 늦도록 길쌈·바느질을 하며 낭비를 절약하
고, 주위 사람들의 급한 용처에는 인색하게 하지
않았고 제수에 적합한 것은 미리 준비해 두었다가
쓰도록 하고, 큰일에 임해서는 재실에서 자면서
정결하게 하고 동서들의 수고와 은덕을 입음이 없
이 집안의 여러 식구를 통솔하는 데 도탑게 하며
간략하면서도 용서하는 너그러운 마음이 있고 평
상시 생활함에 있어 침묵하고 너그럽고 자비로워
말을 빨리 하거나 당황하는 기색은 별로 볼 수 없

幼有德性 和惠端靜
孝於尊姑 而敬夫子
無違 在膳羞適 溫
凊未嘗少懈 値不安
節 躬執湯藥 累夜
不卸衣

　尊姑感其誠 嘗曰
願吾子孫 皆如新婦
也 夫子或有過 從
容辨析 引而當道
有憂戚則輒以理 寬
譬 母夫人年老窮獨
孺人焉依 孺人奉而
致其養曁 終事無憾
一弟早逝而有遺孤
俾成立而奉其祀 持
家勤敏 早作晏息執
女紅節冗費 而至於
周人之急 無所恡惜
合於祭品者 則預儲
以須 莅事宿齋 致
潔與姒娌恩愛 篤至
御家衆 簡而恕 平
居沈默慈諒 罕見其
疾言遽色 宗郵隣

어 일가들과 이웃이 한 마디로 칭찬이 자자하였다.

여러 아들을 효로써 먼저 하도록 가르치고 자녀를 너무 지나치게 사랑하는 것을 경계하였다. 미망인이 되자 가사를 장자에 일임하고 행여나 자기 독단함이 없이 금상전하(今上殿下), 계유 2월 22일에 세상 떠나시니 다음달 3월 28일에 보은군 외북면 예동리 가덕재(報恩外北面禮同里加德峴)에 장사지냈다.

임수공(林叟公)의 휘는 명조(命祖)요 경주인이며, 전처는 강릉 최씨인데 딸 하나를 길러 유명(柳明)에게 출가하였고 유인은 후처였다. 아들 3형제를 두었는데 맏은 치원(致遠)으로 김진광(金振光)의 딸에게 장가들고 둘째는 치도(致道)로 진량(陳亮)의 딸에게 장가들고 그 다음은 치달(致達)로 손석(孫奭)의 딸에게 장가들어 치원에게는 세 딸이 있고 치도는 하나의 아들 경구(璟俱)가 있는데 아직 어리고 치달이 편지를 가지고 누차 와서 나에게 묘지명을 써 달라기에 굳이 사양하는 것도 인정이 아닌데다가 울며 청하기를 마지않는다.

옛날 한동네 살던 일과 내 어머니께서 병환이 계실 때 유인이 간호하고자 함을 힘입어 병환이 나으신 은혜도 생각해서 사양할 수 없었다. 내 선비께서도 또한 그 의리를 일찍이 생각하셔서 칭찬하시며 말씀하시기를 "어질다" 하셨는데 이제 글

里 一辭稱譽焉

訓諸子以孝爲先而 戒其溺愛於子女 及稱未亡人 家事一聽於長子而無或自遂 卒于 當宁 癸酉二月二十二日 越三月二十八日 窆于報恩外北面禮同里德加峴 坐巳之原新兆也 林叟公諱命祖 慶州人 前娶江陵崔氏 育一女 適柳明 孺人繼配也 舉三男 長致遠娶金振光女 次致道娶陳亮女 次致達娶孫奭女 致遠三女 致道一子 璟俱幼 致達持狀纍然而至 托余以埋銘固辭非其人 而泣請不已

念昔同閈也 吾先妣疾病 賴孺人扶助獲以濟焉 吾先妣

못한다는 것으로 버티며 끝내 거절해 버릴 수 있 겠는가?

삼가 그 대략을 뽑아

"명(銘)을 작성하고 다시 계속해서 첨가하기를 화(和)는 족히 한 집에 마땅하지만 묵(默)은 만 집 에 적응될 수 있는 것이라면 진실로 아름다움을 글속에 품은 정렬과 규방의 떳떳한 규범에 화합키 위하여 이 말을 묘 앞에 나열하는 바이오니 백세 다시 백세로 오래도록 침상치 말기를 바라노라" 했다.

亦嘗慕其義而稱之 曰賢 今忍以不文 而終默而已乎 謹掇 其梗槩 銘而系之 曰 和足以宜一室 而默能以應萬爲允 叶乎 含章之貞 閨 梱之彝 列此辭於幽 壚 庶幾更百世而勿 侵夷

47. 어려서 앓아 죽은 딸의 묘지명
남편을 대신하여 짓다.

殤女瘞誌
代夫子作

오호라, 이것은 파평 윤광연(坡平尹光演)의 어 려서 죽은 딸이 묻혀 있는 곳이다. 그 이름은 계숙 이라 하고 어머니는 강씨로서 갑술 8월 29일에 아이가 약고개 탄원집에서 출생하였다. 그 외모가 단정하고 속이 밝고 슬기로와 난 지 3, 4개월 만 에 능히 그 부모의 얼굴을 분간할 줄 알고 비록 울 다가도, 부모를 보면 문득 우는 소리를 그치고 가 까이 해주면, 웃고 멀리 하면 눈을 흘기는 모양이 주부자(朱夫子)의 이른바 「천진한 아해는 아버지

嗚呼 此坡平尹光 演殤女之藏也 其名 季淑 母曰姜氏 甲戌 八月二十九日 兒生 于藥峴坦園之第 形 端正內明慧 三四朔 能辨其父母顔 雖啼 號 見父母輒止其聲 近之則孩笑 遠則流

를 보면 웃는다」란 것인가. 이 아이보다 앞서 5남
3녀를 낳았는데 모두 미처 말하기도 전에 일찍 죽
어서 부모는 아빠 엄마라고 부르는 소리를 들어본
적이 없었다.

　이 아이는 최후에 태어나서 그 성장만 바라며
사내 아이들처럼 사랑하여 회포를 풀려 하였다.
그러나 어머니란 사람이 본디 젖병을 앓게되어 젖
이 없어 겨우 난 지 한 이레에 포대기에 안고 다른
사람에게 가서 젖을 먹게 되어, 한 방울의 넉넉지
못한 젖을 구걸해 가면서 연명토록 하였던 것인데
춥고 더운 기후의 탓과 멀리 내왕하는 거리 관계
로 겨를을 돌아볼 여가가 없어 싸래기죽을 먹이기
도 하였다. 그러나 그러자니 외기(外氣)가 침노해
서 위가 상하게 되어 병이 되는 것은 당연한 이치
인데다, 집은 본래 가난하고 때마침 흉년이 겹쳤
다. 친구들이 그 정상을 알고 도와 병을 고쳐 쾌유
케 하고자 하였으나 그 고마운 사정 또한 끝내 계
속될 수 없어 병이 더해 심한 설사를 하게 되매 약
을 써서 다행이 낫기를 바랐으나 달포가 되도록
낫지 않아 마침내 구하지 못하고 필경 죽고 말았
다. 죽은 날이 올해 정월 초나흘이고 나서 죽을 때
까지의 달수를 헤아려 보아도 1년 미만이다. 광릉
(廣陵)에 집 소유인 밭두둑 길이 있어 내 형편으로
는 잘 묻어 주지 못하고 얕게 마을 남쪽 언덕 기슭
에 묻었다가 그달 14일에 다시 완전히 무덤을 이

晚 朱夫子所謂 無知
之兒 見父則笑者耶
前此擧五男三女 俱
未言而夭 父母未聞
呼父母聲

　兒最後生 冀其長
而寄懷 愛之同男子
子母素患乳 無潼 兒
纔生七日 襁抱就乳
於他人所 丐涓滴以
活 寒曙遠近不暇顧
間 以糜粥哺之 外氣
侵而中胃傷受病 固
也家素貧 歲且大飢
親朋之知其情者欲
助 而全之其勢難繼
及病泄甚 投之藥 幸
或愈 涉月竟不救 死
之日 乙亥正月初四
計其歲未朞也 廣陵
有家阡 力不能致 淺
埋 于村南圻峰之右
麓 厥十四日因其地
完瘞焉

　嗚呼 物之有血氣

루어 주었던 것이다.

슬프다, 생물의 혈기 있는 자가 나면 끝이 있는 것이, 명 아님이 없거늘 혹 양육하다가 그 적당함을 잃는다면 그 성을 온전히 할 수 없는 것도 또한 이른바 명이라 할는지 모르지만 이 아이와 같이 일찍 죽은 것은 그 생 또한 천명으로 해서 어쩔 수 없는 일이겠지만 그러나 어른들의 잘못을 책하지 않을 수 있을 것이랴. 슬프고 슬퍼서 능히 잊을 수 없어 글로써, 기록함은 너무나 정에 지나치는 것일까. 바라건대 뒷사람은 이 심정을 양해해 주기 바라며 행여나 농사짓는 일이나 오랑캐 물리치는 일에 비한다면 하찮은 부질없는 일이라고 여기지는 말라.

아버지 파평윤씨 광연 명직부 쓰다.

者 生則有終 莫非命
也 或養之失其宜 不
得全其性者 亦可謂
命耶 如此兒之夭柝
其生亦由命之 固然
而不責乎 人事之失
宜乎 悲悲而不能捨
從以文而誌之 無乃
過於情歟 庶幾後人
之 諒此而勿使　畊
犁之及 而攘夷之也.

父坡平尹光演明
直父識.

48. 효자 이군의 묘지명
남편을 대신하여 짓다.

孝子李君壙銘
代夫子作

시천처사(始泉處士) 전의 이공(全義李公) 덕래(德來)는 나와 서로 좋게 지내는 사이이다. 여러 해 동안 소식없이 지내오다가 임오년 5월에 나의 집을 찾아 주어 울면서 지난 일을 생각해 말하기를 맏아들 원배(元培)가 작년 8월 25일에 죽었는데 생년 월일이 계축 10월 4일이었으니 죽기까

始泉處士全義李
公德來與某相善
久歲玄默
敦牂之仲夏　訪
余居泣而諗曰 長
子元培 以昨年八

지 겨우 29세밖에 안되며 연서역(延曙驛) 신사동
(新寺洞)에 임시 평장으로 장사했다가 장차 양주
의 그 아내 묘 곁으로 이장하겠다는 것이었다.

슬프다, 원배는 효자였다. 친족과 이웃간에 이
구동성으로 칭송해 오던 터였다. 또 자식 집에 와
서 놀기도 하였으며 내 자식 또한 일찍이 그의 효
를 칭찬해 왔었다. 그의 무덤에 기록해 새겨서 후
일에 효자이었음을 증명하여 표시해 줄 사람은 내
자식이 아니고는 누구에게 부탁할 것인가 하여 감
히 청한다고 한다. 내가 듣고 슬퍼하면서 대략 그
말의 줄거리를 뽑아 명을 작성토록 하였는데 그
명에 말하기를 「하늘이 의젓하고 떳떳함을 주셨으
니 누가 그 무리를 충당하랴.

이씨의 아들 백인(伯仁)은 그 자(字)이며 어릴
때부터 효경(孝敬)을 능히 갖추었고, 덥고 추움을
때를 맞춰 어버이의 몸을 편안케 해드리고 부모의
곁에서 온갖 방법으로 효양을 다해서 마음을 기쁘
게 해드렸고, 술과 고기가 있으면 반드시 맛있게
하여서 봉양했고, 객이 오면 흔쾌히 대접하여 술상
이 비도록 다하지 않고, 어버이가 혹 외출할 때는
노자를 항상 넉넉하게 마련해 드렸고 모친상을 당
했을 때는 슬프고 애통함이 정도에 지나쳤으며 아
버지의 홀아비 고통을 위로하는 한편 조석으로 부
지런히 일하면서 아버지의 도박, 놀음 비용을 대고
패관소설을 읽어 드렸으며, 손님을 불러들여 열심

月廿五日死　距其
生癸丑十月四日僅
廿九稔也　權瘞于
延曙驛新寺洞　又
將移襄　于　楊州四
派其妣李氏山下艮
原

噫元培孝子也　宗
郡鄰戚　罔有異辭
且獲遊於　吾子之門
吾子亦嘗以孝　稱之
銘其竁而徵於後　非
吾子而誰托　敢以爲
請　某聞而悲之　略
掇其言　而爲之銘
曰天畀秉彝　孰充厥
類

李氏之子伯仁其
字　粤自髫齓　孝敬
克備　溫凊以時　便
適親軆　就養百方
務悅心志　必有酒
肉　供以滋味　客至
欣接　盃酌不罄　親
或出遊　資斧常贏

히 위로해 드리는 일을 하여 아버지의 쓸쓸한 회포를 풀어 드렸으며, 동생에게 권하여 스승을 좇도록 하여 몸소 의식을 공급하고, 사람과 사귐에 있어서는 망령되이 함부로 사귀지 않고, 말은 반드시 도탑게 하여 윤리에 어긋나지 않았다. 그의 부인은 우(禹)씨로서 좋은 덕성을 가진 배필로 어짊을 좇았으며 시부모가 병들었을 때 병간호를 게을리 하지 않아 그 정성됨이 이웃에까지 소문이 났다.

슬프다, 이러한 인생으로 빈궁하면서도 수명도 제대로 못하고 일찍 죽었는데 두 아들도 계속해서 뒤를 이어 일찍 죽었으니 선행에는 행복을 주어야 한다는 이치가 어긋남도 이만저만이 아니로다.

어찌하랴 하늘이여, 이에 이 묘지명을 살피시고 앞으로의 오는 덕을 불러 주소서. 행여나 이곳에 밭갈이 하는 일이 없게 하며 길이길이 이 분묘를 편안하게 하여 주시기 바라나이다.」

及遭內制 戚毁過程 慰親鰥苦 夙宵營營 蒲博之費 稗官之誦 招延拮据 以寫愁寂 勸弟從師 躬給衣食 交人不妄 言必敦倫 婦曰禹氏 媲德述仁 侍疾尊章 誠悋聞隣

嗚呼 斯人生而窮貧 歿不得年 二孤繼夭 報施理舛

奈何蒼昊 載此銘辭 以詔來後 無或耕犁 永綏斯兆.

(5) 행장(行狀)

49. 전 형수 유인 유씨의 행장
남편을 대신하여 짓다.

前嫂孺人柳氏家狀
代夫子作

유인(孺人)의 성은 유씨(柳氏)며 본관은 문화(文化)이다. 증조는 휘가 응수(應壽)고 첨추(僉樞)에 계셨고, 조부는 휘가 영(英)이시니 현감(縣監)이시고 아버지는 휘가 원대(遠大)요, 어머니는 한양 조씨(漢陽趙氏) 생원 인복(仁復)의 따님으로서 영종 갑신년에 나서 나이 열 여덟에 내 맏형에게 시집왔는데 이것이 신축년이었다.

그 다음해 임인년(1782)에 우리 집이 흩어져 유리방랑하게 되어 유인은 본집에 가서 의지하면서 붙어 있게 되었고 1년을 지나 다시 다른 곳으로 옮겼었는데 유인이 미처 같이 떠나지 못하였기 때문에 항상 탄식해 말하기를

"부인은 종부지의(從夫之義)가 있는 법인데 출가한 사람이 신부례를 해서 남편의 집으로 돌아가야 옳거늘 나는 할 수 없으니 가히 깊은 한이 된다"라고 하였다. 유인은 성품이 성실하고 유순해서 일찍 아버지를 여의고 어머니를 섬기는 데 그 효를 다했으며 아우와 누이동생을 극진히 사랑하여 돌봐 주었고 출가하게 되자 시부모와 남편 섬

孺人姓柳氏 系出文化 曾祖諱應壽 僉樞 祖諱英 縣監 考諱遠大 妣漢陽趙氏 生員仁復女 生于英宗甲申 年十八歸于我伯兄 是辛丑歲也 翌年壬寅 吾家流寓 往依孺人本家 越一年更移他所 孺人未及從 常歎曰 夫人有從夫之義 適人固當于歸 而吾則未能 深可恨也 姓誠勤柔順 早孤而事母氏盡其孝 撫弟妹極其恩愛 及嫁事舅姑曁夫子 誠敬備至 夫之弟妹亦接以友睦

기는 데 정성을 다하여 유감없이 하였고 남편의 동생과 누이에게도 또한 우애로써 대하였다.

시부모가 아들을 못 낳아 혹 기뻐하지 않음이 심하더라도 감히 조금도 발끈하여 언잖게 생각하는 모양이 없이 종시 부드럽게 태도를 갖추고 받아들이며 길쌈하는 일도 날마다 그저 부지런히 하여 집사람들이 불끄고 자는 것을 드물게 볼 정도였고 음식 반찬을 조리하는 일과 바느질하는 솜씨가 정성스러워 법도가 있었다.

정종 갑진 9월 16일에 청양 본가에서 별세하여 이 해 모월 모일 본현(本縣) 남상면 방축촌(南上面 防築村)으로 장례를 모셨다.

금상전하 신미 3월 12일 광주 대왕면 둔퇴리 금곡(廣州大旺面遁退里金谷)에 개장하여 부군 묘에 합장하였다. 유인이 우리 집에 돌아온 것은 불과 4년밖에 안되고 수명은 겨우 21세였다. 규범(閨範)과 여행(女行)은 이루 다 밝힐 수는 없더라도 임인년에 우리 집에서 그 친정집에 돌아가 살게 될 때 비록 갑작스러운 궁색한 살림살이를 당하였다 하나 효도스럽고 근면한 절조가 밝게 나타났으며 그때 내 나이 5세 밖에 안되는 아이였는데 유인이 항상 업어 주고 길러 주어 그 은의가 심히 지극했던 것이 지금도 아직 완연히 기억할 수 있으며 그밖에도, 칭찬할 만한 행실이 허다하게 있었다. 어머니께서 생존해 계실 떠 이 말씀을 나에게

舅姑未子或 有下
悅之甚 未敢少有怫
然之色 終以婉順解
之 紡紝之工 惟日孳
孳 家人罕見 其滅燭
休息 治膳羞執縫紉
皆精好有法度 正宗
甲辰九月十六日 卒
于靑陽本家 是年某
月某日 葬于本縣南
上面防築村辛坐之
原. 當宁辛未三月十
二日 改葬于廣州大
旺面遁退里金谷亥
坐之原 合窆于夫子
墓 孺人之歸我家 不
過四稔 壽僅二十一
歲 其閨範女行 固不
可以祥悉而 壬寅往
寓時 雖值窮匱倉卒
孝敬勤敏之節 彰然
自著 余時五歲兒也
孺人常抱負育養 恩
義甚摯 今尙宛然可
記 其他可稱之行 先

하신 일이 있는데 어찌 감히 잊을소냐.

　슬프다, 유인은 남편의 집을 마음 깊이 생각하고 있으면서 미처 돌아오지 못한 것을 한스럽게 생각하다가 필경은 친정에서 돌아가시고 말았으니 세상사 모를 일이로구나. 외로운 무덤이 시골에 묻혀 있었으니 그 존망의 무궁한 느낌이 마땅히 어떠하였으리오.

　내 어리석은 것이 마음속에 맺히는 바 있어 먼 길을 걸어서 관을 받들고 이장하여 형님의 묘 곁에 묻는 것이 유인의 뜻을 이루어 드리는 일일 것이로다.

　　　　　　　신해 겨울 시동생 아무가 삼가 씀.

姒在時擧 以語不肖
者也 其敢忘諸

　噫 孺人乃心 夫家
以未及于歸 爲恨竟
夭逝於本第 翳然孤
塋寄在湖 鄕其爲存
沒 無窮之感當如何
哉 余庸是結轜于中
跋涉遠道 奉櫬移葬
以祔于亡兄幽宅者
成孺人之志也.

　　辛未冬夫弟某謹狀

圖書出版明文堂 版權所有印版

韓國古典文學思想名著大系 29

한국역대 여류한시문선(上)
韓國歷代 女流漢詩文選

初版 印刷 ● 2005年　1月　5日
初版 發行 ● 2005年　1月　10日

譯著者 ● 金 智 勇
發行者 ● 金 東 求

發行處 ● 明 文 堂
　　　서울특별시 종로구 안국동 17~8
　　　대체　010041-31-001194
　　　전화　(영) 733-3039, 734-4798
　　　　　　(편) 733-4748
　　　FAX 734-9209
　　　Homepage www.myungmundang.net
　　　E-mail mmdbook1@myungmundang.net
　　　등록　1977. 11. 19.　제1~148호

● 낙장 및 파본은 교환해 드립니다.
● 불허복제

정가는 표지에 표기되어 있습니다.
ISBN 89-7270-763-5 94810
ISBN 89-7270-054-1 (세트)

명문당 신간 우수학술도서

●改訂增補版 新完譯 論語
張基槿 譯著 신국판 값 15,000원

●改訂增補版 新完譯 孟子 (上·下)
車柱環 譯著 신국판 값 각 15,000원

●新完譯 한글판 孟子
車柱環 譯著 신국판 값 각 15,000원

●改訂增補版 新完譯 詩經
金學主 譯著 신국판 값 18,000원

●改訂增補版 新完譯 書經
金學主 譯著 신국판 값 15,000원

●改訂增補版 新完譯 禮記 (上·中·下)
李相玉 譯著 신국판 값 각 15,000원

●新譯 東洋 三國의 名漢詩選
安吉煥 編著 신국판 값 15,000원

●新完譯 墨子 (上·下)   (사)한국출판인회의 제29차
金學主 譯著 신국판 값 각 15,000원   이달의 책 인문분야 선정도서

●改訂版 新完譯 近思錄
朱熹·呂祖謙 編 成元慶 譯 신국판 값 20,000원

●新譯 歐陽修散文選
魯長時 譯註 신국판 값 20,000원

●新完譯 大學 - 경제학자가 본 알기 쉬운 대학
姜秉昌 譯註 신국판 값 7,000원 양장 값 9,000원

●新完譯 中庸 - 경제학자가 본 알기 쉬운 중용
姜秉昌 譯註 신국판 값 10,000원 양장 값 12,000원

●新完譯 論語 - 경제학자가 본 알기 쉬운 논어
姜秉昌 譯註 신국판 값 18,000원

●新釋 明心寶鑑
張基槿 譯著 신국판 값 15,000원

●新完譯 孟子
金學主 譯著 신국판 값 20,000원

●新完譯 蒙求 (上·下)
李民樹 譯 신국판 값 각 15,000원

●新完譯 大學章句大全
張基槿 譯註 신국판 값 20,000원 양장 값 25,000원

●新完譯 近思錄
朱熹·呂祖謙 編著 金學主 譯 신국판 양장 값 25,000원

●中國古典漢詩人選❶ 改訂增補版 新譯 李太白
張基槿 譯著 신국판 값 12,000원, 4×6배판 값 17,000원

●中國古典漢詩人選❷ 改訂增補版 新譯 陶淵明
張基槿 譯著 신국판 값 12,000원, 4×6배판 값 17,000원

●中國古典漢詩人選❸ 改訂增補版 新譯 白樂天
張基槿 譯著 신국판 값 12,000원, 4×6배판 값 17,000원

●中國古典漢詩人選❹ 改訂增補版 新譯 杜甫
張基槿 譯著 신국판 값 12,000원, 4×6배판 값 17,000원

●中國古典漢詩人選❺ 改訂增補版 新譯 屈原
張基槿·河正玉 譯著 신국판 값 12,000원, 4×6배판 값 17,000원

●개정증보판 中國 古代의 歌舞戲
金學主 著 신국판 양장 값 17,000원

●중국고전희곡선 元雜劇選   한국문화예술진흥원
金學主 編譯 신국판 양장 값 20,000원   2002년 우수문화예술도서

●漢代의 文學과 賦
金學主 著 신국판 양장 값 15,000원

●修訂新版 漢代의 文人과 詩
金學主 著 신국판 양장 값 15,000원

●修訂增補 樂府詩選
金學主 著 신국판 양장 값 15,000원

●改訂增補 新譯 陶淵明
金學主 譯 신국판 양장 값 12,000원

●修訂增補 墨子, 그 생애·사상과 墨家
金學主 著 신국판 양장 값 20,000원

●중국의 희곡과 민간연예   2004년 대한민국학술원
金學主 著 신국판 양장 값 20,000원   기초학문분야 우수학술도서

●新譯 唐詩選
金學主 譯著 신국판 양장 값 25,000원

●新譯 宋詩選
金學主 譯著 신국판 양장 값 25,000원

●新譯 詩經選
金學主 譯著 신국판 양장 값 20,000원

●중국의 경전과 유학   2004년 대한민국학술원
金學主 著 신국판 양장 값 20,000원   기초학문분야 우수학술도서

●中國古代文學史
金學主 著 신국판 양장 값 20,000원

명문당 신간 우수학술도서

●雷川 金富軾과 그의 詩文
　金智勇 著 신국판 양장 값 20,000원

●經世濟民의 혼신 茶山의 詩文 (上·下)
　金智勇 著 신국판 양장 값 각 25,000원

●소래 김중건 선생 전기
　金智勇 編著 신국판 양장 값 20,000원

●石北詩集 · 紫霞詩集
　申光洙·申緯 著 申石艸 譯 신국판 양장 값 35,000원

●退溪集
　張基槿 譯著 신국판 양장 값 35,000원

●徐花潭文集
　金學主 譯 신국판 양장 값 25,000원

●국역 사례편람 (四禮便覽)
　李縡 著 4×6배판 양장 값 20,000원

●西遊見聞
　俞吉濬 著 蔡壎 譯註 신국판 양장 값 30,000원

●新完譯 대동기문 (전3권)
　강효석 編著, 李民樹 譯 신국판 값 각 12,000원

●新譯 천예록
　任 埅 編著 金東旭, 崔相殷 共譯 신국판 양장 값 20,000원

●三皇五帝의 德治
　張基槿 著 신국판 값 12,000원

●21세기 손자병법 경영학
　安吉煥 編著 신국판 값 10,000원

●유교사상과 도덕정치
　張基槿 著 신국판 값 12,000원

●당대전기소설의 여인상
　장기근 편역 신국판 값 12,000원

●고사성어대사전
　張基槿 監修 신국판 양장 값 30,000원

●꿈의 예시와 판단
　한건덕 저 신국판 양장 값 35,000원

●한국천문대 만세력
　한국천문연구원 편찬 신국판 값 15,000원

●국내최초 한글판 완역본 코란
　金容善 譯註 신국판 양장 값 20,000원

●이슬람의 역사와 그 문화
　金容善 編著 신국판 값 10,000원

●코란의 지혜와 신비
　金容善 編著 신국판 값 9,000원

●무함마드
　金容善 編著 신국판 값 12,000원

●基礎漢文讀解法 제33회 문화관광부 추천도서
　崔完植·金榮九·李永朱·閔正基 共著/크라운판/값 15,000원

●漢文讀解法
　崔完植·金榮九·李永朱 共著 신국판/값 15,000원

●論語新講義
　金星元 譯著 신국판 양장 값 10,000원

●東洋古典解說
　李民樹 著 신국판 양장 값 10,000원

●한 권으로 읽는 東洋古典 41選
　安吉煥 編著 신국판 값 10,000원

●공자와 맹자의 철학사상
　安吉煥 編著 신국판 값 10,000원

●노자와 장자의 철학사상
　金星元 安吉煥 編著 신국판 값 10,000원

●三國志故事名言三百選
　陳起煥 編 신국판 값 7,500원

●中國現代詩研究
　許世旭 著 신국판 양장 값 9,000원

●白樂天詩研究
　金在乘 著 신국판 값 5,000원

●中國人이 쓴 文學槪論
　王夢鷗 著 李章佑 譯 신국판 양장 값 7,000원

●中國詩學
　劉若愚 著 李章佑 譯 신국판 양장 값 7,000원

●中國의 文學理論
　劉若愚 著 李章佑 譯 값 7,000원